U0917534

2011
中国最佳短篇小说

主编◎王蒙　分卷主编◎林建法

辽宁人民出版社

图书在版编目（CIP）数据

2011中国最佳短篇小说／林建法分卷主编．—沈阳：辽宁人民出版社，2012.1
（太阳鸟文学年选／王蒙主编）
ISBN 978-7-205-07206-3

Ⅰ．①2…　Ⅱ．①林…　Ⅲ．①短篇小说—小说集—中国—当代　Ⅳ．①I247.7

中国版本图书馆CIP数据核字（2011）第237339号

出版发行：辽宁人民出版社
地址：沈阳市和平区十一纬路25号　邮编：110003
电话：024-23284321（邮　购）　024-23284324（发行部）
传真：024-23284191（发行部）　024-23284304（办公室）
http://www.lnpph.com.cn
印　　刷：辽宁星海彩色印刷有限公司
幅面尺寸：170mm×240mm
印　　张：19.75
插　　页：1
字　　数：323千字
出版时间：2012年1月第1版
印刷时间：2012年1月第1次印刷
责任编辑：陶　然
封面设计：丁末末
版式设计：王珏菲
责任校对：高　辉
书　　号：ISBN 978-7-205-07206-3
定　　价：36.00元

法律顾问：陈光　　咨询电话：13940289230

太阳鸟文学年选系列
编辑委员会

序

2011年：媒体新变和短篇小说的可能

何　平

一

文学年选和年评的工作年年有人做，这种考量选家识见的工作能不能站得住脚有的不是当时就能看出来的。好的选本肯定要考虑入选作品的代表性。从整个2011年发表的短篇小说拣选出这些作品，至少在入选作品来源的媒体样态，作家的代际、性别、民族、地域身份以及文本的类型、格调、题材和技术等方面，是一个想象性年度文学版图的再建构。即便如此，遗珠之憾当然难免。但好的选家是不会在一城一地得失上锱铢必较，要知道求全的结果往往会自缚手脚且使自己的尺度变得暧昧不明。一个好的文学选本应该有自己的立场、意见和准则，应该学会抓大放小，抓住文学进程中那些头头脑脑筋筋络络，让每一篇入选的作品都成为独立判断之后所建构的整体不可或缺的一个部分。

就短篇小说这个文类和“2011”这一年而言，一个好的选本必须回答：在这个规定的时区内，除了参与期间作家在数量上的累积，为短篇小说的文类生长做了什么？在守常与趋变方面有了些什么新作为？这当然最好能拿作家在这一年的作品来说话。但问题是，从长时段的文学史来看，它绝不会宽待某一种文类，像《狂人日记》、《洼地上的战役》、《组织部新来的青年人》、《伤痕》、《班主任》、《受戒》、《桑园留念》等等和某一个年份的对应及证明关系并不是每年都会发生的。而且这种对应和证明往往是追认性的。因此，我们不能保证在未来的文学史中2011年的某篇或某些短篇小说就能够在该年度获得一种“史”的意义。

如果我们不囿于文本呢？某一文类的源流、迁变其实联系着更广阔和复杂的文学制度。就像有论者在论及短篇小说这个新文类晚清的现代起源时所指出的：“在《时报》的文类格局中，‘短篇小说’是与‘报纸’作为新式印刷媒体而同步兴起的，它不是从既有的‘小说’文类中分离出来的次级文类，与‘时评’一样，也是趋向于‘意旨论说之时代’里的新媒体的‘创造’。……长篇的白话小说因为延续着传统的文类成规，其文本中所呈现的作者与读者之间的‘听—说’模式不易打破，但这种几乎被新式传媒所‘召唤’出来的‘短篇小说’，则很有可能在与现代‘报纸’所共享的新的阅读制度中，改变读者对其功能乃至形式的想象。……近代报纸所召唤的读者公众以及它在作者与读者之间建立的特殊关系，必然影响到共享这一阅读制度的‘小说’。”[①] 这里其实揭示了现代短篇小说作为一种新兴文类从一开始就建立在作者、读者和报纸等大众新媒体共同构成的生产和消费的开放场域里。正是这样的场域塑造了短篇小说“在场”、“介入现实”以及以普通读者为假想潜在读者的文类特征。从传播和接受的角度上看，相当长的时间里，短篇小说是与报纸和新闻、政论、文化、都市时尚读物的非文学文类镶嵌、并置和共生在一起的，比如鲁迅的《狂人日记》等小说就发表于新文化刊物《新青年》，它当然地和同样发表于《新青年》的那些谈论新旧文化之别的东西文学高下的言论构成一种潜在的对话关系。甚至在《小说月报》、《现代》等等专门的文学刊物出现以后，短篇小说，当然也包括其他文学文类，仍然栖身于《新月》等政论、文化刊物，仍然和普通大众阅读的报纸纠缠在一起——一个显而易见的事实是民国重要报纸几乎都有着同样有名的文学副刊，而上世纪30年代的“新感觉作家”更是和《良友画报》有着深厚的渊源。栖身和纠缠的结果使得短篇小说成为一种有着强烈的现实关怀和问题意识的文类。这是我们应该意识到的一个现代中国短篇小说的重要传统。现代短篇小说，甚至现代中国文学发展史，是文学在普通大众传媒的扎根史。有人说，短篇小说是有力量的文类。“拿对现实的介入和社会的发言来说，好的短篇小说还是有力量的。恰恰因为它，它的力量才显得尖锐，更具有穿透性。与中篇小说相比，短篇小说的力量不是压力，是压强。它像一枚钉子，一下子就穿透现实，并揳入现实内部去了。……短篇小说的力量，还在于它的快捷。……以短篇小说的形式对现实生活作出快速反应，它的力量是显而易见的。”[②] 刘庆邦这段话不是专门针对短篇小说和现代大众传媒的双生双栖来说的。但如果我们明乎短篇小说和现代大众传媒之间的这段前史，自然可以从另一方面佐证短篇小说力量的来源。所以，沈从文在上世纪40年代总结现代短篇小说发展时说：“有个读者传统习惯，来接受作品，同时刺激鼓励优秀作品产生。”[③]

文学刊物彻底的“纯文学化”是1949年之后的事，短篇小说从普通的大众传媒“拔根”，龟缩到狭隘的“文学刊物”则是很近的事。至少上个世纪五六十年代还不是这样的。20世纪五六十年代的情况是：“凡是《人民日报》、《中国青年报》和省地两级报纸发表或转载了的短篇，就在农村读者中发生了影响，这篇作品就流传开了。”[4]就像大家所熟悉的新时期之初《伤痕》这样有影响的小说也是首发在《文汇报》这样的非专门性文学报刊上的。从我现在查阅到的资料看，短篇小说退出普通大众传媒，特别是报纸副刊，独占文学的山头，是70年代末大量文学期刊创刊和复刊之后的事。体制较长的短篇小说成为了文学期刊的专营，报纸副刊只负责栽种些“小散文”和“小小说”的花花草草。这以后，好像只有《羊城晚报》的“花地”还坚持着发表短篇小说的传统，但时至今日也只剩下周一的“小小说”版，像曾经的尤凤伟、麦家、刘心武、鬼子、荆歌、阿成、戴来等名家荟萃的盛景早已一去不返。值得一提的是，短篇小说和报纸副刊的生栖传统在港台地区一直延续下来了，比如台湾《联合报》“联合副刊”之“当代小说特区”就经常发表体制比较大的短篇小说，有时甚至动用两三期的整版发表一篇短篇小说。这种铺张的手笔在大陆报纸，现在恐怕只有《南方周末》偶尔为之，比如贾平凹的《一块土地》、刀尔登的《希里花斯》等就发表在《南方周末》的“写作版”。鲁迅在总结现代短篇小说繁荣的原因时认为：“在现在的环境中，人们忙于生活，无暇来看长篇，自然也是短篇小说的繁生的很大原因之一。”[5]这样一个判断的基本前提应该建立在短篇小说作为普通大众传媒的一个重要构成元素而存在。今天我们在讨论短篇小说的衰落往往归咎于其不能给作者带来较之长篇小说丰厚的经济效益，而恰恰忽视了短篇小说的没落更是因为它只能借助作品集、文学期刊被有限度地接受，而不能通过大众传媒直接进入更广泛的普通读者的阅读视野。

二

交代完这个前史为的是说2011年短篇小说和传媒关系重建的新动向。一些变化正在发生，短篇小说得以在大众传媒“再扎根”。可以作为例子的是，财经新闻类媒体《新世纪周刊》文化栏目中的“小说”和标榜“新生活的引领者”《城市画报》“艺文志”中的“热爱LOVE”，成为“非文学刊物”染指短篇小说的新地。如果说，《城市画报》之“热爱”中只是文学青年浅斟低唱的“小布尔乔亚”风，那么《新世纪周刊》之“小说”所发表的盛可以《德懋堂》、须一瓜《叫清净的狗》《膀胱害羞症》、陈河《水边的舞鞋》、韩松《死神边缘》、刘春《帮凶》、阿乙《儿子》、李大卫《高更的成功学》、哈金《英语教授》、薛忆沩《女秘书》、张大春《民意围诛端午桥》等小说作者则几乎都是当下活跃的小说家。

就文学媒体这一面看，毫不夸张地说，2011年是文学媒体的“变身年”。此前，文学媒体的变革在上个世纪末文学期刊的生存危机中也发生过。这中间变革而以新面目呈现的且延续至今的大概只有《天涯》和《作家》。其中，《作家》的“金短篇”也成为近年出产优秀短篇小说的重镇之一。发生在2011年，以《天南》、《独唱团》、《大方》、《文艺风赏》和《信睿》、《超好看》等为代表的文学新媒体变革对短篇小说影响很大。和传统的文学媒体不同，这些文学新媒体不再坚持诗歌、散文、小说、文学评论按文类划分单元的传统格局，而是在“大文学”、“泛文学”的“跨界”、“越界”观念左右下重建文学和它所处身时代之间的关系。由于短篇小说适宜的长度，除了发行一期即告停刊的《独唱团》和以长篇类型小说为目标的《超好看》，其他的几本刊物在小说文类中无一例外地舍弃了中长篇小说而偏向短篇小说，且从一开始都不约而同地关注全球短篇小说动态。安妮宝贝主编的《大方》3月的第一期发表了香港作家黄碧云的《末日宾馆》等，8月的第二期发表了太宰治《Goodbye》、钦努阿·阿契贝《战地女郎》、大卫·康斯坦丁《米德兰的下午茶》、董启章《与作》、陈雪《沙之书》等的短篇小说。从《SOHO小报》变身过来的《信睿》的“短篇”则有奥利维耶·亚当、虹影、骆以军、周伶芬、柴纳·米耶维等的短篇小说亮相。值得一提的是《文艺风赏》和《天南》对于短篇小说和刊物整体构思的自觉规划和塑造。《文艺风赏》力推的是“封面故事”的命题写作。以2011年2月号“除夕”为例，其主编手记写道：“我们要感谢本期《封面故事》的四位小说作者对我们选题的理解和支持，因为他们四篇气息迥异的短篇小说，我们才能做到呈现一场如此精彩的关于‘春节’这个意象的变迁。……沿着50年代、60年代、70年代、80年代的时间轴，‘春节’渐渐变得表情呆板，变得语焉不详，变成了高速公路旁指引方向的路牌，似乎只差一点点，就剩下工具性的作用。”⑥ 而《天南》则有意强调组织的短篇小说相对一致性的主题以及与每期“特别策划”的互动和对话。第一期有“超现实”和“虚构”两个短篇小说栏目。如其所说：“小说作者阿乙、唐棣、郑小驴和徐则臣各写了一篇发生在农村的故事”；“顾前、曹寇和贺彬在城市和小镇展开了他们的虚构”。⑦ 与此相较，本期的“特别策划”是“亚细亚故乡”。第二期的“特别策划”“星际叙事”，组织的“四个英语作家（威廉·吉布森、尼尔·斯蒂芬森、保罗·巴茨加洛皮和杰夫·努恩）和四个中文作家（韩松、飞氘、陈楸帆和杨平）的八篇小说。他们都在用一种崭新奇异的时空观在讲故事，用‘科幻’这样的字眼去定义他们已经力有不逮。”⑧ 需要指出的，在强劲的资本和市场运作中，这些变革中的文学新媒体同样无一例外成为畅销读物，这不仅为在电视剧和长篇小说合力夹击下的步履维艰的短篇小说提供了新的生长空间，也一定程度上填补了短篇小说淡出报纸副刊后在大众传媒的空白。

“已经是下午三点多了，因为急着进城，有些心焦。小城东边的主要道路都封了，警察不少，警车来来去去。路口上的车辆行人越积越多，都在等，知道一会儿有重要车队通过。可是这次封路时间太长了，半个钟头过去还没有动静。我想绕路又想等下去。突然警车嘶鸣：最前边是两辆摩托，然后是一边闪光一边疾驰的吉普，再后边是引路车、几辆黑色轿车——最后又是警车。一定是来了要人，比如外国元首什么的。进城后，中午吃饭闲聊才得知：今天来的是东部城市的一个头儿。这人是我的初中同学，再熟悉不过了：个子不高，臀部肥大行动迟缓，当年的外号叫‘老蛋’。我本来对车队通过这种事儿再习惯不过了，可因为这回来的是老蛋，心里很不高兴。”（《这回来的是老蛋》）这是张炜发表在《南方周末》改版后新设的“微叙事”栏目的作品。粗略地看，“微叙事”比传统的“小小说”少了刻意经营，多了生活的质感。“微博”时代催生了“百字文”、“段子”的写作。短篇小说何为，是一个很现实的问题。“微叙事”开栏不久，即发表了周涛、张炜、何立伟等名家之作，且已经引起一些关注。网络上有评价说：“近来《南方周末》改版，新增设了一个小栏目叫‘微叙事’，很有意思。翻开报纸，第一个先去看那些小文字，简短却叙事完整。记得张爱玲第一次写小说获奖，就是因为看错了征文要求的字数，只写了几百字，但还是凭借才华获得了二等奖。想必微叙事蕴藏着微妙的机理。”（泰奥朵拉·兰茨博客）但何为“微叙事”？它和传统的“小小说”区别在哪里？这些理论话题都值得深入探讨。比如何立伟的《父与女》：“生产队长是光头，矮，精瘦，力气却大，掰扁担拗手劲，无人能赢他。大汉输他不服气。他道：来，再来！很是自雄。”“队长对哪个皆是凶，唯对十八岁女儿一脸慈祥。女儿在公社念完高小即不再往上念。干活，赛过后生。同父亲一样，手力亦是无穷。粗粗咧咧之中，也还是有女孩子的精致，五官好，牙齿尤白，然而笑是棉花白的笑。”其中笔法当在中国传统列传、志人和笔记小说之间。

蒋一谈的短篇小说集《赫本啊赫本》，连同前两年的《伊斯特伍德的雕像》(2009)《鲁迅的胡子》(2010)“规划好的”“写作和出版”使短篇小说的规模生产和自我操控成为可能。蒋一谈的“规划”是有所针对的，他认为：“现在的作家出版短篇小说集，依照行规会先在文学期刊上发表一遍，选刊选载几篇，然后结集出版。我是作者，也是出版人，封闭式写作更让我有兴奋感。未来短篇集里面的作品，我会选择刊登几篇，而不是全部。这是欧美短篇小说集的出版思路，我特别喜欢这种思路，更愿意让读者阅读完整的小说集。”蒋一谈将他的短篇小说写作“规划”具体描述为：“第一，单篇灵感的写作和组合出版。第二，主题性写作和出版。第三，橘子瓣式写作和出版。只有这三个方面的写作形式内容分别完成，我的短篇小说整体面貌才能呈现，也才能让自己满意。”⑨

应该看到命题写作和预设主题在客观上对作家写作带来制约和规训。文学新传媒的变身正在改变着传统短篇小说的版图。王安忆说：“小说还有可能是有着另一种较为公众性质的生活，第一次真实在不断地转述中变成虚假，向又一次真实渡去。但这需要诚恳的性格，还有纯真的情感。所以这是一条危途，在任何时候都可能夭折，流传下来的便是天助人佑，比如话本传奇，还有无数民间传说，都是钟灵毓秀。而在现代社会中，传媒的覆盖性其实剥夺了转述的自由，使得转述变成学舌，没有新鲜的假定参加进来，事情只得停留在第一次真实的状态里。”⑩因此，作家如何在出版运作中彰显个人创作力和想象力，反抗被大众传媒塑造将是对作家写作能力的考验，像几年前苏童的《拾婴记》和今年毕飞宇的《一九七五年的春节》一定程度上都是反制成功的案例。

三

回到2011年短篇小说的文本。虽然短篇小说早已退出普通大众传媒，株守文学刊物，但其对敏感于敏锐于社会问题的传统承续却是血缘性的。短篇小说的可能是其以敏感敏锐的触须伸展到我们时代的每一个角落。2011年，贾平凹《一块土地》的“土地”问题、范小青《哪年夏天在海边》的“情感”问题、铁凝《飞行酿酒师》的“品质”问题、金仁顺《神会》的“信仰”问题、林白《豆瓣，你好》的“城乡”问题、须一瓜《小学生黄博浩同学文档选》的“教育”问题、蒋一谈《刀宴》的“文化断续”问题等等，都是当下中国的“大”现实问题。当此社会转型，问题多且尖锐。短篇小说以介入现实的力量充分显示其文类优势。但“问题”如何摆渡到“小说”呢？现实问题最终必须在文学问题上得到有效的化解。

首先提下劳马的小说。劳马的小说有的及近速写，有的俨然笔记，但都有着现世问题的内核。他的写作在整个当下中国文学是具有独特风格印记但又没有被深入研究的。这种“攫取能够表现本质的要点”⑪的写作曾经在上世纪30年代很风行，它需要写作者独具强大的从形象看取本质的能力。我们可以想象，如果劳马的这些小说不是发表在《十月》、《作家》这些专门的文学刊物，而是《南方周末》这些普通传媒是不是会产生更广泛的影响力。

铁凝有对社会风尚的敏感，这从她早期成名作《村路带我回家》、《哦，香雪》就可以看出。《飞行酿酒师》吹的是时代新贵新生活的新风。新贵们腰包鼓起来之后开始追求所谓的"品质生活"，葡萄酒、橡木桶、酒庄、葡萄园这些都是当下新贵阶层身份标识。他们急功近利人云亦云，他们的身边行家掮客骗子各色人等云集，他们貌似追求品质，却露出庸俗的麒麟皮下的马脚。《飞行酿酒师》四五个人物一场各怀心事不欢而散的酒宴打开了一个新世界。同样，金仁顺《神会》的"修行"又是一桩时尚的"品质生活"。"聂珊的佛友众多，我跟她平均半年见一面，也认识了七八个人。这些佛友十之八九是女生，差不多都经历过一些神奇事件或者某些神秘时刻，她们分享的时候，就仿佛在晾晒各自的私藏珠宝。先不说这种神奇性的主观臆造占多大比例，就算都是事实存在，不修行的人其实也同样拥有类似的事件或者时刻，只不过，水消失在水里。不像佛友们迷恋这类事件，喜欢渲染和强调它的特殊意味或者启示性。"偶然的事件被夸张为神迹异相，装神弄鬼的渎神者却被奉为神灵，这是我们今天时代的"奇观"。从形式上看，这两篇小说都算谨守现实主义法度。对世道人心蠡测和洞悉到何种程度是考量这类小说的基本尺度。

林白《豆瓣，你好》和须一瓜《小学生黄博浩同学文档选》写的都是当下中国的孩子。前者写有过北京生活经验的王榨少女豆瓣对北京往事的记忆和遗忘，城和乡跨不过的鸿沟是当下中国的真相。"现在豆瓣的普通话仍然讲得不错，但她的家乡话讲得更流利，简直跟一个生下来就在王榨长大的孩子没什么两样。"我们是不是该庆幸豆瓣"消灭了城乡差别"？小说的惊艳之笔还不只在这个苍凉的故事，而是小说的最后："2012年尚未到来，我提前登上它的屋顶，看到河边田岸沟坎里，野草繁盛，芭茅艾草丝毛草野菊花狗儿草芸芸涌动，庄稼和百草连成一片，苍苍荡荡。"站到未来高处的作家究竟想说什么？小说又多了一层的寒凉。须一瓜《小学生黄博浩文档选》征用了当今小学生可能书写的文类：作文、检讨书、发言稿、书信和博文。杂语喧哗，一种文类一种腔调，当然也是一种叙述声音。活在家庭、学校和自己世界中的中国孩子神奇地分裂着，他们有的是自己的真身有的是自己的假面。这篇显然是刻意做出来的"拟童腔"的小说在短篇小说的形式上作出了有益的探索。

范小青《哪年夏天在海边》涉及的是当今中国人情感世界的迷离暧昧。和上面这些"拟真"的小说不同，《哪年夏天在海边》是一篇奇幻之作。范小青的写作每每给人惊异，这篇小说同样如此。世界之偶然巧合神秘不可知等等，这些应该成为文学试图抵达的地方。权聆《哈代诗篇中的神秘终结》、叶弥《局部》也都是在世界幽暗的黑洞展开想象。有意思的是这三篇小说都发表在《收获》杂志。这些年《收获》的先锋性似乎不如从前那么张扬凌厉，但从这三篇小说来看《收获》杂志的趣味，先锋性于它则更为沉潜内敛。比这些作家走得更远，以“一种崭新奇异的时空观在讲故事”的是《天南》第二期“星际叙事”发表的八篇小说所代表小说发展趋势。

四

短篇小说以轻盈精粹见其长，如有作家体认的那样：“短篇小说更注意故事的精粹性，而且更能集中准确传达出作家的艺术气质，因为它大都是一气呵成。”[12]但具体到以短篇小说文类之“轻”去搏现实、历史之“重”可能又需要作家的温婉深挚。因此，一个需要讨论的问题，短篇小说是不是一定就是轻盈精粹？短篇小说是“一个作家成熟后的产物”。[13]成熟后可能是经过岁月淘洗之后的晶莹通透，即使有创痛也能淡然处之。如果把迟子建的《四季歌》和她早期同一题材的《北极村童话》、《原始风景》比较，是能够找到“精粹性”理路的。粗糙的批评家往往识别不出重复中蕴涵的丰富变化，浑沌激荡之后的淡定澄清。年龄，更是气质使然，短篇小说当然可以向另外方向走。宗璞的《琥珀手串》就是一个渐入老境作家的秋熟之作。刘庆邦的《后事》在一个磨砺短篇小说有年的作家手下同样显示了绚烂归于平淡的沉着气象。鲁迅说：“以一篇短的小说而成为时代精神所居的大宫阙者，是极其少见的。……细看一雕阑一画础，虽然细小，所得却更为分明，再以此推及全体，感受遂愈加切实，因此那些终于为人所注重了。”[14]“一雕阑一画础”是短篇小说世袭的封地，而“大宫阙”则是中、长篇小说辽阔的王土。但“极其少见”不是没有，贾平凹《一块土地》、王手《坐酒席上方的人是谁》和阿拉提·阿斯木《最后的男人》都有直接做“大宫阙”的野心。先说贾平凹《一块土地》，“五代人”、“十八亩土地”和“几个时代”，“他说十八亩地，是他看到的也是他经过的，收了，分了，又收到，又分了，这就是社会在变化。社会的每一次变化就是土地的每一次变革，这土地永远还十八亩呀，他改革者，却演绎着几代人的命运啊！”在新历史主义写作已经折腾了几十年的今天，解构正史、戏说正史、“小历史”叙述反而是文学历史观的常态，而贾平凹这种将人的命运安放到正史框子的写法简直是“倒行逆施”的复辟。但问题是，当我们今天宽容地承认人和历史相遇的种种可能，恰恰可能有意疏忽了人和历史的正面相遇和冲撞。近现代中国史并不缺少伟大小说的题材，缺少的可能是作家正面强攻的勇气。还不止于此，当一个作家选择了人和历史正面相遇之命运作为文学表现的内容，给出一个结论性的答案也许是容易的，甚至答案都是现成的。在今天我们都知道“反右”“文革”的罪恶和残暴，但文学如何去回答这个问题呢？所以，《一块土地》胸怀敬畏敬爱土地之心从“一雕阑一画础”去写人和土地，写人和土地上的万事万物的厮缠，最后自己做成“大宫阙”。王手《坐酒席上方的人是谁》是一个关于好汉退出江湖余威犹存的故事。我在谈论王手的评论里这样说这篇小说，“1983年的时候，龙海生正在上海跑码头。”“这时候的龙海生，已渐渐厌恶了江湖的打打杀杀。”小说的开始这样写只能说龙海生心生退意。但龙海生何以能够退出江湖？人在过江湖就这样想退就退吗？这是小说必须回答的问题。龙海生之所以能够退出江湖，王手必须把他退意之心把他“心底的追求”做饱满做足。《坐酒席上方的人是谁》的“大宫阙”是龙海生这个气韵流动的江湖好汉。这样的江湖好汉我们在长篇小说《水浒传》、《射雕英雄传》中遇到过，而王手《坐酒席上方的人是谁》以一个短篇小说的体量让我们感受同样的艺术满足。

说到写人，徐则臣《轮子是圆的》中言必称“轮子是圆的”的咸明亮是个生活在底层的扎实执著的一根筋理想主义者，一个倒霉蛋。“说啥我就干啥。又不是杀人放火，操那份心干吗。能开我的车就行了，轮子是圆的，你说对不对？”福兮祸兮，咸明亮两次开上了车，两次都以车祸将别人的命丢了收场。第二次开的车竟然是他自己创造性地用修车铺的废铜烂铁组装了的一辆“野马”。小说写道：“‘野马’影响之大，超出我们的预料，十天工夫就成了胖子修车铺的店标。它停在那地方一声不吭就是个活广告，哪里是车，分明是件粗野的艺术品。用废弃的零件拼出一辆性能强劲的车，如此奇形怪状，这铺子和师傅的手艺该有多好。开始胖老板很开心，接着就不高兴，咸明亮经常把车停在自己的巷子里，前来参观顺便修车和买零件的客人一看门前光秃秃的，油门一踩走了。”在徐则臣笔下咸明亮似拙但却有着丰富的内心世界。和徐则臣一样，《爱》的作者张惠雯生于70年代。她出道比徐则臣还要晚，但此前她写出了《垂老别》这样有力量的作品。《爱》的故事发生在牧区，是我们今天浮华世界之外的边疆，但生活在那个世界的人们都还葆有浮华世界稀缺的素朴柔软的“爱”。仅就2011年这两个“七〇后”作家的表现，他们远远已经不是被塑造出来的沉浸在一己之私的那群所谓的“七〇后”作家，他们正在走向自己的开阔和深湛，他们正在完成着自身的精神蜕变，就像《爱》的最后所写：

不知道为什么，他想起他母亲，想象着她年轻时候的样子，她经历过的那些爱慕、追求、思念……他把这美好的事联想到他认识的每个人身上，正在唱歌的阿里木江，像小孩儿一样轻轻拍着手跟唱的帕尔哈特……他甚至联想到过去和未来，各个年代的人，各个地方的人，死去的、活着的、还未曾来到世间的人，无论窘困还是安逸，无论生活卑微或是出身高贵，他们都有那精细入微的能力感受爱，他们都会幻想爱、经历爱，这种美好的东西从不曾从世间消失过，这是多么不可思议！于是，他觉得那个美梦般的夜晚、还有这月光下的草原、这露珠的湿润、乐器的动人、马儿的忠诚、溪水发出的亮光、人脸上那突然闪过的幸福忧伤表情都不是毫无理由地存在着，这一切，也许就是因为爱，因为它作用于世间的每个角落、发生在每一个人的身上。

年轻人喝完了酒，收起热瓦普，要往回走了。他们不知道时间，但从月亮在天空中的位置看，已经是后半夜了。潮润的夜气就像沁凉的井水流遍了草原，风完全沉寂了，连天边那几颗星星也仿佛昏睡了。路上，他们比来的时候沉默了一些，各自想着心事。而艾山想的是，尽管他毫无线索，甚至也不知道如何向别人问起，但他总会找到他的巴哈尔古丽——那娇小的她。她那双灵活的眼睛，她的柔软飘动的衣服，她曾碰过他的手臂，她的前头翘着新月般尖角的小毡靴，这一切就在某个地方等着他。带着这有点儿盲目的乐观信念，他在马背上低声唱起了歌。

阿拉提·阿斯木《最后的男人》虽然不是用本民族语言创作，但我们依然能够感到维吾尔族文学智慧和幽默在小说中遗存。这是2011年汉语短篇小说一个独特的收获。它启发我们去关注非汉族作家将其他民族写作资源注入到汉语写作中杂糅杂交的活力。小说貌似一个寻找、丢失、再找回的封闭结构，但世事的风流云转、人物命运的波谲云诡以及心灵世界的幽暗叵测在重复跌宕的事件中酝酿出厚醇的韵味。

事实上，“短篇小说并没有什么单独的处境，它是与庞大的文学集体同呼吸共命运的，未来的所有《城堡》和所有《审判》，她们会出示一纸证明，来证明短篇小说的正确。”[15] 以此来观察，《回头客》和《中国1957》、《夹边沟纪事》等著名小说，《局部》和“知青文学”，《灰房子》、《编织谎言的人》、《一九七五年的春节》、《七十年代的四季歌》与伤痕文学之后的“文革”叙事之间的关系是一个很有意思的话题。如同“反右”、“文革”这些当代精神事件具体每一个个体是不同的。在“反右”、“文革”题材被竞写的当下，更需要重提“反右”、“文革”叙事的多样性和互文性。2011年同样写“70年代”的《一九七五年的春节》风格冷酷凛冽、《七十年代的四季歌》格调忧伤抒情。个人经验和记忆的差异性带来了文本的差异性，这就使得征用历史资源的文学叙事不是彼此征服、覆盖的“单独的处境”，而是众声喧哗彼此互证的多义性主题选择和多文类介入的参与。也正是在这样的背景下，个人记忆获得意义而从“我”出发走向更辽阔的世界。这样文学在彰显艺术性审美性的同时获得一种立此存照的“历史意义”，也就绝不是一种“史余”了。

转年就是2012年了。70年前沈从文就预言：“若讨论到‘短篇小说’的前途时，我们会觉得它似乎是无什么‘出路’的。他的光荣差不多已经变成为‘过去’了。它将不如长篇小说，不如戏剧，甚至于不如杂文热闹。”但沈从文接着又说：“它的转机即是因为是‘无出路’。……短篇小说的写作，虽表面上与一般文学作品情形相差不多，作者的兴趣或信仰，却已和别的作者不相同了。支持一个作者的信心，除了初期写作，可望从‘读者爱好’增加他一点愉快，从事此道十年八年后，尚能继续下去的，作者那个‘创造的心’，就必得从另外找个根据。很可能从外面刺激凌铄，转成为自内而发的趋势。作者产生作品那点‘动力’，和对于作品的态度，都慢慢的会从普通‘成功’转为自我完成，从‘附会政策’，转为‘说明人生’。”[16] 因此，文学新媒体的变身固然给短篇小说的发展带来新机，但更重要的是当短篇小说的写作需要对作家耐心、定力、想象力、创造力进行考验，我们的作家准备好了吗？

2011年11月·随园

注释：

① 张丽华：《现代中国“短篇小说”的兴起》，第69、70页，北京：北京大学出版社，2011。

② 刘庆邦：《短篇小说的力量》，《在雨地里穿行》，第153—154页，天津：百花文艺出版社，2010。

③ 沈从文：《短篇小说》，《国文月刊》1942年第18期。

④ 侯金镜：《几点感触和几点建议》，《文艺报》1963年第2期。

⑤ 鲁迅：《〈近代世界短篇小说集〉小引》，吴福辉：《二十世纪中国小说理论资料》（第三卷），第78页，北京：北京大学出版社，1997。

⑥ 笛安：《主编手记》，《文艺风赏》2011年2月号。

⑦《天南》2011年第1期。

⑧《天南》2011年第2期。

⑨ 蒋一谈、王雪瑛：《中国需要这样的作家》，《上海文学》2011年第9期。

⑩ 王安忆:《稻香楼·序三》,沈阳:春风文艺出版社,2005。

⑪ 胡风:《关于速写及其他》,《文学》1935年4卷2号。

⑫ 迟子建:《迟子建文集·跋》,《作家》1996年第4期。

⑬ 莫言:《独特的声音》,《锁孔里的房间——影响我的10部短篇小说》,北京:新世界出版社,1999。

⑭ 鲁迅:《〈近代世界短篇小说集〉小引》,吴福辉:《二十世纪中国小说理论资料》(第三卷),第78页,北京:北京大学出版社,1997。

⑮ 苏童:《我看短篇小说》,《苏童短篇小说编年序》,北京:人民文学出版社,2008。

⑯ 沈从文:《短篇小说》,《国文月刊》1942年第18期。

目　录

哪年夏天在海边

范小青

去年夏天在海边我和何丽云一见钟情相爱了。

我们算是同事，又不算同事。我们都供职于一家大型国企，从这一点说，我们是同事。但是国企的总部在北京，我们不在北京，而在各自不同省份的分公司，这么说起来，我们又不是同事。在去年夏天到海边之前，我们根本就不认识，甚至不知道对方的存在。但我们之间有一点是相同的，我们都是各自公司里的精英、佼佼者，要不然，我们就不可能享受总部分配给每个分公司的海边休假的待遇。

就这样，去年夏天，我们在海边相遇了。

其他诸省分公司的人，明明将我们的事情看在眼里，但他们不会说三道四，他们和我们一样，都是有素质的人，更何况，也许他们自己也有着类似的情况呢。毕竟谁都无法否认，夏天、海边、休假，这是催生婚外情的最合适的因素呵。

我们如胶似漆地度过了这个假期，但是我们心里明白，只有这十天时间是属于我们的，十天以后，我们就分道扬镳，从此天各一方，很可能一辈子都不再见面。这是我们相爱的前提。因为我们都是有家室的人，都有优秀的配偶和孩子，都有体面的光鲜的家庭和事业。我们都不会因为一次露水情而毁了自己艰辛打拼多年才得到的一切。

可是，许多事情不以人的意志为转移，到了分手的前夜，我们才发现，我们已经无法分手了。我们又不是机器人，可以随意开关。机器人有时还不听指挥呢。

那天晚上，我们静静地躺着，何丽云给我说了一个故事，是她的妈妈讲给她听的。有一位女子，从年轻的时候开始，每年秋天到远离家乡的一个小镇的小旅馆，和情人相会三天，然后回到自己的生活中，一年中没有任何联系，明年再来。这样的日子一直延续到她老去。老年的她，仍然每年去那个小镇，他也同样。直到有一年，他没有再来。她并没有去打听他的情况，仍然每年都去，像从前一样度过每年完全属于自己的三天。

说了这个故事后，她沉默了，我也沉默了。最后我问她，是你妈妈的故事吗？她说不是，是她妈妈读过的一个外国小说。

于是我们决定，照着别人的小说展开自己的故事。

为了等待明年的这一天，为了不影响我们现在所拥有的一切，我们一起删除了对方的所有联系方式，手机号码、单位电话、电子邮箱、通信地址等。也就是说，在明年的这一天之前，我找不到她，她也找不到我。

这一天终于来到了。今天就是这一天。

今天的一切，都是那么的顺利。订机票，打的三折；出发去机场，一路畅通，好像今天红灯全部关闭，绿灯全部为我开放了；飞行过程也很好，没遇上什么气流，飞机不颠簸，机上的午餐也比以往可口；下飞机打车到宾馆，司机开得又稳又快，据他自己说，只用了平时一半的时间。

虽然时隔一年，但我记忆犹新，熟门熟路到总台，事先预订了房间，不会有问题，我想要入住517房，给我的就是517房。

拿到钥匙后，我没有急着去房间，在总台前稍站了一会儿后，然后忍不住问了一下，515有没有客人入住。

值班员到电脑上一查，冲我笑了一笑说，入住了。

我脸上一热，好像她知道我的来意，知道517和515的故事。

其实是不可能的，那是在我自己心底里埋了一年的秘密。

我没有再打听515房间的情况。

上电梯，过走廊，进房间，放下简单的行李，我去卫生间刮胡子，其实出门时已经刮过胡子，我又重新刮了一下，洗了脸，换了衣服。

这是去年夏天来海边时穿的衣服，这一年中，我都没有再穿它，小心地将它叠放在衣橱里，一直到今天出门来海边。

一切的准备，在无声的激动中完成了，我按捺住心情，走出517，过去按了515的门铃。

无声无息，门却迅速地打开了，和我的脸色一样，开门的女士一脸的惊喜，但也就是在这一瞬间里，我们俩的脸色都变了。

她不是何丽云。

很明显，我也不是她正在焦急等候的那个人，一眼看清了我的模样后，她的笑容顿时凝冻住了，眼睛里尽是失望和落寞。

说实在的，我被她的眼神伤着了，我知道，其实我的眼神也一样伤着了她。我有点尴尬，赶紧往后退了一步，说，对不起，对不起，我敲错门了。

女士礼貌地点了点头，也往后退了一步，关上门。

我回到自己房间，心思一时无处着落，阳台的门敞开着，微风吹进屋来，阳台上有藤椅，我想坐到阳台上去，可是我的阳台和515的阳台是连在一起的，中间只有一道矮矮的隔栏，如果515那位女士也上阳台，我们就会碰见。

我不想碰见她，所以没有上阳台，只是到靠近阳台的沙发上坐下，点了一支烟，望着远处的大海，慢慢沉静下来。

515住的不是何丽云，并不意味着何丽云就不来了。我有一个星期的假期，我有耐心等她，也有信心等她。

在苦苦守候的一年中，我们双方音讯全无。我有好多次想打听她的消息，最终还是忍住了。她也和我一样，严守诺言，始终没来找我，我们一起用自己的努力工作，等待着今年的这一天。

今年是我们的头一个年头，我相信她会来。

我特意提前一点到餐厅，去预订去年我们常坐的那个位子，结果发现，住在515房间的女士已经先占了那个座，我犹豫了一下，没好意思提出换座，挑了旁边的一个双人座。

看得出来，她也在等人。

用餐的人渐渐多起来，不一会儿餐厅就满员了，有人站在那里到处张望找位子，服务生忙碌地穿梭着，四处打量，看到我和515那位女士的双人座上都空着一个位子，过来和我们商量，想请我们合并为一桌。

我们不约而同说，不行，这个位子有人。

我们像是相约好了似的，继续等待，又像是约好了似的，一直都没有等到。服务生来了又走，走了又来，始终彬彬有礼，一点也没有不耐烦，最后倒是我不好意思了，只得招呼服务生点菜。

我点了何丽云最喜欢的海鲜套餐，这期间，我下意识地瞥了515那位女士一眼，发现她也在点餐了，她点的是牛肉套餐。

牛肉套餐是我最喜欢的。

她也和我一样，在等一个人，这个人和我一样，喜欢牛肉套餐。

我们都点了别人喜欢的菜，但是喜欢吃这道菜的人，最终也没有来。

我吃掉了为何丽云点的晚餐后，有些落寞地到海滩去散步，又遇见了515的女士，也是一个人在散步。

两个人的行动如出一辙。

既然躲不开，我上前和她打个招呼，她也落落大方，朝我笑了笑，说，我们住隔壁。我说，我姓曾，叫曾见一。她说，我姓林，叫林秀。

和和气气的，我们擦肩而过了。

虽然心怀失落，却是一夜无梦，早晨醒来的时候，更有些沮丧，心想，竟然连个梦也不给，够小气的。

我没有去餐厅吃早餐，叫了送餐，二十分钟后，早餐送来了，我开了门，看到一辆送餐小车停在门口，车上还有另一份早餐，餐牌上写着515。我好奇地看了一下那位林秀女士要的早餐，一份麦片粥，一杯热牛奶，一份煎鸡蛋，一小盘水果。和去年何丽云要的早餐完全一样，我目睹服务员将早餐送进了515，心里的疑惑像发了芽的种子，渐渐地长了起来。

上午是下海游泳的最佳时间，不晒人，我到沙滩的时候，林秀已经来了，不过她没有换泳衣，只是坐在遮阳伞下，也没戴墨镜。在这样的沙滩上，不戴墨镜的人非常少。

何丽云也不戴墨镜。去年夏天在这里，我走过的时候，看到她独自坐在遮阳伞下，一个人静静地望着大海。

我下海后，回头朝沙滩上看，林秀就一直静静地坐在那里，看着海里游泳的人，连她端坐的姿态也和何丽云十分相像。

可她为什么不是我朝思暮想牵肠挂肚等了整整一年的何丽云，而是一个陌生的女人？

下午，我忍不住坐到自己的阳台上去了，我感觉林秀也会在那里，出去的时候，她还没在，我刚刚在藤椅上坐下，她就出来了，看到我在阳台上，她并不惊讶，好像预感我会在那儿，我们互相笑了一下，隔着矮矮的镂空的围杆，两个人就像在一个屋子里。

我开始说话，从昨天晚餐以后，我就开始酝酿了，现在我终于要说出来了，我把自己去年夏天在海边的故事，把自己和何丽云的故事，从头到尾地点滴不漏地说给林秀听。

林秀一直静静地听着，没有打断我，也一直没动声色，一直到我说完了，她仍然一动不动地坐着。

完了，我想。

可就在这一瞬间，我忽然看到她的五官都变了样，她的表情夸张到令我感到恐惧，身上竟然起了一层鸡皮疙瘩。

她"忽"地站了起来，她的柔和的声音忽然变得十分尖厉。

你是谁？

你怎么知道这件事情？

你为什么要打听我的私事？

起先我被她突如其来的质问搞得一头雾水，手足无措，但是很快我反应过来了，理清了思路，一旦思路清晰了，我立刻被更大的恐惧制住了。

林秀并不需要我的回答，她说，我知道了，是他的太太让你来的。

虽然她的话没头没脑，但是我能听懂，我心里很清楚，她碰到的事情和我碰到的事情一模一样。

林秀没有给我更多的时间思考，她开始说话了。

她细说了自己一年来的思念。她说自从去年夏天在海边发生了婚外情以后，这整整一年的日子，都是为了这一天。可是最后他却没有来。

我和林秀，素不相识的，狭路相逢的，两个陌生人，合作完成了同一个故事，一个完整的故事，我讲的是上半段，她讲了下半段，配合得天衣无缝。

我再也坐不住了，回房间，立刻拨通了管伟的手机，管伟那边声音嘈杂，只听得管伟大声说，你等等，我出来接。

我把这个事情尽可能简单地告诉了管伟，管伟听了一半，就“啊哈”了一声，说，你下手快嘛，一次休假就钓上了。我没有心思说笑，说，你马上帮我去打听一下何丽云到底在哪里。管伟说，你这位何丽云是哪个分公司的？我说，四川分公司的，你现在就打电话。管伟说，曾哥，你在海边享受得昏头了吧，今天是周日，哪里找得到人，你以为我是中央情报局啊。话虽是这么轻飘飘的，但毕竟是我的铁哥们，哪能不知道我着急，又赶紧说，你放心，明天一上班我就替你找，今天晚上，你就安心地享受月光沙滩海浪仙人掌吧。

管伟果然给力，第二天上午九点刚过，电话就来了，可惜他的消息不给力，四川分公司根本就没有何丽云这个人。我说不可能，我怀疑你根本就没有去打听。管伟说，曾哥，这可是人品问题。我又问，你托谁去打听的，这个人可靠吗？管伟说，吕同，可靠吧？我说，吕同怎么和四川分公司有往来？管伟说，你不知道了吧，他和那边总办的姐们有意思，噢，对了，据说也是哪年夏天在海边度假钓上的，凭这么密切的关系，就错不了。

我说，你马上找吕同要那姐们的电话告诉我。管伟说，早知道你会来这一招，早替你要来了，你自己找去吧。报了那个办公室女士的号码和名字，最后嘀咕一句，什么夏天在海边，蒙谁啊。我说，你说什么，你什么意思？管伟说，我没什么意思，联系方式你也有了，有本事你自己找去吧。

我让自己冷静了一会儿，才把电话拨过去，听到一个爽朗的女声说，哪位？我说，我是吕同的同事，我叫曾见一。那姐们笑了起来，说，今天怎么了，吕同和他的同事排了队来找我。我说，无论是吕同还是管伟，都是我请他们帮忙的。那姐们说，我已经知道了，你要找一个叫何丽云的，可是我们分公司确实没有这个人啊。我说，去年夏天，总部给每个分公司一个去海边休假的名额，你们四川分公司是何丽云去的。那姐们怀疑说，不会吧，我查了近三年的公司人员名单，没有何丽云——这姐们是个热情的人，知道我心急如焚，又赶紧说，这样吧，你稍等一等，我再到人事部替你仔细查一下，等会儿再回你电。

通话戛然而止，四处一点声音也没有，夏天的海边真安静。接下去又是等待，是再等待。其实我不再抱有希望，我几乎彻底失望了。去年夏天在海边的那个人、那个何丽云，到底是怎么回事呢，是假的，是骗子，或者根本就没有这个人，是我自己的幻想？无论真相是怎样的，我都想要丢开它了。

偏偏那边的电话很快就回过来了，那姐们告诉我，四川分公司从前确实有个何丽云，但是三年前出车祸去世了。我惊愕不已，愣了半天，才结结巴巴问道，她，那个何、何丽云，去世前，公司有没有安排她到海边度过假。那姐们说，这个我也问了，是有过的，就是度假回来不久就遇上了车祸。那姐们很善解人意，料定我还会追问，主动说，她走得突然，一句话也没有留下。我再也说不出一句话来，和她走的时候一样，太突然，一句话也没有。

我觉得自己快要疯了。我要联系何丽云，无论是死是活，我都要联系上她。可是我早已经去除了关于她的一切联系，一切可能找到她的方法都被我自己丢弃了。当初我们相信爱情，相信时间，把一切交给了时间，但是最后时间却无情地抛弃了我们，残害了我们。

我跑到阳台上，林秀不在，我隔着阳台喊了一声，林秀应声出来，我们两个面对面地站着，我劈面就说，你认得我。林秀笑了一笑说，你告诉过我，你叫曾见一，准确地说，两天前我认识了你。我急了，说，你不叫林秀，你就是何丽云。林秀说，你什么意思，谁是何丽云？我说，你为什么要骗我？你是不是整了容？你为什么要整容？林秀又笑了起来，她揉了揉自己的脸皮，说，我整容，你从哪里看出来我整容了？见我不说话，她回屋去拿了一张身份证出来，朝我扬了扬，说，这是我好多年前拍的照片，你看看，我有没有整容。又说，有个韩国电影，妻子为了考验丈夫是不是真心爱她，去整了容，回来丈夫不认识她，她说出了真相，丈夫却不再爱她了。

我逃离了阳台，逃出了517房间，一路往海滩跑，路上我看到一个摄影师正在冲着我微笑，我在疑惑中隐约感觉到什么，赶紧问他，你为什么冲我笑，你认得我吗？摄影师说，不能说认得你，只能说见过你，去年夏天在海边，我给你和你太太拍过一张照片——当然，是在你们不知情的情况下。我说，我和我太太？摄影师说，也许，她不是你太太，是女友吧，总之是一位优雅的女士。我像落水的人抓到了最后一根稻草，追问说，是去年夏天吗，你确定是去年夏天吗？摄影师说，应该确定的吧，总之是夏天，是在海边，这错不了。我说，照片呢，给我看看。摄影师说，以前拍的照片，我不可能随身带着，我回去找找看。我却无法再等待，迫不及待地问，你说的我的那位太太，或者女友，她长什么样子？摄影师笑了起来，说，奇怪了，你自己带着的女人你不知道她的长相吗？再说了，我一年要给多少人拍照，怎么可能全都记住他们的长相呢。我说，你既然记得住我，为什么记不住她呢？摄影师说，我只对比较特殊的事情有特殊的记忆，比如说，长得比较特殊的人，我才会过目不忘。我不解，说，我长得特殊吗？摄影师说，你的长相并不特殊，但是你的眼睛和别人不一样，特别不一样，所以我记住了你。我不知道自己的眼睛有什么与众不同，但此时此刻我只能相信摄影师的话，我别无选择，我要从他那儿探出哪怕是点滴的信息。我说，你不征求本人的意见就给人家拍照？摄影师说，我只是拍照而已，又不拿出去展览，不用于商业用途，更不出卖给别人——他停顿一下，又说，其实我也不想这样，我看到美的画面就想拍，但是大部分人是不会同意我拍他们的，因为，因为——他笑了一下，因为什么你应该知道。

我当然知道。

摄影师最后感叹了一声，说，更何况，从艺术的角度看，只有在不知情的情况下，拍出来的效果才是最真实最美丽的。

摄影师说得没错，可是在我这儿，却出了差错，最真最美的东西消失了，现在唯一的希望就在摄影师的照片上了。摄影师说，你放心，我回去就找，如果我找到了，明天上午我会放在总台上。我说，你知道我住哪个酒店？摄影师说，嘿，在海边待的时间长了，能够分辨出来。你住的那个酒店，我也替好多人拍过照片。都寄放在总台上，大部分人都将照片取走了。

我回到宾馆，昏昏沉沉正要睡去，我的导师吴教授忽然推门进来了，我一见导师，喜出望外，赶紧求救说，老师，老师，你帮帮我。我导师淡然地朝我看了看，说，你出问题了。我说，我是出问题了，可我不知道问题出在哪里。我导师说，你的程序出差错了。我摸不着头脑，诧异地问导师，我的程序？我的什么程序？我导师说，三年前，是我给你设计的程序，我太过自信，还以为是世界一流的程序呢，方方面面都考虑周全了，却在婚外恋这一块上马失前蹄，我只给你设计了一次婚外恋，你超出这一次婚外恋，程序就错乱了——当然，这也不能完全怪你，是为师的三年前远见不够，现在看来，我们的预测远远赶不上发展的速度啊。我委屈地叫喊起来，没有，没有，我只有一次，就是何丽云，可是，可是她却——我导师打断我说，你不用辩解，你的错乱，足以证明你突破了设定的程序，而且还是程度相当严重的突破，这套程序有自我修复的能力，如果是一般程度的混乱，它完全能够自我调整。我越听越觉得不可思议，大声抗议说，老师，一定是你搞错了，我又不是机器人，我怎么会有程序？我导师微微一笑，说，你去看看你的眼睛就知道了。我想起那个摄影师也说过我的眼睛奇特，赶紧去照镜子，结果果真把自己吓了一跳，我的眼睛闪耀着五彩缤纷的光亮。我导师坐到电脑前捣鼓了一番，重新设计了程序，回头问我，现在，新的三年开始了，你是清零以后重新开始新三年呢，还是在前三年的基础上延续第二个三年。我想了想，说，还是不要清零吧，我总得把那些搞乱了的事情想起来才好。我导师说，当然，各有各的好处和坏处，你不清零，就得背负着前三年的种种痛苦、后悔、迷茫等等，当然也有幸福、快乐、成就等等。如果从零开始，虽然一身轻松，却是什么积累也没有，你想好了？我说我想好了。我导师果断敲了一下回车键——"咔嗒"一声巨响，把我惊醒过来了，外面电闪雷鸣，才知道是做了一个白日梦。

我忍不住去敲隔壁515的房门，林秀开了门，我朝里一看，她正在准备行李，我说，你要走了？林秀还没来得及回答，房门就被撞开了，冲进来一群穿白大褂的人，上前摁住林秀就绑，林秀也不挣扎，很镇定地任凭他们摆布。倒是我看不过去了，上前阻挡说，你们干什么，你们找错人了。那些人也没把我放在眼里，说，抓的就是她，谁也别想从精神病院逃走。林秀朝我笑了笑，说，他们没错，抓的就是我。我急道，错了错了。医生说，错不了，烧成灰也认得她。我嘀嘀咕咕说，她没有病，她，她是，她是——她到底是什么，我到底也没能说出来。

那些人听到我嘟哝，都回头看了我，其中一个说，怎么会有这么多精神病人跑到海边来了。另一个说，不是从我们那里逃出来的，不关我们的事。

他们带着林秀走了。

我回到自己房间，开始收拾行装，意外地发现茶几上有一块标着号码的牌子，我不知道这是怎么回事，打电话叫来一个服务员，服务员是个爱笑的女孩，拿起那块牌子看了看，笑着说，好像是附近一家精神病院的工牌。我说，怎么会在我房间里？那女孩只管朝我笑，不回答。我说，你误会了，我不是逃出来的精神病人。那女孩又笑，说，从精神病院出来的，不一定都是病人，也可能是医生哦。

退房的时候，我抱着最后一线希望向大堂值班经理打听有没有照片留给我，值班经理说没有。我说，海边的那位摄影师没有来过吗？值班经理说，海边的摄影师早就离开了。我说，是那个喜欢拍情侣照的摄影师吗？经理说，是呀，几年前他拍了一个女孩和情人的照片，结果被跟踪而来的情人太太发现了，抓到了证据，女孩跳海自杀了，摄影师从此就失踪了。

我顾不得惊讶，赶紧跳上出租车往机场飞奔而去。

在飞机上，我随手翻了翻画报，看到一条内容，标题是：人的大脑有无限的潜能吗？内容如下：人类大脑未开发的部分达百分之八十至九十。化学药品能够激发大脑进行记忆和处理信息的功能，或令思维变得更加敏捷。喝咖啡和能量饮料的人清楚这一点。

我正在喝咖啡，但是我知道，它不能告诉我，到底是哪年夏天在海边。

飞机颠簸起来，遇上气流了。

原载《收获》2011 年第 5 期

局部

叶 弥

如此大雪……

雪刚朝下坠落时，我上了一次厕所，不过是撒了一泡尿，出来时厕所旁边的青菜地就没了，吓了我一大跳。再朝远处一看，平时繁杂的色彩和线条都没了，只有白色，只有一种起伏连绵温柔中庸的线条。世界这样简单，反倒觉得十分夸张。

明天开始放寒假了。老曾出来打下课铃，不怀好意地逗我，“艾老师，你怎么还不走？再不走的话，今夜只好留下来陪我老头子啦。”他看了看我的脸色，突然不愉快地说：“谁会看上我啦？你们女人只会看中展九霄。”我说：“谁叫展九霄？”我的语调比他还要生硬，于是老曾转出一副体贴人的嘴脸说：“艾老师，我们都晓得你要和展九霄好上了，你也看中他，他也看中你。不过我要提醒你，这个人不吉利，命中克妻，所以到现在也没敢讨老婆。哪个女人和他好，轻者拆家，重者丧命。你看村头的小琴，不是为他上吊死了吗？”我把手上的语文书扔到老曾头上，大声呵斥道：“死老头，走开！”

我真的不认识展九霄。我听说他的许多风流事。他有个绰号叫：展大屌。听着不雅，其实是夸奖他的能力。大屌，大屌……乡下人亲切地这么叫喊他，透着无比的崇敬，对他的性能力有意地加以神化。大屌，大屌……这么一叫，世界好像就透着光和风了。我与他唯一的联系就是他通过知青程实向我借了一本书，是郭沫若翻译的《少年维特之烦恼》。这本书是我丈夫徐少有“上山下乡”前从家里带出来的，他偷偷地借给我看，我看了以后就爱上了他。展九霄在县中上课时向高二学生讲授这本书，结果三十五个学生跑掉了二十五个，另外十个中，五个在开小差发呆，五个去领了校长来呵斥他。大家一致同意让他去教体育，他上体育课时，告诉女生们在月经期间要勤洗下身，结果女生们全体搂抱在一起大哭不止。他就这样丢掉了在县城中学的差事，回到他的家乡去种地。他种地、看书、赌博、谈恋爱，就是不结婚。

孩子们在铃铛声里拥出校门，声音和动作都像麻雀一样。我随着他们流到校外的雪地里，渐渐人影稀疏，渐渐到家。我的丈夫徐少有坐在床上，一根绳子吊在床架上，他的脑袋套在绳圈里，眼睛定定地看着我，一副必死的样子。我知道他整日无事，又在玩上吊的游戏。这个游戏告诉别人：他想死，但下不了死的决心。

手表上指着四点半钟了。我去厨房里准备晚餐。米缸里还有半把米，生产队年前发给我们新年的口粮全让徐少有卖掉了，得到的钱他消费在赌桌上。除了赌钱，他只有一个爱好，就是玩上吊的游戏。他的父亲是有名的实业家，五六年“公私合营”时还是丝织公司的董事长，没想到一夜之间他就成了右派的儿子。他的口头禅是：“眼睛一眨，老母鸡变鸭。”有时对别人说，有时对我说，更多的是自言自语。这句话不停变化着含义，有时沮丧，有时愤怒，有时是对人对己的安慰，有时是轻巧的自嘲。世界就是这样易变和荒诞的，你看，我不认识展九霄，但人家说我们已经对上了眼。也许下一刻我会听到别人说我和展九霄私奔去了。

徐少有的堂妹和堂妹夫都在供销社工作，富得流油，比当年的地主还富有呢。我得找她去讨几斤米。我急急忙忙地拿了伞出门，走过生产队长家门口时，有意躲闪，没想到还是给队长看见了。他看到我手里攥着米袋，喊道：“又要去借米？三百斤玉米，五十斤黄豆，十斤花生，三十斤粉条……你们家总共才吃了二十几天？你这个女人是怎么当的？照我说，城里来的女人都不是女人。”他知道徐少有滥赌的恶习，他把这种恶习怪罪于我。我毫不客气地回敬道：“你妈才不是女人！”他听了哈哈大笑，笑完了站起来指着我说：“听说你和展九霄约好了要私奔，有没有这回事？”队长很严肃，不像开玩笑。我还没回答，队长又说：“展大屌这东西，连知青也敢摸，够种！”他一脸真诚的羡慕，虽说我是受害者，但也被他的天真所打动。我有一个绰号叫“艾傻×”，我是傻×我怕谁，我对世界很理解。

粮站门口挖了三个坑，两个坑里各站着一对男女，另外一个坑里站了一对男女和一个瘦小老太婆。他们的脖子上都挂着牌子，正面写名字，反面写“腐化分子”四字。哈哈，道德本身就是一个陷阱呢。我不认识他们，他们是别的队上的人，因为私生活的问题被民兵押着到各处巡回展览，就和公社里的流动电影队一样，每到一个地方都要引起轰动。我朝他们喊：“快回家去啊，想被雪活埋啊？”他们一声不吭，就如死了一般。我再朝他们喊了一句：“民兵早走了，还不快回家？”他们还是不吭声，像僵尸一样。

然后到了大渡桥。大渡桥上积雪并不多，但是很滑。我在桥中间的大漏洞前滑了一跤，一条腿悬空挂了下去，笔直地挂在湍急的河水上，很是滑稽。伞飞到河里。他妈的破桥！我费劲地用挫伤的手掌撑起身体，从桥洞里搬出大腿。大腿刚回到桥面上，我就看见桥边的一户人家里走出一个女人，吃着瓜子，兴味盎然地瞧着我的狼狈样子。这是何老大的女人何姑娘，自从

“斗、批、改”运动开展起来，方圆十里地，只有这个女人敢在耳朵上戴金耳环。她飞快地吃掉手中的瓜子，夸张地拍拍手，朝我吐了一口口水。我和她没难过，是她见了我不顺眼。这地方所有的女人，她都不顺眼，她是女人中的老大。她进门时用脚一碰门，有意使了劲，门失去了控制，一下子屋门大开。屋子中间坐着四个打牌的男人。我看见了他们，他们也看见了我。大家一时都有些发愣。

我看见了牌桌上有一个男人，他正对着我的方向，眼神定定的。何姑娘对那个人笑着说：“大屌，你的相好跌跟头了，怎么不去扶一把？男人真是没良心的东西！”

这就是传说中的展九霄，俊俏有趣的浪子？我还没看清他的样子，门就关起来了。

到了供销社，徐少有的堂妹徐寸心也在看雪，伤感地说：“家乡没有这么大的雪呢。你想家不？傻×！”我不高兴地说：“别老是说我是傻×。”徐寸心大着舌头说：“人家都说你是傻×哎。我是喊着玩玩的，别生气啦。”我说：“别说这个了，你回去拿点米给我。”徐寸心去供销社后面的家里拿了米给我，又塞给了我三块钱，对我说：“听说你最近和展九霄熟了，你给他递个话。明天我男人出差去，我在家里请他吃饭，肉皮烩蛋，红烧肉，他来不来？”她亮着眼珠子，一只大拇指咬在嘴里。我就说：“当心你男人知道了揍死你！”徐寸心放下手指说：“人家说你是傻×，你还真是个傻×，不过是与你说着玩玩的。”我固执地问她：“为什么要说着玩玩？”她不假思索地说：“你看这破日子，过得像个人吗？”我问她：“你指的是哪方面？”她不说话了，把脸转过去不看我，等我走出去，她在我身后说：“哼，明知故问，不是好人。”

粮站前，坑里的人还在，积雪已埋没了他们双腿。我放下米袋去拉一个年轻女人的手，对她说谎话：“我和公社书记熟得很，你们先上来，有什么事我担着。”那女子青脸绿眼地问我：“你姓啥叫啥？你是干什么的？住哪里？你和公社哪位书记混得熟？”我忍不住笑了起来，“你他妈的这样鬼精，怎么还让人捉了来游街示众？”她一边借着我手上的力气朝坑外爬，一边说：“你骂得实在，我就是个水性的人，憋不住。罪有应得，活该！”同坑的那男人也爬上来，两个人浑身如冰，四目相对时却是热腾腾的。

第三只坑里，那瘦小的老太婆最后一个上来，她紧闭着嘴，倔犟地挺着脖颈，一上来就坐到了我的脚边，屁股挨着我的脚，喘息了几下，她突然站起来，跑过粮站的围墙，一头扎到了大河里。她的身影顺水而下，在汹涌澎湃的波浪里几个沉浮就不见了。这么快一条人命就没了？我们站在河边，连喊叫的机会都没有。她是谁？住哪里？和谁熟？六个“腐化分子”面对我的问题一个劲地摇头，他们不认识她，也不知她“腐化”的内容。我站在粮站大门的屋檐下，脚边麻麻的，仿佛还能感受到老太的温度。

“可惜了，今天是最后一站。她没挺过去。”那个自称为“水性杨花”的女人边走边说。她旁边的男人颇有理性地推测，“她就是存心在今天死，不想回家了。你没听见她嘴里说什么‘你死了，我也活不成，我也死了算了’。她许是殉情了。”

我突然尖着喉咙朝天大喊起来：啊——！我是傻，谁能理解我这个傻×内心的悲伤？

我喊完，周围一个人也没有了，从一地仓皇的脚印来看，他们是吓跑的。我揉着胸口，觉得心里好过了一些。我愤世嫉俗，孤独寂寞，充满对现实的逆反之心。所有的生活都不是我要的，我要舒张顺畅地生活。

我一时不能就走，站在原地发呆。不久，过来一个人，是知青程实，他为展九霄借了我的《少年维特之烦恼》，到现在也没还我。传说他暗恋我，为我至今不娶。他看了我一眼说：“还站着发呆？那老太一直冲了下去，我看见展九霄拿了竹钩子出去，哪里还有人影？”

我客气道：“你从哪里来？”

他说：“我刚才在供销社买牙膏，就站在你和徐寸心旁边。你们说的话，我都听见了。你们说得高兴，没有看见我。”他补充了一句，“我不生气的。”

我问他：“那你就这样一路跟着我？”

他说：“才不是。我到何姑娘家，和九霄说了一阵子话。”

我斜了他一眼，这个人长得貌不惊人，胡子拉碴，不是我欣赏的那种人，而且我看不出他有思想。我问他：“你们说了什么？”

他说：“九霄说，你长得像雪地里的一株梅花。”

展九霄会这样说？我刚才在桥上，他只看了我一眼就这样评价我？我又问他：“他还说了什么？”程实不说话，我推了他一把，他就说：“你好回家了。”

我说：“今天不回去了。实不瞒你，我和九霄约好了今晚私奔，我在这里等他。”我觉得这个主意真是不赖，一个人笑起来。

他说：“怪不得外面都说你和展九霄好了。……这大雪天怎走？”

我胸有成竹地说：“先上县城住他家里，明天一大早搭便车走。你看这雪越下越小了。”

他一脸的沮丧，几乎带着哭腔问我：“为啥要告诉我？为啥？”

这个问题令我想了片刻。我说：“你诚实，大方，善良……我不知为什么，就是信任你。我高兴不高兴的事，都想和你说。”

他擦了一把脸，回过魂来。我说的话并没让他高兴起来，他固执地说：“回家吧，回……”不知为什么他忽然改口说：“我来的时候，看见展九霄朝那边的相反方向走了。要不，我替你去找找他？你在这里等着我。我很快就回来。要是我再来的时候看不见你，你就是和展九霄私奔了。”

雪渐渐下得小了，我双手抄在袖子里认真地看下雪。看了一阵子，我开始在脚边堆雪人，堆出一男一女两个小雪人，也不知像谁。做完这件事，我拿出口袋里一只两分钱硬币，朝雪上一扔，说：“展九霄来，字。展九霄不来，国徽。”

连丢三次，硬币在雪地里都是字面朝上。

走过来一个穿蓝布棉袄的男人，他文绉绉地和我说：“我从来没见过你这么多情的大姐。也是，吃也没啥吃的，穿也没啥穿的，唯有心里的爱是自由的。你说是不是这个道理？”

我说：“是啊，是这个道理。但是去爱谁才能不失望？”

他看看我，“你看到刚才那些人了吧？爱没有好下场的。我从来不爱人，我的心比雪还要冷，所以保住了一条小命。”

我警觉地问：“你是谁？”

他不吭声，头也不回地走了。

穿蓝布棉袄的男人刚走，我也回家了。我刚进门就被徐少有劈头盖脸地骂了一通。我赶紧在灶上起了火，给他烧了米饭和白菜汤。他闻香寻来，揭开锅骂道：“你烧米饭啊？你个死婆娘，你个浪费精。晚饭还煮米饭？米多得吃不完啊？”他盛了一碗米饭坐下来吃，吃着吃着哭了起来。我知他对生活不满意，他把生活的重负给了我，他从不知我心里怎么回事。我现在要抛弃他，就在今晚，我迫不及待，我心急火燎，我心中的潮水一浪高过一浪，我脑中的一根弦危险地紧绷着，如果今晚还是一如既往地沉默，我就会发疯。从这儿到那儿，就是一根丝线的距离，这儿是清明的世界，那儿是混沌失常的境域。我见过发疯的女人，队长小的时候家里很穷，他的娘到集上去割了一块猪肉，回来的路上上了一个茅厕，把猪肉挂在茅厕外面的芦苇秆子上，出去一看不见了，好好的人，刹那间就疯癫了，整天站在屋后骂人，骂得一本正经，言辞颇有创意。我不想这样。

我忽而明白，我抛弃的不是徐少有，而是抛弃我自己的生活。我想要什么样的生活呢？我大脑一定失常了，就在那一刻，我清晰地看到一幅山水场景，那是所有的美好加在一起的美好，所有的想象加在一起的想象。……那就是我们想象中的桃花源吧？没有争斗，没有冷漠，人心温暖安静，一年四季如春。

我坐到徐少有的身边，看着他吃。他只顾往嘴巴里塞饭，也不叫我吃。吃了一碗吃第二碗。我对他说："我走啦。"他轻微地应了一声，他根本没考虑我这声"走啦"是什么含义。他吃第三碗的时候，我又对他说："我走啦！"他迟钝地抬眼看了我一眼，像个肚皮里塞满了米饭的娃娃。"去干啥？"他终于问道。我说："我去私奔！"他尖锐地笑了一声说："我也想跑呢，就是不知道朝哪边去。世界是个大牢笼，你要是真能跑得掉，尽管去。我要拦你，我就不是人养的。"我起身走了。我两手空空，只有一把伞，所有的衣服都在身上，全部的宝贝就是一只机械手表，在我手腕上。我装腔作势地要私奔了，问题只剩下一个：和谁私奔？

我出了家门朝东边走，雪不下了。大路上积雪不太深，然后上了公路，公路上积雪更少。我朝南走，走啊走啊，我走到了县城，这样我就有了私奔的感觉了。县城里不能住宿，因为我没有队里打的住宿证明，没有证明走进旅馆，就等于自己走进公安局。桃花源里不是这样的玩法，在这里，任何一个人不需任何证明就能住宿，每家人家的屋内都有一张温暖的床等待远方的陌生客人，掀开温馨的窗帘，后面种着扶桑木。

我出了县城朝北回到公路，走啊走啊，走到自己的村口再朝西走，一走走到粮站门口，看了一下手表，十二点半过一些。我站下来想到一个问题：我好像把一些事搞混淆了。

我运用我乡村小学语文老师的头脑企图理清思路，我不具备逻辑思维，我扳着手指头一样一样地算：反叛吗？反叛什么？家庭还是学校还是全体父老乡亲？寻找爱情吗？寻找谁的爱情，九霄的还是程实的？都有点像都有点不像。寻找爱情中的温暖还是寻找爱情中的性？只想证明自己的能力还是纯粹发骚？我想抛弃的是什么生活？有关丈夫的还是有关这个乡村的？是对物质生活不满还是对政治环境不满还是对自己不满？等等等等。扳手指头变成了咬手指头。雪夜几乎没有任何声息，连最忠实勤勉的看家狗都不叫。

我在起劲地咬手指的时候，肩膀被人猛地拍了一下，我吓得差点瘫到地上。都说我傻，我就是这样傻的，雪地里走过来一个人居然没听见。是程实啊，他用力地拍着我的肩膀说："真是你！你怎么还在等九霄，快别等了。你等不到他的。唉，真巧，我想走过来瞧瞧你在不在，一瞧，你就在了。一般人怎么会深更半夜地到这里来找你？但我就是在这里找到你了。你说我俩是不是傻到一块去了？"

我尽量语调缓慢柔和地说："那我俩要是在一块生个孩子，是不是傻上加傻？"我不是一个有风情的女人，尤其是在当前这种情况下，天寒地冻，手脚僵硬，嘴巴在说话的时候被耳朵朝后牵着，调情的时候还在担心脚指头是否冻坏了，情绪大受影响。我正在否定我的吸引力的时候，奇迹发生了，程实就像被我点着了一样，纯真老实的程实，他的手像烧着的煤球，脸像烧了一天一夜的灶膛。我俩一拍即合，我想破坏什么，他想得到什么。我们去了他家，剩下的半夜非常温暖，他不是一个有经验的人，除了传达热情，他没有传达给我什么，从心灵到身体，他都给不了我满足。奇怪的是，从这一夜过后，我的人生安静下来，我不知道这是为什么。但我知道人生并不是单行线，有许多事混合在一起，你无法分离出一种单纯的物质。

我走时，程实送我到他家门口，对我说："那本书，九霄早就还我了，我放在床底下。你要是想来拿，过几天再来。"

我想，程实也不是那么单纯的，这本书就是证明。九霄早就还给他了，他却总是对我说没有。这样说来，他的许多话令人怀疑，包括他说九霄夸奖我的话，其实只是他自己心里对我的想法。"雪地里的一株梅花"？我是这样的女人吗？

程实半年后就结婚了，他过得不错，也做了公社里的一个官。

展九霄就在那一夜溺水身亡。我后来知道了几件事。第一，程实那天夜里并不是特意来找我的，他被队长叫起来去处理一件事。一条狗把一件漂亮的蓝布棉袄拖回了家，村民们在运河边又发现了男裤和鞋袜。程实他们的任务就是去找一个活的或死的没穿衣服鞋袜的男人。他们没有找到活的或死的裸身男人。程实惦念我，鬼使神差绕回了粮站。第二，那件蓝布棉袄属于展九霄，运河边的裤子鞋袜也属于他，他被有关方面书面判定为失踪，口头断言为死翘翘了。这种事不是没有发生过，尸体经过运河，再经过一个秘密的通道，一直冲到东海去了。从粮站后面跳河的老太太后来也没找到，她七拐八转，也许殊途同归，与他一起到东海去了。第三，这个穿蓝布棉袄的声称从不爱人的展九霄可能死于与我私奔的谣言。有一次，我在集市上买猪肉时，阶级觉悟很高的两位大爷在议论展九霄时说："活该，和知青私奔，破坏毛主席的威信，就该死！"

那天清早我从程实家里回去，我丈夫徐少有向我眨着眼睛说："眼睛一眨，老母鸡变鸭。"我第一次发现他这句话具有无比的智慧，我也第一次对这句话露出深思的尊敬的脸色。这样，徐少有就一直积极地说了下去，说到了现在，2011年的夏至，按照传统风俗，他一边吃着青皮双黄如皋咸鸭蛋，还一边说着这句话。

原载《收获》2011年第4期

一块土地

贾平凹

这话是把我吓了一跳，但我绝不会认为他的话是对的，我只是担心这十八亩地很快就要被铲草掘土，建起高楼了，那野鸡还能生存多少日子呢？

这是××给我说的，他说，那块地并不大，总共十八亩二分五，他们习惯于说是十八亩地。

十八亩地很平整，但北头窄，南头稍宽些，西边有一条水渠，水渠一拐，朝别的地方去了，拐弯处长了棵梧桐树。十八亩地里冬天种麦夏天种包谷，庄稼长得好不好，他那时太小，只有两岁吧，并不理会，他只关心着那棵梧桐树上会不会来凤凰。梧桐树是沙白村里最粗的树，树冠特别大，也特别圆，风一吹，就软和了，咕涌咕涌地动。大人们都说，梧桐树上招凤凰，但他从来没见过凤凰，来的全是黑羽毛鸟，一落进去就不见了。

那时候，他的太爷还在，太爷鼻子以下都是胡子，没有嘴。他记得有一阵子太爷总是去十八亩地，从地北头走到地南头，再从地南头走到地北头，来回地走。太爷在地里走着就背了手，腿好像没了膝盖，直戳戳往前迈一步，再迈一步，像是不会走路似的。从渠沿上走过的人说：阿爷，你咋天天都量地哩？

太爷说：我有么！

那人说：那原本就是你的么。

太爷瞪了一眼。

太爷为什么要瞪人家，他不知道原因，后来是爷告诉了他，爷的爷初来乍到沙白村时，还是一片狼牙刺滩，一家人起早贪黑硬是挖掉了狼牙刺，搬走了石头，才修出来了十八亩地。但在太爷三十岁的那一年，房子着了大火，把什么都烧成了灰，十八亩地就卖给了村里的马家，太爷还从此给人家吆马车。

太爷在用步子丈量着十八亩地，村子里正叮叮咣咣地敲锣鼓。锣鼓差不多都敲过十天半月了，还是敲，那是一套新置的响器，敲起来他总以为要敲烂了，可就是敲不烂。

锣鼓敲到谁家，谁家就拿一条红被面来挂彩，快到他家时，太婆舍不得把红被面披出来，记得太爷站在上房台阶上吃水烟，太爷每天丈量一遍十八亩地回来都要吃水烟，说：你呀你呀，新社会了么！

他那时候不晓得什么是社会，社会又怎么是新的了。

太爷说：土地改革了呀！

太爷在十八亩地里种了麦子，麦子长势很好，风一来，麦地里就漩了涡，风好像有双大脚，一直在那里跳舞。可是，麦子刚刚泛黄，眼看着都要搭镰了，太爷却死了。

太爷他没福。

沙白村的坟地都是在村东那个堆料浆石的高冈子上的，只有太爷的坟埋在梧桐树下。太爷临死前给太婆交代，这十八亩地是极力要求分回来，宁愿一人孤孤单单，一定要埋在十八亩地里。太婆和太爷一辈子意见不合，平日一个说要这样，另一个偏要那样，太婆说：啊这一回听你的。就把太爷埋在了梧桐树下。

村里的人说，太婆真不该把太爷埋在十八亩地里的，可能太爷知道太婆不顺听他的话，故意反说的，太爷哪里会舍得让坟占用十八亩地呢？他们就提起太爷的往事，说马家不仅在沙白村的土地多，在西安城里仍还有一个骡马店，太爷就每日从渭河码头上到城里的钟楼下，又从城里的钟楼下到渭河码头上吆马车拉客。冬季的夜里吆完最后一趟马车，钟楼下就有老妓女等太爷，太爷便给她买两碗热馄饨，她可以整夜把太爷的一双脚抱在怀里暖热。这老妓女后来就是他的太婆。但这话爷不让后辈人说，他爹不说，他也不说。

其实，太爷的事他记得并不多，记得深刻的还是他爷。爷对十八亩地更是上心，种麦，种包谷，也种豌豆和芝麻，地堰砌得又细又直，地里的土疙瘩都揸得碎碎的，更不能有一棵杂草。沙白村人在很长时间里流传着一个笑话，说爷有一次进城，沙白村离城有十里路，爷感觉要大便呀，就往回赶，需要把便屙在十八亩地里，但终究没憋住，半路上屙了，却还屙在荷叶上提回来倒在地里。这笑话或许是编的，但他亲眼看过爷在吃土，那是一个秋后，十八亩地犁过种麦，麦苗还没有出来，爷领着他在地里走，爷一直鼻孔张大地吸。他说爷你吸啥呢？爷说你没有闻到土气香吗？他闻不出来，爷就从地上捏了一把土，捏着捏着，竟把一小撮塞在嘴里嚼起来了，吓了他一跳。

他说：爷，爷，你吃土哩？

爷说：吃哩。

他说：爷是蚯蚓。

爷呵呵地笑了，说：蚯蚓？啊，蚯蚓，爷是蚯蚓。

后来，爷就当了村长。当了村长，就走方字步，而且每次出门，都要披一件衣服，冬天里披的是棉袄，夏天里披的是褂子，在村道里走，人人见了都问候。爷怎样经管着村子，他不甚清楚，但在爷当村长的几年里，沙白村一下子成了远近闻名的先进村。

有一年夏天，有个风水先生来到村里，看了沙白村地形，认为沙白村并没什么出奇处呀，就见到爷，怀疑村长的祖坟是不是好穴位，爷带着他就去了十八亩地。才走到水渠拐弯那儿，爷却让风水先生等一等，风水先生问为啥？爷说：一群孩子在地南头偷吃豌豆哩，咱突然去了会吓着他们。风水先生哦了一声，不再去看穴位，说：我明白了，全明白了。

是过了两年吧，村里又是敲锣打鼓，叮叮咣，叮叮咣，他还是操心着锣鼓要敲烂了，可锣鼓就是敲不烂。爷当然也是参加了锣鼓队，但敲完锣鼓回来，婆在问爷：咋又敲锣鼓哩？

爷说：社会又变呀。

婆经过土改，以为又要分地，说：村里不是地都分完了吗？

爷说：要收地呀。

这就是成立了人民公社，沙白村各家各户的土地都收了，十八亩地也收了，所有的土地都归于集体。

村子里架起了高音喇叭，喇叭是个大嘴，整天在说着人民公社好。但是爷不久就病了，爷发病先是眼睛黄，后来浑身黄，黄得像土，再就是肚子泄，汤米不进。沙白村成了人民公社的一个生产队，生产队选队长，选的还是爷，爷已经领不了社员们去拔界石，扒地堰，平整大面积耕地了。侧睡了一个月，到了初秋，爷突然精神好些，要家里人搀着去十八亩地，家里人搀着他到梧桐树下，爷说：哦，芝麻开花了。头一歪，咽了气。

爷死后没有埋在十八亩地里，因为十八亩地已经不属于他家的地了，爷埋在了村东堆料浆石的高冈子上。太爷的坟堆也平了，清明节去祭奠，只在梧桐树下烧烧纸。

十八亩地里再不可能还种豌豆和芝麻了，那是村里最好的三块地之一，秋季全种了包谷。包谷秆上结了棒子，像牛的犄角，他总感觉十八亩地里是摆了牛阵，牛随时都会呼啸着跑出来。

那些年里，吃粮吃菜连同烧锅的柴火都由生产队按工分的多少来分的，人开始肚子吃不饱饭，猪也瘦得长一身的红毛。沙白村的人几乎都成了贼，想着法儿偷地里的庄稼，他也就钻到十八亩地里捋套种在包谷里的黄豆叶子。捋黄豆叶子时连黄豆荚一块捋，拿回家猪吃叶子，人煮了豆荚吃。他是先后去捋过三次，第四次让队长发现了，队长夺了笼筐，当场就用脚踏扁了。

他说：这十八亩地原本是我家……

队长说：你说啥？你再说?!

队长扇了他一个耳光，他就没敢再说。

他回到家要把挨打的事说给爹的，爹却正把那套锣鼓往他家的土楼上放，他以为又要敲锣鼓了，爹告诉他这套锣鼓一直在常三爷家，常三爷年纪大了，常三爷的儿子老谋着要把锣当烂铜烂铁卖了去买黑市粮呀，常三爷就让爹存到他家的。

这锣鼓从此就放在他家的土楼上，再也没有敲过。有一年村里有个叫朱能的人来他家借小米，他家没有秤，也没升子，朱能说你家不是放着锣吗，给我量上一锣。他爹从土楼上取锣，锣里竟然有一窝新生的老鼠，用锣量了一锣小米，朱能却是把那一锣小米做了干饭，一顿吃了。

朱能坏了村子的名誉，周围生产队的人都在嘲笑，说沙白村的人是饿死鬼托生的。

在他七岁的那年，娘得了一种病，就是腰越来越弯，好像她背上老压着大沙袋似的，眼睛再也看不到天了。爹把他寄养在了城里的姑家，就在那里上学。村里的事自那以后他便知道得少了，只晓得爹在后来像太爷年轻时一样，吆起了马车。但爹吆马车不是去拉客，爹是到城里拉粪。每个星期六，爹都要来姑家的那个大杂院收粪水，辕杆上就吊一个麻袋，里边装着红薯，或者是白菜和葱，放到姑家了，便在厕所里淘粪，然后一桶一桶提出去倒在马车上的木罐里。那匹老马很乖，站着一动不动，无论头是朝东还是朝西，尾巴老是朝下。淘完了粪，爹是不在姑家吃饭的，带着他回沙白村过星期天，他便坐在辕杆上。

他是每个星期六都坐粪车的，一直坐到了中学毕业。

这期间发生了多少事啊，比如，他娘死了，他爹摔断过腿，头发一根一根全白了，他又上了大学，大学毕业又在一家报社上班。

就在他再一次回到沙白村，要把工作辞退准备经商的想法说给爹，他记得清清楚楚，那一天他家的院子里拥了好多人。这些人在从土楼上往下取锣鼓，鼓是皮松了，重新拉紧钉好，而锣也锈了几处，敲起来还是震耳欲聋。他那时真笨，以为他们要闹社火，还纳闷着沙白村从来就没有闹过社火呀。

院子人说：征地啦，征地啦！

他说：土地又改革呀？

院子人说：你还是城里人哩，你不知道征地?!

他当然知道征地，好多城中村都征地盖楼房了，可他哪里能想到，沙白村距城这么远的，怎么就征到了这里的地！

沙白村的锣鼓叮叮咣咣敲动着，沙白村里真是被征了地，不仅是征了耕地，连村子都被征了。因为沙白村西边的三个村子原是唐代的皇家公园旧址，现在要恢复重建，周围十几个村子都得搬迁。

那个晚上，沙白村人都在高兴，这地一征，社会又变了么，他们终于不再是农民了，以后子子孙孙永远不是农民了，而且每家还领到了一大笔补贴费，就筹划着该怎么使用这些钱了：去大商场租个柜台吧，从广州上海进货，做服装生意，却又担心如果货卖不出去怎么办。最可靠的还是到街上去摆地摊吧，或者推个三轮车去卖早点。他爹却在屋里喝闷酒，喝了半瓶子，喝得一脸的汗都是油。

爹问：你爹真的也不是农民了？

他说：没地了，当然不是农民了。

爹却说咱到十八亩地去。

他能理解爹的心情，以前分了地，又收了地，地还在沙白村，天天都能看到，现在却要离开沙白村，十八亩地说不定做什么用场，就再也没有了呀。他陪爹去了十八亩地，那一夜月亮很亮，爹又像太爷一样，反背了手，腿也没了膝盖，直直地一步一步从地北头走到地南头，从地南头走到地北头。走了七八个来回，爹的腿一软就跪在地上磕头。他不知道爹是给十八亩地磕头哩，还是给埋在十八亩地里的太爷磕头。

爹离开了沙白村，搬住到了城西南角新建的小区，把家里的什么都带去了，包括那一套锣鼓。但爹过不惯高层楼的生活，说老觉得楼在摇，晚上睡不踏实。

他不能陪爹呀，先还是十天半月去看望一次，后来三四个月也难得去，因为他的公司经营外贸生意，生意又非常好，而且在积累了一定资金后，他也开始进入房地产市场。

城市发展确实很快，像潮水一样向四边漫延着扩张着，那个唐代的皇家公园在三年内就恢复重建了，果然成了西安最现代也最美丽的地方，原先20万一亩征去的土地，地价开始成了400万一亩，纷纷建造了别墅，别墅已卖到两万元一平方米。还未开发的那些地方，政府都用围墙圈着，过一段时间，拍卖一块；再过一段时间，再拍卖一块。

当然，每次拍卖会他都去参加的，每次参加了都铩羽而归，因为价钱实在是太高了。但当又一次召开拍卖会，拍卖的是沙白村那一片面积，他竭力竞争，他的实力不可能拿下整个沙白村，却终于得到了那十八亩地的开发权。

他把这消息告诉了爹，爹雇了一辆三轮把那一套锣鼓拉到了十八亩地里，和他公司的员工整整敲了三天三夜，叮叮咣咣，这一回鼓敲得散了架，锣真的就烂了。

他说，这十八亩地他要得到，就是倾公司的所有力量，一定要得到，得不到他就得疯了。他确实有些孤注一掷，甚至是变态了，他在给他的员工讲道理，他说十八亩地，是他看到的也是经过的，收了，分了，又收到，又分了，这就是社会在变化。社会的每一次变化就是土地的每一次改革，这土地永远还是十八亩呀，它改革着，却演绎了几代人的命运啊！

××说完了他的故事，我让他带我去十八亩地看看，十八亩地果然还被围墙围着，地很平，没有庄稼，长着密密麻麻一人多高的蒿草。水渠已经没有了，那棵梧桐树还在。那真是少见的一棵树呀，树干粗得两个人才能抱住，树冠又大又圆。突然，地的南头嘎喇喇一声，飞起了一只鸟，这鸟的尾巴很长，也很好奇，我们立即认出那是野鸡，就撵了过去。野鸡还在草上闪了几下，后来再寻就不见了。

怎么会有野鸡？野鸡是能飞的，但它飞不高也飞不远，围墙之外都是楼房，它是从哪儿来的？我们都疑惑了。

我说：是不是沙白村原来就有野鸡？

他说：这不可能，我从来没在村里见过野鸡。

我想，那就是这十八亩地被围起来后，地上自生了蒿草也自生了野鸡。因为只有一个水塘，水塘里从没放过鱼苗，过那么几年水塘里自然不就有鱼在游动吗？

××却突然地说：这是不是我太爷的魂？！

他这话是把我吓了一跳，但我绝不会认为他的话是对的，我只是担心这十八亩地很快就要被铲草掘土，建起高楼了，那野鸡还能生存多少日子呢？

又是一年过去了，我再没见到××，也没有听到关于他的消息，有一天路过了那十八亩地，十八亩地的围墙换了，换成了又高又厚的砖墙，全涂着红色，围墙里并不是建筑工地，梧桐树还在，蒿草还一人多高。而围墙西头紧锁着两扇铁门，门口又挂着一个牌子，写着：一块土地。

原载《定西笔记》人民文学出版社2011年7月出版

琥珀手串

宗 璞

祝小凤当护工已经六七年了，照顾的大多是老太太。照顾一段时间便送她们离开，有的从前门出，有的从后门出，家属们便有的欢喜，有的悲伤，祝小凤也看惯了。他们付给报酬时，有的慷慨，有的吝啬。最初她很在乎，常要争执几句，后来有了些积蓄，大方起来，多几个，少几个，不以为意。护士们说她是个明白人。她做事细心，又手脚麻利，是上等的护工。

这一次，祝小凤照顾的这位老太太，姓林，病似乎并不很重，不需要很多服侍，对祝小凤倒很关心，叫她小祝，常把人家送的东西分给她。来看林老太的人很多。不久小祝知道，其实老太太只有一个女儿，在一家大公司做事，是个金领，人称林总，母女相依为命。女儿差不多天天派人送东西来，送各种花、各种吃食。有一天送来两双棉鞋，一双黑的上面有红花，一双紫红的上面有黑花。祝小凤不知道这鞋在医院里有什么用处，却很感动，说："奶奶福气真好。"林老太微笑着叹气，摇了摇头。

林老太这种表情，很平淡，又很深沉。祝小凤总觉得她和别人有些不同，不大像个老人，倒有几分淘气，会有些不一般的主意。其实人在病床上，那已经是大打折扣了。有人送来一只玩具青蛙，会从房间这一头跳到那一头，每次落地都发出清脆的响声，林老太看得很开心。祝小凤觉得，老了老了的，还喜欢玩具，这又是一种福分。

祝小凤说老太太有福气，心里最羡慕的是那女儿，年纪和小祝差不多。她除了派司机、秘书和手下人给母亲送东西，自己也常来，但是从不和林老太讨论病情和治疗方案，也许在医生办公室谈过了。所以小祝只知林老太心脏不好，始终不知得的是什么病。她也不需要研究，病人得什么病，跟祝小凤关系并不大，她只需要做好照看病人的工作。她更关心的是林总的衣着，那是千变万化的。有时毛衣上开几个洞，像是怕风钻不进去；有时靴子上挂两个球，走起来滴里搭拉乱甩。跟着她的人（那是少不了的）对老太太说："林总在各种场合出现，报道中总少不了介绍她的服装。"老太太又是叹口气，摇摇头。

这一天，林总捧着一束花来了，花很鲜艳，说是刚从云南运来的。她穿了一件黑毛衣，完整的，没有窟窿，下面是红皮裙。胸前一件蜜色挂坠，非常光润，手上戴了同样颜色的手串，随意套在毛衣袖子外面，发着一圈幽幽的光。小凤只觉得好看，不知道是什么材料。林老太看着女儿说："今天穿得还算正规，黄和黑这两种颜色相配，很典雅。"女儿便把手串褪下来，放在母亲手里，让她摸一摸，说："这叫蜜蜡，琥珀中的上品，做工也好。"林老太随手摸了摸，仍给女儿戴上，说："戴首饰越简单越好。好在你倒不喜欢这些东西。"

林总说了几句话，大都是怎么忙怎么忙，随即一阵风似的走了。祝小凤照顾林老太吃晚饭，餐桌上有鱼，那是营养师提醒病人食用的。小凤仔细挑去鱼刺，问了一句："琥珀很贵吗？"老太说："要看质地……"说着便呛咳起来。祝小凤忙倒水捶背，不敢再多话。

过了几天，祝小凤的丈夫来看她。他在家里守着穷山沟，全靠妻子挣钱送儿子上了高中。每到冬天，如果小凤不回家，他总是进城来看望，给她带点家乡的土产吃食，这回是几包酸枣干和苎麻籽，小镇上加工制作的，前几年还没有这种技术。因为要给儿子买一件棉外衣，他们去了一处以批发价格零售的市场。外面北风呼啸，紧压着屋顶和墙壁，冷风直透进来。两人在市场里转了几圈，买好了东西，随意走着，忽然看到一个小摊，卖那种五颜六色、七零八碎的小玩意儿。祝小凤站住了，她的目光落在一件饰物上，那俨然是一件琥珀手串。她拿起手串，摸了又摸，看了又看，看不出和林总的有什么不一样，几次放下，又拿起来。"想买吗？"丈夫问。"谁花这闲钱！"小凤说，手里仍拿着那手串。丈夫很解人意，和摊主讨价还价，花了五块钱，把手串买下了。小凤明知这钱是自己挣的，心里还是漾过一阵暖意。她收好手串，和丈夫随意走进一家小面馆，要了两碗面，一边吃，一边说着闲话。她说："隔壁病房的病人要出院了，要去海南疗养。听说那边也要护工。"丈夫说："那么远，别想了。"

祝小凤一路摸着那手串，觉得很满足。回到医院，小凤把家乡的酸枣干和苎麻籽送给林老太分享。老太特别戴上假牙品尝，说："原来苎麻籽也可以吃，而且这样香脆。"小凤又指着手腕上的手串，请林老太猜值多少钱。老太说："做得真像。十块？二十块？"小凤道："您出这个价，我卖给您。"两人都笑了。

晚饭后，护工们在一起，自然而然就议论小凤新戴的手串。一个说，一看就是假的，玻璃珠子罢了。另一个说，别看是假的，做得真像呢。又一个说，管它真的假的，好看就行。

晚上，林总来了，祝小凤又把自己的手串请她过目。恰好这天林总又戴了她的琥珀手串，套在一件烟色薄绒衣外面。林老太忽然说："小凤这么喜欢这样的手串，你们两个换着戴几天。"女儿笑着说："妈妈总有些新奇的主意。"便把手串褪下来，小凤不敢接，林总说："换着戴吧，怕什么，只要妈妈高兴。"说着，把手串放在桌上。小凤便也把自己那串放在桌上，说："听老太太的。"取了林总那串，戴上，退出去了，好让母女说话。

林老太拿起祝小凤的手串，端详着说："真像，只是光泽不一样，在行的人还是一眼就会看出来的。"递给女儿说："收好了，别弄丢了，要还给人家的。"她见女儿戴上了手串，心中宽慰，暗想，女儿一点儿不矫情，也随和，不会说自己戴过的东西，不准别人戴。林总拿着一个手机，说着话，皮包里另一个手机在响。她看看来电号码，简洁明快地吩咐几句，结束了这个通话，拿起响着的手机，便完全是另一种口气，很委婉地安排了什么事情。林老太看着女儿，不由得叹道："东西戴在你手上，假的也是真的。"说着又摇了摇头。

林总出了医院，回到公司。加夜班在她是常事。她站在自己公司的电梯前，伸手去按电钮，从薄呢披肩下露出那手串。另一部电梯门口，两个衣着入时的女士低声议论，一个说："瞧人家林总戴的手串，大概是琥珀吧。"另一个很在行的样子，说："她戴的不是波罗的海的，也是印度的。"其实这一位连手串也没看见，那一位也只有模糊的感觉。林总心里暗笑，回到办公室，随手把手串扔在桌旁几上。次日，一个半熟不熟求林总办事的人来，见了说："这么贵重的东西，就丢在这里。"回去物色了一个精致的盒子送过来，说：好东西要有好穿戴，原来一定有的，添一个是我尽心。秘书收了盒子，林总瞥了一眼，心想，可以给妈妈看，证明她的话。

祝小凤戴上真的琥珀手串，有些飘飘然，很想让伙伴们知道，这一回戴的不是假东西。大家在配膳室，端着饭盒吃饭。她把手腕举到这个面前、那个面前，等待赞美。大家又发议论，这回意见很一致，总结出来是：戴在你身上，真的也是假的，没人相信它是真的。祝小凤有些沮丧。正好护士长来了，看着祝小凤戴的手串说："呀，这么好看的东西！"祝小凤觉得遇到了知音，抬起手让护士长看。不料她说："做得真像，多贵重似的。这种有机玻璃最唬人了，你倒是好眼光，会挑。"祝小凤说："你仔细看看，这是真的呀！"护士长笑着说："戴在你身上，真的也是假的。"

林总去美国出差，几天没有来医院，病房里很平静。祝小凤把众人对手串的反应说给林老太。老太神情漠然，似乎不大记得这事了。这天中午，林总打电话说，正在去机场的路上，深夜才到，明天再去医院。老太含混地答应着。那边说听不清楚，老太便用力说："好。"声音很大，把小凤吓了一跳。电话断了，不久又来了，还是林总问妈妈好。老太说："你放心。"又说了一句，似乎是我不放心。那边嘱咐了几句，挂了电话。以后老太一直有些呆呆的。傍晚时分，忽然问祝小凤会唱什么歌。小凤说："原来在家里也喜欢唱的，现在都忘了。"其实，林老太最想听的是一首英文歌，这里的人是帮不上忙的。她也不再问，一直到入睡，没有说话。

凌晨时分，祝小凤听到林老太哼了几声，没有在意。等她起来梳洗后，见老太太没有动静，过去看时，见她双目微阖，神态安详，叫了几声都不应，似乎已经停止了呼吸。

祝小凤惊得魂飞魄散，她急忙打铃，又跑出病房去叫人。医生和护士都来了，医生做了检查，在床前站了片刻，轻轻拉上了白被单。很快，林总来了。她俯身抱住母亲良久，跟来的人将她扶起，只见被单湿了一大片。祝小凤觉得林总很委屈，为什么不大声哭出来？也许，她们这样的人是不会大声哭的。接着又来了许多人。没有人责备祝小凤，生死大限谁也拗不过的。

祝小凤很难过。她做护工这些年，照顾过许多病人，还没有见过这样的，这样安静，这样省事，没有上呼吸机，没有切开气管，没有在身上插满管子，没人打扰，干净利落，静悄悄地离开了这个世界。其实这也是一种福分，她想着，叹了一口气。

过了几天，祝小凤想起她拿着林总的真琥珀手串，应该去把自己的那个换回来。她不愿意用自己不值钱的东西去换别人值钱的东西，而且她的手串是丈夫给她买的。

她向护士台打听了林总的公司，请了假。找一张干净纸，包了那手串，出了医院，上车下车，到了林总的公司。等着见林总的人在她的办公室外排成队，和医院候诊室差不多。秘书通报后，祝小凤很快进去了。听她说明了来意，林总从一个抽屉里拿出那精致的盒子，打开，递给她。祝小凤将纸包递过去，一面去取盒子里的手串。林总按住盒子，向前推了推，示意祝小凤连盒子收下。她戴上自己的真琥珀手串，喃喃道："妈妈说这样很好看。"林总明亮的眼睛里装满了泪，一大滴落在衣服上。那天她穿了一身黑衣服。

祝小凤装好盒子，要走。林总说等一等，从身边的黑皮包里拿出一沓钱，递过去，轻声说："最后是你陪在妈妈身边，谢谢你，打车回去吧。"祝小凤踌躇了一下，接过钱，心想，这足够到海南几个来回了。

祝小凤走在街上，抬头想寻找属于林总的那一扇窗，但窗户都一样的漂亮，一样的气派，她分不清楚，她甚至不记得刚才上的是第几层楼。风很大很冷，树枝都弯着，显得很瑟缩。一辆出租车驶过，她摸了摸背包，还是没有打车的决心，顶着风一直走到地铁站口。

时间流逝，医院一切如常。许多人来住过，有人从前门出，有人从后门出。祝小凤的生活也如常，送走旧病人，迎接新病人。她把手串连同盒子放在箱子里，再想到它取出来戴时，已是次年春暮了。这时，她的病人仍是一位女老人，见了说好看。祝小凤故意说："这是琥珀手串。"女老人疑惑地打量着她，慢慢地说："假的吧？"

原载《上海文学》2011年第4期

飞行酿酒师

铁凝

这是华灯初上的时刻，无名氏站在凯特大厦21层他的公寓落地窗前，垂着眼皮观望地面上如河水一般的车流，等待会长陪同酿酒师来访。

华灯初上，车灯们也哗啦啦亮起来。城市的灯火是这样密集、晶莹如香槟的泡沫。这个形容的发明权不属于无名氏，他是从多少年前读过的一本外国小说里搬来的。当时他正在旧金山飞往北京的飞机上，北京机场四周的漆黑和沉寂，与旧金山璀璨的灯火形成那么鲜明的对比。如今，虽然沉寂和漆黑已经远离北京，无名氏脚下也流淌起香槟泡沫般的灯火。但是，和香槟的泡沫比较，无名氏更喜欢华灯初上这个词，他觉得这词里洋溢着并不泛滥的勃勃生机，有试探性的兴奋，和一点端庄。好比他现在的状态，一个初饮者的精神状态。对了，初饮，无名氏谦虚地给自己这样定位。这阵子他正对红酒产生兴趣。他买了一些红酒，买了关于红酒的书，跟着书上的介绍喝了一些，还叫人在他那个刚刚启用的四合院里挖了个储酒量为八千瓶的自动监控温度、湿度的酒窖。

最初，他这一系列行为的确含有赶潮流的成分。他在京城胡同保护区内的四合院市值不会少于两个亿；这幢凯特大厦地处北京东区，离“国贸”和金宝街都不远，算是好地段。他的投资公司最近的两个项目——西北的天然气和苏南的一个自主研发中的海水淡化处理都有不俗的前景。在偌大个北京城，无名氏说不上是富人，可你又断不能把他划归为穷人。他身不由己地卷进了潮流之中，在一些隆重或不隆重的场合，喝着“拉图”、“马高”、“奥比昂”以及宛若传说的红酒之王“罗曼尼·康帝”，听熟人们说着他们品出了酒里的马厩味儿、烟熏味儿、甘草味儿、巧克力味儿、皮革味儿、黑胡椒味儿、矿石味儿，以及樱桃味儿、蔬菜味儿什么的，常常自惭形秽。因为老实说，他没从酒里喝出过这些个味道。他知道自己酒龄尚浅，初饮者都浅。但并不是所有初饮者的感受力都浅，比如像无名氏这样的人。有时候他也起疑，对那些刚喝一口当年的新酒就声称喝出了马厩或者雪松木味儿的人。新近认识的在波尔多酒庄干过力气活儿的小司告诉他，那些味道都是第三层香气，属于有年头的酒。

门铃响起，来人是小司。这是个偏胖的青年，四十岁左右，一间职业学院教餐饮的讲师。他在法国读书时学的是发酵，曾经在波尔多地区的一个小酒庄实习过一年。熟人把他介绍给无名氏的时候，特别强调了他的这段经历，似乎在这样的人身上，才能真正找到酿酒的气息。前不久，春节之后，无名氏从小司手中买了两个水缸大的法国橡木桶，用来装饰自己的酒窖，或者叫做烘托酒窖的气氛。那是两个废弃的旧桶，无名氏遵照小司的指点，让人先用盐水把桶泡了四十八小时，为的是防止开裂。当然，小司说法国的橡木桶柔性好，不像美国的，木质虽密，可是又硬又糙，很容易裂。

小司受无名氏邀请前来。无名氏在和酿酒师见面时，愿意身边有个也懂一点酒的人。但小司精神有些不振，左手背上贴了块橡皮膏。他对无名氏说，昨天朋友请吃法国空运来的牡蛎，结果吃坏了肚子，现在是刚从医院输完液出来。

无名氏歉意地说那真是不巧，会长昨天就订好了菜单，楼下总统府的。一会儿据说酿酒师还会带几款他自酿的红酒。可你的肠胃恐怕得强迫你休息了。

小司一听总统府的菜却又来了精神，不愧是搞餐饮教学的，食不厌精。他知道这家设在大厦五层的粤菜馆，名称有点霸气，菜式却还精致。他说无总您还真是用了心啊，中国人不习惯以奶酪配红酒，最恰当的菜还就是粤菜。

无名氏立刻强调说为了今天的聚会，他也准备了奶酪，意大利的托斯卡纳毕可利羊奶酪。太硬，不好切，得拿刨子刨。他说这样倒也漂亮，刨出来像木匠手下的刨花似的。关于这羊奶酪给他的感受，他没有告诉小司。因为，又腥又臊，他实在难以下咽。他领着小司在这公寓的敞开式厨房里看了奶酪，以及若干只一尘不染的红酒杯：波尔多杯、勃艮第杯——也就是俗称的郁金香杯。小司提醒说别忘了香槟杯。他的食欲已经被调动起来，丝毫不打算倾听肠胃的抗议。

这时房间里的电话响了，是会长打来的。他向无名氏道着对不起说，酿酒师早晨还在库尔勒，飞机晚点了，现在刚出机场，可能晚到半个小时。无名氏对会长的话将信将疑，会长是他大学的学兄，他对会长的脾气秉性略知一二。所以他更愿意相信那句话：名角出场总会迟些。不过无名氏有这个等待的耐心，以他对红酒有限的了解，他觉得喜欢品酒和喜欢酿酒的人首先得是些有耐心的人。他和小司一人占据了一张可以按摩的功能沙发坐下，他把这感受讲给小司，顺带夸奖了小司那两个橡木桶，说是放进酒窖后依然散发着幽幽的酒香和木香。

小司说无总，我那些学生要是都像您这样就好了。他抱怨他的学生们根本不爱品酒酿酒，舌头不行啊，接受力太弱，就知道冰酒好喝，甜。他说原以为一线大城市的学生会好些，可职业学院的生源都是延庆、怀柔那一带的，从小饮食就单调，酿酒基本没戏。我跟他们说我在法国学酿酒时要先在葡萄园干活儿，搬橡木桶，一手夹一个，有时候一天搬七八百个。赶上几十年的葡萄藤死了，根子很深，深到几米以下，你也得去出力气挖葡萄藤。那些根子太深的老藤得用绞车起出来，累得我一晚上一晚上的懒得说话。再看看那些酿酒师的手，因为常年接触酸，都是又干又裂。我给家里写信说闹了半天学酿酒得先当农民啊。无总您说到耐心，我的这些学生谁有那份耐心，听听都烦死了。所以他们的出路也就是侍酒员吧。

无名氏说侍酒员也需要多种历练，怎么向客人介绍和推销酒，不也是学问么。

小司说对对对，一般的侍酒员至少要高级经验和市井经验兼而有之，好的侍酒师是很受人尊敬的。

无名氏听小司说了一阵子侍酒师的培养，玩味着“高级经验”和“市井经验”，门铃又响了。这次是会长和酿酒师，二人身后还有一位女士，会长介绍说她是酿酒师的太太。

酿酒师是个五十多岁的黑脸男人，厚嘴唇有点松弛地下撇，显出对俗世的不满意。无名氏一边热情地上前握手，一边猜测酿酒师的肤色定是沐浴了库尔勒慷慨的阳光。但当他触到酿酒师的手时，那手的绵软却超出了他的想象。他刚刚听小司讲起，酿酒师的手大都干而粗糙。

酿酒师的太太看上去比丈夫年轻不少，无名氏注意到她的酒晕妆——腮红和眼影像是蘸着红酒蹭出来的，不愧是酿酒师的夫人。酿酒师调侃地对无名氏说，您一定是吃惊我太太比我年轻得多吧？可我不是二婚，我们是同岁，元配。老实说，她的生日比我还大一个月呢。

会长接着说，是啊是啊，这就是红酒的魔力。大地、阳光、空气、果实的迸裂、汁液……人无限地亲近这些怎么会不年轻呢！会长退休前是一家食品杂志的副主编，退休后做了一个什么会的会长。无名氏从来也不知道那是个什么会，总之是和吃喝有关的会吧。只见会长环顾四周又问无名氏说：弟妹呢？不参加今天的聚会？

无名氏说她不参加。这个地方，怎么说呢，家人并不常来，这是我工作和发呆之处。我在这儿谈项目，聊天……还有接客。

无名氏把“接客”说得干脆而率真，他那时的表情甚至可以说是憨厚的，惹得众人一阵大笑，情绪不振的小司也笑起来。无名氏顺便把小司介绍给大家，他不提小司在波尔多葡萄园干活儿的事，只说这也是一个喜欢红酒的年轻人。小司客气地向各位点过头，就在无名氏的吩咐下去醒红酒，开香槟——一款名为“库克”的香槟。其时，楼下总统府的两位犹如双胞胎似的白面男性侍者已经进得门来布置餐台摆放餐具，影子一样地轻灵并且无声。

开餐之前，无名氏请客人品尝香槟。他希望客人对这款“库克”说点什么，毕竟，今天的聚会是因酒而起。可是除了酿酒师太太举着细长的杯子将酒体衬着一张雪白的餐巾纸夸了这“库克”颜色白中透着浅绿，美丽无比，其他人的注意力都在别处。

酿酒师捏着香槟杯的杯颈毫不客气地在这套公寓里逡巡。他先是奔到落地窗前观赏了一下脚下的大街和远处楼的森林，接着猛回身向无名氏感叹道，现在我知道您为什么选择21层了。21世纪呀！您真正是站在21世纪的成功人士，这不，连总统府都在您脚下踩着呢。而我们这些人——噢，我不敢包括会长，我们的肉身跨过来了，灵魂在哪儿只有天知道。如果我猜得不错，这房子的使用面积应该在三百平方米。他边说边把开着门的房间都看了一遍，仿佛是被中介公司带着看房的买主。遇见有意思的东西他也会随时发表评论，他拎起一件搭在沙发上的羊绒外套说，“康纳利！”我就猜到无总您会穿“康纳利”。奥巴马喜欢的牌子啊。可惜大多数人不识货，去年我一个老同学——在库尔勒开发葡萄庄园的，送我一件康纳利衬衫，您猜会长看见怎么说？他说这是哪个厂发给你的工作服啊。

会长呵呵笑着不搭腔，无名氏想起会长在大学时的风范——破衣罗嗦的。可是会长讲吃，他们的大学时代正是中国的思想解放时代，人们的食欲好像也随着思想的解放而解放开来。那时西餐在中国尚未普及，会长就已热衷于尝试西餐，常在周末把几个要好的同学召至宿舍对西餐展开切磋，同学中就包括低他两个年级的无名氏。无名氏生就一张喜盈盈的娃娃脸和一副善于自嘲的姿态。比如说到出身，他坦陈自己不过是江南小镇一小吏之子，并不忘解释：吏，旧时没有品级的小公务员而已。他没有更多可炫耀的资本，但这并不意味着他不想为前程付出更多的努力。因了他的温和与自嘲，高班同学和低年级同学都乐意和他交往。有一天会长做了一道奶油蘑菇浓汤请大家品尝。他所谓的奶油浓汤就是奶粉加淀粉加大量味精再撒几片罐头蘑菇。无名氏也在被邀请之列。他怀着虔诚的心情喝下第一口，强忍着恶心才没有呕吐出来。环顾四周，几位同学都在沉默不语地喝汤，不交换眼色，也无人开口赞扬。会长嚷嚷着逼大家表态，一个绰号“高原红”的西北男生突然把勺子往搪瓷茶缸里一放，愁苦而勇敢地说，饿（我）喝不惯，饿实在是喝不惯！“高原红”的宣言解放了众人，无名氏记得宿舍里先是爆发出一阵大笑，接着大家全都放下了饭盆。

此时此刻，无名氏看着仍然不讲究衣着的会长，忍不住跟他提起大学时代的那次喝汤，问他是不是还记得那个“高原红”。会长说当然记得：饿喝不惯，饿实在是喝不惯！都弄成校园流行语了，好比如今春晚过后就会有个把句子成为年度流行语似的。不过那时候我那西餐纯粹瞎胡闹，也就是欺负你们都没喝过真正的奶油蘑菇浓汤罢了。各位，酒醒得差不多了，是不是可以入座了？会长仍然像当年那样张张罗罗的，就像是这间公寓的主人——本来，他也可以说是这次聚会的发起者。眼下他和酿酒师有一种合作，他们游说一些赶着红酒时髦的有钱人在库尔勒投资葡萄庄园。

终于说到了酒。先品酿酒师带来的自酿酒。酿酒师太太客气地谢过那两位白面侍者，从其中一位手里接过醒酒器，亲自为大家斟酒。白面侍者立即退至不惹眼处，职业性地垂手侍立。

无名氏持住杯颈，观察酒体深闻酒香，他静下心，尝了第一口。就算他的酒龄如此之浅，和在座各位相比他应该是个怯场者，就算他真的怯场，他还是品出了这款酒色暗红、果香味丰富的自酿酒的高雅气质。它讨喜，柔顺却并不通俗，味道十分集中。他观察左手边的小司，小司的表情是沉吟中的肯定。无名氏有几分惊喜地对酿酒师说，不知道这酒是在哪里酿出来的，北京附近？听说密云有块地最适合。这酒有名字吗？也许是出自库尔勒？你们不是一直在说库尔勒么。他说着轻轻一抬手，两位侍者之一迅疾将倒空的酒瓶递上，却原来这是一只没有酒标的“裸瓶”。无名氏拿过酒瓶看看瓶身又抠抠深凹的瓶底，继续他的提问：这么好的酒怎么没有名字呢？

酿酒师矜持地说，在我看来，世界上没有名字的酒才有可能是酒中珍品。那些名声震天的你能喝吗？比如“拉菲”。你喝你就是土老财。当然，我不否认这都是让国人给闹的，你比方“卡地亚”表不错吧，可现在成了二奶表的代名词。

会长说得了你也别太卖关子，快把你这酒名告诉无总。

无名氏说还是有个名字啊。

酿酒师说我这是被逼无奈，这酒名叫“学院风”。

学院风。无名氏说。

学院风。会长说。

学院风啊。无名氏几乎抒起情来。他觉得这名字很有趣，他由风还想到风土。他更心仪风土这个词。他觉得人的根系如同葡萄的根系一样，都是和风土相连的，有风而无土那不就成风筝了吗。风土，还不如叫学院风土呢。但是学院和风土又有何相干？

会长适时把酿酒师再做介绍，他说酿酒师原是农学院果木栽培的教授，擅长化验，一种酒他能给你化验出好几十种酵母。

可酒是酿出来的，不是化验出来的啊。一直闷着头吃冷盘的小司突然说。

酿酒师显然没把这个胖乎乎的年轻人放在眼里，他对无名氏说，世界上最著名的葡萄庄园我都去过，上星期还陪一个国企的副总去智利买了酒庄。中国，不客气说，目前最理想的葡萄种植地就是库尔勒。你可能不相信吧，我爱那地方，三年之内我飞了一百多趟。

一百多趟，这的确是个有规模的飞行数字，可是酿酒师用什么时间酿酒呢？

无名氏还是对酿酒感兴趣。他希望酿酒师对他做些酒的启蒙，比如眼下这款“学院风”的特点，是什么葡萄酿出来的，他该怎样欣赏它。这时酿酒师身上的手机响了，他起身离席接电话，一迭声地叫着“董事长”。电话那边好像答应了什么事，请他提供账号。当他回到饭桌时，面带兴奋地搓着双手。他不提葡萄，只讲库尔勒的旅游资源，博斯腾湖、巴音布鲁克草原、罗布泊、楼兰古城探险什么的。酿酒师太太也不失时机地做些补充。她说那地方就是仙境，什么烦恼一到那儿都会化掉，包括疾病。她说她和当地的女孩子们跳舞都跳好了颈椎病。她说着，像维吾尔族姑娘那样灵活地动起了脖子，动脖子是维吾尔舞蹈的一个基础动作。以她看上去的年龄，她的这个动作并不讨嫌，也可以说还有几分质朴的天真。本来无名氏已经开始有点厌烦酿酒师的做派，但是酿酒师太太的掺和削弱了这种厌烦。无名氏不禁想到一种名为小维铎的葡萄品种，独立不成气候，可它的单宁味和辛辣味都足，既清新又复杂，对于掺和有着画龙点睛之妙。无名氏了解到，波尔多列级酒庄的很多酒都需要小维铎的掺和。他于是坚持问酿酒师“学院风”是用什么葡萄酿成。

葡萄？是的，葡萄。酿酒师喃喃着，仿佛主人在向他提起一件早年模糊的旧事。

会长救场似的对无名氏说，“学院风”就出自库尔勒的葡萄啊。那儿，有人已经许给酿酒师两百亩地，种什么葡萄都绰绰有余。

无名氏说你的意思是那儿有了地还没有葡萄？

会长说有，有，新疆哪儿找不着葡萄啊。

无名氏说我可听说酿好酒需要有年头的葡萄。鲜食葡萄和酿酒葡萄也不是一回事。法国那些名庄的葡萄藤至少是二三十年以上的。

酿酒师自负地拖着长声说，用——不——着。您还会说那些名庄的酒不都得酿个一两年么。我告诉您，根本用不着。这款“学院风”我就用了一个星期，我有化学方法，快得很。您也尝了，不输给他们吧。

无名氏又喝了一口“学院风”，他不改初衷：这的确是一款相当不错的酒——特别是，假如它真出自酿酒师在库尔勒的化学酿造。

酿酒师趁着无名氏的兴致鼓动似的说，他和几个朋友打算把那两百亩地分割成小块建若干幢别墅，无名氏——无总有兴趣可以参与，钱不用多投，五百万就行。五百万，在北京能干什么呀？在库尔勒，您就可以有自己的葡萄庄园。您想亲自酿酒，您想摘葡萄，您想旅游，直飞库尔勒了。平时我们给您看着房，游客来也租给他们住，何乐而不为？

无名氏听明白了，怨不得酿酒师不喜欢谈酿酒呢，而且有点憎恨葡萄。再多提葡萄和酒，说不定他能跟你急。可是无名氏不想将五百万扔在酿酒师的这个建房项目里，虽然这的确不是大钱，那他也不乐意。他的直觉还使他渐渐生出一种索然无味之感，他干脆转移话题请客人关注一下餐桌上的粤菜。他强调说，菜单是会长订的，诸位不喜欢请直接声讨会长。

侍者为每人端上一只紫砂炖盅，无名氏掀起盖子，见盅内一汪清香的鸡汤里卧着一只肚子滚圆的乳鸽。无名氏正在纳闷儿小小乳鸽何以能把肚子撑得如门钉豆包那么大，会长已经在为大家解释这道菜。他说这道菜名叫“鸽包燕”，它不属于粤菜，是总统府的独家创新。具体讲就是烹调之前将乳鸽的肚子里灌满燕窝——血燕啊。各位想想这“鸽包燕”的营养价值吧。

率先向“鸽包燕”下筷子的是小司，他以按捺不住的激情夹起似要爆炸的鸽子，内行地鉴定了它的肚子完好无损，这说明燕窝真的是从鸽子嘴里灌进去的而不是剖开肚子塞进去的。想到乳鸽的小嘴竟能被强迫灌进比它整个体积都大的一团燕窝，小司刹那间还生出一种恶狠狠的快感。他一口咬去乳鸽的半个肚子，果然有燕窝丝丝缕缕掉出来，他品尝到鲜美和愚昧。

无名氏也咬了一口鸽子，但他显然对会长点的这个噱头菜不以为然。他说我不明白总统府的人干吗要折磨一只鸽子呢？我下嘴的时候只觉得自己的肚子都气鼓鼓的。

酿酒师太太附和说是啊，我一见它给撑得翻着白眼耷拉着细脖儿我就头晕。请原谅我就不动这“鸽包燕”了。我这可不是有意让会长您为难。她说完拿起一片托斯卡纳羊奶酪嚼起来，她不讨厌它。

早就将自己那份“鸽包燕”吃喝一空的酿酒师抢白太太说，你以为那燕窝是鸽子活着灌的呀？那是它死后才塞进去的，所以，它——不——痛——苦。酿酒师边说边把话题又拉回到库尔勒的五百万别墅投资，虽然，凭了他的直觉，他已经感到这位无名氏不会轻易将五百万人民币撒在那遥远的库尔勒。这已经让他有一种预先的怏怏然，继而还有几分愠怒——对无名氏这等富人（他以为的），难道不是谁都可以愠怒么。刚才在地下车库停车时他已经愠怒过，为他的“帕萨特”强挤进“宾利”“奔驰”“宝马”“路虎”什么的中间感到愠怒和不平。可现在他还得强压下愠怒再次邀请无名氏投资库尔勒的庄园，他并且带有怂恿意味地说，一个如无总这般酷爱红酒的人怎么可以没有自己的葡萄酒庄呢？

无名氏却打哈哈似的说，酒盲，酒盲啊，我其实是个感觉迟钝的酒盲。等我再有点进步，咱们再去梦想那些个庄园。说完他举杯向酿酒师的美酒致意。

这时酿酒师的电话又响了，这次他身不离席，就坐在那儿大声接起电话，仿佛因了无名氏的拒绝，因了自己白白浪费的一个晚上和白搭上的一瓶好酒，他已经无须再表演社交的礼貌。这个电话大意是对方要他和会长当晚飞一趟温州，一位做领带的老板刚从意大利回来，只有明天早晨有空，可以与他们共进早餐谈库尔勒投资事。

这是一个及时而有面子的电话，酿酒师站起来快速告辞，一边得意地抱怨着说，最近我一直睡眠不足，就是这样的事闹的。你看，温州的老板都追上门来找。他在“追”字上加重着语气。

无名氏则把一瓶2003年份的“拉图”送到酿酒师太太手中，也算是个礼貌。他不想欠酿酒师的人情。太太推辞不要，会长替她接过来说，跟他客气什么呀，这个好年份的酒你还不要？不要白不要。临出门他又扭回头悄声对无名氏说，学弟，我知道你今晚没有尽兴。过几天我保证再给你找一个专讲酿酒的行家，咱们不许他说别的！

眨眼之间公寓里只剩下无名氏和小司，面对着一桌陆续上齐的粤菜。无名氏叹了口气，有点为酿酒师的才华感到可惜。不管怎么说，酿酒师带来的那款酒的确不凡。他把这可惜感告诉小司，正忙着吃菜的小司从一堆盘子里抬起头来说，无总，我倒没觉得可惜，反正那款酒也不是他酿的。

无名氏说你们这叫同行是冤家吧？

小司说，如果我的舌头没出问题，他那瓶“学院风”应该是2008年左右的“拉兰伯爵”副牌——“拉兰女爵”。

无名氏说这可涉及一个人的品质，你怎么能断定呢？

小司毫不犹豫地说，因为，我也这么干过。

他直视着无名氏，丝毫没有为"品质"二字感到不安。无名氏甚至从他的眼神里觉察出某种以攻为守的硬冷。

小司的眼神的确显得硬冷，也许他是觉得和无名氏这种人谈不着什么品质。说到品质，谁知道他们这些人的第一桶金是怎么来的？无名氏曾经对他讲起前不久喝过"罗曼尼·康帝"，那可是酒中皇帝啊，产量极低，年产不超过六千瓶。小司相信中国的大部分酿酒师都无缘品尝"罗曼尼·康帝"。而无名氏他们却敢在谈笑中就把这样的极品灌进肚子。

无名氏一边庆幸自己没有盲从酿酒师的蛊惑，一边从桌上拿过醒酒器，把剩余的"拉兰女爵"倒入自己杯中。既然他们不能再涉及人的"品质"，他还是想让懂酒的小司给他讲讲这款来自波尔多梅铎地区的、他尚未听说过的新酒的品质。小司却突然向他发问道：无总，刚才酿酒师太太没动的那盅"鸽包燕"呢？别浪费了。

无名氏起身从厨房的配餐台上为小司端来酿酒师太太的那份"鸽包燕"，小司埋头便吃，并不掩饰他的兴致。吃着，也不忘照顾一下无名氏的情绪。他说其实除了教课，他在三里屯还有一个小酒吧，也兼营法国红酒——只卖法国的。无总可以从他那儿订酒，不必太贵的，"奥比昂"就不错，在五大酒庄里价格最低，挺值得收藏。噢，我得走了，过去照顾一下我的酒吧，十二点之后那儿才热闹。

无名氏却没有眼色地还是追问小司，"拉兰女爵"的葡萄品种里有没有小维铎的掺和？

小司懒洋洋地，也可以说是仗着一点酒劲儿说，无总，您是不是觉得您有钱有闲就可以把一个大活人扣在这儿没完没了地陪您聊酿酒啊。他说着费劲地站起来，往门厅挪起步子。

恍惚之间，无名氏就像看见了一只无限放大的肚子里塞满燕窝的巨型乳鸽正在起飞。

也还有一些场景是无名氏不曾看见的，比如酿酒师夫妇告辞之后乘电梯到地下车库取车时的一个小情景：他们的"帕萨特"旁边是一辆轿跑两用的"奔驰"。酿酒师掏出钥匙开车门之前，有意无意地用钥匙在奔驰车身上划了一下子。太太和会长都没有发觉他这个动作，只有他自己明晰地看见"奔驰"身上突显出一道触目的划痕，他那颗愠怒的心终于平静了许多。

午夜时分，无名氏一个人在公寓里呆坐。今晚的这场"接客"弄得他有点累。这位接客者本来以为自己会离葡萄酒越来越近，可他又分明正在远离它。他干吗要选个21层做公寓呢？太高了。而他那四合院里的酒窖又太深。他在这两个高度当中沉浮，就仿佛不知深浅了。这让他突然很想和从前的那个老同学“高原红”通个电话，他很想听“高原红”再对他说一句“饿喝不惯，饿实在是喝不惯”。他不管不顾地找出几年前“高原红”的号码，拿起电话就拨。

他听到了一个不断重复的声音：您呼叫的号码不存在请查证后再拨，您呼叫的号码不存在请查证后再拨。

原载《作家》2011年第5期

豆瓣，你好

林　白

一

滚滚人流中，豆瓣的历史性时刻降临了。

还不到七点，天就已经黑透，北京西客站北广场上人流稠密得像泥浆。谁都像没长眼睛，你撞我我也撞你，大人叫小孩哭，一片黑乎乎人头的汪洋上，浮动着巨大的蛇皮袋，那里面鼓鼓囊囊装着被子衣服年货，既像逃难，又像赶集，一种车站特有的气味黏糊糊地粘在空气中，越发乱得让人晕头涨脑。

叶含春四处看，她让豆瓣也瞪大眼睛，看看谁最先找到她的妈妈。豆瓣踮起脚才到大人肩膀，往哪个方向看都是人背人胸口，人流不断地过来过去，含春担心她被冲散，紧紧地揽着。

最后还是含春最先看到香娥，他们是在一个厕所跟前，一行四个人，刚刚赶到。男人的前胸后背各搭了一只超大号的蛇皮袋，那袋子大得，简直能装进一头大肥猪。他一只手扶着胸前的蛇皮袋，另一只手还拎着一只旅行包，那包满得几乎拉不上拉链。香娥背着一只大双肩包，一只手牵着六岁的男孩航空，另一只手，拎了一袋吃的东西，面包、玉米、苹果、太子奶饮料，还有几袋方便面。看样子，是准备上了火车再吃晚饭。他们下午三点半就动身，到西客站都快七点了。

女孩柏芝站在父母之间，不过才十四岁，却差不多长到了妈妈香娥那么高，她只冲含春看了一眼，就矜持地扭开脸。她拉了一只拉杆箱，怀里抱着一块电脑上的键盘，那是香娥当清洁工的那家银行里的员工，淘汰下来送给她的。笨重的显示器和主机被分别用棉被包着，塞进了两只大蛇皮袋里。

三个小孩中，还是豆瓣长得最像妈妈香娥，都是桃形的脸，尖下巴，眼睛细长。如果不是皮肤粗，香娥其实是很好看的。女孩柏芝像她爸，颧骨高，航空虽然也像香娥，毕竟是男孩子。

怪不得，他们要把豆瓣要回去。

谁能阻挡血液的流动？一滴小小的血滴，越过了满广场黑黢黢的人头，也越过了九年的光阴，汇入了那腔子相同的热血。

这真是豆瓣的历史性时刻。

安检的人流已经很长，含春应该就地把豆瓣交给她的亲妈香娥。她把一直捏着的小手松开，提着的双肩包也只好由豆瓣背着了。豆瓣站在四个人当中，谁都没牵着她。含春就觉得她孤零零的。当然，没有人能腾得出空手；又当然，她也不是三岁的小小孩非要人牵着。

男人又扛又提的走在最前面，柏芝紧跟着，香娥让豆瓣挨着她身边走，“走吧走吧，那我们走了”，她一边催促豆瓣一边跟含春道别。而人流轰隆隆地滚过来，仿佛洪水即将没顶。

看到豆瓣晃动的小身子，叶含春忽然想起前一年春运，一名回家的女大学生在站台上被踩死，她掉了一只包，去拾，一弯腰，后面的人就把她踩着了。人流永远是失控的，任何一点停顿都会被淹没。在人流汹涌中含春仿佛再次看到了那幅报纸上的新闻照片，一只女鞋，饱经践踏，脏兮兮地歪在一摊鲜血旁。含春感到，如果她不把豆瓣送到火车的车厢里，这个小人儿，没准就会变成那只歪着的女鞋了。

于是她又牵上了豆瓣。

几上几下，过天桥下铁梯，终于到了一列绿皮车的跟前，又一路走到最尽头，这才算到了他们的硬座车厢。

站台上黑黢黢的人头像脏水那样被列车吸干净了，含春不让豆瓣再出车厢，而且当着豆瓣全家，她也不好跟豆瓣单独再说什么。她在出口处一闪，再一闪，就不见了。豆瓣扁了嘴想哭，一看，柏芝正望着她呢，她就使劲吸鼻子，没让自己哭出来。

二

火车虽然是一路向南，车厢里却是一路的冷。是春运期间加的临时客车，没有暖气，脚冷得生疼，没一时就冻木了。香娥把男孩航空搂在怀里，两手一时搓搓他的脸蛋，一时又搓搓他的脚丫。嘴里吸着气道：“我伢冷哦我伢冷哦。”

车开出不久豆瓣就开始流清鼻涕，还没到石家庄，就把她的北京姐姐给她的面巾纸用光了。香娥翻她的书包，写了一半的作业本有好几本呢，就让她撕本子的纸擦鼻涕，“回去这些本子都没用了，还惜它做么事！”

豆瓣不撕，那是她的作文本，有三篇得了九十分的呢！她不撕，她使劲吸鼻子，想把流到嘴边的鼻涕吸回去。

香娥看不惯，拿出本子“哗”地撕了一张，她用这纸顶在豆瓣的鼻孔：“擤啊，擤擤鼻涕。”豆瓣的鼻涕擤不出，眼泪却哗哗地淌下来，怎么止都止不住，哭得那个委屈。用柏芝的话说是“一路哭到郑州才睡着”。

三

九年前，香娥在北京生下了豆瓣，一看又是个女孩，就说：“算了，送人吧。”

豆瓣满月第三天，就送给了叶家。香娥仍然当她的清洁工。

又四年，香娥在北京的航空医院生了个男孩，取名航空。又两年，被人告状，过年回村，被罚掉了超生款一万二千元。

香娥以为，不要豆瓣，仅柏芝、航空两个，不算超生，却不知谁个嘴尖，把豆瓣供了出来。一共三胎，超了一胎，只好认罚。

“罚都罚了，干吗把伢给别个！”一年两年过去，香娥觉得这亏吃大了。

中间人去跟叶家透出这意思，叶家说，好，那就把豆瓣还给她妈妈吧。在豆瓣之前，叶家已经捡了一个女孩叫含春，豆瓣的户口就一直上不了，叶家正发愁呢。

这年豆瓣八岁，已经在北京上小学。又拖了一年，豆瓣仍旧读她的小学三年级，吃住也仍在叶家，学费也由叶家出。香娥觉得，叶家两口子简直是菩萨。

四

含春常常说，豆瓣的名字最好听。

但是王榨的大人小孩却不这样认为。

豆瓣？这叫么事名字？女孩子，嘉玲、曼玉、柏芝、咏琪……这才是好名字。若是男孩，当然了，嘉诚、家辉、朝伟……这才响亮气派！港澳的明星富豪，在电视上多威风，噼里啪啦地响着，这样的名字简直是生着光的，富贵呢。

香娥认为，只要是姓王，不再姓叶，叫什么都无所谓。

改名字要到湾口镇，改一个字花五十块。五十块呢！买肉都能买四斤多，还能买三箱方便面！改两个字，那是一百块，要卖掉四十斤棉花才挣得着这个钱。改三个字，就是一百五十块！简直是巨款。没有人傻到要改三个字。

改一个字的却不少。当初人口登记，找的是学生来帮忙。“学生都是乱写的”，王榨有两个人姓王被他们写成了姓李，有一个姓李的媳妇又被写成了姓王。名字倒是无所谓，姓是万万不能随便。

叶豆瓣就成了王豆瓣。

五

开学了，豆瓣上了三观乡的小学。老师上课讲方言，不讲普通话，豆瓣听不大懂。她的功课落下来了。

豆瓣不高兴，就跟妈妈说，老师不讲普通话是不对的，全国人都要讲普通话呢！香娥正在喂鸡，她敲着搅拌米糠的木棍应道：是啰是啰！

豆瓣又跟柏芝说，柏芝正在灶间往两只广口玻璃瓶给自己装菜。她住校，每周回来一次，做两件事，一是洗澡洗衣裳，二是往学校带够一个星期吃的菜。两只玻璃瓶，一只用来装梅干菜，另一只原来是装辣椒酱的，现在用来装炒黄豆。柏芝觉得，炒黄豆固然不错，但没有梅干菜好下饭，尤其是这一次的梅干菜，放了很多猪油煮的，里面甚至还有好几坨香浸浸的猪油渣。柏芝一边用筷子使劲往瓶子里捅，夯得越实装得越多，她一边捅一边还飞快地往嘴里塞进一筷菜，真是香死了！

听见豆瓣说普通话普通话的，柏芝嚼着梅干菜说："普通话普通话，滚吧！"

六

豆瓣喜欢跟人说"我北京的姐姐"。王榨的小孩，有人拿一袋炸薯片在村口吃，豆瓣见了就说："炸薯片是垃圾食品，我北京的姐姐说的。"

外出打工女人回村，脚上穿了长长的尖头高跟鞋，时髦得亮锃锃的，人人围着啧啧称好，豆瓣就说，"我北京的姐姐说，穿高跟鞋对骨骼不好。"

过年了人人回家，女人们，有空没空，聚在一屋说闲话。

谁都爱吹嘘自己的那点见识，"天安门广场，那跟电视上是一个模子……排队看毛主席，那队长得，差不多把纪念堂都包围了，人人伸着脖子四处看，广播里喊：大包小包都不能带！喝的水也不能带，枪支弹药更不能带，穿拖鞋的也不让进……"一个没讲完，一个又抢着说："那次都怪她，毛主席也没看成……""金水河，金水河的水根本不是金的，跟我家门口塘的水一个样……"

有人问，见过皇帝坐的龙椅没？哑了，全村都没人进过故宫。五十块钱的门票，谁去烧钱？

豆瓣不但去过故宫，还去过新盖好的国家大剧院。一只巨大的蛋浮在水面上，要从水底下进入，下沉的台阶，走走走，下下下，穿进去，一抬头，满天的水就在头顶呢！天上的光透过水照进来，一波一波的水纹在头顶漾漾荡荡，简直是一个龙宫！

“我北京的姐姐还带我去看了大鸟巢！”王榨人谁都没有去过国家大剧院，“头顶上满天的水”，他们将信将疑，这哪像是真的，八成是哪部电影里头的吧，“电影里反正什么都有”。

豆瓣又从家里拿出来三支铅笔，笔杆上印满了奥运会的福娃，她指给邻居的小孩看，哪个头上是藏羚羊，哪个头上是燕子风筝。村里人见了就说：“这个伢，王榨还能养得了她！”

七

家里每个人接电话各有不同，妈妈拿起电话总是说：“哪个咧？”爸爸上来就大着嗓门“啊！”的一声，好像有人冷不防当胸给了他一掌。柏芝伶俐，她比父母进步多了，但她对人总是有些凛冽，她拿起电话，“喂”的一声，声调是下降的，好像是谁在她睡觉的时候在窗口大声唱歌，她说：“喂，别唱了，都几点了！”

豆瓣接电话，是像城里人那样的腔调，“喂——你好”声音悠悠地往上扬，细声细气的。

电话一响，豆瓣就赶着去接，“喂——你好”，她真像一个城里的小人儿。

但除了刚回家的那阵子，后来就再也没接到北京姐姐含春的电话了，到后来，连她留给豆瓣的照片也找不到了。

“说不定，她忽然就来了”，等不到电话，这样的念头就闪出了来，像蝙蝠，飞快地撞着她的脑门。含春从前说过的，“说不定有假期我就去看你”。

“她坐上飞机，呜的一下就到了”，豆瓣的念头滚动着，飞快地壮大，飞快地，越来越结实。

豆瓣决定，既然含春要来，她就要把枕巾洗干净。

她睡觉磨牙，又流口水，柏芝呢，不磨牙，但也流口水，两条枕巾不但有很重的口水味，而且还有黄黄的一摊摊口水印，脏兮兮的。

她在河边把枕巾弄湿，涂上肥皂，搓一搓，往斜坡的水泥地甩甩打打，再放进河水里荡荡，枕巾里含着的污水就被带到下游去了，枕巾的粉红色干净地露出来，像一朵下雨后鲜艳的大荷花。

豆瓣每次都是把衣服晾在灌木丛上，小灌木跟她一样矮，枝杈杂生，把湿衣裳往上一铺，枝杈齐齐伸出手，她的衣裳裤子高高低低地就顶在了枝头上，东一片红，西一片黄，似乎是这片灌木忽然开出了花。在太阳落山之前，把衣裳收回来，那上面沾着一丝草，两枚叶子，太阳和草叶的气味使衣裳更干净，更爽手。

洗干净的两条粉红色的枕巾就晾在了后门的灌木丛上，豆瓣绕着它们来回走了两圈，仿佛那不是洗了晒的枕巾，而是她布置的一处花圃。

八

晚上豆瓣睡得香甜，梦见含春在屋外推门，怎么推都推不开，门轴吱吱直叫，但就是推不开。豆瓣在屋里帮着使劲拉门，嘴里喊道：一、二、三——一用力，人就醒了。

天黑着哪，原来是老鼠爬到床上来了，几乎到了耳朵边！

豆瓣把柏芝摇醒，柏芝说："老鼠早就咬过我了，这回该咬咬你了！"

一起床又赶紧告诉妈妈，正是双抢大忙时节，香娥呜噜呜噜喝着粥说："怕么事！我倒情愿让老鼠咬我一口，好让你爸回来帮我插秧！"

又告诉爷爷，爷爷说："我伢不怕，等爷爷寻寻，看哪家的猫下了猫崽，给你讨一只回来。"

哪里有下崽的母猫呢？整个王榨的猫，差不多，都被人偷来卖给武汉的餐馆了，剩下的，加起来不超过三只，都是当宝似的拴在家里。

豆瓣想起来老鼠的天敌是蛇。

她在叶家有一本叫做《我的动物朋友》的书，上面有大照片，一个外国小姑娘，鼻子翘翘的，侧身仰头，坐在一头大象身上，她的肩膀一边高一边低，金黄色的头发飘着，还有一幅照片，是这个外国小女孩跟一条大蟒玩。

于是豆瓣就要找蛇。

她拿了墙角的一根棍子就出门了。田岸长长的两边满是芭茅，这么长的芭茅这么密，这么密这么长，蛇在里头，就是它的深山密林，好得它怡怡逸逸的。人要找到它可不容易。

又去寻豇豆地，一垄又一垄，豆架支棱着，豇豆也像长长短短的细蛇，上上下下挂下来。豆瓣跳下地垄，从地头走到地尾，她拨着地上草高的地方，"蛇呢？蛇呢？跑到哪里去了？"她像问地，又像问草，又像问架上的豇豆。邻家的雨仙也跟着学："蛇呢蛇呢？你在哪里呢？"她是直接问了蛇。

没有找到蛇，但是一条大蚯蚓拱拱动动的，从地里冒出来，身上亮亮的沾着土。两人蹲下，捉着棍子和石头，把蚯蚓切成了两半。腥气忽地飙进鼻子，它肚子里的血原来是一些黑乎乎黏兮兮的泥汤！两人都是头一回玩蚯蚓，正愣着，断了的蚯蚓又爬动了，两人手忙脚乱地，赶紧又切一截，再切一截，一条蚯蚓终于弄成了肉泥。两人带着满身的腥气，回家了。

九

含春没有来，豆瓣洗净的枕巾重新又睡得涎痕斑斑。床底下的小老鼠，吱吱地叫得更壮实了，有时它飞快地从墙根蹿过，你一看，它竟长大了呢！

爷爷饮完一小杯酒，教给豆瓣一支童谣：唱个歌（哥），唱个嫂，唱个青蛙穿绿袄！

豆瓣却想起了蛇。问道："爷爷，蛇都到哪里去了？"

都收走了。收到武汉卖了。卖给谁呢？卖给餐馆，杀给城里人吃掉了。

狗他也收，猫也收。他骑着摩托车，后座绑了两只铁笼子，一只又圆又扁，搁在下面，上面那只是方的。扁的装蛇，方的装狗和猫。蛇们伏伏不动，狗则狂吠，它不知自己被谁偷来卖掉了，离村越来越远，一个孩子奔跑着大喊，摩托车上了路，呼啸而去。猫呢，在白天它懒洋洋地被抓了去，到夜里睁开眼睛一看，主人和村庄，一个都没有了。

全王榨只剩了三只猫，两只狗。

卖老鼠药的就来了，他骑着一辆旧自行车，后座一只纸箱，是装方便面的，却装了老鼠药。他骑车骑得特别慢，几乎像杂技。他边骑边唱道：

有钱不买老鼠药，啃你的箱子四个角。

无钱来买老鼠药，给你药得一条索。

豆瓣不明白什么叫"药得一条索"，爷爷说，就是药得很多很多。

老鼠不药不行了，这些"烂嘴的"没一样它不吃的，稻谷、麦子、芝麻、绿豆、门、柜子、衣服、被子、纸，连电线它都啃呢！

它沿着房梁从灯绳爬下来，下下下，一下下到爷爷的床上，"噗"的一下，爷爷就醒了。爷爷到田岸上寻来一把狗儿刺（一种植物），他把这些叶子长着刺的木枝缠成一团绑在电灯的开关盒上，好了，害人精，这下下不来了。

老鼠又从窗缝进来，窗子钉了一层尼龙膜，裂了条缝隙，大老鼠在那里嗅嗅晃晃，晚上香娥起来喝水，一错眼，以为是个鬼站在那里，吓死了！

它又打洞，沿着墙脚，打洞打到灶柜里，嘎嘎嘎，又啃木头又啃柜里的衣裳。门口的一条缝，仅手指粗细，"滋溜"，一只老鼠挤进来，却有拳头那么大。

一关灯，老鼠就出洞了，吱吱叫得欢乐。啃门啃柜，高低一片嘎嘎声。谁都睡不着，香娥拉灯一看，柜子和墙中间正蹲着两只耗子呢，打又够不着，喝又喝不退，两边你看看我，我看看你。看着它跑跑跑，从这边跑到那边，那边跑到这边。

妈妈说，这只老鼠这么忙，肯定是有小老鼠！挪开柜子，喔哗——果然，真是一窝小老鼠，红红的皮，眼睛是紫的，还睁不开，肉肉嫩嫩跟小猪崽似的！

五斗柜都被老鼠打通了，每只抽屉它都打了洞，抽屉里面洞连着洞，简直像北京的地铁。一敲一侧，满地鼠蹿，有只老鼠跑不了，它急得眼睛直翻，它搞不明白怎么死活就是跑不动。大家笑得要命，原来这耗子的尾巴缠在棉花上，拖住了。

豆瓣跟着忙前忙后，她跟爷爷一起，要堵住墙脚的一溜老鼠洞。用土填，不行，它扒扒扒，今天填上了，后天它又扒开了。用沙子行，爷爷挑来一担河沙，豆瓣用大海碗盛满一碗，哗啦一倒，沙子顺着洞口沙沙漏下去，漏光了，用小钎子捅几下，再捧一大捧沙子，地下的洞真不小。

放老鼠药的时候，要等鸡睡觉了，鸭子睡觉了，细伢也睡觉了，再放药。“不能吭声，老鼠听见，它就不吃。”原来，老鼠其实也真能听懂人说话的。

十

插下的秧苗长起来了，一兜一兜地连成了线，在亮汪汪的田里，排得齐整。棉花、芝麻、黄豆、绿豆，先先后后的，都开了花。棉花的花桃红艳艳，像大朵的喇叭花；芝麻呢，白花，细长，顶上开花；绿豆花像槐花模样，却是粉黄的，挺好看；黄豆和饭豆，都是白花，饭豆花含苞时，像一粒豌豆，开了是两瓣，底下连着。

含春一直没有来，也没有她的电话。“豆瓣，你好！”她那透亮的声音就像渗进了灰尘，闷在远远的地方了。

香娥背地里跟人说，别再跟豆瓣提北京的事了，是她让叶家那边不要再打电话，省得这个傻瓜老想着要回北京上学。“这个苕伢，老想着她的北京姐姐！”

傍晚时分，“砰”的一下，“砰”的一下，“砰”的一下，烟花不断地升上空中，开出绿的、红的、黄的火花，烁烁闪闪，一朵又一朵，全村都看见了。各家的孩子听见响声跑出门口，烟花的闪光把他们的脸也照得一阵红光一阵绿光。

这是雨仙的姨婆从北京来了。当地风俗，来客人要放鞭炮，普通的客人，放个一千头的鞭炮，郑重的要放一万响，最最郑重的，就要加上烟花。雨仙说，她家来的是贵脚客呢，从北京来的。

十一

雨仙家的猫下了小猫，一窝两只。爷爷说：“嗬，一龙二虎三狗四鼠，一窝两只的猫跟老虎一样厉害呢！”

等小猫断了奶，豆瓣就用旧毛巾包了一只回来，给它喂粥，喂米汤，汤里有时搁一点荤腥。它喵喵叫着，在屋子里走来走去。洞里的老鼠听见了，一愣，出入小心多了。

收蛇收猫狗的人被蛇咬了个半死，听说有三条土地蛇同时飙到他身上，一条咬手，一条咬腿，一条飙得最高，往他脸上喷了一口毒气。虽然没把他喷死，但再也不能到处乱跑收蛇狗了。

村里又开始有猫狗奔跑追逐打闹，跑得嗖嗖的，跑过塘边，跑过稻场，追着一只蝴蝶跑进了棉田。

棉田叶子密密的，暗了一成，但棉桃裂开了呢，亮白的棉花一簇一簇地闪出来，收棉花的季节到了。

豆瓣帮着剥棉桃，又跟妈妈下地拔花生。她每拔一兜就拣一只大的剥开往嘴里送，嚼得她满嘴白汁。新拔的花生让她吃得上瘾，比红薯脆，比莲藕香，比梨更有嚼头。

割下的芝麻挑回家，靠在墙上，比豆瓣还高。香娥在家门口铺了一张油布，把芝麻铺在上面晒。豆瓣就更忙了，她坐在门口写作业，一会儿起来轰鸡，一会儿又起来轰狗。天空亮蓝亮蓝的，太阳正大，青青的芝麻荚晒着晒着就收缩了水分。“叭”，裂开了！人用竹竿一打，豆荚里的芝麻粒簇簇脱落，油布凹处，一窝一窝的。

雨仙告诉豆瓣，她家的芝麻等晒干了，要捎给北京的姨婆。“我家的芝麻……”豆瓣咕哝着，想起了含春，不说话了。

片刻，她对自己喃喃道：“……我家的芝麻，要做又香又甜的芝麻粑！”小小的人儿，仿佛若有所思。

十一的时候电视上又放起了烟花，荧屏里的北京烟花闪烁，连绵不断，闪成火的大树，亮成金灿灿的大花，一排笑脸齐齐升上高空，红的绿的黄的，每只笑脸只来得及笑一笑，就消失在黑暗中。

含春的脸也在这片烟花中闪闪烁烁，一会儿明了，一会儿又灭了，停上几秒钟，最终，直接从夜晚的天空上，掉进了又远又深的地方。不过，没有掉到底，而是在很深的某处地方安静地呆着。

十二

现在豆瓣的普通话仍然讲得不错，但她的家乡话讲得更流利，简直跟一个生下来就在王榨长大的孩子没什么两样。她在湾口镇中学上初中，她的数学平平，关于她的作文，却有两种不同的意见，一部分老师不以为然，但从城市来支教的年轻老师却认为，王豆瓣如果参加《萌芽》的新概念作文大赛，没准能拿上一个好名次。

豆瓣的作文中有一段是这样的：

豆荚开始鼓起来，如果你掰开一只，就见里面的豆子淡青的，安静得嫩嫩的，紧紧连着豆荚，用手一捏，一泡水。用不了多久，它就会变硬了，它日夜灌浆，生长力气。等到秋天，你就再也捏不扁它了。风一响，满田野里的豆荚都在摇晃，仿佛一使劲就能摇响似的。沙沙沙，分不清是叶子响还是豆壳里的豆子响。

2012年秋天，我在香娥家的堂屋看到了豆瓣的这篇作文。

2012年尚未到来，我提前登上它的屋顶，看到河边田岸沟坎里，野草繁盛，芭茅艾草丝毛草野菊花狗儿草芸芸涌动，庄稼和百草连成一片，苍苍荡荡。

原载《天涯》2011年第1期

后事

刘庆邦

初秋，菜园的菜叶儿上最容易生虫子。虫子们为了储蓄能量，繁衍后代，抓紧最后的时机，在不分昼夜地进食。这样一来，菜叶儿常常被虫子咬得花花搭搭，布满洞眼。人们把虫子捉一捉，或者往菜叶儿上喷洒一些农药，菜叶儿被虫子蚕食的情况会有所缓解。但过不了多久，一遇到合适的气候，虫子们会卷土重来，对菜叶儿进行更加疯狂地掠夺。结果往往是，菜叶儿上只剩下一些筋筋拉拉网状的东西，直至枯败。

我有时瞎想，人的身体好像也会生虫子，生病就是生虫子。只不过，菜叶儿上的虫子是从外部来的，而身体里的虫子是从内部分化出来的，是背叛性的。那些带有毒素的细胞，就是人体内滋生出的虫子。菜叶儿上的虫子在明处，身体上的虫子在暗处，在堡垒内部。也因此，人体内的虫子破坏性更大，也更可恶。

在母亲病重期间，我仿佛看见一群恶毒的毒瘤，露出毒牙，正向我瘦弱的母亲发起攻击。毒瘤如毒虫一样折磨着我的母亲，把我心疼得要命。我对毒瘤恨得咬牙切齿，可我一点儿办法都没有。母亲的痛苦，让我知道了病的厉害。每个人一生的敌人不是别的，都是自己身上的病，最终都得被病所打败。母亲的病情不可逆转，我只有问母亲想吃点什么，千方百计做点好吃的，给母亲的身体增加一些营养。我这样做正中了毒瘤的下怀，在毒瘤已经占据统治地位的情况下，营养差不多都被它们抢去了，其结果是，它们一天天发展壮大，母亲的身体却每况愈下。母亲有时显得很着急，说天天吃药，打针，病怎么就治不好呢，怎么越治越重了呢？我一直小心翼翼地瞒着母亲，没有说明她身体里长的是癌。我对别的汉字都很喜欢，只对这个字眼儿极其反感，仅在字面上，我就觉得它长的是一副凶险而丑恶的嘴脸。要不是为了声讨它，我一辈子都不愿写到它。我对母亲说：没什么，只是因为您老了，对病的抵抗能力不如以前了。人总是要老的，谁都躲不过老去。我对母亲提到一些有名的人物，说他们的医疗条件是最好的，可他们最终也得老。听了我的话，母亲终于恍然大悟似的，长长噢了一声，说明白了，她都快八十了，可不是老了么。

我们那里说健康不说健康，说是扎实。问：谁谁还扎实吧？答：扎实着哩。我们那里说一个上年纪的人死了，也不说死了，说老了。母亲把死和老联系起来，说该死就死吧，死了就干净了。母亲这么说，好像把死的事情想通了，把一切都放下了。可母亲又说：我死了没啥，我怎么舍得下我的几个孩子呢！母亲说着，眼圈儿就湿了。听母亲的话意，她对死还是不甘心，还想继续留在人世上。有一段时间，妻子代替我在开封伺候卧床的母亲。到了夜晚，母亲披衣在床上坐着，不愿躺下睡觉。妻子问起来，母亲说她担心一躺下，一睡着，就再也醒不过来。要是那样的话，她就再也见不到她的大儿子了。我放下手头的事情，从北京匆匆赶到开封母亲身边，母亲夜里才躺下睡觉。不管是坐着，还是躺下，母亲都睡不踏实。睡觉也是一种能力，病痛的煎熬已经使母亲失去了睡觉的能力。但母亲的思维能力还保持着。既然母睡不着觉，她脑子里一定会想些什么。我不知道她想的是什么，只知道她的心情是矛盾的。她先是对我们兄弟姐妹说：等我死了，你们谁都不要哭。听见你们哭，我心疼。母亲这样说，显然是想到了她的后事。对于母亲这样的交代，我们都不好说什么，只有保持沉默。在心里，我们已经开始哭。有一天，母亲又对我和二姐说：要死就早点儿死吧，死得晚了，到时候你大姐就哭不动了。母亲前面说的是不让我们哭，现在又说担心大姐年龄大了哭不动，这就出现了矛盾。我和二姐不愿和母亲讨论关于死的问题，只希望母亲活着，多活一年是一年，多活一天是一天。不能因为趁着大姐还哭得动，母亲就得提前死，我们不能接受这样的逻辑。于是二姐说：哭不动，就不哭。母亲没有再说什么。

母亲很重视人的后事，对后事的一系列程序也很熟悉。听大姐说，在黄河的花园口被扒开的那一年，我们的母亲才十三四岁，就带着她的弟弟，也就是我们的五舅，为她的父亲办过后事。后来我们村里死了人，也多是请母亲帮着办理后事。母亲不用跑腿，也不用动手。办后事的人家在西间屋放了椅子，母亲往椅子上一坐，只动动脑筋、动动嘴就行了。母亲的神情是严肃的，也是镇定的。屋里屋外白影憧憧，人们遇到什么事情都向母亲请示。母亲三言两语，就把事情安排得一清二楚。母亲像战场上一位运筹帷幄的大将军一样，是真正的有条不紊，指挥若定。村里人称赞我母亲，说别看那老太太不识字，把十个识字的人加起来，都不如老太太一个人心里盛的事多。有年龄比母亲小的人甚至跟母亲说笑话，说他得争取走在母亲前头，那样母亲就可以送送他。他要是走在母亲后头，就没有合适的人送他了。

一个人办理后事再有经验，办得再完美，也不可能为自己办理后事。后事就是身后事。就是丧事，谁的后事都得由别人办理。我有一个近门的三叔，当仁不让似的担起了责任。他叫我母亲叫大嫂，主动对我母亲承诺说：大嫂你放心，等你百年之后，你的后事我来给你办。我保证办得排排场场，圆圆满满，任谁都挑不出什么，一定达到你的满意。母亲没有答应三叔的承诺，但也没有拒绝。在叔叔辈的人中，母亲挑不出别的人，能铺排些事情的人，恐怕只有三叔。

三叔读过几年私塾，是识文断字的人。说起来，三叔还是我的老师。我们村办小学之初，第一任老师就是三叔。三叔对教书是认真的，负责的，只是教学方法比较落伍。他沿袭的是私塾教学的那一套办法，主张让我们多背书。凡不能熟背者，不管男女同学，都要被罚跪，还要在手上打板子。在三叔桌前的硬地上，每天都跪着好几个男女同学。他们跪下后，得挺直上身，继续背书。如果还背不熟，就伸出手来，板子伺候。我还算幸运，因我背书还不错，从没有下跪过，也没有挨过三叔的板子。有的同学就不行了，几乎每天下跪，每天挨板子。我有一个堂姑，下跪几乎成了习惯，只要三叔喊到她的名字，她就吓得膝盖有些发抖，不知不觉就要下跪。堂姑下跪多，挨板子就多，有时她的手成了肿的状态。有的家长心疼孩子，向村里干部反映，说三叔打孩子打得太狠。村里干部一商量，不再让三叔当老师，换了另外一个同样是排行老三的人当老师。

那时村里识字的人不多，知道把人念成人的人没几个，每个识字的人都闲不着。三叔不当老师了，村里给他派了新的任务，派他到食堂当伙食长。说来跟讲笑话一样，当时在“大跃进”口号的鼓噪下，说共产主义已经实现了，村子不叫村子，叫集体农庄，各家各户都不必生火做饭，开饭的哨子一响，到食堂吃就行了。在那个阶段，我母亲不再下地干活，在食堂专事磨面。磨面就要箩面，箩面时面粉难免荡起来，落在母亲头上，所以母亲每天都像白头翁一样。三叔当伙食长并不是很忙，他转到磨房时，母亲就让三叔念书给她听。母亲记性很好，三叔念过的故事，母亲听一遍就记住了。回到家里，母亲就把三叔念的故事讲给我们听。我们听得津津有味，几十年过去，有些故事我至今还记得。一开始，母亲并没有给我们说她讲的故事是三叔念给她听的，我们感到奇怪，母亲怎么知道那么多故事呢！后来我们问起来，才知道故事的来源是在三叔的书里。这给了我一个启发，原来识字的人可以知道很多故事，肚子里要想多装故事，就得多识字，多读书。这个启发也是我喜欢上学的动力之一。我和弟弟读书都很用功，我们上学的年数和所读的书，都比三叔多得多。我自己不但读了很多故事，还自己动手写了不少故事。读故事是可以做到的，三叔没有想到，我还能写故事。三叔以前读故事，从来不注意故事的作者是谁。他不是故意对作者忽略不记，大概觉得书上的故事近乎天外来物，不是人手所能写出来的。我写的故事印成了书，让三叔吃惊不小，他由此知道，原来故事都是人编出来的，书都是人写出来的。但作为长辈，三叔从来没有夸奖过我。就是对我母亲，三叔说到我和弟弟时也留有余地。三叔的说法是“你的两个儿子起来了”。什么叫“起来了”？“起来了”算是什么样的评价呢？念过私塾的三叔的确是这么说的。接着三叔对我母亲说了两条。第一条是，我和弟弟之所以能“起来”，都是因为我们家老坟地的位置好，风水好。三叔甚至说，我们家老坟地的风水把全村的风水都拔完了。第二条是，我父亲死得早，母亲把几个孩子养大极不容易，母亲是立有功德的人。鉴于此，将来一定要把母亲的后事好好办一办。三叔这样说，带有对母亲表彰的意思。但我们那里不说表彰，谁生前都不举行什么表彰仪式。一切都留待身后，表彰的意思在后事上体现出来，是盖棺论定，也是让逝者尽享哀荣。至于怎样好好办，三叔没有细说，看三叔微笑的样子，好像他已经胸有成竹。

在有的地方，一个人还活着，就拿这个人的后事说事，可能是避讳的。我们那里不避讳这个。村里人只要上了一定岁数，就开始为后事着想。这说明我们那里既重生，又重死，对后事是重视的。母亲身体还好着时，我给母亲寄了钱，母亲舍不得花，把钱攒着，准备给自己盖一间大堂屋。所谓大堂屋，就是棺材。有人建议母亲做一副柏木棺材，说柏木生长时间长，木质细，耐沤，埋在土里一百年都不会坏。还说柏木棺材只有我母亲才配得上，也做得起。母亲没有采纳别人的建议，而是为自己做了一副红松木的棺材。母亲定是精心构思过，反复比较过，在多种木材中，她决定用红松木给自己盖大堂屋。母亲不像一般的农村妇女，母亲是有主见的人。母亲的主见由此可见一斑。在做什么棺材的问题上，连一向自视颇高的三叔都插不上嘴。之所以选择红松木做棺材，母亲说了两个理由。这两个理由既让人信服，也让村里人眼湿。母亲说出的第一个理由是，她喜欢闻红松木的香味，以后可以天天闻。母亲说出的第二个理由是，柏木棺材太沉了，若是做一副柏木棺材，她担心会压着抬棺材的人。连后事都为抬棺材的人着想，这就是我们的母亲。母亲以她的行动，让我记住了一条做人的道理，这条简单的道理是：人不管到什么时候都要为别人着想。

三叔多次说过，母亲的后事由他负责办理。母亲没提出什么反对意见，等于默认了三叔的说法。三叔的说法也传到了我们弟兄耳朵里，我们不大愿意听。并不是我们对三叔不信任，只是觉得在母亲还活着的情况下，就把母亲的后事说来说去，只会引起我们的不快。有一天母亲突然对我说，她有些生三叔的气。我以为母亲和我们一样，也不愿让三叔拿母亲的后事说事。我问母亲生什么气。母亲说出的生气的原因是尚未发生的事实，是一种预想，一种担心。母亲担心三叔在办理母亲的后事时让我们破费太大，花钱太多。还担心三叔会在一些程序上折腾我们兄弟俩。我劝母亲不要想太多，有些事情想得太多对身体不利。什么事情都是走一步，说一步，一步一步就走过去了。其实母亲所担心的事我也想到过，只是不愿意多想而已，偶尔想到一点，就自欺似的赶快回避了。比如花钱的问题，为母亲的后事，钱肯定是要花的。母亲对我们有恩，为母亲养老送终，这是我们当子女的责任。母亲在世时，我们时常给母亲一些钱。如果母亲下世了，我们再想给母亲钱，到哪里去给呢！可以说为母亲办后事花钱，这是孝敬母亲的最后机会，我们会抓住这个机会。至于母亲所担心的三叔会折腾我和弟弟，我也明白母亲指的是什么。在少年和青年时代，我多次见过别人家为老去的人办后事。孝子须穿白鞋，戴孝帽，腰里要扎生麻披子，手里还要拄哀杖。为了邀请村里人参加逝者的葬礼，并到坟地里为逝者送行，孝子要走遍全村，挨家挨户去给人家跪下磕头。人家待在家里的不管是男是女，是大人还是孩子，进得院子，孝子只管磕头就是了。我记得我还在上小学的时候，一个叔辈的孝子到了我们家的院子，一见我就跪下给我磕头。那一磕让我吃惊不小，吓得我差点跑掉。那个叔叔高个子，说话大嗓门，平日是很厉害的。就因为他的母亲去世了，他就变得软弱起来，见到我们这样的小孩子也要磕头。母亲担心的就是这个，担心三叔会遵照老家的传统，让我和弟弟给人家下跪，磕头。我不知弟弟如何想，反正给人家下跪，磕头，对我来说的确是一件困难的事。我是一个自尊的人，给人家下跪，会不会有失自尊呢！我出来工作已三十多年，人也五十多岁，在村里成了爷爷辈的人，让我给人家磕头，我不知能否做得出来。我们村的孝子，不愿给人家磕头的人是有的。有一位中学教师，他母亲死后，他只带领族中人，到母亲坟前站成一排，三鞠躬就完了。他的做法被村里人说成不孝，并传为笑谈。好在教师死后，他的儿子没有像他那样“立新风”，而是按原有的风俗为其父亲办了后事。村里人说，人只有一死，这样办后事才像个样子。

人世间的有些事情真是让人难以预料，身体一向很好的三叔竟先我母亲而去。三叔不是病死的，按我们村里人的说法，是被电打死的。夏天，三叔用抽水机为他家的玉米地浇水。因有电源的地方离他家地比较远，他得往地里拉长长的电线。电线外面裹有黑色的胶皮，有一处胶皮破了，漏了电。三叔浇完地，光着膀子往胳膊上挽电线时，就被电击中了。别看电无形无色无味，打起人来却相当厉害。电的拳法应该是霹雳拳吧，只那么一下子，就把三叔打倒在地。三叔什么都来不及想，什么都来不及说，就告别了他还算喜欢的人世。等人们发现三叔时，电线漏电的地方还在三叔的胳膊上咬着，已把三叔的半边身子烧得不成样子。三叔信誓旦旦地要负责办理我母亲的后事，大概自以为他有两个优势。一是年龄上的优势。他比我母亲小十几岁。二是身体上的优势。我母亲得了大病，做了大手术，他能吃能干，身体一点儿毛病都没有。不承想任何优势都是脆弱的，一不小心，优势顿时化为乌有。其结果是，要为我母亲操持后事的三叔，自己的后事先出来了。我没有参与办三叔的后事。天气炎热，三叔的儿子没通知我，就把三叔送走了。母亲在城里治病，也没能为三叔送行。

得知三叔突然去世的消息，母亲的心情自然很沉重。母亲叹了气，又叹气，说这叫啥事呢，该死的人不死，不该死的人说死就死了。谁都听得出来，母亲说的该死的人是她自己，不该死的人是三叔。好像三叔一死，就没有合适的人选办理她的后事了，这让母亲甚感失落。母亲跟我讲了三叔的一些往事。三叔刚出生，他的父亲就失踪了。是三叔的母亲吃苦受罪把三叔养大的。三叔这一辈子过得也不容易。母亲对电也提出了自己的看法。说过去人老几辈子没用过电，日子也不见得过不去。现在有了电，照明浇地啥的倒是方便了，人也死在电手里了。母亲的结论是，不管到了啥时候，不管人使用了啥好东西，有一利必有一害。

母亲病重的时候没住在医院，是住在开封弟弟家里。我丢下手头的一切事情，在母亲的床头支一张小床，日夜陪护母亲。母亲后来对我很依赖，一会儿看不见我，就显得有些焦躁。只要我在她身边，好像她的生命就能持续存在。那段时间，是我们母子俩说话最多的时候。我们看见雨说雨，看见雪说雪，想起什么就说什么。有一次，母亲对我说起，她是小时候死过一次的人，能活到如今这个岁数，已经赚了很多。五六岁时，她胸口长了一个大疮，疮肿得像葫芦，最大的膏药片子都贴不住。都说疮怕不出头，一出头就好了。谁知道呢，她胸口的疮出头以后，越烂越大，烂得都收拾不住了。她的父亲带她去找医生，医生一看就摇头，说没治了，让她父亲把孩子带走吧。医生还悄悄对她父亲说，给孩子做个匣子吧。所谓匣子，就是小型的棺材。未成年死了，所用的殓物都是说匣子，不说棺材。母亲说她记得很清楚，她的父亲背着她往家里走时，她不能像别的孩子一样，双手搂着大人的脖子，趴在大人背上。因胸口的疮是一个大障碍，她只能胸口朝外，和父亲背靠背。父亲拽着她的双手，一直弯着腰，才把她驮回家。到家后，父亲没有把她往屋里床上放，而是把她放到院子里一个柴草垛上去了。父亲一边找人给她做匣子，一边等她死。她也知道自己活不成了，就在柴草垛上狠哭。哭累了，就睡着了。醒过来，再哭。就那样哭哭睡睡，她的一口气没有断，疮口长出了红肉芽儿，竟活了下来。母亲还对我说，她刚生下我时，又长过一回大疮，这回大疮是长在腿上。几个孩子，她最心疼的是我，却没有好好地给我喂奶。我刚满月，因她身上起了疮，奶就没有了。她是把馍掰碎，泡成糊糊，把我喂大的。听母亲对我讲她两次长疮的经历，我联想到，母亲这次之所以病得这样厉害，也是被疮害的。只不过，前两次长疮是长在身体外部，这次却是长在身体内部。前两次都出了头，这次只是肿，只是越长越大，越长越多，却始终不肯出头。这应了我们那里的一句话，叫人怕出头，疮怕不出头。我似乎明白了，不出头的疮指的可能就是万恶的肿瘤啊！

母亲的病情一天比一天恶化，镇痛的药物已镇压不住她的痛。母亲咬牙忍着，尽量不把疼痛的表情表露出来。母亲在重病中仍保持着自尊。母亲的脚是从小缠了半道放开的，属于人们所说的那种“解放脚”。母亲认为自己的脚不好看，一天到晚穿着袜子，连睡觉时都不愿把袜子脱下来。我对母亲说，夜里起来小解一定要叫醒我，我扶她下床。其实那时我睡得非常警醒，母亲一有动静，我立即就醒了。有一天夜里，我听见母亲床上窸窸窣窣响，知道母亲要下床。我让母亲慢点儿，我来扶她。母亲刚说不用，便一下子摔倒在床前的地上。我赶紧上前扶起母亲，不敢对母亲有半点儿埋怨。这天天将明，母亲跟我说，人死后，后事里有一项程序叫押魂。押魂的目的，是把死者的灵魂，从家里引出来，送到村外去。押魂的做法，是死者的子女全部出动，点起一捆庄稼秆子做火把，到村头的十字路口去烧纸。在整个押魂的过程中，有一点最重要，要求死者的大儿子在往村头走时必须抱一只活着的大公鸡，待烧完纸往回走时，大儿子必须搦紧公鸡的脖子，一股劲儿把公鸡搦死。公鸡的魂代表凤凰的魂，有凤凰的魂可乘，死者架起凤凰，就可以飞走了。

母亲的话让我心里一寒，我意识到，这是母亲在具体地教我怎样办后事。母亲的大儿子不是别人，正是我啊！不知为何，我不愿听母亲跟我说这些话。也许我还在欺骗自己，不愿承认母亲的远去即将成为事实。也许我不愿受人摆布，对母亲的后事以及在后事中担负的任务有畏惧心理。也许我在想象中正被村里人围观。反正一听到母亲说这些话，我莫名地焦躁起来。我说：现在办后事怎么搞得那么复杂，以前好像没有那么复杂呀。这都是因为现在的人钱多了，钱一多，繁文缛节就多了。我还说：活活把一只公鸡搦死，未免太残忍了吧。母亲大概听出了我的焦躁，老人家没有再说什么，一句话都没说。

母亲是在我们老家去世的。母亲明确说过，她不能老在城里，只能老在家里。我和弟弟都在城里安了家，母亲不认为是她的家，只有农村老家才是她的家。2003年，眼看到了春节，母亲对我说：我觉得我过不去这个年，咱回家吧。我安慰母亲：没问题，您就准备好好过年吧。刚过了春节，母亲又催着回家，说她恐怕过不去正月十五。母亲的心思我懂，她在意的还是她的后事，只有回到老家，村里人才能参与她的后事，才能给她送行。过罢元宵节没几天，我和弟弟就把母亲送回老家去了。母亲病得又瘦又小，当弟弟把母亲抱下车时，母亲有一个举动把我吓了一惊，母亲竟奋力挥着胳膊，高喊了两声。乍一听，我以为母亲是疼痛难忍才喊的。我很快明白过来，这是母亲在告知村里的人，她回来了。

村里人陆陆续续到我家看望母亲。不管是比我母亲辈分低的，还是辈分高的。不管是年轻的，还是年老的，凡是能走动的人，都到床前跟母亲说话。母亲一直保持着清醒状态，当来人问她：您知道我是谁吗？母亲很快就能说出对人家的称呼。母亲还跟人家说，谁谁来了，谁谁来了。村里人都来看望母亲，这让母亲感到欣慰。这大概就是母亲所希望的，也是母亲所需要的。

阳历到了三月，阴历到了二月。就在阴历二月初二那一天，天突然下起了大雪。农谚说：二月二，龙抬头。意思是说，到了二月二，天就该下雨了。可是，那年的二月二下的确实是雪。雪下得还不小，一下就是铺天盖地。房坡上的瓦，刚才还是黑的，一转眼就被大朵大朵的雪花所覆盖。院角的一棵尚未发芽的椿树本来枝丫分明，不一会儿，枝不见枝，丫不见丫，树上像开满了满树的白花。屋子里人待不下，堂弟用大面积的帘子布在我们家院子里搭了一个棚子，棚子上面的雪越积越厚，终于承受不住，轰然倒坍。弟弟后来对我说，棚子倒下的那一刻，他就有了不祥的预感。就在当晚的后半夜，也就是阴历二月初三的零点二十分（阳历三月五日的零点二十分），我们辛劳了一生的母亲永远离开了我们。

从此以后，母亲再也看不见我们，我们再也不能跟母亲说话，不管我们什么时候回家，家里都没有了母亲，我们一下子成了没娘的孩子。我们怎么办？我们悲痛，我们绝望，外面大雪纷飞，我们兄弟姐妹只能围跪在母亲灵榻前放声痛哭。

几天来，我们的眼泪在眼皮里包着，一说话就喉头发哽，一开口就想掉泪。我们知道母亲将不久于人世，但我们使劲忍着，不敢哭，不敢掉眼泪。我们怕哭出来不吉利。如今母亲走了，我们没有了什么可忌讳的，再也不必压抑着自己，无不哭得泪水滂沱，痛彻心扉。

我们的哭声惊动了村里的乡亲，他们冒着大雪，纷纷来到我家劝慰我们。有两个婶子，一边劝我别哭得那么狠，一边分别拉着我的胳膊，想把我往起拉。其中一个婶子说：你娘早就跟我交代过，说你这孩子心太实，等她百年之后，让我一定把你看紧点儿，不让你哭得太厉害，别哭得背过气去。婶子一说我就明白了，我的小弟弟病死时，我曾哭得浑身抽搐，背过气去。是村里的一个老先生给我扎了一针，我才缓过气来。婶子不这么说还好，听婶子这么一说，我悲上加悲，痛上加痛，喊着娘啊娘啊，哭得更加昏天黑地。我想把自己哭死算了。

痛哭也是一种能力。随着年龄的增长，我曾怀疑自己还有没有痛哭的能力。母亲的逝世，让我知道我痛哭的能力还保持着。在为母亲办后事期间，我的嘴仿佛失去了说话的能力，只剩下哭的能力。我哭得嗓子嘶哑，几乎发不出声来。我也没想到自己的眼泪会有那么多，泪涌流了再涌流，老也流不尽，好像我整个人都变成了泪水的容器。我双眼红肿，两只眼睛肿得剩下两道细缝，看什么都是泪眼，看什么都模糊不清。我像突然变了一个人一样，变得极其脆弱，极其小，小得像一个孩子。我同时变得前所未有地顺从，对什么都不拒绝。我三叔不在了，村里还有别的堂叔。堂叔让我做什么，我就做什么。我头上戴了用生白布缝制成的孝帽子，腰里扎了白布带子和生麻披子，手里提了用麻秆做成的哀杖。代代相传的后事文化彻底把我武装起来，让我知道了文化并不是软东西，文化在有的时候会变得很强大。在去村头的十字路烧押魂纸时，他们交给我一只挺大个儿的活公鸡。烧完纸往回走，我便扼紧公鸡的脖子，一股劲儿把公鸡扼死了。在去全村各家各户磕头之前，堂叔担心我跪不下去，把我叫到一边，专门跟我谈了话，强调了规矩的重要，让我遵守规矩。我先跪下给堂叔磕了一个头，流着眼泪，哽咽着让堂叔放心。堂叔大概没想到我会这样，眼圈一下子红了。

我们的村子膨胀得很厉害，从面积上讲，一个村子几乎变成了两个村子。由两个堂弟分别带领我和弟弟，我从村西磕起，弟弟从村东磕起，挨家挨户去磕头。我们不必说什么，由堂弟把人家从屋里喊出来，我们只跪下给人家磕头就是了。雪不下了，但地上有积雪和泥泞。不管是雪是泥，我全然不顾，跪到哪里算哪里。没有人逼迫我，我愿意给人家磕头。如同痛哭是我的需要，磕头也是我的需要。我心里想的是我母亲，我跪下双膝，低下头颅，磕头是为母亲所磕。我裤腿上沾满了泥，两只手上也沾满了泥。这样很好，泥使我有了一种回归的感觉。接受我磕头的人一点都不惊奇，他们所说的话几乎是一样的，一是让我赶快起来吧，二是表示马上到我家里去，参加我母亲的葬礼。我对每一个人都心怀感激。

母亲的灵柩出殡时，全村的男男女女、老老少少都加入了送殡的队伍。麦地里的积雪一片白，四支唢呐班子一起吹着哀伤的曲子，母亲的孩子都哭得悲痛欲绝。泪眼蒙胧中，我仿佛看到了母亲。我想，一贯重视人的后事的母亲，对她的后事应该是满意的。

原载《花城》2011年第6期

爱

张惠雯

在新任的牧区医生还未来到以前，一些喜欢打听的居民就得到了一点儿关于他的消息，知道他是医学校毕业的大学生，曾在城里的某医院工作，还是个未婚的年轻人……这类消息总会从某个缺口透露出来，再经由女人们的嘴渲染、流传。尽管有了各种消息拼贴而成的印象图，但新医生来的时候，人们还是有点儿吃惊，因为他比他们想象的还要年轻得多。根据他的经历，他们猜测他至少有二十五六岁，但他的样子看上去更像个学生。和这一带的青年牧民比起来，他个子有些矮小了，脸色也有点儿苍白，不像其他维族青年那样留着唇髭。即便在他笑的时候，他也显得有点儿严肃，但精明的人能看得出，那并非严肃，而是小心掩饰的拘束。和以往的老医生不一样，他从不大声向病人询问病情，也不会因为他们对针头胆怯而哈哈大笑，如果不出诊，他总是在他的药房里坐着，穿着白大褂。

这个年轻人叫艾山，当他第一天来到牧区诊所时，他发现诊所和兽医院竟然是在同一个院子里。诊所也就是刷了白墙的两间平房，一间是药房，一间里面放着两张床和四个陈旧得快要涣散的输液架子。在院子的一角，一间孤零零的小房就是他住的地方。他猜想前任的医生是一个不怎么清洁的人，因为不管是诊所还是住房里面的墙壁都很脏，桌子上、药架上落满了灰尘，他不得不做一次大清理。他对牧区的工作没有什么幻想，但这样的简陋还是让他失望，尤其当他听到院子里那些被人强按住的牲口发出的嚎叫声时，他感到自己的职业被侮辱了。开始的一些天就在沉闷而又略有些烦躁的情绪中度过了。但他是这样一个温柔谨慎的年轻人，连他的烦闷不安也是轻柔的、悄无声息的。无人察觉这年轻人陷入了对未来生活的迷惘中，因此也就无人知道他从某个时候起又突然感到这迷惘不再困扰他了。他深知自己的弱点，感到自己并不是一个会有远大前程的人，这样，他就不再为职业上的事烦恼了。

渐渐地，他发现牧区的生活也有他喜欢的地方，尤其当他出诊或调查牧民健康情况的时候，他骑在那匹温驯的褐色老马上，望见远处坡地上云块一样缓缓移动的羊群，他会仰起脸深吸那混杂着青草、羊毛和牛奶味的空气，观看头顶那潭水一样蓝而且静的天空。需要去较远的牧民聚住地时，他常常骑马走上一两个小时。他在途中发现了一些不知去向的小河，偶尔会看见羚羊和鹿。在路上，他很少遇见别的人，苍茫的草场上和天空下，只有他和他的马，有时候他会突然间忘了他是走在一条通向某处的路上，是要往哪个地方去。有人劝他买一辆摩托车，但他却更喜欢骑马，因为马是活的，它们体恤主人，是路上的伴侣。牧区的病人并不多，因为牧人们不娇气，不会把小病放在心上，而严重的病，他们就会去县城里看。更多的时候，他就只是坐在那间白色墙壁、蓝色窗框的简易药房里，等待病人或是看书。有时候，这种日子难免会让人感觉单调、孤独，但这孤独仍是他可以忍受的。

圣纪节过后不久，富裕的牧民阿克木老人给第四个孙子摆周岁酒，邀请了附近的男女老少一起去热闹。让艾山惊讶的是，阿克木老人也邀请了他。一开始，他有点儿不知所措，因为除了看病、日常事务来往和礼节性的交谈，他在这里还没有一个可以说话的人。他反复想到的一个难题是，在人们熙攘往来的房子里，他应该和谁说话，而如果没有人和他做伴，他独自呆在某个角落里，会不会被人可怜、笑话。可他又有点儿兴奋，因为他也许可以借此机会认识一些附近的年轻人，这些年轻人不会无缘无故跑到诊所来，而他平时也不会主动接近他们。毕竟，有一些朋友，生活会容易一些。

在宴会举行前两三天的时间里，只要一空闲下来，艾山就会想到这件事。一个孤独的年轻人总会有细致的想象力，他想到了让他最尴尬丢脸的场面，也想到了一些散发着模糊的温暖光晕的画面，所以，他一会儿犹豫不决，一会儿又兴致高昂。最后，他跑到他住的那间局促的小屋里，从箱子里翻出来一条白色的袍子，袍子的袖口和领口都镶着针脚精致的、淡绿色的滚边。这是他母亲给他缝制的。由于压在箱子底下太久了，轻柔的布料起了褶皱。艾山把袍子在清水里浸了一会儿，然后把它晾在院子里绑在两棵小树上的那条绳子上。

周岁酒在那一天的晚上举行。下午的时候，艾山仔细洗了头发，把下巴和脸颊刮得很干净，然后，穿上了那条袍子。他在洗脸盆上面的那一块残缺一角的镜面里打量自己，他感觉自己打扮得还算整洁，他尤其喜欢母亲给他缝制的这件礼服长袍，他喜欢那淡绿色而不是红色、金色或亮紫色的镶边。但他看到镜子里的自己长相平平：他的鼻梁有点儿扁平了，毫无特点的嘴巴不大不小，也许他脸上唯一好看的地方是他的长睫毛，可这算什么呢？他又不是个姑娘，并不需要这样的长睫毛。

五点多的时候，艾山往阿克木老人的家走去，他没有骑马，因为阿克木老人的毡包离诊所这里走路只需要三十多分钟。他走在余晖渲染下的草坡上，穿着白袍。路上，他看见一些归牧的牛群，还有几个骑马赶来的临近地方的牧民，其中有一两个裹着色彩鲜艳的头巾的妇女。他听见赶路的人含糊的、由远而近的交谈声，以及归牧的人单调的吆喝声，但他什么也没有听清楚。他想着他自己的事，对自己不够满意，还有些说不清楚的不安，但他仍然兴奋、快乐。当他看到站在阿克木家那个大毡包外面的一群女孩儿时，他才恍然大悟，他所一直担心、害怕的正是她们。而她们正叽叽喳喳地说着话，做着手势，有两三个女孩突然神秘兮兮地朝他看过来，似乎她们正在谈论着他。

他硬着头皮经过她们身边，而她们的窃笑声传进他的耳朵里，这笑也像是冲着他来的。于是，连他的耳朵也红了。他钻到毡包里去了，看到里面有更多的年轻女人，但也有很多男人。阿克木老人的小儿子嗓门很大地迎接他，这个腼腆的外地年轻人的到来似乎让他脸上有光，他拍着艾山的肩膀，好像他们已经是很好的朋友了。后来，一些熟悉的人走过来和他说话，还有几个找他看过病的妇女。他觉得舒服了一点儿，不那么热了，他的心跳逐渐平稳，开始悄悄打量周围的人。慢慢地，有不认识的年轻女人上来和他说话，她们问他有关胳膊上莫名其妙起的小水疱，被马咬后留下的伤疤还有突然出现的眩晕，有个女孩儿说她的耳朵里经常有轰鸣声，还有个女人说她夜里老是做吓人的梦，问他有没有什么药可以治。不管那是否是可笑的问题，他总是细心地替她们分析，尽量找到答案，但每一次，他都对自己的回答不满意，过后总觉得那样的回答太仓促含糊了。客人们走来走去，而他似乎就一直站在他进来之后选定的一个地方，一个灯光稍暗、不容易引起注意的地方。

吃饭的时候，艾山被邀请坐在重要人物的一桌，那一桌上有主人阿克木老人、他的长子、二儿子还有两个牧区的干部，三四个他不认识的、年龄较长的牧民。他觉得别扭、难受，却找不到借口推辞。有人开始悄悄议论这个坐在尊长者之间的年轻人了，他显得多么年轻、害羞呀！一个可爱的、涉世未深的人。

当别人和他说话时，艾山总会专注地听着，很有礼貌地点头，而大部分时间，他只是低头盯着眼前的杯子、盘子。不知道从什么时候起，他隐约地感到有一道目光不断朝他看过来，但每当他循着感觉的方向看过去，他却只看到一些因为欢笑而颤动、闪烁的女人的身影。他不好意思朝那个方向一直寻找，但他觉得那双眼睛就隐藏在那些影子中间，它悄无声息地注视自己，于是他的每一个动作、每一个表情都落在这目光构成的透明的网中，无一逃脱。他又开始不安了，他调整着自己的位置，一点点地侧过身子，可他觉得他并没有摆脱那道目光，它就像一个轻盈灵巧的飞虫，在他发梢、衣领和背后飞动。

那些人劝他喝酒，他们让他喝了太多的酒，因为他不会拒绝，因为拒绝要说很多客套、聪明的话，看起来他还不会。所以，他的脸涨红了，他用手扶住自己那低垂的额头。突然，他抬起头，他那双明亮的眼睛飞快地朝一个地方看过去。只此一下。然后，身边的人又和他说起话来了，他于是带着儿子般亲昵而温顺的神情看着那个长者，眼睛里闪动惊奇的亮光。在旁人看来，这年轻人已经有点儿醉意了。可他自己却正为一个发现而欢喜，他似乎找到那双眼睛了，他刚才捉住一双迅速闪开的、有些惊慌的眼睛。她坐在一群女客人中间，娇小，毫不突出，但她那双眼睛，她垂在脸庞两侧的黑头发……一瞬间，他的心里被一种欢喜、甘甜、涌动着的东西充满了。但他如何能确定那就是那双眼睛呢？也许它早就躲开了他，而她只是不经意地碰上了他的目光。他假装专注地听旁边的人对他说话，而他一句也没有听到心里。在心里，他有些迟疑、迷惑，还有种说不出的快乐。

酒席松散了，人们又开始四处走动，有的人到毡包外面去了。这中间，一些女人们从她们坐的地方起身，围到满周岁的男孩儿和他母亲坐的桌子那儿，她们逗那孩子，孩子却不解地哭起来。有些住在较远地方的人开始告辞了，阿克木老人站在靠近门的地方，和要离开的客人告别。但不少人兴致还很高，男人们还在喝酒，准备闹腾一阵。这时，他突然发觉她不见了。迷迷糊糊中，他也站起身，走到外面去了。他看见天空中的半轮月亮和一些稀疏的星星，还有一些人骑着马离开的影子。也有人骑着摩托车走了，那起初尖锐的震动声慢慢变得辽远、寂寞。一些女孩儿在不远处站着，围在一块儿说笑。在这些影子里，他都没有找到他要找的那个人。他向堆着干草垛的空地那边走去，不知道为什么，他只是想往更远的地方走。在他那双蒙眬的眼睛里，干草垛就像贴在夜幕上的剪影，像是在草原的另一边。

他有点儿累了，在一个草垛下面坐下来，夜里的凉气渗透了他的袍子，可这凉意多么清爽。他嗅闻着干草松软的香气，不知怎么想起了炉膛里刚拿出来的热香的馕，他仿佛又看到一双柔软的女人的手，看到在晨雾里显得乌黑湿润的女人的头发，仿佛听到了纱一般轻柔的女人的说话声……但最后这一点似乎并非幻想，因为他真的听到了女孩儿的说话声，这说话声越来越近，他发现已经到了干草堆的后面。

“是真的吗？可是……可是，你都对他说了什么？”一个女孩儿压低着声音、激动地说。

“没有，我什么也没有说。我怎么能说呢？”另一个女孩儿声音微微颤抖地说。

“可他怎么知道的？他不是已经知道了吗？”

“他好像发现了，我感觉他已经知道了。”

沉默了好一会儿，一个女孩儿喃喃地说：“感觉，多奇怪的感觉。”

“你不会对别人说吧？”声音颤抖的女孩儿怯怯地问。

“啊？你怎么想的，我当然不会！”爱激动的女孩儿几乎叫出来。

“好了，好了，你不会说的，我知道。我只告诉过你一个人。”她说。

坐在那儿的艾山一动不动，几乎不敢呼吸，幸好他被掩藏在草垛浓黑的阴影里面。于是，那声音就从他身边经过，两个女孩儿边走边说，趁着月光往毡房那儿去了。他知道其中没有她，但他仍然觉得她们每一个的影子都很美。他无意中听到了她们的谈话，她们的秘密，可他不知道她们是谁，她们爱上了谁。这一切，在他想来也很美。

他又回到毡房里，可她并没有在里面，她那桌上的女人们都散了，桌子空下来。他想她也许已经走了，这使周围一切热闹、耀眼的东西突然间显得暗淡无光了，他发现他之所以走出去、又回到这房子里来，这一切只有和她联系起来才有意义。但他不好意思马上走，尽管他心里焦急着。仿佛有一种不近情理的、模糊的希望在催促着他：如果他早点走出去，也许还有机会在路上遇见她。他仍然站在那儿耗了几分钟，和阿克木的小儿子说着话，他终于记住了他的名字——帕尔哈特。随后，他终于找了个机会向阿克木老人告辞了。他匆匆忙忙地走出去，看到有人忙着套马车，有人还站在靠近路口的地方说着话。他隐约怀着那个希望，但又极力否认它。一方面，他被那种无法解释的愉快情绪充满着，另一方面，他又想让自己从这让人晕头转向的愉快里挣脱出来，冷淡地不去相信关于那目光和那个女孩儿的事儿，把它当成错觉、自己幻想出来的东西。

这时，他突然听见有人叫他的名字，他抬头看见路旁站着一个身材高大的妇女，她正关切地问他是不是没有骑马。

“我没有骑马来，我住的地方很近。”他有点儿吃惊地看着她说。只有一点月光照在她的脸上，而那张脸的轮廓又被围巾遮住了。可他猛然想起来，这个女人在毡包里和他说过话，而且，她和那女孩儿坐同一张桌子。

“街上兽医站那儿？我知道那地方。”女人说。

艾山笑了，没有说什么。

“还有一段路呢，”女人又说，“你搭我们的马车吧，我丈夫一会儿就过来。”

艾山本想说“不用了”，但他突然改变了主意，如果他坐上这女人的马车，也许他可以听她谈到她……

他谢了她，站在路口那儿和她一起等着。然后，他看见一个壮实的、敞着怀的中年人慢悠悠地赶着一辆没有篷顶的马车过来了，在他后面，侧身坐着一个女孩子，当马车快到他们跟前时，她朝他们招了招手。就像做梦一样，艾山看到了酒席上那个娇小的女孩儿。

“那是我女儿。”那妇女说。

“上车吧，年轻人！”中年男人显然已经醉了，满面笑容地朝他大声喊道。妇女绕去另一边上了马车。他看见那女孩儿往中间挪了过去，于是，他上了车，坐在她刚才坐的地方。

马慢慢跑起来了。车上的地方并不宽绰，在车子微微颠簸的时候，尽管他双手很用力地抓住车缘，他仍会偶尔碰到她。他起初有点儿紧张，他们三个人挤在一起，而他离女孩儿的头发、手臂、衣服都那么近。但他发觉她并不在意，她那么自然、快乐地坐在那儿，有时朝他靠近，有时又缓缓离开他。她那自然的态度感染了他，他不再担心了，反而希望途中能够多一些颠簸。他的双手也不再紧抓着车缘了，在身体每一次自然而轻微的碰触中，在一个女孩儿的气息中，他感到一种从未有过的甜蜜、温暖。而每当颠簸过去，他们之间重又有了空隙，他就感到失落。没有人说话，只有赶车的男人不时和马吆喝着说上一两句。突然，女孩儿用手肘轻轻碰了碰他，说：“他和你说话呢。”

艾山从恍惚的意识里醒过来，听到赶车的汉子在讲他的牛得的奇怪病。但他也不确定男人是否只是和自己一个人讲。他有点儿费解地看看那女孩儿，那女孩儿也看着他笑了。

艾山对那男人说：“带它到兽医那儿看看吧，牲口有病要尽快治，怕它传染。”

男人说：“是啊，是啊，要去看看，牲口有病一定要去给它看，牛马不会说话，也不知道它们哪里难受，比人还可怜。我自己呢，就从来不看病，我这辈子还没有进过医院，真主保佑。”

女孩儿却凑近艾山耳边小声说：“去年肉孜节的时候他喝醉了，摔伤了腿，我们带他去过城里的医院。”她的语气和动作里都透出一种熟悉的亲昵。

接下来，又没有人说话了。艾山望着前面，月光下的路像一条银灰色的带子，远处的草原是一片巨大的暗影，隐匿在苍茫之中。体形匀称的马儿踩着碎步紧跑着，一切白日赋予的颜色都模糊、消失了，草原的气味在夜里却更加浓烈而单纯了。带着一股有点儿昏沉的醉意，艾山看到的一切仿佛都带着虚幻般的美好。车子慢下来了，晃晃悠悠地停在了一个地方，艾山这才发觉已经到了诊所院子的门口。他慌忙跳下车，和这家人告别了。

他走回小屋里，对刚刚的经历还有点儿将信将疑。这仿佛是个美梦，这么说，就像他渴望而又不敢想象的，他刚好和他要寻找的那个姑娘坐在同一辆马车上，而且，她还对他说话，他们像小孩儿一样无拘无束地靠在一起。有一会儿，他呆呆地站在桌子前面，回想着在昏暗的夜光中的她的脸庞，衣裳的暖意，还有那条往远处延伸的路……那么美好！这都不像是真的，却是真的。他不知道在桌子前面呆立了多久，然后他醒转过来，于是走到门后的那张椅子那儿坐下来。在那儿，他又发呆了，坠入到没有止境的回忆和幻想中去。他想到他骑着马去了她家，她把他迎到毡包里，他们在那里面坐着，只有他们两个，她穿着冬天的厚厚的袍子，眼睛在炉火跳动的影子里显得更黑了，她的小毡鞋几乎碰到他的皮靴子；他们又仿佛坐在同一辆马车上，但那是另一辆马车，另一个旅程；他还看到她正站在一个洁白崭新的毡包前面，晾着衣服，衣服被风吹得鼓鼓的，像是要飞走了一样。他想到恋爱、结婚、未来的生活，这些事说起来多么平淡无奇，这就是他的父母、他的兄弟都经历过的，可它们又是多么奇特。这一切仿佛突然之间离他很近了，而以往他却觉得很遥远，遥远得他都不愿去想象。

他终于站起来，走到外面去了。这间小屋太局促了，似乎盛不下他那不着边际的幻想和激动的情绪。他去井边打了一盆水洗了洗脸。他回到房间里，脱掉身上那件白色袍子，换上了一件平常穿的厚布袍，在床上浑浑噩噩地躺了一会儿。然后，他发现自己又站在院子的大门口了，就在他刚才下车的地方。眼前是一条白净、单薄的小路，两边孤零零的几间平房店铺都藏匿在沉沉的阴影之中。他猜想那家人已经到家了，马儿在棚子里拴好了，嚼着草，毡包里各处的灯都熄灭了，女孩儿已经躺下了，可能正沉沉地睡着，也可能仍然睁着她那双可爱的眼睛。如果他知道她所在的地方，如果那个地方是他能够走到的地方，他现在就会往那儿走去，哪怕走上一整夜，走到明天早晨。这时，艾山才想起来，他对于这家人一无所知，他没有问他们的姓名，也不知道他们住在哪儿。他不禁感到懊恼，但这也没有冲淡他那有点儿眩晕的幸福感，他已经像个恋爱中的年轻人了，而对于这种人来说，仿佛一切的困难都可以抛诸脑后。

第二天凌晨，当他终于在床上躺下来的时候，他用了很长的时间想找一个适合她的名字：阿拉木汗、帕拉黛，还是古丽夏提？似乎更像是巴哈尔古丽……于是，他最后决定叫她巴哈尔古丽。

他不知道怎样过了那两天，一切其他的事情，一切眼前所见，仿佛都从他的眼睛和脑海里飘过去，留不下一点儿痕迹。第三天，艾山晚饭后去找阿克木的小儿子帕尔哈特，在他看来，这年轻人热情能干，而且似乎很愿意和他做朋友。帕尔哈特很高兴，他又带艾山去找另一个年轻人，要把他最好的朋友阿里木江介绍给他。他们在阿里木江的家里坐了一会儿，喝了两杯酒。帕尔哈特想到外面逛逛，这也很合艾山的意，可他们一直拿不定主意。后来，阿里木江说，这么大的牧区，去哪儿不能走走呢。于是，三个年轻人从围栏里各选了一匹马。阿里木江还带上了酒和热瓦普，帕尔哈特对艾山说，阿里木江是这一带最会唱歌的人。

他们往牧场的北面走。天上堆积着小朵的、瓦片般的云，但月光仍然很清亮。草场上交织着银子般的月光和一些奇异的阴影，似乎还笼罩着一层淡得看不到的雾气。他们时缓时急地骑着马，并没有一个明确要去的地方。阿里木江是个充满活力的年轻人，他喜欢突然停下来，朝着远方喊两声。每当这个时候，帕尔哈特就会对艾山说：阿里木江亮嗓子了，他要唱歌了！可阿里木江并没有唱。他们不知道骑了多久，中间经过一些坡度柔和的高地和山坡，还经过了两三个牧人住的毡包。后来，马儿来到了一条很浅的小溪边。他们在那儿下了马，让马自己去喝水。

三个人就在溪边找个地方坐下来，把阿里木江带来的酒传着喝。过了一会儿，阿里木江终于弹着热瓦普唱起歌来。慢慢地，帕尔哈特跟唱起来，艾山则被阿里木江的声音和那些歌深深打动了。他痴迷般地听着，不唱也不说话。在他的脑海里，他刚刚走过的路和那天夜里他在颠簸的马车上看见的路重叠起来，这条路又仿佛是他为了要去寻找她而走的路。他想，他不正是因为她才和身边这两个可爱的年轻人走这么长的路、然后坐在这里吗？在路上，他一直想对他们说起她，说起那天晚上发生的事。这两天，他生活在怎样幸福却又焦躁不安的情绪中？一个人孤独地藏着这热切的秘密，这实在难以忍受。但现在，他那想要诉说的强烈欲望却平静下来了。阿里木江的歌声似乎把他带到远离语言的世界里了，在那里，他那可怕的孤独被融化了，他沉浸在倾听和想象中。而在想象里，他成了一个破衣烂衫的骑手，走着无休无止的路，只为找到那个躲藏起来的姑娘。

不知道为什么，他想起他母亲，想象着她年轻时候的样子，她经历过的那些爱慕、追求、思念……他把这美好的事联想到他认识的每个人身上，正在唱歌的阿里木江，像小孩儿一样轻轻拍着手跟唱的帕尔哈特……他甚至联想到过去和未来，各个年代的人，各个地方的人，死去的、活着的、还未曾来到世间的人，无论窘困还是安逸，无论生活卑微或是出身高贵，他们都有那精细入微的能力感受爱，他们都会幻想爱、经历爱，这种美好的东西从不曾从世间消失过，这是多么不可思议！于是，他觉得那个美梦般的夜晚、还有这月光下的草原、这露珠的湿润、乐器的动人、马儿的忠诚、溪水发出的亮光、人脸上那突然闪过的幸福忧伤表情都不是毫无理由地存在着，这一切，也许就是因为爱，因为它作用于世间的每个角落、发生在每一个人的身上。

年轻人喝完了酒，收起热瓦普，要往回走了。他们不知道时间，但从月亮在天空中的位置看，已经是后半夜了。潮润的夜气就像沁凉的井水流遍了草原，风完全沉寂了，连天边那几颗星星也仿佛昏睡了。路上，他们比来的时候沉默了一些，各自想着心事。而艾山想的是，尽管他毫无线索，甚至也不知道如何向别人问起，但他总会找到他的巴哈尔古丽——那娇小的她。她那双灵活的眼睛，她的柔软飘动的衣服，她曾碰过他的手臂，她的前头翘着新月般尖角的小毡靴，这一切就在某个地方等着他。带着这有点儿盲目的乐观信念，他在马背上低声唱起了歌。

原载《收获》2011 年第 4 期

星月夜

叶　舟

这是公路上发生的故事，速度说了算。

一摔车门，玻璃咣当一震，有裂帛伐石之声，仿佛表明了态度。他虚笑，边戴白手套，边扭头后觑。见她早已拉下了脸，环臂靠在座位上，微阖上眼。他看见她脸上残夜的痕迹，心猜，又闹晚了，怪不得火大。她偎了偎，弄出一个极惬意的姿势，眼皮闭踏实了。孰料，她嘴里嘀咕道，破车，卖废铁也换不来一百块。他解释说，妈的，跟朋友说妥了，借他的斯巴鲁用三天，嗐，给老子放了水。没办法，单位的这辆桑塔纳一直闲着，将就一下吧。——像呈堂证供，刚一打火，车身就抖瑟起来，像水上颠簸的一叶小舟。

农历四月的早上，天空若一张昨天的旧报纸，灰突突的。长街开阔，驶出市区的路连个红灯也未遇，仿佛预示着一种吉兆。这时，电台开始了整点新闻，奥巴马咋的，伊拉克的爆炸如何，一个选美模特竟是毒枭，被全球通缉，云云。他见她动了动，忙关闭了广播。随口说，刚才咋那么肉，我等了快半小时了。她忽然起身，踹了一脚前排座椅，又笑眯眯地说：

“你猜我在干么?”

他道，“女人的事，没个准头。”

“喂，我在写遗书，一封认真的遗书，写得我落了泪，特感伤。”她为了强调重要性，复述了信上的几句。他一踩刹车，她嘴里的热气哈在了他脖颈子上。她说，“我把遗书搁在桌上，万一那个了，我爸我妈会看见的。”

“今天弟弟的婚礼，乡下人讲究个吉利，你咋能。”他一阵沮丧，却不敢说重话，“在乡下，栽棵树，挖个窑，播个种，什么都看日子，图喜兴的，更别说是弟弟的大喜日子了。唉。”

她纠正道，“你弟弟。”

“也会是你的。”

“做梦去吧。”她扑哧一笑，拧了一下他的耳朵，“你谁呀？跟你八字没一撇呢，你就当我是私有财产啦。”——她以前也写过不少的所谓遗书，在他们怄气争吵后。但今次无一丝过节，她偏又故技重施，惹得他不悦。她说，“切，我是去参加一个陌生人的婚礼，权当一次长途旅游吧。”

他道，“随便咋想。”

“就这么想了，所以写了遗书，记录在案。”

“你今天是一头熊猫，看着温顺，其实还是熊。”他在后视镜里鉴定了一番，她眼圈是黑的，“玩疯了吧，昨晚。”

她道，“偏没去。她们说，要等我到了才给黄雅莉吹蜡烛，我闪了她们，干脆关了机。呵呵，我讨厌过生日，自己的，别人的，统统讨厌。”

“那你在干么？”

“读诗。”

他惊讶，“读诗？你别糟践诗了，求求你。诗可不是每个人都能读的，尤其你。我就不信，一个刽子手，会一夜之间放下屠刀，立地成佛。”他为自己的判决很得意，按下点火器，叼了烟。几秒钟后，他拿起来点，却发现是坏的。他说，“哑巴了吧，被活生生撕开了画皮，败絮其中。”

“你农民，理解不了。”

她说。

“对。不过，一本《诗经》可都是农民们写的，挑粪的，开渠的，除草的，一张口就是诗。”他说了半截儿，见她攥起了拳头。

她说，“我眼睛肿了呀。”

“再眯一会儿。”

“喂，刚才谁叫你狂按喇叭的，你把整座楼的人都吵醒了。那是单位宿舍，知不知道。”她语速极快，“周六，谁不想恋一恋床呀。你像个鬼一样，狂叫。”

她又提到了一个不祥的词。他不接茬儿，在高速路口的收费站刷了卡，驶上了通往宁夏的方向。她继续沉浸在刚才的话题中，不依不饶。

“破喇叭，吓死我，魂儿都丢了。”

他问，“你有魂儿么？”

“有，三克。”

“在哪儿？”

“你会看见的，我发誓。”她笃定地回答。

在中川机场附近驶出高速路，就是省道。公路中央无隔离带，迎面的载重卡车呼啸而来，在空气中撒下煤渣和水泥粉。她睡了有半小时，猫一般蜷在后座上。他料到了，将一条预备妥的毯子覆在她身上。路边有小卖铺，他停了车，买了一只打火机，点上烟。在野外，这一季的早上仍然风寒。地里的麦苗才露了头，一拃长。但那种绿不自然，很有嫌疑，也有点脏。

这时，弟弟挂来电话，问上路了没。他说，已经动身了，傍晚左右应该能到家。弟弟说，注意安全，开慢一点，别着急。弟弟说话很谨慎，他能感觉出长兄如父的那种权威。弟弟又问，城里的嫂子带来了么？村里的人都来了，想看一眼城里的嫂子，简直太轰动了，也给我长了脸嘛。他认真叮嘱道，到了家，千万别喊嫂子，喊姐就是了。她的性子挺糙的，说翻脸，就翻脸了，一点不给人面子。记住了？弟弟问：

"姐真是播音员呀？"

"是。"

弟弟说，"我把电视搜完了，也没看见姐的样子。说给别人听，别人都不相信。当然，他们心里痒痒，嫉妒咱们。"

"有线台的，线还没拉进咱们那儿。"

"姐漂亮么？"

"大体上有个样子吧。总不能让歪瓜裂枣的上电视，对不起观众吧。"他有所保留。不过，在这一点上他有十足的自信，也留下了伏笔。

"白不白？"

"白得像一捧石灰。"

弟弟说，"家里的窖水碱太重，含氟高，我给姐买了十捆矿泉水，喝的，洗脸的，洗脚的，绝对够了。出门饺子进门面，我让家里的擀了一顿臊子长面，木耳、金针菇、黄花菜、芫荽调的汤，全齐活了。"汇报得很认真，连擦脸的毛巾都是新的。后来，弟弟嗫嚅着，试探说，"晚上你和姐分开睡，还是一起睡？我好准备呀。"他忽然语气一沉，嗔怪道：

"放屁。操心你的去，别搅达这件事。"

车启动了。他用左手给右手戴上手套，右手也给左手戴上。十指相扣，绞了一下，戴结实了。她翻了个身，腿像弹簧一样一伸，搭在了前排椅子上。她哈欠一声，好像醒了。他侧脸，看见脑袋不远处，一双高跟鞋挂在她的光脚丫上，一晃一晃的。鞋跟足足有十公分，尖得像锥子一般。过分的是，鞋子一只是黄的，另一只竟是红的，别扭不说，款式也丑。他以为她下楼时着了急，穿错了，忙放慢了速度，欲讨论一下。他努了努嘴，带着嘲讽。

"订做的，纯手工，后现代。"

他说，"乖乖，你会把乡下人雷死的，小妖精。"

"三千六一双。"

“三块六，我也不要。”

“品位，知不知道。”她终于醒了，蹬掉鞋子，盘腿坐下。“全球独此一双，绝无仿冒。跟你没法沟通，你还在深挖洞广积粮的阶段，切!”

“早告诉你了，别穿高跟鞋。”

“你毛病呀。”

他说，“乡下是山区，海拔高，路险，你的鞋子不顶用。”

“我打赤脚。”

“那可够戗，脚脖子非肿了不可。”——他的眼前出现了画面：一村的人拢过来，往她的脚上瞅，嘴里啧啧怪道。可以预见，在很长的一段时间内，她的鞋子将构成村中的重要话题，经久不灭。他说，“你是有身份的人，咋这样。”

“呔，你的口气像在教训一只鸡。”

“鸡？要是鸡，那就简单多了。”他拍了拍方向盘，慨然道，“雇一只鸡，我给了她钱，她一定得听我的。我想让她表演什么，她就得激情投入，省心。偏偏，你不是鸡，你顶多属鸡。”

她道，“我属鸡，不是鸡。”

“巨蟹座，敏感得像一根天线，文艺型的血汁。让我再说道一下你，父母离异，从小就有小阴影。对神奇诡异的事情有浓厚的兴趣，冒险旅行或奇遇记都会使你入迷，是一个很会流泪的星座，蓝色幻想型。”

“你呀，你是土鸡，乡巴佬。”她忽然起身，偏了头，在他的耳朵上咬了一嘴。轻，不疼，留下了一口唾液。他喜欢这样的调情，继续道：

“喂，你见过鸡穿高跟鞋的么？”

“仙鹤穿的红皮鞋。”

“鸡是鸡，仙鹤是仙鹤呀。”

她登时恼了，说，“搞明白啊。你谁呀，管天管地，居然管到本姑娘的脚丫子上了。”她想踢他一脚，在他的脸颊上，却在半途中及时收住了。她看了看窗外，冷然道，“这是白银市。我在这里下车，还可以打上出租车的。”

“当然。”

“坏菜。刚才要不是你这个烂鬼叫魂儿，我咋能忘了带钱包呢。妈的，这不是让我去长途乞讨么。唉，真是一分钱难倒英雄汉，罢了，罢了。”她说得很沧桑，但转瞬又道，“不过，我的这只表也挺值钱，浪琴牌，足够了。”

他笑道，“绝对够。”

“实在不行，比如出租车司机不识货，瞧不上这只浪琴的话。我还有别的办法。”她说，“如果司机年轻，帅，肌肉饱满，我就贡献一次。如果是个老的，我先问问他有没有儿子。或者，干脆认他当干爹。”

“那我轻松了，我乐意弃权。”

她狐疑道，“扔包袱?”

“你这是让人家一辈子做噩梦呢。”他步步紧逼，不肯便宜了对方，“你插个草标，站在白银市区的大街上，我敢肯定，没人敢来揭榜。”

“那，我只好进收容站，去挖沙子攒路费。”

“不稀罕。”

她说，“要么拿浪琴，换一桶汽油，自焚总可以吧。”

“你非法建筑，拆迁你没商量。”

“死是容易的。我会。”

——她又提到了这个不祥的词。他的脑子瞬时石化了。老半天，他才缓了一口气，面呈不悦地扭头一觑。她料到了不妙，忙吐了吐舌头，掩饰似的。她从包里掏出化妆盒，开始一笔一画地勾描起来。这时，窗外闪逝而去的景色吸引了她。她指着旷野上稀疏的几棵大树，懵懂地问：

“喂，树上是什么，黑乎乎的那个，一疙瘩一疙瘩的。瞧。”

“鸟巢。”

“鸟巢?”

行驶中，她竟然身子一对折，翻过前排座椅，泥鳅似的，滑落下来。她脸上的妆化了一半。一半生动，另一半露出了底色，睡眠不佳的证据。她打开车窗，望着树上的鸟巢，生疑一般，一只，又一只，再一只地数起来。

“鸟真好，日子清静。”

他道，“寒风在刮。鸟守着一座寒窑，有什么好。”

“子非鸟。”

“子也非我。”

“子非鸟，安知鸟之幸福。”

“子非我，”她抢先道，“才知你是个大混蛋，骗子，罪犯。你拐卖妇女，霸占贞操，还试图用三寸不烂之舌灌迷魂汤，说服人质。”她呵呵笑了，讨好似的，给他点了一支烟，喂过去。“斗嘴？你知道我是做什么的么，车夫。”

“俘虏。”

“妈的，还真有被你绑架的感觉。”

他很诗意地说，“被爱招降。你呀，你是女宋江，我是朝廷。”她没料到他会说出这样的话，抬手刮了一下他的鼻子，很欣赏似的。她异议说，“你是带刀侍卫，还是朝廷的后勤人员，搞搞收发，管管信访呀”。

“喊，我副处了。怎么讲，也算是半拉上书房行走吧。”

“美得你，拉倒吧。”

“给你讲个故事，我自己的。”

——拐弯时，她看见了路边树上的一只大鸟巢，大到了一架航模的程度。这一季，春风初驶，嫩芽孵在枝条上，点染了指甲皮大小的绿。刚刚歇了一冬的树枝，由褐色转为青铜之泽，遒劲地举向高空。仿佛摸了电门的人，怒发冲冠，不可一世。在玻璃的折射中，她误以为那只鸟巢坠了下来，咿呀一声。再看时，鸟巢却依旧挂在树上，在风中安然不动，遂放下心来。

前面是一个三岔路口，指示牌上一堆箭头，呈放射状。他知道，直走，就进入了黄河之畔的靖远县城。左拐，约摸两小时后，会靠近腾格里沙漠一带。右行，将瞄准宁夏方向，正是回家的路。他往右打了方向盘，时速80，车子听话得像上了一堂政治课，并不颓废。——此时，十点来钟，日头一升，车内的温度陡增。他的手心里沁出了一层汗，牙一咬，抹掉了一只。手套雪白，大概是医用的那种，比较女气一些。她看他一丝不苟的样子，知道是他的习惯。对了，她一向认为，优秀其实是一种习惯，不论何时，何地。

“你像半个绅士。”

“另一半呢？”

她道，“泥腿子。下半辈子，你得仔细洗洗腿上的泥巴了。”

“我是草野身份，庙堂心怀。”

“哦，可惜你被移栽了。”

“不是自夸，这双手可金贵了，有点石成金的魔法。我特恋我的手，恋手癖。”一说到自己，免不了沾沾自喜一番。他抬手，自吻了一口。他说，“梅西，卡卡，还有C罗，再比如好莱坞的洛佩兹，茱莉，斯嘉丽·约翰逊之流的金发尤物，纷纷给自己的大腿呀、屁股呀、乳房呀投了保，动辄上亿。我呀，我想以后发达了，就给这双手保个险，起码投个十万八万吧。”

“小秘书，白日梦。”

他嘻嘻然道，“白天不懂夜的黑。小女子，且听。”

“喔，秘书的另一个叫法是保姆，拎包的，跟屁虫，哈巴狗，狗腿子，等等，等等吧。”她才不想落败。她巴不得变成一只榔头，敲打一下这枚硬核桃，让他开开窍。她说，“你也就写写狗屁的发言稿，让老板念念，别得瑟了。”

“小同志，首长可不是吃干饭的，眼里是有一点点水的。你想让人伺候，先得你学会伺候人。”

她问，“就你那位主子爷？切！”

“呵呵，首长远庖厨，但首长的舌头可是天下一流，鲸吞波澜，自成一体。同样道理，首长不会玩弄文字，可首长的眼睛能目分五色，评判高下。”他来了劲，举例说明，“读过奥巴马在芝加哥的获胜演说么？谁写的，一个二十四岁的小秘书撰的稿，将来也能拜相，与我好有一比嘛。”

“哦，终于想起来了，你就是靠通篇的废话，大量的空话套话，爬到了副处的位子上的。你呀你，呵呵，一个典型的小爬虫。”

他说，“下一步，我要挂个实职，让别人给我写稿子。”

“你不愧是玩弄高手。”

“只文字。”

“我呢？”

“爱。那是爱。”

她忽然恶从胆边生，觅见了一个罅隙，一把向他的裆部抓去，九阴白骨爪似的。他一缩，双腿夹紧，脊椎骨像一杆标枪，猛地挺拔起来，躲过了偷袭。她不乐意，嘟起嘴，一副欲罢不能的架势。她说，让我惩罚一下，就一下。他保持着抗拒的样子，肘关节护死命门，严防死守。她占不了上风，开始咬自己胳膊上的肉。他适时地说，喏，看那边。——她消停下来，顺着他指的方向，望见了迎面而来的一棵阔大如篷的高树。树巅上，一座悬挂的鸟巢附近，两只黑色的鸟翩然而舞，像逗号。

“喏，鸟飞了。”

她问，“哟，这么大个儿的家伙呀。什么鸟？”

“喜鹊。”

“它们在干么？”

“找食。”

他终于松懈下来，嘘了一口气。

“停一下，停车。我要去树下瞧瞧喜鹊夫妻。我包里有蛋糕和肉肠，还有几瓶可乐和绿茶。你停车。”——她趴在窗口上，向那棵高耸的大树招了招手，喊了几嗓子，问候一对喜鹊。但身后驶来了一辆加长的大货车。货车上载着十几辆更小的轿车，坦克车一般，拼命揿着喇叭。他一踩油门，飙了起来。这令她沮丧不已。她拿起一只白手套，头也不回，扔出了窗外。

——手套像一只白鸽子，漾了漾，随着气流远逝，一眨眼。

“其实，在下就是一只鸟，看我就够了。”

“阁下，您什么鸟？”

“凤凰。”

她说，“倒胃口。快停下，我昨晚吃得快呕出来了。”

“纠正一下，在下只是凤，不能做手术，变性成凰啊。实事求是吧。”他觉得太平了，遂有了诉说的欲望，点了烟。他说，“我呀，就是家里那座山洼洼中飞出来的一只凤，金凤，跟县太爷一个级别嘛。”

“富贵不还乡，若衣锦夜行。你显摆吧。”

他道，“我妈生我时，电闪雷鸣，游龙在天，大雨下了整三天。你不信？连村后的那一座大庙，都被雷劈垮了一半。可惜喽，你这次见不到啦。现在大家手里有了闲钱，早就被邻居们出资修复了，香火旺，卦特灵。喂，你笑什么？”

“呵呵，我听见我九泉之下的婆婆，快笑掉大牙了。”

“要喊娘。”

她张开双臂，大喊，“娘，未来的娘。你听，你儿子在撒谎。”

“且听，书接上回。我呀，我幼承庭训，书香门第，基因饱满，一直生活在一个耕读持家的大家族里。每到腊月里，我家的门框上，都会贴一副对子：几百年人家无非积德，第一等好事还是读书。听听，赛过季羡林，气死启功老吧。”——他越说越饕餮，越讲越刺激，接着道，“小时候，我妈在灶台上擀长面，做拌汤，揪面片子，腌酸菜，我就在一旁拉风箱。一边拉，一边听我妈讲《红楼》，说《西厢》。她还会唱很多的秦腔戏文。我呀，边拉，边听，就睡倒在了麦草垛上。在梦中，我的世界一派明亮，像一座芳香四溢的花园。”她的指尖拧成钳子，在他的大腿上一掐，又一掐，催他醒来。

“你妈不是文盲么，怎么成了乌兰牧骑的队员，文艺骨干分子？”

他说，“这是成长散文，允许虚构。”

“你睡着了，灶台着火了？”

“晦气。”

她再揉一揉他，道，“编吧，该说长大后了。”

“那时候，天是蓝的，地是绿的，有一条欢腾的小溪，环绕在我家院子周围。没事了，我就卧在溪头上，照书上说的，去剥苞谷棒子，去问蜻蜓的心事，和蝴蝶对话。”——他徜徉在想象的余光中，一再感喟道，“两个黄鹂鸣翠柳，三行白鹭上青天。呵呵，我家的景色，比杜甫还多出两行呢，特富余。对了，白鹭也穿着一双尖尖的高跟鞋，站在水中吃蝌蚪。骗你，骗你孙子。”

“伪浪漫。”

他道，“没彻头彻尾，方有可取之处。”

“那当时，你这只金凤呢?”

“我呀，我是四里八乡唯一一个考出去的大学生，还考进了北京城，轰动极了。县太爷给了红包，庙里供上三牲，家里的祖坟也冒了青烟。呵呵。”他提速，车子抖擞一下，挣如奔马。他说，“具体点说吧，通知书到来的下午，山上忽现一道七色的彩虹，虹杠架在南天北海，空气里弥漫着花香，醉人心脾。我被万众瞩目，挥手致意，家家户户走后门，要请我去撮一顿，想沾吉。”

她说，“范进中举。”

“不。绝对的《封神演义》。”

她笑了笑，并不否认。

“接下来，该招待乡亲们了。我爹妈那时还在世，卖了粮，借了款，买了鸡鸭鱼牛羊肉什么的。院子里盘了阎王灶（呸，呸呸），待客。苞谷酒，流水席，吃得山呼海啸，天高水长。村长也醉了。村长是最有威望的人，拉住我，站在亮若白昼的打麦场上，叮嘱我，规划了我的未来。唉，他老人家如今也是亡人了，怪想他的。不过，我的前半生一直实践着他的话，开花结果了。”

“我知道，一部混世宝典，特厚黑。”

“第一条，村长说，娃儿，你以后坐车，一定要坐慢车。缘故是，花的钱儿少，看的风景多。”

“不假。”

“二条，你在北京城里要吃饭的话，一定要吃豆沙包子，里外皆是粮食，扛饿，耐饥。三者，你在课堂里听讲，一定要坐头一排，跟老师近，费的耳神就少，知道的内容方多。工作以后，你当官的话，一定要当副官。副官么，担的责任少，得的实惠方多。此乃第四条。”

——他用了村言俚语，本色得紧，像一场小剧场演出，差点儿让她笑喷了出来。他抿起嘴，最后道，“关键是第五条，村长告诉我，娃儿，你长大了娶媳妇，你一定要娶个寡妇，费的力气少，养的娃娃多嘛……”

尚未言毕，他的舌头吐了出来，做鬼脸，一副无辜的样子。她还在笑，笑声迟疑了片刻，便戛然而止。她虎下脸，质问道：

“自罚吧。”

“呵呵，打哪一侧的，请示下。”

“轮到右脸了。”

他放慢车速，在自己的脸颊上来了三记耳光。扇得很响，像玻璃窗在嘹亮地哐当。她较为满意，表情逐渐轻松了下来。她说，“不跟你一般见识。毕竟，这是泥腿子们的小聪小慧，犯不着呀。”

“礼失求诸野，孔夫子说的。”

“你呀，你一身媚骨。见一次，我失望一遭。”

“宦海恶，人情薄。你说我在衙门里做事，这几条保身的法则，哪一个不是处世的良方!”他辩解道，“你搞业务的，不懂政治。”

她说，“违千人之诺诺，做一士之谔谔。这话多好，汗腥腥的，臭烘烘的，充满了荷尔蒙的味道，宁折不弯。喂，你能么?”

“你进步了。”

“凑巧了，昨晚读诗，读来的体会。”

“哦，我不这么认为，皎皎者易污，我没办法做到。”——他指了指窗外苍茫的天空，手竟然脱离了方向盘，合掌一拜，祷告似的。他说，“瞧那些乌鸦呀，喜鹊呀，鹞子呀，野鸽子呀，鹰呀，飞得多自在，无牵无挂的。喂，你去采访一下它们：亲爱的鸟，空气质量如何呀？你想，你会得出答案么?”

“狡辩吧你。”

“这是比喻。”

“你就是一只，大——怪——鸟。”

她嘶吼道。

“对，我凤求凰。家里没有梧桐树，可我拐骗了一只城里的凰，来做压寨夫人。呵呵。”说着话，他的手摸在了她的膝盖上，又往纵深里探去。她机灵，忙按开了打火机，烧他的手。他说，“老夫老妻的了，还紧张呀。”

“滚一边去。”

他半途而废，遂心生感慨，“好风凭借力，送我上青天。我也想一飞冲天，直挂云帆。奈何呀，我吃的是五谷杂粮，一肚子农家肥。”

“喂，那也是一只鸟巢么?”

“对。”

“什么鸟在飞?”

“呵呵，穿燕尾服的小燕子。瞧，尾巴像剪刀，裁开春风。”

她忽然忆起了什么，拽住他的胳膊，头也贴了上去。他拍了拍她的脸蛋，未化妆的那一半。感觉恰当，他能摸出一种丝绸拂过的轻柔，一份蚁痒。她将他的食指拿过来，塞进了嘴巴里，吮了吮。她说：

“见了它们，我觉得特亲。”

“好姑娘。”

“我猜，我的前世，一定是一只鸟。”

他安慰道，“今生就是，你小鸟依人嘛。”

“喂，你不是要讲故事么?”

“刚才讲了。”

一进入宁夏境内，两侧的山峦渐渐隐去。村庄和树木夹杂着，从地平线上凸显出来，春和景明。村庄很小，但树林连片，逶迤不绝，成为小型的绿洲。挂在树上的鸟巢也更加稠密。她显得欣喜异常，目光上下探究，追问不止。

可驶出绿洲后，风景立马酷烈起来，迥然两样。公路如带，旷野上的劲风裹挟了沙子，掠过反光的路面。

——流沙无组织无纪律，从腾格里一带跃身而来，吹凉了天空，吹凉了唐朝和宋代，也把现在的大地，吹成了一本页码散乱的旧书，锈迹斑斑地横陈眼前。——这是个风口。在罡风统治的这一区域，鸟基本上绝迹。

她忽然满目惶恐，捧住下巴，泥塑一般。她的拳头快吞进了嘴里，自己却浑然不觉。有一刻，她差不多跳了起来，指着车轮前一只鼠蹿的动物，大喊：

“狗。”

“是一只沙狐。专门吃鸟、蜥蜴、地鼠和草根的，屁很臭。”

“明明是狗。”

他道，“哦，就算是吧。”

又走了一程，路上的沙子刮得更疾，风挡玻璃上也传来沙粒摔打的音效。午时之后，地表温度陡增，风会一骨碌苏醒过来，开始吞噬。她“呸呸”几声，将意想中的沙子吐出来，却总觉得牙缝里还嵌了几粒。他不敢提速，相反慢了下来。在类似的沙路上行驶，等于踩着一块冰，极易打滑。他降到了40，对自己有充足的信心。——这时，公路一侧发生了突变，一堆风滚草打着旋儿，上下颠簸，横扫而来。她抓住扶手，眼皮也沉重地关了闸。他忙说：

“风滚草，别怕。”

她道，“妈的，像罗成挑落的滑车，太危险了。”

“其实，风滚草就是风卷成的一张席子，一块草席子。”他老到地比画说，“风把沙漠上的枯草呀、枝条呀、梭梭树枝呀，统统拾起来。风是编织高手，织成一张张席子。风滚草实质上是一张皮，内部空虚，轻佻，纸老虎吧。”

“我知道，京戏里演过。”

“哦，我洗耳。”

她果然放松了，半是回忆，半是诉说，“那什么戏吧，想得起故事，却想不起片名。反正，演一个未来的状元郎，苦寒出身。小时候葬不起母亲，典了自己做书童，换来一张草席子。随便把尸体卷了卷，绳子一捆，就埋了母亲。后来他偷偷学艺，发愤苦读，参加了殿试，结果高中魁首，发达了。呵呵，他的经历有一点像你，都是山洼洼里飞出来的金凤。”她认真地说，“葬母那一幕，哭得我肠子快断了，哭晕了好几回。真的。”

他的脸一瞬间发青，指关节也嘎巴乱响。——他不明白，她干么非要说一些腌臜的词。这些词令他不爽，但他却不吱声。

恰在此时，一只风滚草迎面扑来，撞在车头上。桑塔纳犹在行进，但底盘太低，竟轧不过去。风转换了方向，吹来更多的滚草卷，麇集在车头前。他靠在路边，停下来。——这也不是一个好的预兆。没别的解药，他一溜烟儿地站在公路旁，叉开腿，掏出家什，开始响亮地溺起来。一线发黄的尿绳挂在裆部，很愤怒。

在乡下，对土地爷的捣蛋，往往使用这种抗议：浇他一泡。

她没这样的私念，仅仅是内急，左张右看了一番，见公路上无车。她褪下裤子，蹲在车的阴影里，很快解决了。他见她伸了手，知道她想要什么，忙掏兜，递给她一摞纸巾。他叉着腰，环望了一遭天空，目光很虚。她收拾利索了，忙跑到车头前，去查看风滚草。

果然，圆柱形的草卷，被风织得很细密，很科学。即便跑上上百公里，也不会散了架。她单独踢出来一只，竖在地上，按开了打火机。——轰！几乎一眨眼的工夫，一团火焰腾起。火偏蓝，若一块撕碎的绸子。风滚草化成了一片灰，在风中漾开，站在半空里，久久不落。

她玩性顿起，还想再点几只。他奔过去，一把拽住了她。她的顽皮和固执，几乎没有时间点地爆发。或者说，随时随地都可以爆发。她挣脱他，跃跃欲试，手中的打火机也快握爆了。他忽然道，“留下吧，鸟会使用它们，衔去做巢的。”

“用这个？”

她撇嘴，根本不相信。

车又上路了。她刚钻进来，就喊热，觉得车厢是一个被烈日炙烤的蒸笼。她堂而皇之地脱下衣服，光溜溜的，撅起臀，趴在座椅上。他伸手，罩在她的屁股上，但没落实下去，在空气里虚抓了几把。她从包里拎出一件裙子，草草套上。他想说，半个月没约会，你瘦了，肋骨都显出来了。话至嘴边，他又咽了回去。她清爽了，凉快了，一直在撩拨头发，想刚才的事。这时，他变戏法似的，拿出一只西瓜大小的风滚草，递给她。

她有些狂喜，比以往的任何礼物都让她激动。

仿佛抱了一个小婴儿，她不敢动。这只风滚草太轻，也干燥，犹如一张薄纸片卷成的，一触即碎。她用指尖捏了捏，掐了掐，竟然从里头捏出了一片芽尖大的羽毛。羽毛是扇形的，灰褐色，毫发毕现。他道：

“麻雀的毛。”

“呵呵，我现在相信你了。”

她用羽毛挠他的耳朵。他闪避了几下，躲开。她只好挠自己，后来还打了一个响亮的喷嚏。她说，“我一直以为树上的巢，是鸟用嘴一根一根搭建起来的。原来，鸟并不那么勤快呀。鸟太聪明，直接使用了这个玩意儿。”

“上帝赐的。”

“切，上帝在哪儿?”

他道，“你当然看不见。你又不是鸟。”

“我当然是。鸡以前也是鸟，只不过退化了，成了盘中餐。”她吹气如兰，吹着小小的鸟巢。其实，风滚草最干净了，连一粒沙子都没有。她说，“这叫造化弄人，也弄鸡。造化知道么？就是上帝。”

“My God.”

“土鳖。”

她咯咯地失笑起来，对他蹩脚的发音。

他不以为然，继续说，“在这个季节，上帝其实是鸟的仆人。你想想，白毛风刮了一冬天，将鸟巢吹得七零八落，座座危房，快凋零了。连那些脚手架一样的树，枯了一季，也快支撑不住了。呵呵，春风来临后，上帝首先就想到了鸟。于是装扮成一个仆人，在沙漠上捡拾枯枝呀、根茎呀、柳条呀。风是上帝的手，巧手，千手观音的样子，点灯熬油，把它们都织成了草席子，卷起来。上帝又怕惊吓了鸟，自己不出面，只吹一口气，就把风滚草送来了。”

“鸟知道么?”

“它们有默契，心照不宣吧。”

她道，“那，这些是建筑材料了。”

“应该是。”

“鸟真的很幸福哟，有人惦记着。”她把玩着手里的枝条和草根，觉得它是一件工艺品，人编不出来，电脑也设计不了。她道，“环保呀，鸟的家连一根钢筋都没有，不使用水泥和油漆，也闻不见甲醛味儿。清清爽爽的，通风，避雨，像一个我以前做过的梦。”

他说，“我很久没做过梦了。现在，梦一场也很奢侈啊。”

“哦，问题是，”她轻轻举起来，仿佛捧着一个梦，给他瞧。她说，“问题是这么大，鸟真的能衔起来，再安全地搁在树杈上么？”

“能，我见过。”

“百鸟上阵？”

“小时候见过。一群鸟，呼朋唤友，喊来一帮子弟兄姐妹们帮忙。鸟拍打翅膀，分头站在空气里，测绘，丈量，画图纸，交换意见。然后呢，鸟群分工明确，一个人叼上一个角，竟将一只风滚草吊在了空中。”他摊开手掌，悬在眼前，比画道，“像一架直升机。它们将风滚草抬上去，踩着空气，再囫囵地卡在枝杈上。一般来讲，会在一根三杈树枝上。啊，这还没完，新房子一般不稳定，地基不牢。它们会赶快衔来湿泥，或者吐口水（口水很黏），砌在新房子的周围，抹平，夯实。”

她问，“鸟会唱打夯歌么？”

“唱呀。”

“多好呀，像宫崎骏的动画片。”

“鸟的家，还有屋梁。”

“咦，你说说看。”

他指着路边的一棵高树，舌灿莲花，“别看现在光秃秃的，暴露在光天化日之下，栉风沐雨。但一夜之间，树叶发芽长大后，就将鸟巢遮蔽得严严实实了，风雨不侵，温润如玉。十几万片叶子，其实是上帝派来的一支大部队，去守护一座座鸟巢的。说到底，树才是鸟巢的屋梁，上帝的袖子。这是他的作品嘛。”

“我特感动。”

“可是，也有例外。”

他抿了抿嘴，迟疑一番，“我刚才讲的是喜鹊，我见过。有时候，乌鸦也这么干，鹰同样。但它们是大鸟，有力气，有思想。对麻雀和燕子来说，它们就更辛苦了。小型的鸟，抬不起风滚草，也不敢在树上筑巢，只好去地上一根一根地叼。叼回到屋檐或烟囱附近后，再按照脑子里的图纸（鸟的先人教下的，遗传），慢慢纺织，跟织毛衣一个样。燕子衔泥，麻雀抱窝，就是这个意思。一个燕子或麻雀的巢，说不定会建上三年，五年，甚至一辈子哪。”

“不动产。”

“对。一座巢，其实是鸟的一家老小终生的积蓄。”

“不是房奴吧？”

“哦，它们好像没这个说法。”

她道，“比我强。”

“咋说？”

“比咱俩都强，强一百倍，一万倍。”

——半天了，他不再吱声，她亦不言语。窗缝间灌来的风，呼啸着，似乎在慢慢撕碎什么，却又瞧不见。他有点憋屈，刚摸出一支烟，想想，又搁下了。下午的日光飘在窗外，若一块烧红的巨铜，令眼睛生涩。公路上的车辆渐渐多了起来，速度不快，揣了一肚子心事的夙样。他踩下油门超速，将一辆辆卡车甩在了身后。这时，他看了看表，120左右。

倏忽间，两侧的沙丘和荒滩不见了，景色位移，视野辽阔。他鼻子尖，嗅到了一丝湿润的气息。果然，一只草帽在公路尽头上飞，越飘越高。她看见了路边停下的一挂驴车，拉着厚厚的麦草，黄金色。一个花胡子的老汉问天打卦，盯着那顶草帽，向空中摊开双臂，举了举，又懈怠一气。——村庄出现了，平整的田野上，农人们在忙碌。树稠了起来，一个个绿发巨人，托着头上更稠密的一座座鸟巢，缄默不语。

他侧看一眼，发现她在流泪，静静地，脸颊已淹在了一片液体中。他抽了一张纸巾，递给她。她并不接。他顺势揩了一下自己的眼眶，知道是干的。无疑，他的动作是一种怂恿，一种纵容。她哭得更凶了，喉咙哽咽不止。她说：

“鸟多好呀，还有一个仆人。”

“你也有。”

她问，“在哪儿？”

“远在天边，近在眼前。”

“嘁，就你呀。”她的脸更花了。涂妆的一边，早已被泪水混淆，漫漶在鼻翼两侧，洪水滔滔，边界不再。她说，“巨蟹座的，恐怕就这个命。”

他不打算挑衅。

她自语道，“妈的，其实我最不喜欢春天了。春天太短，一眨眼就过去了，对我是讽刺。夏天更差，比现在热，热得那么荒凉。唉，我恐怕等不到今年的夏天了，谁都热，人人在热。可惜的是，我的青春就要凉下去了。”

“没有。”

“我知道我。”

他说，“你别给我上眼药，求你了。”

“别求我。这根本和你无关的，是我自己慢慢要凉下来了。我的额头，我的皱纹，我的头发和鼻子，我的腿，我的指甲皮，我的子宫，我的性欲。妈的，它们根本不征求我的意见，统统变凉了，比凉粉还凉，比南极的帝企鹅还要凉。"——她语速极快，像在播报一条"9·11"式的重大突发新闻。末了，她又气馁地发笑，打嗝般的笑，笑得他直发毛。她说，"妈的，我就这样了，混呗。"

"在这件事上，真对不起你。"

她道，"没邀请你说，Sir。"

"但我内疚，一直以来。"

"喂，你知不知道，像我这号烂人，现在有一个特殊的称谓。"她像小学生一般，露出请教的姿态。他看见了她的一对虎牙，尖尖的，锥形，比云子还白。——当初，他就是先爱上这一对皎白的云子的。未及回话，她自己交出了答案：

"剩女。"

无语。

"剩余的剩，剩饭的剩。"

"你别糟践自己。"

她冷笑道，"呵呵，多妙，多形象呀。不是神圣的圣，也不是圣处女的圣，更不是圣洁的圣，《圣经》的圣。偏偏，我是一个被加减乘除后的，那个剩。零头，垃圾股，废品，残次品，降价而沽的那个剩。我这样一口大剩饭，就是被你吃剩的，没滋没味了，你还舍不得呀。"——她肢体夸张，像把一块钾丢进了水里，突然起了强烈的化学反应。她的手猛地一击，像姚明拍球似的，将怀里那只小小的风滚草击得粉碎。粉尘腾起，一层碎屑落在了膝头上。

空气里充斥着干草的味道。像药，令人瞬时一醒。

"不稀罕它。"

他道，"一切都会好的。我发誓。"

"对。老话管用。"

"相信我。"

"我是个稻草人，一直戳在原地，始终信任你。要不，我也不会被你这么剩下的。"她怔忡半天，双手合十，喃喃道，"现在，我特盼望有一只真正的鸟巢，拿回宿舍去。它就挂在我床头。天天晚上看见它，赐我一个好梦。"

"你呀，你又开始千与千寻啦。"

"爱我么?"

"死硬。"

“对了，求你一件小事。”

他点点头。

“给我订一只鸟巢吧。”

“这不难。”

“亲爱的，一只真的鸟巢，草编的，树上的。我要捧着它，带回城里去。”她登时灿烂，给了他一记吻，像诺言。

现在，这个故事转了弯，驶向另一条秘径。

他对阿拉伯数字一向敏感，这是他的独门绝技。在城里工作时，他能记住大大小小领导的车牌号和手机号，一丝不苟。有一回，首长们在省府大院开周一的例会，一帮子秘书在楼下晒太阳，吹牛，瞎聊，交换经验。不知咋的，他的这一特长曝了光，现场演示，当时雷死了一干人。秘书们问一个，他脱口而出，准确地报一个，与印有“机密”二字的内部通讯录如出一辙。考完这一场，其他人拍着他的肩膀，艳羡地说，快了，你快进步了。——他的大脑属于格式化的硬盘，更新快，常杀毒，并不胫而走。有时，还真有别的厅局级领导打过来，说自己在外地，没带秘书和通讯录，向他询问某某更大的领导的号码。他像114，让对方连称“谢谢，谢谢”。

现在也一样。当他看见前后三辆车，从左侧逆向驶离时，电脑便启动了。他记得这几组车牌数字，心猜，一定是此前超过自己的那几辆车，没错。莫非？他心里升起了一个问号，沉重地压在脑子里。他看了看腕子，下午四点吧，日头开始西斜，容颜渐变。给弟弟说好的，傍晚左右能到家，万一——他不想去猜。长兄如父，一场计划中的乡村婚礼的盛大仪式，还静等他去拍板定夺，锦上添花呢。一念若此，他提速，130，140。桑塔纳到了这个节奏上，快成了孩子们手中一只即将玩烂的玩具。

他疯狂，但他再没有加速，以至于彻底报销掉自己。事后，他想这一切，或许要归功于树上的那一只惊鸟。

当时，刚驶上一个丘陵，下行线太陡，坡度在30°以上。他的视线被汗水模糊了。汗是咸腥的，落在视网膜上，竟有刀片拉割的感觉。她坐在一侧，闹够了，脖子像一个不倒翁，左晃右摆的。她就这一点好，睡熟后，捎给一伙响马和土匪，穿州走府地卖到十三省之外，她也懵懂不知。比如，十天半月一次，他会偷偷跑到她的宿舍（二人一室，室友被她借故支走了），与她一晌贪欢，拉锯很久。事毕，她沉沉地睡去，若河上的一截漂木，随波逐流，竟不知他是如何翻墙遁走的。他从不敢在那里过夜，一为她，二者，他也珍重自己的脸皮。——车子冲下山坡时，他恰好抹了一把汗，眼皮便奋拉下了。

车子激起一股强大的气流，将路边树上的一只鸟惊起，“哇”地尖叫了一声。蹊跷的是，惊鸟并不曾飞离，而是冲着车头栽下来。在撞上风挡玻璃的一瞬，翅膀拉升，擦着车顶，钻进了气旋当中，杳然而逝。那一团黝黑的翅影，及时唤醒了他。他眼底里登时一片空白，像作废的胶卷。他下意识地，慌忙踩住了刹车。车子擦住地皮，滑行了十七八米，方才停下。

他差一点追尾，不是和一辆车，而是一条车龙。

她的脑袋反弹过去。即将磕在仪表盘的前一刻，他兜手一揽，将她压在了怀里。他的心脏几乎飞了出去，离析，分崩。他死死抱住她，像拉住了一架失控的秋千。她边哈欠，边挣脱他。她说，咋了，到家了么？他稍稍镇静了一下，哆嗦着手，点了一支烟。他说，困住了，前头好像发生了事故。瞧，恐怕有上百辆车被堵死了。闻听此话，她遂懈怠下来，身体折成一个弧度，蜷在了座椅上。

坐了许久，他才下车。

公路上清晰地画下了刹车的迹印子，仿佛两行粗黑的大标题，凸显出这一事件的重要性。司机们指指戳戳的，在议论他。路边的农人们也站起来，往这里打望。阳光下的罪恶，他想，老天爷，幸亏这桩罪恶没能发生。他很老练，踢了踢车胎，拿起半瓶水浇在头顶，冰镇了自己。——可当他踱到车鼻子前时，他的心里被泼了一大盆墨汁似的，差一点毁容。引擎盖离前头的集装箱卡车，仅仅相距一拃。不，或许只有三指宽。绝不，那一点点罅隙，刚好能塞下一张卡纸吧。

卡车的性感屁股高翘着，只字不语。他知道，它并不是一座安全的车库。

没咋想，他打开后备厢，取了一条捎给弟弟的喜烟，蹒跚到了司机们扎堆的地方。他一人一盒，打了一梭子，什么话也不说，脸上挂着谄媚的笑。司机们走南闯北，明白该提哪壶，哪壶不该提。只冲着他抱拳作揖，意思全有了。他问了问前方肇事的情况，却原来是一辆卡车侧翻了，横在当中。几点能放行？回说，猴年马月吧，肇事司机才去八十公里外的县城报警，能否雇上吊车来，还是个问题呢。他瞭了一眼，准备弃权了。

但陆续驶来的车，将桑塔纳严重顶帖，仿佛它是一个拉风的博客。谁知道呢，反正司机不是赛车手韩寒，更不是小四。

——他下了公路，一边挂电话，一边查看地形。弟弟的口气依旧热烈，再三问，到了么，到了么。哥你进村时，一定打几声喇叭，让大家都明白你回来了呀。他倒也冷静，将先前的不快和心悸抛至脑后，安排了婚礼上的诸多细节。他说，会晚一点的，但也晚不到哪里去，一定能吃上你新媳妇擀的臊子长面。弟弟在电话里一直点头哈腰、战战兢兢的，却又放肆地说，嫂子呢？嫂子嘴吃臊子面，臊子面亲嫂子嘴，亲上加亲喽。他没再纠正这个称呼，也许忘了。——这时，他这个人，方进入了本故事的主题。他说：

"小弟，咱家后院的那棵大柳树还在么？没伐掉吧。"

"舍不得。那是爷爷种的。"

他道，"哦，树叶繁么？"

"成树精了。"

"上头还有鸟巢么？"

"繁。"

"是这。"他忽然使起了浓重的方言，以示郑重地说，"你派个精灵鬼，利索一点的娃娃，爬上树去，摘下来一只鸟巢。"

弟弟说，"弄鸟窝干么？"

"我答应你嫂子的。"

"嘿，臭烘烘的，嫂子要那个使什么呀。"弟弟失笑起来，"那么体面的人，该喷香水才是。我不干。头一次见嫂子，送她一个臭鸟窝，该打。"

"你照办就是了。"

弟弟挺顽固，"我给嫂子准备了一个红包，见面礼。"

"闭嘴。"

"那，不如让我新媳妇，给嫂子编一个鸟笼子。她手巧。"

"要树上的，旧的。"他回想了一番诺言，认真叮嘱道，"老巢。有鸟粪，有碎羽毛，乱七八糟的那种。她爱幻想，她把那玩意儿当成了艺术品。"

"哦，嫂子要，我当然拍胸脯了。"

弟弟应允了，慷慨，无畏。他似乎仍不放心，一再嘱托道，"摘下来后，你稍微打扫一下，连夜把鸟巢搁在屋顶上，让风吹一吹，阴干。千万别让日头暴晒。那东西娇贵，一晒，恐怕会炸的。"

收了线，他发觉附近的路基很低，忙给农人们一人五块钱，邀他们垫土，砌成一个斜坡。她仍在睡，脸上确凿地写满了困倦。他发动车，将桑塔纳当做了一枚棋子，慢慢从车阵里挪了出来。他开得很小心，车子咯噔一声，驶下了公路，来到了乡间小道上。——此时，他有一种背叛的快意，冲着那帮子司机挥了挥手，离开了省道。

他是这一方水土养大的。或者说，他对还乡之路了然于心。

乡级路面大多是搓板形的，车子开始剧烈地抖动起来，脚下传来石子飞溅的声音，像一场郊外的摇滚。欣慰的是，两侧的树木更密了，挂在树巅的鸟巢，犹如秋后的果实，盈满枝头。接近傍晚，黄土砌筑的院落上，升起了袅袅的炊烟，妖娆一片。他蹙着鼻子，嗅到了一种烧麦草的气息。一瞬间，鼻子恢复了悠久的记忆。他搡了搡她，欲和她一起分享这种大地分泌的馨香之气。

“到哪儿了？”

“喊叫水。”

这块地界名曰“喊叫水”。虽说诗意，其实，它还是山区。

她用一块湿巾，揩净了脸，人一下子清醒了不少。在城里时，她就是一个夜猫子，对白昼迟钝，却对夜晚得心应手。她盯着暮色苍茫的窗外，心有所动，仿佛一条离岸很久的鱼，看见了河流一般。她摇落玻璃，将头和臂伸出去，试探着开始变凉的空气。农历四月，温差大，此时是需要添衣的时候，但她不以为然。村边的孩子们捧着大海碗，蹲在墙根里吃一锅子面，鼻龙吸溜吸溜的。她冲着娃娃们怪叫，嘴里喊着哈喽，哈喽。头顶的一座座鸟巢，也叫她惊诧莫名，比在下午时见到的更大，更硕圆，更刺激。——群鸟缭绕在灰黑的天幕中，叫声沸腾，恰到了归巢的一刻。

“喂，干吗叫这个地名儿？”

他道，“地里藏着一个魔鬼。青面獠牙，披头散发。”

“本姑娘不怕。”

“它叫旱魃。”这是书面辞藻，他斟酌一番，不想展开讨论，只说，“这是一片枯槁之地，焦山渴水，蒸发量比降水量要大许多。乡邻们种上几亩薄田，就等着看老天爷的脸色了。下一场小雨，等于这一年有了指靠。那个隆重劲儿，比北京城里开奥运会还轰动。人们会祭天，会供养的。唉，这地方缺水，但不缺人的眼泪。祭天的时候，眼泪比黄河水还凶。”

她开悟，“所以一喊叫，水就来了。”

“心里喊。”

“哦，我明白，那该叫祈祷。”

“小时候，我也喊过。”

“呀，你第一次讲。”

他道，“挖不了井，这里就算把地球凿穿，也出不了水。小时候，我跟着大人们去十几里外背水，一走一夜，翻山越岭。背一趟回来，腿会瘦上一圈，跟麻秆儿似的。那里有一个泉眼，据说是当年刘伯温手里的桃木剑戳开的。水不大，和小娃娃撒尿一样，灌满一桶子，得耗上半个多钟头。有时，瞌睡来了，我就跌倒在泉边，丢个盹。”——窗外渐渐暗沉了下来。她的眼里出现了一幅幅黑白画面，像从旧仓库里偶尔捡到的一部纪录片。她吮了吮喉咙，将手抚在了他的膝头上。她知道，她的手是热的，血也烫。他继续说，“其实，夏天还算愉悦，跟过节一样。取水的路上，还能偷偷摘上一穗玉米，吃几个野果子。唉，冬天更狼狈。下完一场雪，我和大人娃娃们背着筐子和背篓上山，用碗拾雪，倒在背篓和筐子里，踩实。一般来说，我还比较机灵，手脚也麻利。一晌午的时间，我会拾光三面山坡上的雪。雪背回家里，倒在窖中。来年一融化，日子就不愁苦了。”

“雪水是甜的？”

他说，“不。挺涩，还有杂质。”

“雪一定是甜的。”

“或许。”

“我喜欢你说。”

——车子撇开了村庄，驶向了另一条小路。

路很逼仄，七扭八拐的，刚好容纳下一辆桑塔纳的叩访。车灯下，竟有星点的昆虫惊舞。甚至有蝴蝶，彩翅约摸有钱币大小，让她眼睛一亮。他褪下了另一只白手套，拈起烟。她乖巧地按开了打火机，喂过去。他接着说：

“在山区，谁家里说亲，先不问你家的门风正不正，也不问存粮有多少。媒婆进了院子，眼睛跟钩子一样，先考问你家里有几口水窖，容积多大，水的味道如何。”他喷出一口烟，隐去了表情，咂咂道，“这些年，我给弟弟汇了一点款，在家里砌了一个大坑，水泥钢筋的，最奢侈。家里的院子是个漏斗状，一旦下了雨，水就会集流在窖里，慢慢澄清。反正，就凭着这一口大水窖，呵呵，弟弟挑花了眼，把四邻八乡的漂亮丫头瞅了个遍。还好，现在说下了这一门，我也就宽心了。”他的表情越隐越远，唏嘘着，断续着。他又说，“可惜喽，我爹娘没吃上这样的水，太遗憾。但我爹娘在天上看见家里的这一口窖，一定会解馋的。”

“你喝一口？”她递去一瓶矿泉水。

“不渴。”

“你嗓子都哑了。”

“怪了。一回到家里，咋渴，自己倒不觉得渴。”

“那时，你喊什么？”

他说，“喊水。”

“除了水呢。”

“还是水。”

“喂，那时你有没有喊过我？”

“我喊过鸟。”

“什么？”

“每次背水的途中，我都在喊鸟。”他诚实地说，“那时，我个子矮，担子又重，水桶晃来晃去的。一群鸟渴极了，追着我，往水桶里栽。一群喝完了，又飞过来一群。好像它们在开大会，在摆宴席，在喝酒。”

她说，“我也是一只鸟。”

“那你醉了么？”

“我觉得，我一定是它们中间的一只鸟，在追你。”她沉吟一番，喃喃地说，“不骗你。我的前世，一定是一只鸟。”

“或许吧。”

她道，“当时，我真是一只鸟，灵魂记得。”

“鸟的灵魂？”

“三克。”

车子驶上了挺耸的丘陵，灯光熄灭。忽然间，夜空像一块巨幅的银幕，横陈眼前。在灿烂的银河中，湍急的河水，裹挟着一堆堆钻石和星宿，烁闪无定，哗哗作响。她一下子呆住了，赶忙攥紧了他的胳膊。他想说，乡间的夜空就是这样，一百年如此，一万年亦如此，始终未变，和梵高的画好有一比。但他喉咙一哽，并未说出。因为，他看见她的眼睛湿了。

他沿着七星的指引，蜿蜒而下，停在了山坳中。

无疑，这里才有了信号，但不太稳定。——他下车，站在一个土坎上，与弟弟通话。弟弟痴傻地笑了笑，又问了问行程。他觉得不对劲，弟弟的笑声挺阴郁，也很嘶哑。他沉下声，再三究问后，弟弟方说：

“对不起，我从树上掉了下来。”

“怎么？”

“不打紧。现在，我躺在手扶拖拉机上，去县人民医院。”

“伤哪里了？”

“没关系，真的。我现在躺在车上，一直在数星星，不糊涂。”弟弟笑了笑，笑给他听。弟弟说，“我又不是一颗流星，没那么娇气。”

“婚礼咋办？”

“照办。”

弟弟道。

他收了线，中了雷击一般，趔趄起来。他忙扶住了引擎盖，艰难地偎了偎身子，靠上去，尽力掩饰着自己的惶恐。——惶恐像一面鼓，快被敲破了，声震十里似的，却无人听见。这时，她也下了车，抬头瞭望着头顶的星空。他猛地咳嗽起来，一阵比一阵激烈，一声比一声钻心。她并未察觉出异常，碎步走过来，指着一大片树林后的夜空，喃喃问：

“瞧那儿，它是一只鸟巢么？”

“寺顶！”

“它在发光，肯定是一只优美的鸟巢吧。”

“星月的清真寺顶。”

她道，“我觉得，我以前好像见过它。”

“对，是鸟巢。”

他肯定她。

——他捂住心口，见她白色的裙裾魅然而舞，款步走了过去。

原载《钟山》2011年第2期

女 秘 书

薛忆沩

所以，她必须离开这座城市，这座突然变得粗暴的城市。但是，她完全没有想到自己最后会在路易斯安那州的一座小镇上安顿下来。她新买的房子建在一个椭圆形的小山丘上。从卧室的窗口，她既可以看到日出，又能够看到日落。她有一份稳定的工作。她有一个可靠的丈夫。在三十九岁那一年，她生下了一个活泼可爱的儿子。她现在唯一担心的，是这个孩子长大以后也许不会用她自己的母语与她交流。

她是二十五岁那一年走进这座突然变得粗暴的城市的。那“完全”是一个偶然事件。她有很长一段时间一直这样想。儿子出生之后，她的体态和心态都发生了明显的变化。她的许多想法也随之改变。她不像从前那么绝对和武断了。她现在会想，她来到这座城市“好像”是一个偶然事件：有一天，她在大学里的一位同事与她谈起了这座兴建中的城市。他谈起有人托他为那里的一家公司物色一位英语翻译。他问她有没有合适的人可以推荐。她推荐了自己。那家公司的老板与她进行了一次简短的电话交谈，他显然对她非常满意。而他为那个职位定下的待遇令她哑口无言。报到的时间在他们第二次更简短的电话交谈中确定了下来。

离开的前一天晚上，她在故乡熟悉的街道上漫无目的地骑车。她想象着远处的城市，憧憬着未来的生活。她很激动。多年以来，她一直想离开那座她从来没有离开过的城市。她在那座古老的城市里出生，又在那里度过了全部的学生时代，然后，又在那里开始了自己的职业生涯。从开始工作的第一天起，她就有一种很深的厌倦感。不是厌倦工作本身，而是厌倦在一座自己从来没有离开过的城市里工作。

她在那座从来没有离开过的城市里甚至没有特别要好的朋友。她喜欢独处。独处的时候，她觉得自由，觉得充实。熙熙攘攘的人群反而会让她感觉孤独。这大概是父亲的突然去世在她的生命中留下的痕迹。父亲死于一次车祸。那是一次毫无意义的出行。那“完全”是一个偶然事件。她一直都这么想。她永远也不会改变这种想法。那偶然事件几乎使她失去了生活下去的勇气。她爱她的父亲。她记得小时候，父亲经常要去开批判会，批判别人或者被别人批判。出门之前，他总是将她抱在膝盖上，对她哼唱起她百听不厌的《志愿军军歌》。对她来说，那种亲密的场面是“亲密”这个词的全部的含义。她还记得，母亲好像很不喜欢她和她父亲之间的那种亲密，她会很不耐烦地催他赶快出门。他好像非常怕她的母亲，而母亲却从来都说事情其实正好相反。她不知道父母的关系为什么那么紧张。她还没有来得及问这个问题，就发生了那场荒唐的车祸。父亲的突然去世几乎使她失去了生活下去的勇气。

每次想起父亲，她都会有一种对生命强烈的冲动。她特别羡慕父亲年轻的时候有机会走得很远。是的，他曾经去过朝鲜。他在那里变成了知名的战地记者。他的许多报道曾经令当时的年轻人兴奋和激动。母亲就是那些年轻人中的一个（她当时还只是一个中学生）。她记得母亲曾经说过自己关于那场战争的全部知识都来自父亲的报道。她最开始觉得那是对父亲的赞扬，后来她觉得那是对父亲的抱怨。她不知道父母之间到底发生了什么事情。她爱她的父亲。这种爱让她无法理解父母之间的关系。

她特别羡慕父亲曾经有机会走得很远。她记得他有一次跟她解释“人生之旅”的道理。他说，目的地与终点其实经常是不一样的。他的很多说法对她来说都过于深奥。比如他说：“有时候，目的地比终点要近，有时候目的地比终点要远。”比如他又说：“没有目的地的人生可能有最远的目的地。”直到从父亲的遗体旁走过的时候，她才突然明白了父亲说过的许多话，包括在她决意报考英语系的时候，那句让她非常迷惘的话。“英语曾经是敌人的语言，现在却成了朋友的语言。”她父亲说，“这就是生活：好像什么事都发生了，又好像什么事都没有发生。”

她也想有一个最远的目的地。她想用生命来行走，用一生来行走，走得很远，走得更远，走得最远。生活在那座她从来没有离开过的城市里，她深受恐惧的折磨。她总是担心自己会突然死去。死在一座从来没有离开过的城市里，在她看来，好像是从来没有活过一样。所以，她选择了离开。离开的前一天晚上，她在故乡熟悉的街道上漫无目的地骑车。她想起父亲。她相信他的灵魂会欣喜地引导着她或者尾随着她。她相信他对远方本能的向往是对她永远的祝福和夸奖。

三天之后，她就在这座城市中心最高的那座大楼第二十五层的一间办公室里坐了下来。可是，新工作给她带来的激动很快就过去了，因为她很快就发现自己在公司里的身份其实并不是“翻译”：她的工作看上去比“翻译”要简单，做起来却显然比“翻译”要复杂。她的老板向别人介绍她的时候，称她为“女秘书”。她从来就看不上“秘书”这种职业。她更不明白为什么要在“秘书”前面加上她明摆着的性别。是的，她慢慢习惯了自己的这种身份。不过，这新的身份却大大降低了她对这座新城市的热情和她对未来的憧憬。她开始觉得，虽然自己离开了那座从来没有离开过的城市，却并没有走得很远。她的身体慢慢有点发胖了。她的英语渐渐有点荒疏了。她倒是很快学会了广东话。她开始用广东话与客户沟通的时候，她的老板对她大加赞赏，说她的语言能力极大地提高了公司的竞争力。

她对这种赞赏不以为然。对语言，她有很强的等级观念：英语位于她的语言阶梯上的最高一级。但是，她并没有外露过自己对英语的怀念和对英语水平下降的不安。她将英语变成了私人空间的一部分。那本《理智与情感》就放在她办公室的抽屉里。午餐之后很短的休息时间里，她会关起办公室的门，轻松地读几页她已经非常熟悉的文字。那通常是她一天之中最快乐的时光。那些文字有时候会将她带回到她的大学时代。那本精装的奥斯汀小说是她三年级时的外教送给她的生日礼物。同学们都以为那个来自布莱顿的英国青年喜欢上了她。但是后来，他却与她在班上最要好的朋友结了婚。这亲身的经历有时候让她觉得生活就像是一部小说。

她在来到这座城市的最初几个月里经常收到朋友和学生们的来信。学生们在用英语写给她的信里用了一些她已经非常生疏的词语（这强化了她对自己英语水平下降的不安）。学生们说大家都非常怀念她。她的英语语法课曾经是她任教的那所大学里最受学生欢迎的课程。同时，学生们又都说，所有的人都佩服她的能力和勇气。她辞去稳定的工作，只身去一座听起来像神话般突然兴建起来的城市里闯荡，这在她曾经任教的那所大学里引起了不小的波澜。

她很惭愧新的工作并不需要特别的能力和完全不需要任何的勇气。她的一部分工作是收信和回信，接电话和回电话，以及将来往公文分门别类等。她不喜欢工作的这一部分。而她更不喜欢工作的另一部分，因为她不喜欢应酬。她的老板每次与客户吃饭都要求她陪在一起，他说这属于她的工作。她不能拒绝，但是她很不喜欢。她不喜欢他们谈话的方式和他们谈话的内容。有一次，一个客户凑到她的跟前夸奖她漂亮。老板在一旁谦让地说：“哪里哪里，你的那位更漂亮。”她觉得他们是在谈论各自的财产。她觉得那很无聊。

她觉得那很无聊。她离开餐桌，走到了舞台上。巨大的电视屏幕上正滚动着一首很流行的英语歌曲的歌词。她拿起了话筒。她的歌声惊动了在场的所有人。许多年以后，在焦急地等待着丈夫从波士顿回来的那个黄昏，她突然意识到是那天的歌声改变了她随后的生活。她有点后悔。她不应该那样草率。她不知道为什么会那样草率。那一天，丈夫回来得比计划的晚了很多。他说机场附近的高速公路上出了车祸。他的车在那里堵了很久。

她当时并不认为那是一个草率的举动。在听到许多赞扬之后，她解释说，她的嗓音是从母亲那里继承下来的。她马上就后悔提到了自己的母亲，因为她不想回答任何关于她的问题。她不想回答说，她的母亲受到她父亲从前线发回的那些报道的鼓舞，后来也参了军，在部队文工团里做歌唱演员；她不想回答说，她的父亲和母亲在一起生活得极不愉快，他们每天都会要争争吵吵，经常只是为了很小的事情；她不想回答说，母亲在她上大学一年级的时候终于与父亲离婚，并且马上与她当年在部队的一位首长结婚，搬到另外一座城市去了……她不想回答任何关于她母亲的问题。

在她走下舞台之后的第二天晚上，她的老板邀请她单独去旋转餐厅吃饭。她极为疲劳，没有什么兴致，可是她没有拒绝。她的老板照例让她点菜，他总是说他喜欢她点的菜。点完菜之后，她的老板突然非常严肃地谈起了自己的妻子。他说他越来越反感她了。她不想进入这样的话题。她将视线移开，盯着站在餐厅门口的那两个正在窃窃私语的服务员。可是她的老板坚持说下去。他说他的妻子没有什么品位。她很想提醒他说："你也没有什么品位啊。"但是她没有。她仍然盯着那两个服务员。她听见她的老板非常严肃地提到自己已经很久没有与妻子同过床了。她将视线移回来，发现老板的眼睛正直直地盯着她。她当时一点也不知道他为什么要跟自己提那样的事，还用眼睛直直地盯着她。她已经熟悉了公司的许多秘密，已经对自己的工作没有任何热情和敬意了，但是，她对他多少还有点尊重。这种尊重让她忽视了那句话的重要性。几个月之后，当她已经完全不再尊重他的时候，她才突然意识到了那是一句非常重要的话。它无疑是她在这座城市生活中的一个显眼的路标。

在接下来的那个周末，她的老板又邀请她单独去晚餐，他说他想跟她谈一谈最近的工作。她仍然没有任何兴致，但是仍然没有拒绝。很多年之后，她非常后悔自己的没有拒绝，因为刚刚开始上菜的时候，她的老板又提起了他的妻子。他说她从来就没有关心过他。他说他从来就没有喜欢过她。她对别人的家事真的没有任何兴趣。"你跟我说这些干什么?"她问，"这与工作有什么关系?"

"你还不知道吗?"她的老板眼睛直直地盯着她。

"我什么都不想知道。"她平静地说。

她的老板突然一把抓住了她的手。"我喜欢你啊!"他冲动地说，"这你应该知道。"

她将手抽回来。她想离开，但是犹豫了一下，还是没有冲动。她的老板开始不停地表白。她没有说一个字。她也没有吃任何东西。他喝了很多酒，最后根本就站不起来了。她搀着他走出餐馆。他激动地说他不想回家。他说他没有家。他说他要去办公室，办公室就是他的家。她非常不安。她从来没有那么晚去过办公室，但是她又很不放心她的老板的状况。她叫住了一辆出租车。那辆出租车的司机不肯载送他们。他开始说他们会弄脏他的车，后来又说他要去找他的妻子和女儿。她没有理睬他的解释，强行钻进了出租车。

在下车的时候，她塞给出租车司机一张整钱。她说不用找零钱了。她发现出租车司机的眼眶里含着泪水。他一路上一直都在说他的妻子和女儿已经两天没有回家了，他要去找她们。

她搀着她的老板走进大楼，走进电梯，走进办公室。她将她的老板扶到沙发上。他嘟囔着说想喝点水。她给他倒了一杯水。他接过杯子，却只是轻轻地呷了一口。他下咽的动作显得非常痛苦。她蹲下去，茫然地看着他，不知道应该怎么办。突然，他大口大口地呕吐起来。他把所有的东西都吐到了她的身上。办公室里顿时弥漫着一股刺鼻的气味。

那是她第一次在办公室里过夜。她的老板在那个夜晚流下了许多眼泪。他说他早就想跟他的妻子离婚了，他们感情的破裂是他们自己的事，跟她没有任何关系。但是他说，第一次在电话里听到她的声音，他就像遭了电击一样。他知道自己总有一天会要成为她的俘虏。他还提到了她惊人的歌声。他说她的歌声在一刹那之间就彻底地改变了他。他觉得自己应该开始一种新的生活，应该马上就开始一种新的生活。

那是一个失眠的夜晚。她想起了她的父亲。她在温热的夜色和浓烈的酒味中低声与他交谈。她与他谈论他的终点和目的地。她说也许他的那些战地报道就是他的目的地。可是，她的父亲说他从来就不满意自己的那些报道。他说与他见过的场面相比，他写出的场面就像是一杯白开水。她爱她的父亲。直到她三十九岁生下她的孩子之后，父亲在她心中的地位才被新的生命取代。在那个失眠的夜晚，她激动地肯定她的爱唯一地属于她的父亲。她发誓她要用一个女人最纯洁的心灵去爱他。当她的老板粗暴地闯入她的身体的时候，她就这样悄悄地发誓。

她从来没有敦促过她的老板与他的妻子离婚。她知道自己不可能成为他的妻子。准确地说，她不愿意成为他的妻子。她将与他在一起的私生活也简单地视为是她工作的一部分。因为工作量的增加，她觉得突然加薪也理所当然。可是，她在那个失眠的夜晚之后，就开始强烈地厌倦自己的处境了。她想离开，不仅离开这个公司，还离开这座城市。她甚至想离开她的祖国和她的母语。她拥有另外一种语言。这是她的资本。英语给她带来过虚荣，她肯定它也能给她带来实惠。她相信她能够在不同于母语的语言中找到自己热爱的生活。

她开始找出各种理由避开络绎不绝的饭局。她想拥有属于自己的时间和空间。她想写下一点东西，就像在学生时代一样。她有了任性的资本和勇气。随她的老板去外地出差的时候，她经常以疲劳为理由，避开晚上的应酬。她独自躲在酒店的房间里，享受宁静的时光，享受与工作和老板的分离。只有在那一段自由的时间里，她不是“女秘书”。失去那种令她憎恶的身份，她觉得充实和富足。她好像有了最远的目的地。她懒散地坐在酒店房间的地毯上，写下自己的一些感受。有时候，她还写下自己与父亲的交谈。“我越来越不满意自己的生活了。”她这样告诉她的父亲。她羡慕他年轻的时候走得很远。她说她也很想走得很远。她甚至想走得更远。

她有一天忘记将笔记本收好就倒在沙发上睡着了。她不知道她的老板是什么时候回到房间里来的。她被他粗暴地推醒的时候，一眼就注意到了自己的笔记本被攥在他的手里。她伸过手去，想将笔记本拿回来。她完全没有想到，她的老板竟用笔记本在她的脸上狠狠地抽打了两下。她被这突如其来的粗暴激怒了。但是，她马上就冷静下来。“把它还给我。”她冷静地说。他没有按照她说的做，而是气急败坏地将笔记本撕成了碎片。“我对你这么好，你还有什么不满意的吗？”她的老板气急败坏地说。说完，他将笔记本的碎片都扔进了抽水马桶里。

她强忍着眼泪。她提醒自己绝不能在一个自己不怀敬意的男人面前流下眼泪。

“他是谁？”她的老板揪住她的头发，吼叫着问。

她没有回答。她紧闭双眼，就像每次他趴在她身上时一样。她拒绝与他有目光的交流。她不想看见。她拒绝看见。

她的老板粗暴地摇晃着她的头。“你竟这么爱他。”他吼叫着说，“可是你从来没有说过你爱我。”他停顿了一下，然后突然尖叫着说：“你从来就没有爱过我。”

她知道她的老板只能够从她用英语记下的感受中辨认出几个简单的单词。但是，她不想解释。她不想告诉他，在笔记本里，她所“爱”的那个“你”是她的父亲。她什么话也没有说。她相信只有沉默能够帮助她消化这突如其来的粗暴。

她的老板将她粗暴地推到沙发上，然后粗暴地冲了出去。过了很长一段时间她才改变自己的姿势。她将头埋在手心里。她的思想支离破碎。她想到了自己在这座突然变得粗暴的城市里度过的一些愉快的日子。她想到了自己阴暗的未来。她非常担心她自己。她不知道应该怎么办。零点左右，她又开始担心起她的老板来。她不知道他会不会出什么事。她甚至还有点责怪自己没有回答关于“他是谁”的问题。她又有了一个失眠的夜晚。

第二天清早，她的老板才被几个朋友送回来。他们说他昨天晚上又喝醉了。她让他们将他放倒在床上。她为他盖上了一条毛巾被。他睡了整整一天。她一直守在他的身旁。她的思想清晰了许多。她想等他一醒过来就马上告诉他，她想离开。她告诉了他。他说那绝对不可能。他说她的离开就等于是她对他的杀害。他说他会因此而先杀了她。

一个星期之后，她离开了公司。她在碧波花园找到一套很小的公寓住下。她的老板没有因为她的离开而遭“杀害”。他也没有去寻找她，杀害她。

半年之后，她得到了美国的学生签证。临行之前，她回了一趟老家。她在父亲的墓碑上摆放了一枝玫瑰花。她还隐隐约约能够记起一些自己在笔记本里写下的话。她向他重复了她对他的思念和爱。她甚至有一种很奇怪的预感。她预感，在远方，在未来，也有一场车祸在等待着她，将她送到生命的终点，让她与最爱的人相见。

但是，她完全没有想到自己最后会在路易斯安那州的一座小镇上安顿下来。她完全没有想到，自己会在三十九岁那一年生下一个活泼可爱的儿子。她完全没有想到，自己会如此强烈地希望这个孩子将来能够用她的母语向她提各种各样的问题，比如她有没有爸爸，比如她来自什么地方。

原载《新世纪》周刊2011年第6期

回头客

朱山坡

我家门口的湖叫雁湖，清澈透明，细波轻漾，像一座浩瀚的瑶池。我们的村庄叫浦庄，还属于穷乡僻壤，藏匿于山林和雾气之中，几乎与世隔绝，外面的世界显得非常遥远和陌生，但近来竟然时有素不相识的外地人出没。他们或三五成群，或母女结伴，或孤身一人，搭乘我父亲的木头船从烟雾弥漫的湖面上来，临近村子的时候总会惊起一阵狗吠。人们往湖的方向抬起头，无奈地说，讨饭的又来了。

有时候一天会来四五批。开始，他们说是灾区来的，衣衫褴褛，拖儿带女，惊魂甫定，还有当地官方的证明，姑且算是吧。后来说的地方五花八门，河北、安徽、河南、山东、贵州乃至东北等等，南腔北调，谈笑风生，脸上看不到流离失所的乡愁和感伤。看着他们穿梭往返，络绎不绝，我们有理由相信，浦庄已经名声在外，全世界的乞丐都以为我们这里仓廪充实，热情好客，慷慨大方，来这里能讨个盆盈钵满，远胜于行走数十座村庄。事实上，他们每到这里，确实也收获颇丰，每次都能把空袋子变得沉甸甸的，带着窃喜气喘吁吁地乘船离去。然而，他们并不知道我们的收成也不好，没过过宽裕的日子，那些米呀、面呀、杂粮呀，都省着吃，连孩子都经常吃不饱米饭，更别说吃肉了。男人们放米下锅的手重了一点，多放了些米，女人就会破口大骂，她们还把锅里泡了水的米抢夺出半把，晒干，留到下一顿。而乡亲们对讨饭的从不吝惜。“他们千辛万苦来到我们浦庄，总不能给得太少，否则他们会在外头败坏浦庄的声誉。”仿佛乡亲们都把虚无缥缈的声誉系于行乞者的背囊，而且十分看重。每一批讨饭的走后，村里的人经常要盘点一下，总会有人惊呼，转而谩骂那些穷乞丐顺手牵羊拿走了他们家的一条腌鱼、两块腊肉、三只鸡蛋、一把蒜头或辣椒、经久不用的发夹、灶台上的半盒火柴……这些损失算不上什么，拿就拿了，并不影响下一批乞丐的收益。但有一天，村里人发现他们在湖对岸的草木丛中架灶炊饭，喝酒吃肉，场面宏大。“他们吃得比我们还好！”男人们横七竖八地醉倒在地上鼾声如雷，涂满油光的脸像镜子一样能映出天上的云朵；女人们脱掉破烂的外套，穿着整洁的衣裳围起圈子打牌赌钱，吆喝声惊散了湖面上的水鸟；孩子们四处嬉闹，像肆无忌惮的牛犊糟蹋着地里的庄稼……浦庄人觉得被欺骗被愚弄了，异常生气。

“方滨海，你看你都把什么人送到浦庄来了?！你是不是和他们串通一气来骗我们本来就少得可怜的粮食呀?”浦庄里嘴尖的女人用刻薄的语气指责我父亲。

湖很宽阔，父亲的木头船是浦庄到湖对岸唯一的交通工具。平常，乘船的人只需往船头的盘子里扔下一毛或几分钱就可以了。实在没带散钱的，不给也不要紧，反正我父亲不会问，也不觉得亏了什么。父亲是世界上最朴实最单纯的人，因此，这样的指责对他来说是多么严重的诬蔑，很让他无地自容。那天，父亲回到家里，呆坐在堂屋的木槛上，不吃不喝，一言不发，直至深夜也不愿意回到房间里睡觉，母亲催了他几次，他无动于衷。我去拉他，他岿然不动，仿佛入定了。

也许是在湖面上劳碌得太久，与母亲相比，父亲显得过于衰老了。

“爸，诬蔑人的舌头会烂掉的，你不要为她们烂掉的舌头难过。”我说。

父亲好一会儿才回答我，“你知道吗，我撑了一辈子的船，相当于做了一辈子的桥和路，那是数不尽的功德啊，但声誉比这些重要得多，她们诋毁我的声誉，就是要把自己的桥和路都拆了。”

我听不明白父亲的话，直到第二天我才恍然大悟。

第二天，我和母亲起床后发现父亲不见了。有人惊慌失措地跑来告诉我们，我父亲在湖中央。我们赶到岸上，果然远远看见父亲坐在船里，正在凿他的船，铁锤敲击凿子的声音比啄木鸟强很多，令人揪心得多。能看到灌进船里的水了，越来越多的水，露出水面的船体越来越少。

母亲惊叫起来，他要沉船了！

岸边的人跟着我们尖叫，劝父亲别做傻事，那些不慎中伤了父亲的女人一会儿向父亲一会儿向母亲道歉，她们的男人甚至还当众修理了她们的嘴巴，可是船还是沉下去了，父亲也一同沉到了湖底。宽阔的湖面除了水再也看不到多余的东西，连水泡也没有。我的父亲再也不回来了，有人去沉船的地方打捞过，却发现什么也没有。父亲肯定是沉到湖底深处，或者从地下暗河潜到更遥远的地方去了——听说湖的中央正是地下暗河的出口，人们很快淡忘，过了一段时间，连谈论他功德的人都越来越少，他们似乎忘记我父亲曾经是他们的桥和路。

“可是，他也曾经是那些讨饭人的桥和路。”背地里还有人不怀好意地说我父亲。好像是说，如果没有我父亲，浦庄就不会被愚弄和欺骗。

现在好了，没有了船，要到外面看看的桥和路都没有了，自绝于世界。

真是活该！

果然，好长一段时间再没有外地人渡过湖面来到浦庄，村子确实清静和安全了很多。

直到第二年开春，突然有人看见湖面上出现了一叶扁舟，往浦庄这边缓缓而来。近岸边的时候人们才看清，这只是一叶竹排，上面站着一个人。

一个陌生的男人，身材高瘦，衣衫破旧，胡子拉碴，满脸谦卑，撑杆的动作十分生硬，看上去异常费劲。竹排的前头放着一只空袋子。

“又是个讨饭的。”有人悄悄地说。大伙儿一致附和这种判断。

“这里便是浦庄了，应该是吧？”男人哈着腰对岸上的人说。北方口音，肚皮饿得瘪得像另一只空袋子。

“是浦庄。”迟缓了好一会儿，才有人回答。

“是浦庄就对了，我正是要来这里。”男人欣喜地说。

“有事吗？找人？”有人问。

“讨口饭吃。”男人回答。

有人露出了鄙夷的神色，“千条村万条村都可以去，你偏偏要费那么大的劲到浦庄来，是不是有人在外头做了广告呀？”

男人的脸突然变出尴尬和羞怯来，一时不知道如何回答，在异样的目光注视中缓缓爬上岸来。

“我们北方人不太会划船，我差点翻在湖里了。”男人憨厚地笑了笑。他的布鞋和裤脚都湿透了，双腿有点颤抖。虽然已经是春天，但天气还是很冷，湖面上还有一层碎玻璃似的薄冰。

并没有谁觉得他为了讨口饭吃应该冒险到浦庄来。

“活该。”有人嘀咕道，很小声，但男人还是听到了，怔了怔，很快便变出笑容来，“幸好没有沉到湖底去。这湖，深得一眼看不到底。”

那竹排没有拴住，它要告别男人和岸了。有人提醒他，“你的船逃跑了，你得拉住它，把它拴在石头上，等你的袋子里装满了吃的，你还得靠它离开这里。”

“由它去吧，我暂时不需要它了。”男人说，“再说了，它也不是船，像我们北方的一头倔驴，难以驾驭。”

那“倔驴”仿佛听清楚了，果然离岸而去，一会儿便漂出很远，再也拉不回来。

“你怎么回去？”有人提醒男人，湖面上再也没有可以横渡的船了。

男人没有回应，似乎是没有听见吧，或许是胸有成竹。

大伙儿闪开一条道，男人把那只袋子往肩上一搭，迈步往村庄里去。估计是饿了，又或许要烤干他的鞋和裤子，他走得有点急，好像一匹熟知路途的马。

他们发现男人很高，比他们高出一大截，脸膛黑乎乎的，风吹起他的乱发，可以看见他额头右边靠上的位置有一道暗淡的疤痕。可以肯定，那是一道旧时刀伤，像一条蜈蚣潜藏在草丛。他不是粗野、庸俗的那种人，举手投足都跟那些常见的乞丐不同，气质很儒雅，说话也不紧不慢的，只是显得疲惫不堪，估计是饥饿的缘故。

“对了，他来过浦庄。那时候他带着一个女人。”方德才看着男人的背影，突然想起来，“他，是一个回头客。”

“噢，我也想起来了，跟随他的女人老是咳嗽，我给了她半扎面条，她竟‘啪’地跪在地上给我叩头——不过是两年前的事情了，那时候来讨饭的还没有那么多。”有人说。

“我倒是第一次看到讨饭的回头客——他可违反了行规，哪能在同一个地方乞讨两次的？”方德才仿佛吃了大亏，不满地说。

“没有比讨饭的还恬不知耻的。”不知道是谁咕噜了一声。

一群孩子跟在男人的身后。好一阵子没见过讨饭的了，竟然觉得有些新鲜和好奇。

男人没有走进最近的方胜家，而是在方德才家的院子外停下来。方德才家的女人正在晾衣物，看到这个高大的男人愣住了。

“大妹，我是来讨口吃的。”男人谦恭地躬了躬腰。

“我好像见过你。”方德才家的说，“上次我给了你一盅米，两只鸡蛋。”

“我是来过的……我记得，两年前，来过的。”男人笑得有点尴尬。

“你要是剃了头，倒像化缘的和尚——和尚也是常来的。”方德才家的暗讽道。

“我这次不是白讨的，吃了饭，我会给你干活。”男人赶忙解释说。

“我……我哪有什么活要你干的？你又不是我家男人——我家有男人……”方德才家的突然有些慌乱。男人比病恹恹的方德才好看，且高大强壮得多。

男人朝屋里面瞧了瞧，好像要寻找什么。方德才家的警觉地叫她的儿子，“去唤你爸回来……”

男人说：“我想给你家做一件家具，最好的家具。”

方德才家没有什么像样的家具，除了两张旧式床和一张书桌，还有零星散落在院子里的简陋的小凳子。多年前结婚时随嫁的杉木衣柜，三年前抵债给方胜了，家里好像一下变得空荡荡的。方德才家的一直想重新拥有一只衣柜，把一家人的衣服都藏在衣柜里，老鼠进不去，灰尘也进不去，还井井有条、一目了然。

院子的角落里就有几根好木头——浦庄每家每户都备有一些木头。她怦然心动。

“我们不需要家具——那些木头，是冬天的柴火。”方德才家的说。

“这些好木头烧掉了可惜。”男人说，“我知道你们附近都没有好的木匠。”

“只要有钱，总能请到好的木匠。”方德才家的说。

“管饭就成，我不需要你付钱。”男人说，“我免费帮你们做家具——免费给浦庄每户做一件家具。”

方德才家的最后弄明白了，男人这次来浦庄不是讨米要钱的，而是来报答的。男人说，两年前他们夫妇来到浦庄，得到了最好的礼遇，这里的人没有给他们难堪，甚至连脸色也没有给，给了他们好吃的，还施舍了他们好多东西，让他们渡过了难关，滴水之恩涌泉相报……于是，男人就来了。我们原以为他肩头上空瘪瘪的布袋里什么也没有，他却从里面取出锋利的凿子和锃亮的刨子……

方德才家是第一个被报答的。

方德才家的开始不相信男人，处处防着他，生怕一不小心便被他偷走她的家底。但她依然像对待那些讨饭的外地人一样，每顿都给他一大碗的饭，晚上让他睡在破落的柴房里。柴房里有一张床，原来是方德才父亲住的，他死后就一直废弃在那里。男人没有做出令人担心的事情，晚上安分地睡觉，鼾声如雷。白天，他很早就起来干活，把院子里的一堆木头变戏法似的弄成了一块块上好的材料。有时候，晚上也点着煤油灯干活，还把声音压得很低。方德才家的夜里起来撒尿时偷偷看过男人，可是一直不想跟他说话。一个女人怎么能跟一个陌生的男人说话呢？况且，还是一个讨饭的。白天，村里半信半疑的妇女们也偶尔来看个究竟，看到男人在刨花和木堆中忙碌，心里越来越踏实，但嘴上依然不相信男人。“鬼才知道他是不是真的？”直到半个月后，很多人听到了方德才家的夸张的惊叫，才相信也许男人是真的来报答她们曾经的恩赐来了。那天方德才家的一早起来，发现院子里耸立着一具崭新的比她想象中好得多的巨大衣柜，在晨曦中光彩照人，连她家的狗也惊惧地围着这个陌生的庞然大物边转边吠。

“再打磨一下就更好了。”男人看着自己的艺术品得意地说。

一直到中午时分，仍然有很多人闻风而至，手抚着方德才家的衣柜啧啧称赞。

男人的手艺的确无可挑剔，让人心服口服，而且他坚决不收一分钱。

“你们可以根据自家的情况，选做一件最需要的家具。”男人对浦庄的人说。

于是，他们纷纷筹划着，互相攀比，准备做的家具一家比一家复杂、费劲，仿佛做简单了便无端吃了大亏似的，有些女人甚至还争辩着当初谁给男人夫妇的东西更多，以此声明她得到的报答应该比其他人更多。

“每一个家庭的愿望都会实现的。”男人保证说，那憨厚的态度和语气很让她们放心。但也有人怀疑男人说话的可靠性，“那么多人到过浦庄讨饭，凭什么只有他一个人知恩图报？还回报那么多？”

她们争着要男人先给自己家做家具，生怕男人半途跑了。

“他又不是谁家的长工，为什么不可以跑？”方德才家的抢过男人的工具，把腿横跨在院子的门口，“我要他再给我家做一件家具，再过几年，我家的旺月就要嫁人了，得提前为她做好一对像样的箱子。”

那些女人发出了一阵不满的哄笑。男人说，一视同仁，每家只做一件。方德才家的放下拦在门口上的腿，但还是舍不得还工具给男人。

“你不能贪得无厌……我家也养不起他那么长的时间！”方德才从屋子里出来，对他的女人吼了一声，她才把工具扔到地上，快快地回进了屋。

“我就是要两件。”方德才家的尖锐的声音从屋里传出来，“早知道这样，我应该让他给我家造一幢房子。”

那些迫不及待的女人开始为男人争得面红耳赤。男人左右为难，最后，她们在男人的公证下，抽签定了先后排序。那排序表就放在男人的布袋里，她们经常要从那布袋中取出排序表，再次核准……“或许还没轮到我家，他就走了。”

在众人的狐疑和焦虑中，男人又给方传统家做了一张新式床，几天后，给方新明家做了一套沙发……得到了实惠的女人总是心满意足，不厌其烦地向别人炫耀家里的新宝贝，“你看看，刨得多光滑，像十八岁姑娘的皮肤……不过，他能替我家做两件就好了，一件总是不够的。”但没有哪一家能得到两件新家具，因为男人似乎心里知道自己应该在浦庄呆多久，他不能破例。

“你什么时候走呀？”总会有人站在男人的旁边跟他叨唠，话中充满了疑虑。

“给浦庄每家都做一件家具就走。”男人一边刨着木头一边回答。谁问答案都是一样。

“如果要十年才做得完呢？”方德才家的心直口快，喜欢刨根问底。她经常走家串户，倚着门墙，嘴里嗑着瓜子，睨着眼睛看男人做家具。

“那十年后走。”男人并不抬头看她。

“你家里还有人吗?”瓜子壳有时候像蛾子一样飞到男人的刨子上，男人停一下，弹掉瓜子壳继续推刨。刨花飞起来像棉花朵。

“没有了。”男人平静地回答，很简洁，似乎不愿意多说话。尽管天气还很冷，但男人穿的衣服很少，露出结实的身板。

“你的女人呢?两年前跟你一起来浦庄的那个。”方德才家的记得那个女人，素雅，大气，轮廓分明，眼睛明亮，皮肤白嫩得像男人刨过的木头，是典型的北方女人。

“死了。”男人轻描淡写地说。

“怎么……怎么会死的?”方德才家的突然站直腰，脸上露出罕见的惊愕和哀怜，手里的瓜子纷纷落地。

“病死的，哮喘病。她一死，我就来浦庄了。她临终前留下的遗言，说，浦庄人对我们那么好，你得回去报答他们。”男人的刨子推得飞快。

“我们对每一个讨饭的都一样——谁没有困难的时候啊，谁想着上门讨饭啊，那不是迫不得已嘛，我们应该将心比心……”方德才家的说，“你的女人长得真好看，女人怎样才能长得那么好看啊——那天我给她的东西比别人多，比别人好，还让她进屋子里坐了一回，暖和暖和，但你站在外面不愿意进屋，你是男人，我知道你害羞。”

“浦庄人给了她尊重，所以她至死都说浦庄好。”男人说，“她记得你的，她对你的印象最好，所以我第一个给你家做了家具。不过，浦庄的人都很好，谁都好。”

“不见得浦庄每一个人都好。”方德才家的说，“我送给你女人那件新内衣，是我的嫁妆，从没穿过，我舍不得穿。可是别的人就没有我大方，她们都施舍了什么呀?方胜的老婆什么也没有给，吝惜鬼。”

男人笑了笑，为方胜的老婆辩护：“我记得的，她也给了。”

“没给。这是谁都知道的事情，连她自己也说没有给。”方德才家的较真起来，大声地要和男人争论。可是男人不理她，专心致志地推刨子，又一件家具已经露出雏形。室外的阳光也多了起来，从湖上吹来的风有了一些暖意，还带着柳叶淡淡的清香。

开始有人不满方德才家的到她们家串门。因为她妒忌男人给她们家做的家具比她家的好——其实都差不多，只是各家的木料不一样，看起来就不一样罢了。趁主人不在的时候，她怂恿男人不要给她们做那么好，至少没必要精雕细琢，像对待女人那样小心。

“两年前她们给了你们什么呀，你不值得给她们回报那么多。”

男人说，一视同仁。

方德才家的不高兴，冷嘲热讽的，人家便不欢迎她，不让她靠近男人。

“他又不是你家的男人，凭什么不让我看？”方德才家的受了屈辱似的，忍不住当众发飙。很快，便有人在方德才面前说了些令他生气的话，第二天，方德才家的才不敢出现在男人的面前，但她仍不肯善罢甘休，经常打听男人的情况，无中生有地说，“你们知道吗？浦庄有人看上那男人了。”她当然是指女人，而且是有夫之妇。

“要不然，她凭什么天天给他好吃的？比侍候她老公还好。”她并没有指名道姓，实际上是说不出名字。可是即使说出来了，谁又在乎她说的话呢？她不在一旁干扰，男人很快又做好了一件家具。

转眼到了夏天。整天埋头做家具的男人在浦庄受到越来越多的尊重，他也学会了本地方言，人们都几乎把他当成浦庄的人了。而方德才家的妒火像阳光一样炽热，她要去别人家看男人做家具，方德才也没法拦住她。但她坚决不跟男人说话，只是在外头观察谁家的女人对男人有异样的举动或说了什么令人起疑的话，然后在村里添油加醋地宣扬。大伙对此并不在意，但男人察觉到一些不对，显得有些难堪。他叫了一声方德才家的，方德才家的装出不情愿的样子走到男人面前。

“我很快要离开浦庄了。”他的意思是说，请她不要乱说话，不要给他和她们增添麻烦。

方德才家的一阵慌乱，“就走了？”

“做完最后一件家具就走。”男人淡淡地说。他正在做方鸿儒家的组合柜，都成模样了，“这是最后一件。”

“可是你没有给方滨海家做家具。照道理，他家也应该做一件的。”方德才家的提醒说。

男人从口袋里拿出那张排序表看了两遍，“没有他家的序号，他没抽号？”

“他死了。”方德才家的说，“他生前是摆渡船的，你搭过他的船，你应该给他做件家具。”

男人是第二天傍晚来到我家的。

我母亲正在院子里收豆子，夕阳的余晖照在她年轻端庄的脸上，像湖面上泛着的波光。

男人在院子围墙外谨慎地向我母亲打了一声招呼。母亲抬起头来，她从没去别人家看过男人干活，但她知道这个陌生的男人肯定就是在浦庄呆了半年的木匠。

"你家需要做什么家具吗?"男人朝我家的屋子里瞧了瞧。

"我家需要一张书桌。"趁母亲站起来之前,我抢着替她回答了。

我家没有像样的家具,一件也没有,连饭桌都缺了一条腿。我做梦都渴望得到一张书桌,那样我就可以不在饭桌上做作业,我就能写出工整的字迹和漂亮的作文。

可是母亲冷冷地回答说,我家不需要什么家具。

男人尴尬地站在那里。我多么希望他能找到合适的语言说服母亲,免费为我家做一张书桌。我家的院子里有一堆木头,堆放在墙角那边,它们日夜呼唤着能工巧匠将它们变废为宝,给它们应有的尊严。

"本来,你应该抽签的。"男人说,"你男人撑船撑得真稳。"

母亲转过脸去掩饰突如其来的哀伤。

"我给孩子做一张书桌,这将是我给浦庄做的最简单的家具了。"男人说,"如果我女人知道我只给你家做一张小书桌,她肯定会生我的气——但如果我连一张小书桌也不给你家做,她会更加生气。"

我用近乎哀求的表情看着母亲,母亲似乎动心了。

"我家不需要回报。"母亲说,"我男人撑了一辈子的船,当了一辈子别人的桥和路,从来没想过要别人回报。"

男人窘态百出,不知道怎样说服母亲。

"况且,两年前我们也没施舍你们像样的东西,不值得你报答。"母亲说,"不过,你家的女人很善良,她对我说了一百个谢谢。"

男人动情地说:"她本来要跟我一起来浦庄的。她说,你们像对待亲戚一样对她,连浦庄的狗也没对她吠过一声……哪怕给你们叩拜一百个响头也是应该的。"

"没有必要。"母亲轻声地说。她把豆子倒进麻袋里,豆子发出沙沙的声响。一只老鼠翻过墙角消失在木头堆里。

"我女人叮嘱过的……"男人说。

"真的不需要。"母亲断然拒绝了。

男人尴尬地走了,第二天傍晚又来到我家,"如果我不给你家做一件家具,那么我女人会死不瞑目的。她会骂我,下辈子就不愿意跟我走了。"

母亲愣了一会儿才动了心,"那你就给我家的孩子做一张书桌吧。"

三天之后,男人拿着工具来到了我家。他把墙角下那些不规则的木头挑选了几根,然后就扛到屋后的空地上开始量材而锯。我家终于响起了期待已久的斧凿声。我在一旁七手八脚地拿这拿那,可是男人觉得我是在添乱。我只好尽量克制自己，安静下来，站立在一旁观看。

男人做事相当认真，一斧一凿都很讲究。他不允许自己浪费主人的材料，也不允许工艺存在瑕疵。

“一张书桌而已，不必费那么大的劲。”母亲很少出现在男人的面前，只是不得不经过那里喂鸡的时候，偶尔对男人说上一两句，脸上没有什么表情。

“不费劲的。书桌是读书人用的，应该做得更好一些。”男人也不抬头。汗流满面。

母亲也不再多说一句话，走了。只有让我把每顿饭送到男人跟前的时候，她才特别交代，“告诉他，如吃不饱，锅里还有。”可是男人每回都说饱了，怕我不信，还拍打着坚实的肚皮发出“噗噗”的声响，估计远在厨房的母亲也听到了。

我不知道母亲什么时候开始主动和男人说上话的。那天我从学校回来，看到母亲站在一旁看男人干活和说话。

“你女人不像一个乡下人。她随你走了那么多的地方，皮肤还像水一般光滑。”母亲说。

“她是上海人，出身名门。她的曾祖父曾经跟随左宗棠远征甘肃且立有战功，官至四品。她的祖父是上海一个大药材商，她父亲却是一个浪荡子。她的胆子比我大，心地也比我好……”男人说。说到自己的女人时他总是满脸自豪。

“你也不像一个木匠。”母亲说，“尽管你的手艺很不错。”

男人抬头惊讶地看了母亲一眼。

“你原来不是干这一行的。”母亲肯定了自己的判断，为此显得有点得意。

“是的，是跟一个木匠学的。”男人说，“在甘肃夹边沟——你知道夹边沟吗?”

母亲迷惘地摇摇头。

“一个……农场。”

母亲还是迷惘地摇头。直射的阳光将男人照得透明，他的乱发已经理过，脸是一张俊逸的脸。估计是要给男人遮挡阳光吧，母亲从墙头上取过一顶草帽，要戴到男人的头上。男人突然粗鲁地推开母亲的手，“别给我戴帽子!”

母亲错愕和委屈的表情让我终生难忘。她转身离开，与我撞了个满怀。她的眼里饱含泪水，莽撞地从我身边拂袖而去。

母亲从没受过委屈——她善良而本分，从不贪小便宜，也从不跟别人争论长短。可是，父亲不在了，连这个即将离开浦庄的外来男人也如此粗野地对待母亲，我气愤难当，抄起一把铲子，向已经快做好了的书桌猛砸下去，书桌顿时散了架。男人没有制止我，像一个陶匠看到自己毕生努力的杰作瞬间毁灭一样满脸绝望。母亲惊诧地站在院子里，侧目而视。

我很快便后悔砸烂属于自己的新书桌。

"讨饭的，你重新给我做一张书桌！"我大声命令男人。母亲远远地斥责我，我扔掉铲子，气呼呼地跑开。

男人也没了好脾气，看上去恼羞成怒，一把扔掉凿子，回到他的柴房里，关上柴门，整个下午都没有出来。中午他没有吃饭，晚上母亲让我端饭给他，他说不饿。我把饭碗放在柴房的凳子上，半夜里我偷偷地看他，他依然鼾声如雷，几只老鼠正在忙碌地瓜分那碗米饭。我要进去驱逐那些掠食者，却被早在另一侧墙角窥视的母亲轻声阻止。

我以为男人会违背承诺，收拾东西离开浦庄。但第二天，他起得更早，重新给我做书桌。看上去没有什么不妥，我们都打了招呼。母亲也当什么都没发生过，依然保持着节制的热情。但是，这天晚上，母亲悄悄地替男人洗了衣服，并晾在不显眼的旁屋的屋檐下。之后的几天，母亲让我邀请男人一起吃饭，男人也不推辞，和我们坐到了一张饭桌前，还穿着我父亲的衬衫。

我家在西北角的湖边，祖辈都离群索居，又因为父亲和母亲都不喜欢跟别人说话，到我家串门的并不多，只有方德才家的偶尔会到我家东张西望，装作看看我家院子里的蒜头或莴笋，"顺便"要和男人说说话，但男人对她依然不冷不热，甚至不抬头看她一眼。

"一张书桌做了那么久！"方德才家的好像对谁不满似的，"这九天时间都可以造一张双人床了。"方德才家的掐指算过并提醒我们，男人到我家已经九天了。

我也突然觉得，这一次，男人是有点拖沓了。是不是故意蹭饭啊？

母亲告诉方德才家的，书桌本已经做好了的，因为款式和尺寸都不满意，只好重新做一张。

"那不相当于做两件家具了吗？要是给我家做的衣柜，我现在不满意了呢，能给我重做一个吗？"方德才家的说得有点尖刻了，"何况，讨饭的也有回头客，就不能回头给我家多做一件吗？"

母亲说，那得问他。

方德才家的真的去质问男人。男人回答说，好吧，我给浦庄每户都做两件家具。

这个消息飞快地传遍了浦庄。对于第二件家具，她们早已经胸有成竹。因此，她们纷纷催促自家的男人筹备木料，迎接男人再次来到她们家。

她们首先涌到了我家。我家的书桌已经做好了。她们抚摸着我的新书桌，依然对男人的手艺赞叹一番。她们正期待着第二轮抽签排号，希望能抽到靠前的序号。

“或者根据第一次抽签的序号，倒排过来……”这个提议得到了第一次抽签序号靠后的人支持，却遭到了另一批人的反对。她们瞬时争得不可开交。

“犯不着抽签了。”男人说。

她们肃静下来，没有弄懂男人的意思。

“我决定给浦庄造一件人人有份的家具——船。”男人说，“没有渡船，你们看不到湖对岸的世界。”

众妇“唔”了一声，听不出是支持还是反对。

“这是我送给你们的第二件共有的家具。就在这里做，做好了我就走——我呆得够长了。”男人说。

船是船，船不是家具。她们终于掩饰不住失望的神情，嘀咕着散去。

方德才家的甚至有点生气，走出很远了还悻悻地说，“我犯不着去外头讨饭，我根本不需要船。”

往后的好几天，男人都到后山里去砍树，那些适合造船的木头被源源不断搬到我家左边的空地上，荡漾而饱满的湖水爬到木头下面，热烈地渴望着盛载一艘船。遮掩在茂盛柳树中的男人隐约可见，母亲有时候也隐现其中，看上去是两个人在合谋做一件意义非凡的事情。

谣言首先传到我的耳朵里，是关于母亲和男人的谣言。谣言的源头明显就在方德才家的那里，因为每天都有新细节被她披露和传播。

有一次，方德才家的当众拦住我，“将来你是允许男人留在你家里，还是跟随他到外面乞讨?”

我都不愿意，我更在乎我家的声誉。父亲在世的时候，我家拥有极好的声誉。

我当着母亲的面对男人说，浦庄不需要船，即使有了船，也没有人愿意撑船。没有人愿意在湖面上长年累月地经受风吹雨打和受人使唤。

男人听不出什么不对，爽快地说，我愿意撑船，虽然我从没撑过船。

我对母亲说，“妈，污臭的湖水快把我家淹没了。”

母亲大概听出了我的激愤和言下之意，沉吟了一下说，“我知道了，船也快造好了。”

船的龙骨横卧在湖边，已经有了一个清晰的雏形。

“这船，跟你父亲撑的那只一模一样，我就是仿照那只船做的。”男人说。我也看出来了，它让我再次想起父亲在湖心沉下去的情形。

“妈，船还是不要造了，让他离开浦庄吧？”我恳求母亲。

男人意识到有什么不对头，停下手中的活，等待我告诉他更具体的理由。

“浦庄有人说，他可能是逃犯。”我不敢正视男人，尽管我说的是真话。她们暗地里说的，“他哪里像木匠，哪有木匠干活不收钱的？什么报答，估计是走投无路了，在浦庄躲藏……”方德才家的说得最凶最刻薄，说男人也许在外头犯了命案，和那女人是一对亡命鸳鸯。

母亲对我说的话大为不满，忙着向他解释，实际上是道歉。

男人脸上有惊慌，转头看浩渺的湖面。夏天的湖面比他来的时候要宽阔一些，一眼望不见尽头。

我越来越相信，他既不是木匠，也不像讨饭的乞丐。我偷看过他藏在床头的一本书，是一本全是外国文字的书，厚厚的，破破烂烂，书页边上还有钢笔写的密密麻麻的批注，那字写得比我学校哪一个老师写的都漂亮。

“她们终于看出来了，我真的是一个逃犯。”男人对母亲说，“我跟你说过的，夹边沟农场，是一个劳改农场。我是一个劳改犯。”

母亲惊愕地搂住我的肩膀，风把她飘逸的长发吹乱了，像柳条那样乱。

“我女人从上海跑到甘肃看我，我们就一起连夜逃跑了，如丧家之犬，逃窜三年多了，好几次差点死在路上……我女人跟我吃了那么多的苦，病死前她跟我说，你不要四处逃窜了，浦庄是一个理想的藏身之地，那里的人那么好，你就当报答他们，只要能吃上饭，活下来，你就一辈子给他们做牛做马。”男人说到自己的女人时总是饱含深情，仿佛她就站在他的面前。

母亲惘然不知所措，看了看那只还没有做好的船，“你打算怎么办？”

男人说，把船造好了我就走，其实浦庄是需要一只船的。

浦庄也可以没有船。自从父亲把船沉了以后，浦庄不也一样过？没有了船，断了她们到对岸闲荡的念头。如果她们真要到湖对岸去，可以沿着一条栈道走到湖尾去，绕道而行，多走十几里，一样可以到达对岸。

我和母亲没有再说话，忐忑不安地回到院子里。晚饭的时候，母亲对男人说：“也许她们不会告密，你在为她们做好事啊。”

男人说：“把船造好后我就走，我抓紧一点——这是我第一次造船，现在我才知道，船不是家具，比家具复杂得多——不过，很快就好了，我能做好的。”

“你不必太惊惶，浦庄的人并没有那么坏。”母亲说，“如果你给她们做更多的家具，你愿意呆多久就多久。”

男人又在浦庄多呆了三天。看得出来，他做事没有原来那么一丝不苟，粗糙的船舨被过早地装到了船体上，甚至撑橹也没有来得及再次打磨，远处看去，一只崭新的船基本造成了，但走到船体上细看，却连船板间的缝隙还清晰可见。

“那些缝隙需要弥补、打牢，整只船还得涂上桐油。”男人说，“估计还得三四天工夫。”

母亲似乎也为船焦急，整天围着船忙碌，帮男人拿这递那，脸上充满了成就感和满足的惬意。而关于她的谣言已经在学校疯传，连校长也问我，你是不是有了新父亲？我断然否认，尽管整个学校只有几十个师生，但我觉得他们代表了全世界。

那天我从学校疯跑回家，因为我无意中听到了可怕的消息，我得告诉母亲。

母亲正在湖边烧桐油，浓烈的气味呛得她直咳嗽。

“公安要抓他了，他们正绕过湖尾，有人听到警笛，很快就要到了！”我急促地说，我从没那么慌张过。

男人和母亲都大惊失色。

“那么快？”男人说。

“她们果然告密了。”母亲狠狠地扔掉手中的柴火。

“本来我改变了主意，给她们做更多的家具……船，来不及了。”男人丢下工具，往我家院子里跑，很快听到了猛烈撞击柴门的声音。一会儿，他手里拿着那本书跑回来——只拿了一本书，把书往船上一扔，然后在船屁股后面，用尽气力把船往湖里推。

“你们来帮帮忙。”男人用近乎哀求的语气说。船太沉重了，在地上它只是一堆木头，只有到了水里才能变成船。

“你想干什么？”母亲迟疑不决。

“我得继续逃跑，被他们抓住，我这一辈子彻底完了！我会死在黑暗的监狱里，我女人带着我死在逃亡的路上，我不能让她白白地死……那次她睡沉了，竟然忘记给我通风报信了……”男人绝望地喊叫。

母亲跑到男人的旁边，手忙脚乱地帮他推船，我也加入了。船顺着水草滑到了湖里。

男人迅速跳上船，抓起撑橹就摇。船离开了岸边，离开了我们。

母亲担忧地问船上的男人：“船还好吧？”

男人大声回答，还好，但他很快便弯下腰去，伸直身子时手里抓着那本书。书已经湿成软绵绵的一团。

母亲惊慌失措，对着男人猛喊：“马自珍，船不成了，你快回头！”

母亲的喊叫惊乱了一群水鸟。男人没有听母亲的，船划得更快了，摇摇晃晃的令人揪心。我记住了男人的名字：马自珍。

母亲急得要哭起来，要不是我拼命拉住，她甚至要往湖里跑，追上船去。

“我还会回来的。”这是男人最后对我们说的一句话，是用我们的方言说的。他能说我们的方言了。

当警察出现在我们身后的时候，我们的身后已经站满了人。方德才家的就站在母亲的身旁，样子跟母亲一样焦急，与母亲不同的是，她还失态地跺脚，把一堆无辜的水草跺成了烂泥。此时船已经到了湖中央，就在我父亲沉船的地方，那船也开始往下沉，先是船头往水里下沉，然后是整个船体……母亲终于忍不住失声痛哭。方德才家的受到感染，也号啕大哭，呼天抢地，仿佛沉掉的是她家里的什么人。

在哭喊声中，船沉得更快，一会儿便消失在湖中央。湖面又恢复了宁静、冷清和孤寂，像一本翻开又合上的书。

事情已经过去了许多年。男人给浦庄每家每户做的家具仍然还在用，质量经受住了时间的考验，但那来历不明的男人跟我父亲一样逃不过迅速被遗忘的命运。只有我，风和日丽的时候，一个人站在湖边，在浓密的柳叶下，双脚浸润着湖水，抬头往湖心放眼望去，经常能看到两只熟悉的一模一样的船并行漂荡在湖面上，好像要往我家这边漂来，但永远都离我家那么远。还有一次，我在西湖雷峰塔前小憩，偶然看到两只像父亲撑过的船，在烟雾弥漫的湖面上若隐若现。我惊喜交集，对着它们猛喊，它们仿佛受了惊吓，转眼便消失了。我忽然想到的是，听说雁湖和西湖是相通的，连接它们的是一条地下暗河，在雁湖经常能捕获到西湖才有的鱼。这种事情，可以当成一个传说，因为我从来没看见过地下暗河，而且，我家距离西湖至少有五百公里。

原载《上海文学》2011年第7期

劳马短篇小说一束

劳　马

好　运

“我这个人总能给别人带来好运，只要我一沾边儿，啥好事都能成。朋友们说我可神了，属于幸运女神式的美女。旺财、旺夫、旺友，太奇怪了，有时连我自个儿都不敢相信，这到底是怎么回事儿？谁要是请我吃个饭，给我送点儿礼，转身就能交好运，不是升官就是发财，你说神不神？”担任地产公司联络主管的白丽女士在所有社交场合的开场白或结束语总是这样说。

熟悉她的人当面全都争先恐后地附和她，并能提供一系列神奇事例。在我第一次有幸参加被白丽称为朋友的聚会时，饭桌上有好几位男士向我绘声绘色地描述了白丽美女给他们带来的意外之财和望外之喜。

一位政府部门的处长说，他的提拔就是白姐促成的，“那回我记得很清楚。我，老赵，还有郑总，加上白姐，我们一块儿搓麻将。郑总那天求我办事儿，手气不太好，输了两三万。我那天状态不错，连续和了四回，赢得最多。白姐夸我耳朵和鼻子长得有特色，属于富贵相，早晚能当上处座。结果没出两个礼拜，司长就找我谈提拔的事儿。怎么样，神吧，来，我得敬美女白姐一杯！”

另一位自称是青年科学家的博士立马接过话茬儿，“说到搓麻，我想起了有一回在‘惊涛拍岸’打牌。那次白美女来晚了，我那天运气可臭了，全是碎牌，打了两个多小时就没赢过。等白姐一到，她往我旁边那么一坐，运气马上就来了。那牌抓的，清一色的大个儿。打到半夜也不犯困，精神头那个足啊，两眼像充了电似的……”

“那是我往你嘴里塞了片西洋参含片，别净说好听的，你和钱处长怎么回报我呢？”白丽娇滴滴地举起了酒杯，“我这个人就是旺友、旺夫，谁都这么说。”“我老公认识我之前，混得没个人样儿，就差睡桥洞了。你看现在，西装革履的，净穿大牌子。哼，你这辈子要是不对我好啊，你瞧着吧，天打五雷轰。”她边说边夸张地揪了一下趴在桌边打盹的老公。

“好、好、好，对你好，对你好，我哪敢对你不好呢！”老公迷迷瞪瞪地连连点头。

还有几位也跟着奉承，列举白姐的种种神奇。反正凡是与白美女见过面的人，事后要么升了职，要么赚了钱，要么分了房，要么出了国，个个都沾了光。就连老赵的小孩也说白姨救了他的命，有一次吃饭让鱼刺卡住了嗓子，正好碰上白姨到家里串门，他一看见美女姨姨不知怎么着，这鱼刺就下去了。

"你们说的都是些鸡毛蒜皮的小事。我啊，神通大着呢！你们知道香港是怎么收回的吗？美国怎么就那么顺利占领了伊拉克？""嗨，说起来你们不见得相信，那都跟我有相当的关系。"白美女自信而神秘地冲在场的先生们逐个抛媚眼儿。

"'9·11'那天，您要是在美国双子大厦就好了，那飞机肯定撞不上！"虽然此前我并不认识白丽，拿不出真凭实据证明她给我带来的幸运，但我不能光傻坐在那儿忙吃喝，我觉得自己有义务从一个虚拟的角度探讨一种可能性。

"你还甭说，不少人都这么替美国人遗憾。只要我在，那场悲剧肯定不会发生。真的，你看我的眼睛，会刷刷刷地放电，恐怖分子也禁不住我的诱惑。"白丽边说边用眼睛做放电的示范。别人被她电得哈哈直笑，而我的身上起了一层厚厚的鸡皮疙瘩。

吃完了饭，白丽女士要求我送她回家，她老公十分高兴地表示赞同，并约其他各位朋友换个地方喝茶打牌。我很不自然地搀扶着处于半醉状态的白美女下楼。

白丽住的公寓与我们吃饭的酒店只有一条马路之隔，距离不足一百米。白丽女士借着酒劲，不顾红灯禁行的提示，突然跑到快车道上，手舞足蹈地又唱又跳。这可把我吓坏了，我冲上前去一把拽住了她。

等我醒来，发现自己躺在医院急救室的病床上，四肢和脑袋上缠满了绷带。白丽女士见我醒来了，一个劲儿地向我表功："你说你多幸运，要不是我在你身边，你早就给轧成肉馅了。那辆车都撞报废了，你还能活着，简直是奇迹！而且，撞你的是一辆新款宝马，多有档次！我这个人就是旺友，总会给周围的人带来运气，这回你信了吧？"

当时，凭着我重度脑震荡的脑袋，觉得她说的有一定的道理。在我完全康复出院后，我瘸着腿一步一拐地走在路上时，又不时地怀疑白丽女士的说法——我因跟她在一起而发生了车祸，撞成了终生残疾，这怎么会是一种幸运呢？可是话又说回来了，若那天不是她在身边，我会不会一下子就离开了这个世界呢？脑袋疼，想不通。

潜台词

潜台词是一种表达艺术，在某些特定场合和特定人群中普遍流行。它指的是不明说的言外之意。俗话讲“敲锣听声，说话听音”，就是让你去用心体会弦外之声、画外之音。

我的朋友老鬼对潜台词很有研究，他深知其中的奥妙，并能学以致用，触类旁通。在领会领导意图方面，他尤其技高一筹，因此深得上司信任和欣赏。

潜台词属于暗示行为之一种，比使眼色还隐蔽，相对于黑夜中的眉目传情，它更像是美女戴着面纱，又半抱琵琶，若隐若现，忽明忽暗，需要听者和观众用心揣摩。老鬼深谙此道，烂熟于心。当然，过度关注上司的“画外音”也可能导致“会错意”的严重后果，这就属于“言者无意，听者有心”了，搞不好则是“弄巧成拙”。

老鬼有一次约我喝酒，专门给我上了堂“潜台词”课，其中他讲了个他最得意的精彩案例，让我印象深刻。老鬼是个生意人，常要与企业主管部门的领导打交道，他练就了一双善解人意的火眼金睛。

有一次，他请某位主管处长吃饭，企图借机办点小事。领导对他所托之事未做正面表态，临别时有意无意地夸了句老鬼：“你这条领带挺漂亮。”

老鬼心领神会，第二天一上班就给处长送去了一条高级领带。领导笑纳了，老鬼挺得意。

没过两天，老鬼开始后悔了。他责骂自己怎么这么笨呢，领导穿的是圆领衫，那领带直接系在脖子上啊？于是，又赶紧买了两件名牌衬衫去了处长的办公室。领导说了句谢谢，但没提他托办的那件事儿。

老鬼回来后又抽了自己两个嘴巴，心里把自己定性为蠢驴。他觉得自己太不会办事了，怎么能只送两件衬衣呢？简直是昏了头了，太不成熟了。

接下来老鬼又送去了一套高档西装和一双进口皮鞋，连换洗的袜子也准备了一打。处长那天给他让了座，为他倒了杯茶水笑着说：“这种衣服我平时也没机会穿！”并向他表示那件事正在研究之中。

老鬼的心里踏实了许多，走出大楼门口时，他还不由自主地哼了几句流行歌曲，那是他跟儿子学的，叫“嘻唰唰，嘻唰唰”。

又过去了一个多月，老鬼还没得到准信儿。他妈的，他心里又犯嘀咕了。难道领导的潜台词还有别的意思？哎呀，他猛然一拍脑袋，差一点晕死过去。“这种衣服我平时也没机会穿”，这不是说到家了吗？真是榆木脑袋！

老鬼以最快的速度组了个由三人组成的企业家考察团，亲自陪同处长一道出行欧洲各国。与处长朝夕相处了半个月，开阔了眼界，加深了了解，增进了感情，原先说的那点破事儿根本不值一提。处长坐在回国的航班上拍着胸脯说，以后你老鬼有什么难事尽管找我。他还深有感慨地说，欧洲之行收获不少，回去后要鼓励儿子争取到德国留学。

老鬼这回算是听明白了，当即表示，孩子留学的事情就包在他身上了。

所以，最近老鬼很忙很得意，他告诉我他又拿到了一个大项目，同时忙着替领导的孩子办理留学手续呢！他说等他忙过了这阵子，再找个机会请我喝酒，他还想深入细致地给我单独做一个系列讲座，继续探讨“潜台词”的绝妙之处。

脑袋

老婆说我长了个木瓜脑袋，我很生气。但后来细细地想一想，她的判断也有一定的依据。

局长住院半个月了，我竟然一点都不知道。要不是物业公司的保洁员小殷向我打听局长的病情，我还被蒙在鼓里哪。

对于我一无所知的茫然表情，小殷十分紧张。她说，全局上下的干部职工早就排起长队到医院探望两轮了，你竟然还像个傻瓜似的没有知觉。她真有点替我着急和害臊。连一个打扫厕所的保洁员都敢当着我的面说我是个傻瓜，这要比我老婆的“木瓜”说更伤我的自尊。

领导生病对于下属来讲是一个百年不遇、十载难逢的表现机会。领导经常教导我们要抓住机会，可是当这个机会真的摆在你面前时，你都视而不见，听而不闻，天下还有比这更让人追悔莫及的吗？

我决定立即前往医院向局长表达我对他的忠诚和敬意。为了弥补自己后知后觉的罪过，我绞尽脑汁地盘算着探视时要说的慰问话以及必须呈送上的慰问品。这两者都很重要，因为自己毕竟知道得太晚了。若不事先准备好一番巧妙的说法并呈上颇具特色的礼品，局长是不会原谅我的。

老婆说我只长了半个脑袋，我很愤慨。但冷静下来，我还是觉得她说的有一定道理。

局长对我姗姗来迟的探望一点都不介意，甚至表现得很高兴。他还试图从床上欠起身子跟我握手，让我扑上前去按住了。他说谢谢你小王，这么忙还来看我。

这句话让我很失望，因为我姓张，显然局长因病有些认不清下属了。我不好当面纠正领导的口误，再说领导永远都是正确的，如果他认为我姓王，那我只好姓王了。况且，我二姑夫就姓王，这也不算什么大错。局长的夫人告诉我，领导只是做了个小手术，切除了阑尾。我也认为这种手术太小儿科了，简直不足挂齿。我说，这个手术我两年前就做过了，手术的第二天我就上班了，而且还打了场篮球。局长对我的这种乐观态度并没有产生共鸣，他可能认为我把他的住院行为看成小病大养了。我从他的表情上意识到自己口无遮拦的毛病又犯了，赶紧设法补救，我说领导的阑尾与群众的阑尾有着本质的区别，局级的阑尾炎比处级、科级和一般办事员的要严重得多，一定要精心治疗。为了挽回我的过失，我赶紧打了盆热水，替局长洗了脚。局长很感动，说咱们局的同志们真好，每次来探望都帮我洗头洗脚的，今天已经洗了四次了。他拍拍我的肩膀，说，小王啊，今后要再接再厉好好干。我不得不向领导报告，我三十年前就改姓张了。对于我精心挑选的礼物，局长再三推辞，最后还是经不住我这类犟种下属的执拗，只好笑纳了。

老婆说我根本就没长脑袋，我再也忍无可忍了，真想给她一记响亮的耳光。因为我摸了摸脖子上面，那圆滚滚的东西明明摆在那儿，但后来我还是不得不接受老婆的尖刻批评。

我去医院探视回来的一周左右，又遇到了那个眼尖嘴快的专门负责刷厕所的保洁员小殷。她见四处无人，便凑近我的耳边，小声打探，问我去看过局长没有。我赶忙退后一步，点了点头，我的鼻子受不了她身上的硫酸味道。她特紧张地告诉我，那你算笨到家了。据这位以刷厕所为掩护的“间谍”透露，局长得的不是阑尾炎，而是晚期肝癌，完全没救了。所以，这些日子几乎没人再去探视了。另据可靠消息，某副局长正在暗中调查这段时间前往医院表忠心的人员名单，他是接替局长宝座的第一候选人。

我的脑袋嗡嗡作响。木瓜脑袋会响的，半拉脑袋也会响的，但没有脑袋怎么会响呢？我老婆最后的结论肯定错了。

重要情况

赵科长说有重要事情向我汇报，我不得不停下手头的工作，专门腾出时间约他到办公室里面谈。

“处长气色不错呀！是不是有什么喜事啊？人逢喜事精神爽嘛！”他一走进办公室就满嘴抹了蜜似的。

“啊，啊！”我敷衍地笑了笑，示意他坐下。

“看来让我猜对了，您还真有喜事，而且是喜事盈门。听说您去年买基金发了大财，赚了二百多万，该请客了吧？”他屁股还没落座就胡扯上了。

“哪里，哪里。”我皱着眉头。

“去年的基金邪了门了，成倍地涨，不少人都翻了番地赚。妈的，我就没那眼光和运气。不像您，还是领导站得高，看得远啊，能把握大局，抓住机遇。对了，说到机遇，听说您又要高升了，上面准备考察了，这好事您怎么不向我们这些小兄弟透露透露，也好让我们庆贺庆贺蹭顿饭吃？”他一脸馋相。

“那个，那个……”我试图委婉地打断他。

“对、对、对，那个、那个，那个嫂夫人最近挺好的吧！我是说新夫人，据说特年轻漂亮。什么时候也让我们开开眼，一睹芳容，过过眼瘾。有个成语怎么说的来着？叫金屋，金屋，对金屋藏娇。老藏着不见阳光就会发霉长毛的。呸，您看我这臭嘴，把嫂夫人说成奶油蛋糕了。不过这个比喻也不算错，奶油蛋糕甜啊！谁不想咬一口！不像我那个老婆，简直就是一个糠面窝头，咬上去牙碜，吞下去拉嗓子。我早就想换一个了，没法子，那家伙是一个母夜叉、母老虎，一听说我有那心思就怕不能掐死我。就我这副身子骨，哪儿打得过她呀，就剩下挨揍了。这跟您可没法比，有权有钱又有魅力，哪个小姑娘看见您还不是轰地一下子扑上来，要我说，您真没必要金屋藏娇，应该走红旗不倒、彩旗飘飘的路子。”这个家伙一反常态地肆意胡说。

我的脸色变得越来越难看，开始低头看文件，不再答理他了。

“对金屋藏娇，光顾着说‘娇’了，忘了说说金屋了。男人就这副德行，一提起女人就两眼放光、两腿发软。处长，听说您那新房装修得很豪华，也很有品位。得花不少钱吧？这年头，什么都贵，房价呼呼地涨。就您新置办的那套房子至少也得一百多万，不过现在又涨了，越往后升值的空间越大，说不定过个三五年，您那房子没有个千八百万还真下不来哪！真行，您不光有实力，还真有眼光。不是我拍领导的马屁，我确实佩服您。不像有些人，当面一套背后一套。”他好像没在意我的表情变化，仍在滔滔不绝地胡诌八扯。

“您儿子怎么样？他在哪个国家留学来着？瞧我这记性，我想起来了，英国，对，英国。都说那个国家的大学办得不错，不像咱们国内的有些大学，全他娘的误人子弟。让孩子到国外留学好，我赞成。就是学费高了点，一般人可负担不起。英镑那玩意儿也太值钱了，比人民币高十五六倍，凭什么呀？明明是欺负中国人嘛！不过，处长您有条件，我觉得这个钱花得值，真值！有些人虽然当了官、赚了钱，可就是没把自个儿孩子的事搞明白，那绝对不算成功。天大地大不如孩子的事大。您又要说我拍马屁了，真的，您相当有远见。把孩子安顿好了，下半辈子就万事大吉了。我得像您学习，将来勒紧裤带也要把丫头送出国门。”他越说越离谱。

我把文件夹狠狠地往桌子上一摔，把他吓得一哆嗦。

“你小子今天是喝醉酒了，还是吃错药了？”我用手指着他的鼻子咬牙切齿地问道。

“没、没、没有哇，我没喝酒也没吃药。”他挠了挠头。

“那你的脑袋是不是被狗咬了？”我从椅子上站了起来。

“嘿嘿，狗哪能咬到这地方。”他又挠了挠头。

“那你今天干什么来了？”我气得直抖。

“汇报呗！”他答。

“汇报什么？”

“工作呗！”

“什么工作？”

“重要工作。”

“什么重要工作？”

“我忘了。”他嬉皮笑脸地拍了拍脑袋。

“你给我滚出去，滚得远远的，快滚！滚！”我怒不可遏地抓起笔筒向他砸去。

这小子比猴子的反应还快，“嗖”地一下就蹿出了门外。

我气得半天缓不过劲来，心里盘算着要好好收拾这个王八蛋。没等我想好法子，赵科长的半张脸又从门缝里探了进来。

“对不起，处长。我想起要向您汇报的重要情况了。昨天到咱们厅新上任的厅长是我的亲舅舅。”

老 史

老史这个人很了不起，我对他越来越佩服。

他在领导面前能放得开，不像我们通常看到的那些下属（包括我自己在内），一遇见领导心里就打鼓，一副毕恭毕敬、唯唯诺诺、战战兢兢的样子。

老史的确与众不同，他跟领导说话很随便，连请示汇报也嘻嘻哈哈的，常把领导弄得哭笑不得。他虽然只是个处级干部，但在我们厅里很吃得开，上下左右关系融洽，没有谁会跟他过不去。

我给张厅长当过多年秘书，看惯了下级在上级面前千篇一律的拘谨谦卑的表现，只有老史是个例外。

老史约见厅长时总先给我打个电话：“赵大秘，厅长忙吗？看看他现在有没有空儿，我得见见他！”

“哟，史处座，老张忙啊！现在不行。”我如实回答。

“厅长幸亏不姓刘，要不你就得说老刘忙（流氓）。那算了，你通报他一声，就说我没啥事儿，就想给他敬个礼。要不你替我向他打个立正举个手算啦!”他干净利索地挂了电话。

下次见到厅长时，老史保证要跟领导当面核实一下:“赵秘书说要替我向首长您敬个礼，他办了没有?”他总称厅长为首长。

有一次厅里开大会，很多干部遇到厅领导都争先恐后地挤上去握手，而老史却旁若无人远远地躲在一边抽烟。等大家都落座了，老史突然站起来，大声嚷嚷:“哎，搞什么搞嘛!都是厅里的同志，怎么还弄成了两种待遇。领导要握手就都得握，凭啥就把我先丢下啦?有的女同志还握了两三遍，我可都看到啦!”于是厅长只好在哄堂大笑声中主动走过来双手拥抱他一下。“瞧，咱这待遇，拥抱礼，懂吗?咱能不替领导卖命嘛!”他得意扬扬地坐下来。

老史特别善于汇报工作，简明扼要，生动有趣，绝不像其他下属那样拖泥带水。别人花一个钟头才开了个头，他三言两语就能把事情说得明明白白。“完了?”领导还想接着听。“完了。得留下时间听首长指示。”他一脸正经。“嗨，你说得也太简单了吧!”厅长挺失望。“我说一万句，不如领导说一句。还是听您做指示吧!再说，我平时做得多，说得少，这您最清楚。我那些工作您了如指掌，用不着浪费首长的宝贵时间。总而言之，我负责的那些工作成绩是主要的，都是您领导有方，缺点和失误当然也有一点，都是我执行不力。”他回答得很诚恳。

老史也擅长自我检讨。若遇到重大工作失误时，他总能主动拿起自我批评的武器毫不留情地“向我开炮”。“报告首长，有件事情让我搞砸了。我觉得太对不住您了，连自杀的心思都有了。昨天我差一点投了河，那一刻要不是想到您的恩情，我今天就不会站在您面前了。当然，那护城河里的水还真他妈的凉，我用手试了试，浑身一激灵。嘿嘿。不过，我已经安排了事故处理的各类补救措施，保证把损失降到最低点。这回责任完全由我个人承担，嗨，错就错在没有不折不扣地按照您的指示办!”厅长沉默了一会儿，拍了拍老史的肩膀，“其实也没啥事，你别太往心里去，我知道你尽力了。这事幸亏是你负责的，要是换了别人，还不知搞成啥样呢!结果肯定会更惨。再说，其他部门也有不可推卸的责任，这我心里很清楚。你用不着上火，先休息几天，散散心，天塌下来……”领导本来想发火批评，最终都变成了安慰表扬。

老史有时也求领导替自己办点私事，但他没有一点不好意思的神情。有一次，他事先没预约就闯进了厅长办公室，厅长正在批阅文件。

“忙啥呢，首长，写检查啊!”他打着哈哈。

“老史，快坐！你就没句好话，修改一份上报给省里的经验介绍，怎么成了检查啦?”厅长起身招呼，“你有什么事?”

“说汇报吧，还真没啥可说的。说请示呢，也没个啥难题儿。不请示不汇报又缺个幌子做掩护。嗨，实话实说吧。最近厅里分房子，我听说差不多所有的人都来找过您。我要是不来一趟，又怕您觉得我眼里没有领导，心里瞧不起厅长。所以，我只好礼节性地来拜见首长。没啥事，我走了，就是给您请个安。”他好像没说请厅长关照，但，我知道那次调房，老史分的房子面积最大，楼层和朝向最好。

我没见过老史给厅长送过什么名贵礼品，但他偶尔也有些特别的表示。有一次，我见他大摇大摆地走进厅长办公室，从兜里掏出了一个大信封。那天里屋的门没关严，我在外间的秘书室里能清楚地听到他们的谈话。

老史说：首长啊，快过年了，我给您送点礼。

厅长连忙谢绝，说，咱俩就别整那些俗气的了。

老史说，您说得对，我给您整点雅的。我这个礼物很特别，是“赠言”，就是送给您几句格言。我把它逐条摘出来，抄在几张贺年卡上，您回去抽空看看。我本来想用毛笔写，可又不会使那玩意儿。就用我儿子小时候用剩下的铅笔头，像小学生一样工工整整地抄了几段，全是马恩列斯毛的经典语录，您不会拒绝吧？对了，我记得有这么一条：“凡事办不一定成，不办肯定不成!”您听，马克思说得多好，绝对放之四海而皆准的真理啊……

我想我的领导肯定会欣然接受老史的特殊礼物，至于那句名言是不是出自马克思之口，我就搞不明白了。

反正新年过后不久，老史便升为副厅级巡视员了，而我对他也越发钦佩了。

佩　服

我打心眼儿里佩服庄领导。多年以来，我一直想找个机会当面赞美一番，以表达我对他由衷的崇敬之情。但这个机会太难找了，比抓足球彩票中奖的概率还低。他是司局级的大官员，我认识他，他不见得认识我。像我这种基层低级干部，只能在会场上离主席台一百多米的后排抻着脖子一睹他眉目模糊的神秘风采。据有幸坐在会场前排的职级比我高一些的干部们说，庄领导讲话绝对有水平，像浇花的喷壶一样“润物细无声”，每当他慷慨激昂时，总是唾沫四溅。还有人告诉我，若从近距离观察，你会发现讲话中的庄领导的两个嘴角能“卷起千堆雪”——其实，这肯定是个别下属的奉承，只不过是堆起两堆而已。

庄领导令我钦佩景仰的地方正是他的讲话水平。像我这样一个天生少言寡语的小干部，每到必须讲几句的场合，若没有事先准备的稿子，简直无法张嘴，只会三言两语地草草收场。即使拿着稿子，也是结结巴巴地挑几段重点念念，绝不会照本宣科地长篇大论一番。我觉得自己很自卑，生怕讲长了别人不爱听。然而庄领导给我等树立了光辉的榜样，也为我打消了长期困扰自己的自卑心理。他的秘书曾跟我说过庄领导确立自信心的秘诀：你不要把听众当人看，你把台下黑压压的人头当成萝卜白菜。如果你非要把他们当人看的话，那也是一群啥也不懂的傻瓜。那样，你就会放开讲了，你要坚信，不管你讲什么，都是他们最需要、最喜欢听的。

我不知道庄领导私下里是否这么说过，但从他在公开场合的讲话当中，我似乎悟到了这一点。

庄领导一坐上主席台便显得异常兴奋，目光充满激情。他一开口总是说，今天参加这个会议非常高兴。接着便很谦虚低调地向大家表示道歉，因为前一个会议刚刚结束，所以来晚了，让各位久等了。然后又说，下一个会议安排在几点几点，因此只能简单地讲几句，讲完还得赶到下一个会场，等等，请大家原谅！在掌声激烈地响过之后，他便从容不迫地“简单讲几句”，这几句其实很不简单，没有三两个小时是绝对讲不完的。熟悉庄领导的干部，背后里常说：天不怕，地不怕，就怕老庄来讲话。他们十分有经验地在公文包里装点饼干、面包、巧克力等零食，以防领导兴致所致讲忘了时间，好随时垫垫肚子，免得出现头晕、恶心、低血糖、虚脱等不良反应。

有人显然是头一次听庄领导作报告，因此显得焦躁不安，不时地皱眉头、晃脑袋、看手表。我记得有一次我邻座的一位资深基层干部就不时地看手表，另一位坐在他前排的同事说，庄领导讲话你不能看手表，得看日历！我深有同感。庄领导能将简单的事情讲得复杂漫长，这的确是一绝，不管多长时间，他都不够用。从一件芝麻大的小事情他能总结提炼出高不可攀的大道理，而且他怕讲话水分大，讲话时从不喝水。

若庄领导照稿子讲话，大伙儿心情就会放松许多。稿子再长，也有念完的时候，总有个盼头儿。不像信口开河那样滔滔不绝、无边无际、遥遥无期。当然，有时也会出现一些小小的意外。比方说，前不久的一次会上，我就亲眼看见从主席台上走下来的庄领导当众批评他的秘书：“你是怎么搞的，把稿子写得这么长。我不是告诉过你吗？我只讲一小时，可是你让我念了整整三个钟头。”秘书满脸通红，那种羞臊的表情让我都替他难受。他小声辩解说：“对不起，领导，我忘了把另外两份准备存档的复印件抽出来了。”一份讲话稿，反复读了三遍，一般领导是绝对觉察不出来的，这我相信。问题是，一千多位听众，包括我这种一贯聚精会神洗耳恭听的人在内竟然也没有任何疑问，这可太令人难以置信了。我知道，有些同志总是缺觉，工作一忙睡眠肯定不足，因此他们常常在领导口若悬河之际偷偷地打打瞌睡。但开会时头脑清醒、眼睛圆睁的人还是不在少数，怎么会听不出领导把稿子一口气读了三遍呢？结论只有一个，那就是这个稿子写得太好了，别说仅仅读了三遍，就是反复念上三十遍，大家还是喜欢听，百听不厌。

这就是我作为一名基层干部佩服上级领导的真正原因。

初一的早晨

正月初一一大早，曹乡长就率领七八个乡干部敲锣打鼓地给村民赵三柱一家拜年。

憨厚老实的赵三柱和他的老婆从未见过这种场面，慌慌张张地迎出门口。老赵面对着向自己拱手作揖的乡领导们竟不知如何回礼，索性拽着老婆一同跪下来冲着他们磕了三个响头，算是答谢。曹乡长等赶快把赵三柱两口子搀扶起来，一个劲儿地替他们拍打裤子上的土，嘴里不停地叨咕：“这怎么行，这怎么行，您二位是中央领导的父母，可不能再磕头了，这要是传出去，我这个乡长就完蛋了。”

“啥，中央领导？”赵三柱目光呆滞，双手紧握乡长软绵绵的大手，又扭头看一眼满脸通红的老婆，哆哆嗦嗦地问。

“赵老爷子，您太低调了！您儿子在北京当了大官，您也不宣传宣传，闹得乡里很被动。”曹乡长深情地嗔怪道，还顺手帮老赵扯了扯棉袄领子。

赵老爷子是谁？赵三柱头一次听人这么叫他，而且是从乡长嘴里冒出来的，这简直让他不敢相信。平时村里的人都喊他三柱子，连老赵都很少有人叫。怎么突然变成赵老爷子了呢？“我才五十多岁。”他觉得脑袋有点晕，眼睛有些花，耳朵也嗡嗡作响，若不是曹乡长一直攥着他的手，他说不定又得跪下去。

“听说您二儿子昨天回家过年了，我们乡里今天头一件事儿，就是给您老两口拜年。也想借机向他汇报汇报工作。您儿子是咱全乡、全县人民的骄傲，他在中央工作那是我们的福气啊！”乡长一边说一边轻轻地拍着赵三柱的手。

“嗨，您是说我家二小子二愣子啊。他是昨天后晌回来的，都大年三十了，原以为不回家了呢！他昨天睡得晚，还没起来。我去里屋把他给您叫来。”赵三柱觉得特对不住乡长，急着要去喊二愣子。

“别，别，别，让领导多睡一会儿。我们改天再来汇报，不打扰他了。

噢，等他醒了您告诉他。县里的领导初二，也就是明天要请他吃饭，明儿上午县里来车接，千万别忘了。对了，乡里给您准备了点年货，时间太仓促了，考虑得不周全，您就凑合着吧。这点钱请您收下，一点心意。”曹乡长从大衣口袋里掏出了红包，塞到了赵三柱的棉袄兜里。

“这可不敢，乡长，这可不敢。我做梦也想不到您会给我拜年。东西和钱是万万不敢收的。”赵三柱带着哭腔推辞着。

“您老可别嫌少，以后乡里还会经常看望您。这点心意，您要是不收，就等于抽我的嘴巴了。大过年的，我要是让人抽了耳光子，这一年可怎么过。您一定得收下！”曹乡长不由分说地把红包又塞进了赵三柱的衣兜里。同时，其他乡干部呼啦啦一起动手，把面包车里装的年货卸了下来。赵三柱活了半辈子还从未见过一次这么多的年货，鸡鸭鱼肉、水果蔬菜、大米白面、烟花爆竹样样齐全，堆了小半间屋子。

老赵两口子瞅着这堆五颜六色的年货发了好一阵子呆，半天说不出话来。等他老婆缓过神来一跺脚说：“咱二愣子是个骗子！他咋就成了中央领导了呢?”这句话又把赵三柱吓出了一身冷汗，“走，咱得问问，可别惹出祸来！”

二愣子迷迷瞪瞪地被他爹妈从炕上拽了起来，好不容易才搞清楚是怎么回事儿。看着父母惊恐万状的样子，他觉得又好笑又可气：“我不是中央领导，也不是骗子！这帮家伙就这副德行，拍马屁也不讲究个分寸！都是势利眼。以前我年年放假回家，也没见有哪个干部来看我。现在可好了，乡长亲自拜年，还他妈的敲锣打鼓，县领导还要请吃饭，真是的！”二愣子安慰道，“爸、妈，你们不用害怕，没事的。我心里有数，知道是怎么回事儿！”他不想跟老两口说得更多，说多了他们也不一定听得懂。

初二上午，县里派车来接二愣子。他坐在车上，心情很复杂，一个乡下孩子，考上大学又读了研究生，毕业以后进了中央领导机关工作，一个工龄不满四年的普普通通的小公务员，回家过个年都受到乡、县两级领导高度重视。如此规格的礼遇，的确让二愣子的脑袋有些晕晕乎乎。走到半路上，二愣子让司机把车停下来，他打开车门冲着雪地“哇哇”地吐了几口，他说他有点晕车。

班干部

王广田找到我的那一年正好五十岁，我记得他伸出五个手指头，反复说：“我今年都五个整张了，生日刚过，属羊的，五十整了，比你大一岁。”

他千里迢迢地进京找我，肯定不是为了跟我比岁数的，我猜他一定遇到了什么难事儿。

广田是我初中同学，他算了算说，自打十五岁以后，他就再没见过我。我心里也算了算，认为他说得对。我十四岁考入县城高中读书，他初中毕业回家赶牛车了。后来我读大学，直接留在北京工作，他赶了四年车后，在村委会谋了个差事，又一步一步地挪到了乡政府当上了干部。

已届半百的王广田虽然脸上布满了皱纹，头顶秃了一块儿，牙齿掉了两颗，但基本轮廓没变，仔细端详，还能辨认出少年时的模样。他说他费了很多周折才打听到我的单位，还给我带了两箱家乡的特产——咸鸭蛋。

寒暄了一阵子，他又从兴奋放松阶段转为紧张局促状态。他开始吞吞吐吐起来，脸色也变红了。

“广田，有事吧？咱们是老同学，有什么事儿尽管说，不用客气。只要我能帮的，一定尽力。是不是孩子要上学了？”我想替他从窘迫的状态中解脱出来。

他摇了摇头，嘿嘿地笑着。

“那是不是家里有谁生病了，手头紧巴？”我进一步探询他的真实意图。

他还是摇了摇头，嘿嘿地笑着。

“不会是来上访告状吧，你不像是受欺负的样子。”我也嘿嘿地笑了两声。

“不是，不是，”他摆摆手，“你想到哪儿去了？我其实是想让你替我做个证明，当个证明人。”

“证明人？证明啥？”我还真有点迷糊了。

“是这样，前两个月，乡里发了张‘干部履历表’，上边有一个栏目，要填上‘何时何地受过何种奖励’、‘何时何处担任过何种职务’。我从小到大还真没得过啥奖励，连买东西抽奖也没抽中过，这一条我就不填了。咱不能作假，糊弄组织。可是我初一的时候当过半年班长，这事我得写上，所以我这就来找你了，想让你做个证明人。”王广田认认真真地看着我。

“你可真逗！你大老远跑来找我，就这么点事儿？你自己填上不就完了！”我觉得太有意思了。

“这可不是小事，是大事！这涉及任职资历问题。”他一本正经地解释道。

“任职资历？中小学当干部也算资历？你要被提拔了？”我不解地问。

“提拔个屁，我都这把年纪了。过两个月我就退休了，你别笑话我了。”王广田搓着双手，不好意思地咧着大嘴。

“那你填个啥？是不是初中时当班长算离休干部？”我跟他开玩笑。

“那倒不是。咱当过班长就是当过班长，这事儿得写上。”他一脸严肃。

“那就写上呗，谁不让你写上了？”我觉得怪可笑的。

“写是写上了，可栏目后面有个空格，得填上证明人。”他的表情挺沉重。

“那就填上班主任曹老师的名字呗，是曹老师吧，外号叫大瞪眼对吧？”我随口建议道。

“对，对，对，看你的记性多好，连班主任的外号你都没忘，真了不起！不过，不过，曹老师死了好几年了。”王广田犯起了难。

“那咱班当年的同学有四五十个呢，他们不都在当地嘛！你何必舍近求远，坐了一夜火车跑来找我呢？”我皱着眉头问他。

“他们我都找过了，没一个人肯替我证明的。你记得‘大面桶’吗？就是咱班原先的体育委员，我去找他，你猜他怎么说。他说：‘啥，你当过班长？你做梦吧，我怎么不知道？你那时要是当班长，那我就是校长。’我又去找其他同学，他们一个个跟我来劲，都说我是想当官想疯了，说我脑袋让牛角顶了，还骂我神经病，说我小时候除了淌鼻涕没干过别的。没人肯证明我当过班长，他们还起哄说，你要是敢填上‘班长’这两个字，我们就到乡里告你，乡里要是不管，我们就去县里、市里、省里上访，不行我们再去中央。你说这叫什么事嘛！”王广田越说越气愤，端杯子的手都有些发抖了。

“那你真的当过班长没？”我也认真起来了。

“怎么没当过？连你也忘了？嗨，这年头到哪儿说理去，我算说不清了。我为啥花钱坐车来找你，还以为你能记住呢！闹了半天，你也不相信我说的话。咱班的同学都跟你一样，都假装不知道。他们说，咱班的班长只有一个，从小学一直当到毕业，那就是老马，别人没干过。人家学习好，门门功课都是五分。说我是个大草包，连乘法口诀‘小九九’都背不全，不可能当班长。老马，你当班长这不假，可初一下学期，你闹痢疾，半年没上课，那会儿就是我当班长嘛，这你还记不住？”王广田坐立不安地来回走动。

“是吗，我还真记不清楚了。对了，你爹外号叫王大疤，是吧？”我似乎想起点什么。

“嘿嘿，对、对，一点不错，你还记得我外号吗？”他充满期待地问我。

“王小疤呗，对吧！”我挺兴奋。

“还有一个外号，你记得吗？叫‘班干部’！”王广田急切地提醒我。

“对、对、对，我想起来了。你是叫‘班干部’。你爹当生产队长，一年四季披着灰上衣，呢子做的。两只袖子从不穿在胳膊上，走路一甩一甩的。两手总爱叉着腰，把衣服支棱着，挺有派的，像个大干部。你小子老学他，在学校也披个破褂子，小手叉腰上，鼓个瘪肚子，挺个小胸脯，说话拿腔拿调的，对、对、对，就是你，大伙儿有时喊你‘班干部’，你还挺美。对，一点没错，‘班干部’，王广田。”我眼前朦朦胧胧地浮现出他初中时的典型形象。

“我没说错吧，我就知道你脑瓜儿好使，能记住我。我当过班长，要不大伙儿怎么叫我班干部呢，一点不错。我就是那段时间当班长的。你当班长时间长，这我知道。但我也干过，这错不了。”他显然心里踏实多了。

“不管你当没当过，反正你叫‘班干部’，你回去写上吧。证明人就写我，没问题，我给你作证。”我拍了拍他的肩膀。

“当过，当过，我肯定当过。”王广田态度极其坚定，“你不能含含糊糊的，这关系到我的任职资历。以后遇上别人，我可以拍胸脯向天发誓，我当过初一下学期的班长，有你证明，我就更有底气啦!”

王广田没在我这儿多逗留，当天夜里坐火车返回了老家。临走时，他还一再向我解释。他这样做不为提拔，也不为涨工资，只是为了荣誉。

原载《十月》2011年第2期

小学生黄博浩同学文档选

须一瓜

《一件小事》

我外公每天买一份《参考信息》，有一天，他膝盖痛，叫我替他去买。我碰到小头，就一起玩他新买的滑板，那个滑板，尾部很灵活，让小头像竖起来的眼镜蛇一样，扭扭捏捏地前进。我也是。然后我肚子扭饿了，就回家。我外公一看我忘记买报纸，立刻要用手里的筷子抽我，他眦目尽裂须发怒张：又忘！又忘！你脑子里到底有没装脑浆?!

我仔细看他偷吃什么。这个很重要。外婆不喜欢那个不叫小姨夫的人，所以，在厨房煮了好料，总是贼头贼脑地招我外公和我去吃。外婆一个眼色，我们就魑魅魍魉地溜到厨房。不要有声音，如果你不蹑手蹑脚地吃里扒外，那个不叫小姨夫的人知道了，就会很不礼貌。这是他的家。我们要特别提防不叫小姨夫的那个人的两只狗，可是，小宝和小宝婆的鼻子超级灵，是我们人类的四十倍。所以，我们经常被它们捉奸在厨房。狗就大叫起来，有一次为了消除证据，我外公毅然决然地吞下滚烫的燕丸，食管都烫伤了，很多天不能喝热茶。但是，那个不叫小姨夫的人，过来牵狗只是笑笑。皮笑肉不笑的样子，我也看不出他是宰相肚里能飞船，还是傻乎乎的没有感觉。

有时候，我悲天悯人起来，就说，给他吃一小碗吧，这是他的家……外婆连忙嘘我噤声：他还不是用你小姨的钱！很奇怪，我外婆獐头鼠目时，总是显得义正词严。

一阵黑风掠过耳旁，说时迟那时快，我外公的日本筷子暗器一样横扫我的头。你根本看不出这个老态龙钟的人是个孔武有力的暴力王。他原来是小学校长，我一直怀疑他杀人如麻，干掉了很多小孩。但我总是尊老爱幼地看着他，并不发功计较。外公反而怨声载道：一个男孩子！买份“参考”的小事都托付不了，长大有屁出息！女儿生得好有什么用，找个不成器的女婿，全部赔光！外公总是这样，我一惹了他，我妈妈就会挨骂，我离婚的老爸也会挨骂，我小姨姨会被牵连，最倒霉的是不叫小姨夫的人。我外公最喜欢对他蜚长流短，骂得大珠小珠落玉盘，飞流直下三千尺。每次都拿他总结他自己一生的愤懑。

不叫小姨夫的人，也活该挨骂。我外公请他玩回来的时候顺便在报刊亭带一张“参考”。他、也、忘、记、了！

可见，这真的是一件小事。

老师批语：

一件小事，主题不集中。

乱用成语的毛病依然严重。

《检讨书》

今天，我做了一件丧尽天良的事。班长喊起立的时候，我把一只死青蛙，放在周黛诗同学的椅子上，全班全体坐下的时候，周黛诗突然发出毛骨悚然的尖叫，声音拖得像刮玻璃一样，刮伤了全部人的耳朵。她怎么把死青蛙的眼珠子都坐了出来啦，我看了也很恶心。然后，何婷、关冰清她们也蒙起眼睛死鬼一样地尖叫起来，此起彼伏，日月无辉。最令人发指的是，我害得奔过来看的郭老师，才看一眼就冲出教室，弯着腰拼命呕吐。她怀孕了。没想到，我差点害到祖国下一代。

我现在已经认识到，今天是我的错。虽然，周黛诗的长发总是弄到我的书本上，那么长，也不剪，整天在我的书本上溜过来滑过去，影响了我的认真学习。但是，我的行为，因小失大，影响了整个班。我影响了一个班的优美秩序，影响了同学们在知识海洋里遨游的信心；影响了他们为建设社会主义特色而奋斗的努力拼搏。

我今天还认识到，我有很多毛病，上课爱讲话，爱做小动作，新来乍到就爱当老大，拉帮结派。还喜欢打瞌睡，上课吃牛肉干、跳跳糖。谢谢郭老师的宽宏大量，让我光彩重生。我一定文过饰非，好好学习，不打瞌睡不吃牛肉干，不讲话不做小动作，也不再把青蛙放在周黛诗的椅子上。我一定要把自已变废为宝，浪子回头金不换，好好报答郭老师，报答张段长，报答社会，报答有社会主义特色的中国。今天，我以二附小为自豪，明天，二附小以我为骄傲！

谢谢老师，给我一个把检讨贴到墙上公开发表的机会，欢迎同学们监督举报。祝郭老师身体健康，同学们学习快乐！

《可爱的家》

我的家是乌合之众。四个人四个姓。我爸爸妈妈在外地。我的家，有我外公、我外婆，还有一个不叫小姨夫的人。

我外公是个喜欢随手拿起东西变刀枪的人，粉笔用得最像小李飞刀。精准。没有退休的时候，他们学校的师生，每一天的日子都像恐怖片。我小姨姨说的。

我的外婆是个骨灰级的小气鬼。听邻居说，原来不叫小姨夫的那个人单独住在这个屋子里的时候，我们家总是灯火通明。那个不叫小姨夫的人喜欢明亮。现在，我外婆到处关灯，除了不叫小姨夫的人的房间她关不到，其他每个房间都是黑摸摸的，只剩客厅一个八瓦节能灯，我的书桌上还有个作业台灯。因为黑，我们全家在晚上都摔倒磕碰过，医药费合计超过我们家一年的水电费，但听说，幸好改革开放，我们家有医保卡。

不叫小姨夫的那个人，黑黑的，是个瘸子。他的左腿被车祸废了。走路一瘸一拐。不过，他很帅。听说，他原来做什么高林土生意，赚过很多钱。反正，这个房子是他买的。但我外公外婆不高兴。因为他已经多年不上班了，不务正业。玩狗。玩电脑。看书。听音乐。要不就出去和朋友喝酒、看电影、吃深海鱼火锅。我小姨到广州交换岗位两年，就变成他一个人住。我们就是这时候过来雀占鸠巢的。

我外公外婆反对非法同居，但是没办法，一是我小姨赚很多很多钱，现在有钱就是老大，外公外婆怕了她。二是，我要紧急转学。我转学有两个原因，一是我把张乾坤的大门牙打断了，其实，张乾坤的门牙谁都说偏大，打掉并没什么不好，但老师说，我的检讨书都可以出选集了，所以，我也万念俱灰，懒得在那个一般般的学校混下去了；第二，转学是为电脑派位做好准备。我现在转到这个学校，就有三分之一的可能，被电脑派到一中，到了一中，我就比别人多了三分之一上大学的机会。我外公说，转了我这辈子就有希望了。

傲骨铮铮响的我外公外婆，原来不想寄人篱下，可是，他们那里忽然楼上和楼下，一起比赛装修，就像疯人院失火一样，吵得外公心脏病高血压椎间盘突出乱箭齐发，他只好陪我转学过来借住。不叫小姨夫的人，并不欢迎我们老少三口大举进犯，可是，他只能忍气吞声。尊老爱幼是我们中华民族的传统美德，再说，我小姨姨比章子怡漂亮，所以，他基本很礼貌。

我外公外婆看人脸色地过了一个月，马上就因为恨铁不成钢而趾高气扬起来。因为，不叫小姨夫的人根本没有人生理想。他既不上班，又肄业于一个什么名牌大学，就是说，他想不上班就不上班，想不念书就不念书了。胸无大志自甘堕落的一个货。有一天，在饭桌上，他和我外公辩论，说玛雅人造纸比蔡伦早，我外公怒斥他无知，儿不嫌母丑狗不嫌家贫，顺势批评他游手好闲、坐吃山空、胸无大志、思想颓废。他嬉皮笑脸地说，我挣的够我自己一辈子用了。外公说，你难道不要结婚？他说，结婚也还是原来的我啊，而且我结婚只会比以前饭量小。外婆说，养小孩不费钱呀！他说，我们说好不要孩子了。

那天，我看出我外公握筷子手上的老筋直抖，他当然打不过不叫小姨夫的人了。虽然他瘸了。

所以，我外公外婆叫我不要叫他小姨夫，我就没有叫。

还有，老师，你知道那次。周黛诗的长头发，不肯剪，总是弄到后面我桌子上，害我没有办法写字，我只好在她椅子上放青蛙提醒的那次。案发后，外公外婆都不肯代表家长来学校。我外公说，他血压高不便外事活动，我外婆说，她要戴三副老花镜才能出访，而现在只剩下一副看远的，也不宜外出；不叫小姨夫的人就自告奋勇地说他来。外婆说，你不能说是他姨夫啊！他说，那我说我是孩子父亲。外公说，胡闹！结婚证在哪?!

不叫小姨夫的人说，我要说是路人甲，怕老师不跟我谈。

外公外婆你看我我看你，如丧考妣。最后一个挥手一个跺脚，嚎叫说：你去！反正不能说是他小姨夫！

这就是我可爱的家。

老师点评：

乱用成语的毛病，怎么一直改不了？

老师圈起来的成语，按词典解释，每个抄二十遍！

《致贫困山区孩子的一封信》

某某（老师你填吗?）同学：

你好！我是群贤附小5年7班的黄博浩。介绍一下，我是个超级帅男生。爱好广泛，滑板、电脑、音乐、摄影、足球、羽毛球我都不错。我的优点是调皮、有正义感、聪明。缺点是，有一点点粗心大意。今天，厦大支教老师给我们放了你们的DV。我们心潮澎湃、激动万分。没有想到，现在还有人一天只吃一个馍！没想到你们是用泥土堆起来的桌子，凳子长短大小不一，还都是你们自己从家里带来的。而且，你们的本子，是写满了，用橡皮擦擦掉又当新本子用。支教老师说，你们非常穷苦，可是一个个都非常想读书，渴望知识。

相比你们，我们无地自容。就说周黛诗同学吧，她有整整一个柜子的橡皮擦，有的像饼干，有的像果冻、像蔬菜，真是眼花缭乱光怪陆离神气活现。要是把她的橡皮擦寄给你们班，够你们全班人用到大学毕业。再看杨小头，他那个大波浪头、吊眼角的妈妈，已经给他买了六个滑板了，我让他借我玩一天，他还舍不得！像你们贫困地区肯定没有这样的小气鬼。这都是富裕惹的祸，完全不能志同道合。我们还有很多同学，用手机，算了算了，家丑不外扬。老师等下又无故扣我的分。如果你太有才了，在江湖上你就暗箭难防，尤其在我们富裕的地区。人心很坏。下次你来做客的时候，我会一点一点教你。

言归正传，说心里话，我们都是祖国的花朵。做你们贫困地区的花朵，就比较没有营养。我外婆说，投胎就要擦亮眼睛，要比NBA投篮还要准。投不准有钱的，就千万要投准当官的人家。现在，通过我们的“手拉手”的活动，让我们真正能感受到社会就是一个大家庭，一人有困难，大家都应该去帮助。我寄一排铅笔给你，六支。希望你好好珍惜，头悬梁锥刺股，风餐露宿发奋读书。我外公说了，只有读书做官了，你才知道万般皆下品。就是想当贪官，也要读好书才有资格。一柜子橡皮擦算什么，六个滑板又算什么。你不要羡慕我们，等你实现了这些人生理想，你就再也不会一天吃一个馍馍充饥了，你就可以把杨小头这样的富人踩在脚下！这是掏心窝子的话，我愿意做你真诚的朋友。请一定回我的信！

此致，敬礼！

黄博浩

老师点评：

谁说读书就是要做官？你还想做贪官?!

请家长速来一趟学校！

《黄博浩竞选卫生委员发言稿》

各位同学，大家好：

我是黄博浩。我竞选劳动卫生委员。

我这个人最热爱劳动，不怕脏不怕累。我外婆说了，只有丢人的窝囊废，没有丢人的职业！我觉得，打扫教室、打扫卫生区、打扫走廊等，都是劳动，尤其是打扫厕所的劳动是——最光荣的！

大家都知道，我们的中华民族是世界上最勤劳勇敢的民族，在中国五千年的历史长河里，中国人的勤劳创造了璀璨的华夏文明和中华文化。也正是由于中国人的勤劳，才有了今天中国经济飞速发展的奇迹！

因此，同样的道理，我们小学生也应当热爱劳动、发奋学习、勤劳勇敢地健康成长。所以我们在家里只要有时间，就应该力所能及地进行家务劳动，比如扫地、擦桌子、倒垃圾、削苹果、帮老人买报纸、穿针，提东西、倒水，等等等等，我都爱做。我把这些热爱劳动的好习惯也带到学校里来了。

若我能够成功当选，我会做到以下几点：一、我会保持我们的教室玻璃像没有玻璃一样透亮；黑板，在上课前一个字也没有。二、我要让我们的卫生区内没有一张废纸，成为全年段、全校最干净的地区。三、保持我们的桌椅，永远成竖状一字形。桌子间的空隙要能使一个人轻松通过。四、监督大家回家每天做一件家务劳动。

这样，我就在大家的支持重用下，逐渐成为一个热爱集体、关心同学、有责任心的人。请同学们投我一票吧！

附录：竞选失败的自我分析：我失败的原因就是好朋友背后下刀子。小头揭发说我在家从来没有帮我外婆做事，周黛诗才是热爱劳动的人，会帮她妈妈洗碗、倒垃圾，帮她妈妈涂指甲油。其实，他这是拍周黛诗的马屁！我并不反对周黛诗同学当选。我是反对为女人出卖兄弟的小人！

《春天来了》

今天我和不叫小姨夫的人一起去后山遛狗。我要亲自去观察春天。

春天果然到处一派生机、欣欣向荣，万象更新、道貌岸然。刚下过贵如油的春雨，很冷。地上湿拉拉的春寒料峭，两只小狗都穿着黄色雨衣，人模狗样地像下水道管里刚爬出路面的童工。

后山坡有大片杜鹃花，白色的、红色的、粉色的、紫红色的。不叫小姨夫的人，一路走去，为很多花蕾脱帽子，真的是花的帽子，洋葱皮似的，像个铅笔套。它们自己也会脱，脱掉了才能开放。有时脱不好，小帽子就粘在花瓣上，像一小片烂枯叶。我也蹲下来脱，哇，果然是黏黏的巴着。不叫小姨夫的人，故作深沉地说，唔，你看，花要开放到最美的时候，也要摆脱麻烦的。我深沉地想了想，感慨很深：是啊，我要当劳动委员，小头和周黛诗，不就扒拉在我身上，不让我开放？

我终于找到了春天为什么发臭的原因。春天的空气里，到处都是烂黄瓜的奇怪味道，原来是一种矮灌木。不叫小姨夫的人指给我看，就是那种白色紫色合伙混开的花，比一块钱硬币大点的花。臭得人想撞墙。不过，今年肯定是枇杷大丰收。满山坡的枇杷，不管是不是人种的，都果实累累。现在它们都是暗绿色的，比可乐盖子还小。等再过一两个月熟了，就变成黄澄澄的了。不叫小姨夫的人说，每年，枇杷成熟了，他遛狗的时候，都是看到老人家在树下跳跃，要偷枇杷吃。为什么呢？不叫小姨夫的人说，因为老人家运动惯了、拼搏惯了。那为什么小孩不来偷呢？他说，小孩太忙了。等做完作业，已经是月黑风高没有力气了。

我看到了鸡蛋树。不叫小姨夫的人说，那是泰国国花。很奇怪。有点恶心。它的枝干，怎么看都像断手断脚的残端，顶端稀稀拉拉几片叶子。不叫小姨夫的人说，等夏天叶子长多了就好了，它的花是黄白色的，像炒鸡蛋。我倒想，要是不叫小姨夫的人，到了夏天，脚也能长好，那倒不错。他说那脚没用了。我顿时故作同情。他呵呵笑，说，还行啊，其他部分还挺好。上帝只是提醒我，生命是个薄胎瓷器，一不小心就碎啦。我说，所以你就把自己小心轻放，不上班了是吗？他说，不是啊，是我讨厌再赚钱啦。

有个地方，长了四五棵肉松树，春天它就下肉松。满地一撮一撮的，绿褐色、毛茸茸的。好像每个新芽孢都有一团肉松垫着，然后肉松就掉下地了。那一带的整个地面和空气，都是像绿褐色的水彩打过底。如果我们呆久点，也会变成绿人。

最后，我们看到大叶紫薇的叶子啦，叶子全部通红。春天里，当所有的树都想变得更嫩更绿的时候，它偏偏就想变红。不叫小姨夫的人说，与众不同有两种啦，一种是为了与众不同而与众不同，另一种是骨子里的天性。说完，我们就在春天的烂黄瓜味道里回家了，回家开窗也是臭，唯一改变的是，我们都知道了为什么春天的臭秘密了。

老师批语：

春天是美好的，不是臭的！你对春天没有正确的观察和理解。
树上也不会掉肉松，夸张要适度，不是无中生有。
罚抄“道貌岸然”100遍。

《致台湾小朋友的信》

亲爱的台湾同学：

你好！

台湾和厦门一水相隔，我很想念你们。我们要团聚在祖国妈妈的怀抱，一起感受祖国妈妈的温暖。一想到这，我就忍不住给你们——不知名的朋友写一封信。

今年春节，我吃到了很多个台湾水果，紫红色的大莲雾、释迦果，都很好吃，因此，我更加知道同胞情、民族义、统一理、反“独”志，是合乎历史潮流，合乎两岸人心，合乎中华民族最大利益的。我也更加想念自己的亲骨肉——台湾的父老兄弟姐妹。我知道，你们也无限怀念祖国和大陆上的亲人。这种绵延了多少岁月的相互思念之情与日俱增、与日月同辉。

春节我还吃到了很多台湾猪脚贡糖，我坚信，只要海峡两岸、海内外的中华儿女能携手共进，戮力同心，必能开创两岸关系和平发展新局面，实现中华民族的伟大复兴，并为全人类文明进步创造崭新的发展模式。

老师说了，我们这里和台湾地缘相近、血缘相亲、法缘相循、商缘相连、文缘相承，我们彼此有深厚的“五缘”关系。我们有个地方叫柯宅湾的，因为思念你们，都改名叫“五缘湾”了。很多人不习惯，不改，的士司机就很生气，说到时不要怪我绕路！慢慢的，全体市民都改过来了，谁不改，就是记不住海峡那边的台湾同胞。

我在我家一个不叫小姨夫的人的电脑里，看到一幅画，是你们台湾小朋友画的世界地图，说我们大陆是“黑心商品和诈骗集团出口国”，这是不对的。我同意日本是“到处是A片”、韩国是“自称发明了全世界”，同意菲律宾是“很多叫玛利亚的用人”，也同意欧洲是“每天喝下午茶，不用上班的世界”，你们画的我都同意，就是说我们大陆黑心诈骗国这点，我不同意。因为，一方面内销的更多，我们自己也是受害人，出口的真的不算多，没怎么害到别国人；另外一方面，我们这警察还经常抓到台湾诈骗犯，真的，前次，报纸上还登了个团伙的，还有照片。我听我不叫小姨夫的人说，现在，其实很多国家的骗子都到我们大陆来了。不全是我们的错。

我现在在二附小5年级7班读书。我的学校，四面都是花草树木，好像戴上了绿色的花圈。老师在培育我们茁壮成长。

远方的朋友，让我们跨越大海等着我们团聚的那一天吧。信就写到这，如果你愿意和我交朋友，就请你回信，让我们共同描画21世纪的蓝图吧！！！

此致，敬礼！

六一儿童节快乐！

黄博浩　5月30日

老师点评：

感情真挚、主题思想正确。有礼有节。

乱用成语的毛病缓解。有进步。

《我最欣赏的人》（博文）

第一篇博文，我决定写“杞人不忧天”。是他教我开博的，而且，他总让我用他的电脑。不小气是他最大的美德。

“杞人不忧天”是我的非法小姨夫，我外公说他，身残志不坚。但是，我非常非常欣赏他。他简直就是身残志不坚的神仙哪。

有一天半夜，大宝、小宝在冲着门乱叫，我外公外婆惊恐万状地听到院子里有动静，赶紧报警。结果，110警察和小区保安都冲到我家来，一看，杞人不忧天倒在院子墙下，呼呼大睡、酒气熏天。原来他第二趟出去喝酒，把钥匙手机都丢了，只好爬墙。瘸子翻墙多么不容易呀，加上喝多了，所以，他一翻进来就累得睡着了，吐了一地。

有一天，我抢他爱吃的最后一块烤鱼。他不干，提问说：为什么北极熊不吃帝企鹅？答对了归你。两分钟。

我说，帝企鹅毛太多，肉质不好；

错。

我说，帝企鹅总是团队作战，北极熊寡不敌众；

错。

帝企鹅会写日记，是知识分子；

错。

杞人不忧天看着钟，慢条斯理地把烤鱼塞进嘴里。我情急智生：我靠！一个南极一个北极哪嗜！杞人不忧天一听，狂吞鱼，结果，一根鱼刺卡得他呆若木鸡，后来，他把那天晚上吃进去的烤鱼全部吐出来，还是没有吐出那根刺。活该啊！最后，他十万火急狂奔医院去拔刺。

又有一天，我外公外婆去参加老人桥牌比赛。他史无前例地给我做饭。我放学回家一看，厨房做饭台前面，他围着围裙，身边左右一边一把餐椅，小宝小宝婆一人一边站在餐椅上视察做饭，他还顺手喂它们还没加盐的菜。这狗毛肯定会到锅里啊。吃饭的时候，果然是狗毛炒排骨，我在排骨上随便就看到了四根狗毛！我大嚷大叫，这个身残志不坚的家伙说，好啦，有毛的我吃。结果，他吃掉了一整盘绿笋排骨！晚上胃暴痛，奄奄一息地打电话跟我小姨姨撒娇。

最后说一个杞人不忧天的糗事。那天，他游手好闲地在小区门口碰到一个推着自行车回收家电的人，是个老阿嬷。他就跟老阿嬷聊天晒太阳。聊呀聊啊，忽然斜刺里来了一个摩托车，把阿嬷的自行车撞倒了，老阿嬷刚收到的一个旧热水器掉下来，破掉啦。摩托车跑了。老阿嬷追不到摩托车，转而要杞人不忧天赔。她说，你赔！不是你拉我拉呱，我早就走了，那我热水器不是好好的？杞人不忧天还想争辩，阿嬷说，你不赔我跟你家去吃饭！杞人不忧天只好给老太婆钱，给了一百块，阿嬷说，车前面“家电回收”的广告牌子也摔裂了，再赔二十块重做。杞人不忧天觉得没天理了，不给，老太婆说，我这么老了，因为穷，还风雨里来雨里去，你大白天不上班，就是有钱人嘛。你为什么不赔我？

杞人不忧天乖乖又掏出钱包。后来，邻居绘声绘色添油加醋地告诉我外婆，我外婆一听就抓狂了：什么?！一百二?！这跟他有什么关系?！我们家上次回收的热水器加微波炉，两样才五十块！外婆气得小腿一直抽筋。当晚吃水果的时候，外公就发火了：你就这样游手好闲地糟蹋你的大好年华?！

杞人不忧天嘿嘿笑着，一边地把芭乐一口口咬给小宝、小宝婆吃。他根本不看我气得要吐血的外公外婆。他总是那么平和、无畏、若无其事、置身事外。从他身上，我才是知道，死猪不怕开水烫，其实不是骂人啊，是神仙的境界！这个瘸子，简直酷毙啦！

成天晒最神的就是对日出而作，日入而息。凿井而饮，耕田而食。帝力于我何有哉？

《我心目中的大海》

我心目中的大海，比我父母还亲。大海就是我的故乡我的家。

第一次见到大海的时候，我忘记了是什么时候。反正我还不会讲话。海风一下就把我的宝宝帽吹掉了，我妈妈说，那时候我还没长什么头发，怕冷。我爸爸追风逐浪去捡帽子，我自己用小手，紧紧保护我的头。大海就是这样掀起了恶的头盖来。

现在，我对大海已经爱到了生命里。我爱浩瀚无垠的蓝色大海，我爱你椰香阵阵的海风。我爱阳光下大海千帆竞发，我爱雨中的大海迷蒙幽深，我爱月光下大海深沉辽远，我爱夕阳下的大海金光闪耀；我爱大海有广阔博大的胸怀，我爱大海深沉的思想。你仿佛圆了我记忆中一个遥远而触不可及的梦。是的，满视野的蓝色。无瑕、透明，纯洁、安静，足以融掉自己的一种颜色，那是自然唯一赋予海的颜色。然而大海拥有的，不仅仅是一种色彩，它所拥有的是一种精神，是生命。海风是它的诗篇，海浪是它的舞蹈。我们赞美大海的浩瀚，是否会想到江河奔流中的坎坷和执拗？啊，大海，我用我全部的热血赞美你，我把我生命的花瓣全部撒向你。

啊，大海，看着你海浪滔滔，我豪情满怀。我们勇战金融风暴、坚守报国理想。当我驾着疲惫的风帆来到你的面前，所有的煎熬都被你轻松地颠覆了。你用蓝色暗示我要有内涵，你用浪花告诉我什么是美丽，你叫海鸥提醒我在生活中应该自由地翱翔，你还说如果没有激情，心会成为死海。

大海啊！如果我离开尘世，一定把我的灵魂带到你的身边，去畅想人类的未来！

老师评语：

除了第一、第二自然段，都是哪里抄来的?!

文品即人品！这比乱用成语还要糟！

（黄博浩的辩词：上次我说春天臭，老师就批评了。现在我就不敢说大海水黄灰灰的，海面漂满了垃圾，所以我抄了一点点最佳散文选里的，就一点点。）

《家庭趣事》

我外婆和狗不共戴天。

我外公说，我外婆前辈子是根打狗棍。我看也是，因为小宝和小宝婆都极端讨厌她。小宝是黄毛拉布拉多，是个瘸子。小宝婆是个银狐，被人齐脑袋剪掉了一只耳朵。它们都是不叫小姨夫的人的朋友送他的。那个人的动物救助站有很多被人丢弃的猫狗。

狗一下子就认出我外婆是根打狗棍。我们进去它们就像看见恐怖分子似的奓毛大叫。尤其冲我外婆。我外婆长得像青蛙，鼻子扁扁的，慈眉善目。她像外交官一样，似笑非笑地跟它们两个打招呼，结果，它们一低头都扑过来咬她的手。她就不敢挥手致意了。有一次，外婆在饭桌上，津津有味地讲述他们老家怎么杀狗剥皮、怎么大锅花椒柱皮炖狗肉的往事。小宝还是小宝婆突然发飙了，它们从客厅冲进来，排山倒海，我还以为是它们抢骨头打架，可是，实际上，我外婆是战争的唯一受害人，她被小宝撞得滑倒，额头磕到了餐桌腿上。她痛得老泪纵横了。

我外公不讨厌狗，他只讨厌狗毛。银狐小宝婆好像成天在换毛，一天不清扫，我们家就像要筹备圣诞节。小宝婆害怕打狗棍，每次我外婆一声吼，它就慌不择路饥不择食地满地舔食它掉一地的狗毛，像吸尘器一样，一边偷看打狗棍会不会动武。外公趁不叫小姨夫的人不在的时候，踢过它们几次，因为他的眼镜、茶杯、呢帽、绿豆饼上总是有狗毛，他说，他的肺里，肯定积攒了很多狗毛。他相信那毛吸得进呼不出。有一次，他严肃地向不叫小姨夫的人说了毛肺的事，不叫小姨夫的人哈哈大笑，说，那你不就等于多了个狗毛背心？冬天你就不怕冷嘞。外公勃然大怒：你脑子里怎么总是一点常识都没有！

所以，就这一点，外公和外婆联盟反对狗。

不叫小姨夫的人有个大懒人沙发，形状像个水滴。可以满地放。他总是半躺在上面看书、看碟、听音乐。不止一次，我看他在上面睡着了，两只狗，一只睡在他左边，一只睡在右边。三个人一起打呼噜。每一次，我外婆外公看到了，都气得要命，感同身受，觉得自己沦落到与猪狗同屋，更令人发指的是，他们意外发现，外出多日回来的不叫小姨夫的人回屋子，竟然趴下身子对小宝和小宝婆说，嗨！来，亲一个！

外公外婆当晚打电话给我小姨姨。要小姨姨帮助那个人认识人和畜生的正确关系，没想到，小姨姨笑嘻嘻地说，她每次回来也亲狗。外公外婆听得七窍生烟、万念俱灰。他们互相鼓励赌咒说，迟早要让那家伙滚蛋！

老师评语：

大有进步。语言比较生动，乱用辞藻得到进一步改进。

但注意主题观点，人狗毕竟有别。

《香喷喷的女孩》（博文）

我打猪虾的时候，杨小头乐得花枝乱颤。但是，老师要我赔猪虾眼镜时，他又不肯替我分担了。我靠！这种小人忒不仗义。我是替他去教训猪虾的，是他说猪虾给Z写520（我爱你）肉麻情书的，Z根本讨厌他。小头说，Z说了，你们班，只有黄博浩对付得了猪虾，既然Z这么赏识英雄，我太低调也不对称，我当然两肋插刀了。所以，论理，猪虾眼镜是该小头和Z赔的，本来我就两袖清风，基本没有零花钱。要不是杞人不忧天暗中帮忙，我外公外婆又要大闹天宫了。

杞人不忧天冒充家长，替我赔了猪虾两百块，我轻车熟路地又写了深刻检讨，打人风波就过去了。没想到，Z开始明目张胆爱我。没有办法，英雄救美，美人赖上英雄，历史从来都是这样的。

她的头发依然在我桌上扫来滑去，香喷喷的令人心碎。她到我家的笑声也是香喷喷的令人紧张。果然，我外婆外公警犬一样，很快就小题大做，审问我是不是早恋。笑死人了，现在哪个同学不是随口老公老婆地叫，谁也没有去领结婚证嘛。

我妈居然请专门假回来打我，完全受控于我外公的阴谋。这个更年期的女人，简直把我往死里打。我大喊，我又不是你私生子，怎么下手这么狠哪你！不就是这一次语数没考好吗?！我妈把电蚊拍挥舞如剑：考不好！考不好！你也知道考不好！都什么时候了！还考不好！你的心思到底在哪里?！你怎么不学那混蛋会读书，光遗传他花心大萝卜?！杞人不忧天一脸坏笑。我外公明察秋毫，立刻把他揪了出来，说，为什么你一直隐瞒这小子打架赔钱的事?!瘸子成了众矢之的。原来，外公出席开家长会时，老师告状说我卷入三角恋的斗殴。

Z居然在我遭遇家暴的时候，打进电话。外婆一接电话就对我妈狂使眼色，我妈一看就抓狂了，要扑过去骂人。我本人英雄气短、爱莫能助，千钧一发之际，杞人不忧天宛若天使拿起电话，温文尔雅地说我不在，说回头让我打过去。瘸子啊，我大恩大德的亲人，男人面子危亡时刻，是他力挽狂澜。

四个大人开了关于拯救我堕落的紧急会议。最后，我被叫进去听决议。他们伪善地看着我。杞人不忧天依然是似笑非笑。我妈问我到底有没有早恋。我还是那句话，神经病！爱我的女生多得要命！我忙得过来吗！我妈忽然眼泪哒哒地来抱我，摸我头上的包。真是个没出息的女人啊，难怪她男人会逃跑。

我外公宣布，一、他们信任我，二、从此不许我和Z往来。

看我不表态，我妈扑通一声跪下来，我外公眼明手快，一把拎直她，让她保持老妈的理性和尊严。杞人不忧天皱着眉头说，我还是那句话，你们别把孩子弄成大人了！我外公说，我倒看不出，你还有什么资格管教孩子?!

杞人不忧天笑傲江湖地走了。晚上，我知道杞人不忧天在电话里，和我小姨姨大吵。我在他房间玩电脑。他到阳台上接电话，但是我还是听出小姨姨在里面歇斯底里。他不断把电话挂掉，扔到床上、扔到沙包上，电话不断在床上、沙包上响起来，激励他再接着吵。

《一句名言的启示》

"细节决定成败"，这是我外公的座右铭。

他说世界首名太空人加加林，就是因为一个错误的小数点，至今尸漂太空。他自己就是因为自行车钥匙随手乱放，永远失去了进步。那天省教育局负责人来学校视察，他迟到了，给对方留下恶劣印象。为什么呢，因为一直找不到自行车钥匙，他只好跑步到公交站，又苦等公交车。最后，他们副校长就因为他自行车钥匙找不到，从此平步青云了。

我一个瘸子朋友曾告诉我一个更加触目惊心的故事。1485年，英国国王查理三世在决定由谁统治英国的波斯沃司战役中被击败，而导致这次失败的根本原因是少了一枚小小的马掌钉。战前，查理的马夫去备马。这个马夫钉马掌时，少了一枚马掌钉，便勉强凑合。结果，两军交锋时，这匹战马在半途中就掉了一只马掌，国王被掀翻在地，成了俘虏。少了一枚铁钉，丢了一个马掌；丢了一个马掌，翻了一匹战马；翻了一匹战马，败了一场战役；败了一场战役，失去一个国家。

我也是这样。纵观我的考试情况，都是小数点、小马掌钉的细小错误，大不了就是自行车钥匙的失误。说起来，错误真的很小，完全可以痛加原谅，忽略不计。可是，加加林不是再也没有回地球？我外公不是郁郁不得志了一辈子？查理不是丢了一个国家？

所以，细节决定一切，细节决定成败，细节就是命运。

所以，这也就成了我的座右铭。

老师批语：

立意不错，选材精当。但是，有关自身，写的太少。这里是重点，要详写。字数也不够。退补完善。

博客小记

今天，小姨姨和不叫小姨夫的人又吵电话架了。他不承认。

本周测验，我的数学第一次超过Z。这是历史的胜利。最近作文得到郭老师表扬两次。第五单元测试，有望超过Z。她就是风花雪月、唐诗宋词插花多嘛。杞人不忧天说，这一类作文，基本是花拳绣腿，不怕。

博客小记

今天不叫小姨夫的人，和我小姨姨电话大吵。手机摔黑屏了，所以他承认吵架了，但是，他不承认是因为我外公外婆的事。因为，手机还没有彻底摔坏。重新开机，黑乎乎的又能接电话了。不过，他也认为，这样吵架很不低碳。他不喜欢这样的折腾。

《一件终生难忘的事》

我家有两只小狗。男的叫小宝，女的叫小宝婆。

小宝和小宝婆有一项游戏，让我外婆外公非常恼羞成怒，有一次我外公顺手抄起菜刀，要刀劈鸳鸯；我外婆总是借口把我揪进房间，不让我看。其实，不就是爬胯运动么，不是什么少儿不宜的黄片。是这样的，它们就是互相背对方啦。小宝的博美体形比小宝婆小，银狐出身的小宝婆凶悍顽劣，学富五车的小宝根本没有主动权。小宝婆一不高兴，就把小宝打到床下。嘴里经常咬下一撮撮小宝毛，都可以做几支毛笔了。

那天，我突然发现地板上有几点血迹，仔细看是小宝婆滴漏的。我一时反应迟钝，惊恐大叫，快来人哪！流血啦！我外婆从厨房里奔出来，说，去去去，去写作业！我外婆脸色古怪，充满了启迪，外公赶过来，欲语还休，也充满了不良启迪。我猛然无师自通，难道小宝婆也有了“量多的日子”？

事情就出在那天晚上。我放学回来就发现，小宝和小宝婆很坐立不安，它们时时刻刻站在一起，莫名其妙，顶来顶去，不断地步换身移，又定格发呆。有时同时起跳、闪开。我感觉它们今天要动真格了，所以，我一直借故喝水、小便、吃酸奶地观察进展。在客厅里看电视的外公外婆，猎狗一样警觉地盯视我，本来我外公每天看《晚间新闻》不出几分钟，必定打盹睡去如死于非命的模样；那天，他根本不许我在忙来忙去的小宝小宝婆身边停留。真是可恶至极。

在我第三次去卫生间时，我外公喝道，你再出来一次，生日那套变形金刚取消！我只好踅回房间，这时，不叫小姨夫的人回来了，我听到他的口哨声，我非常热切地想和他交流，但是，凶神恶煞的外婆外公实在是断了我的科考念头。我听到不叫小姨夫洗澡出来的动静，我蹑手蹑脚地拉开一小条门缝，想看看瘸子的感觉。了不得的事情发生了，小宝和小宝婆在沙发后面纠结时，不叫小姨夫的人，竟然出手相助，帮助稳定了小宝婆。小宝婆忽然又调皮挣脱，一扭身又去挨小宝。事情还未重来，我外公已经像巨人一样挡住了我的视线，我听到他的低声斥责：

你一个大男人，无聊不无聊?！你这让小孩子看了像什么！

瘸子声音不大，听上去有点无所谓：好不容易发情一次，成人之美、助狗为乐，应该的。

外公大怒：小孩子在长大，你懂不懂？你有没有一点责任感？

瘸子说，小孩子跟这有什么关系？

外婆生气了，说，这几天，我都害臊，不好意思跟你谈。你知道吗，博浩今天根本没心思做作业！像什么话，弄了两只不三不四的狗……

瘸子说，那我来告诉他小狗是怎么回事。我所以再领养一只母狗，就是想让小宝它们有健康的生活……

外公说，我就不明白，我女儿到底看中了你什么！

外婆说，真是瞎了眼啦！

瘸子说，我想她看中我是因为，我视力很好，对她后面有这么麻烦的老人一清二楚，还能毫不介意。

你知道我外公炮仗脾气，他被瘸子噎得说不出话来，正好小宝小宝婆大叫，外公飞起一腿，想行刺小宝。不叫小姨夫的人挡住了我外公，他像黑社会老大那样，阴沉地、一字千金地说，你要踢它们，我肯定，揍你女儿。

那天晚上，我们一家再也没有人说话。我也赶紧写完作业，洗洗睡了。

但这个事情，我永生难忘。

老师评语：

作文颇具生活气息，观察仔细。但是，人称男女、狗唤雌雄，不可混为一谈。

乱用成语毛病，基本改正。又：一掷千金，非一字千金。

又：你家真是这样吗？

致“春光乍泄”生日快乐（博客回复）

我本来打算写作业的，可是我还是打开了电脑，顺手打开了我的博。我也祝你生日快乐，乍泄。说真的，如今人心不古，过生日都没意思。我现在用的是我小姨姨给我的笔记本，原来用的电脑和它的主人，和他的两只狗都走了。这原来是他的家，现在，他不见了，不知流落到哪个女人手上，人海茫茫，我替我小姨姨忧伤失落。

生日那天，没有得到变形金刚。他们这些人经常一诺垃圾，言而无信。也不怪他们。全中国除了低龄儿童，谁还言而有信？一个二手电脑就打发我了，说是怕影响我学习。很明显，我的排名超过我老婆，他们还是叽叽歪歪的不给我买。算了。倒是生日那天，我们小区的两个保安老盯着我，还实施了一段跟踪。这就非常可疑，我迅速地回忆了一遍最近的犯罪记录，除了放了郭老师的车胎气，给邻居家的狗吃了块海绵，看了一次黄色网站，还逃过几次公共汽车票，并没再做什么。再说，并且我相信，即使那几件事，我做的应该是神不知鬼不觉的。所以，我转身大喝一声：今天我生日，你们跟踪我干吗？

两个保安大笑，恐怖片看多了吧小孩？——快读书去！

原载《人民文学》2011年第3期

轮子是圆的

徐则臣

这世上的所有事情，咸明亮都可以用一句话打发：轮子是圆的。轮子是圆的，所以别管了。只能那样了，轮子是圆的嘛。好，没问题，就那么来，因为轮子是圆的。随便你们怎么办，反正轮子是圆的。你说那轮子？修好了，轮子总归是圆的。不必再举例了，他言必称“轮子是圆的”，已经成了口头禅，就像有些人开口之前要慢悠悠地“呃——”一声一样，不管需要不需要，大多数时候没有实际意义。轮子。轮子。轮子轮子。因为他是个开车的。

我认识咸明亮的时候，他就是个司机。那时候，花街上的男人多半不跑车就跑船，包括倒插门来的。二十四岁那年，他从运河下游的鹤顶倒插门进花街，做船老大黄增宝的上门女婿。老黄的女儿嫁过人，有个两岁的女儿，丈夫跟老黄跑船时死了。死得莫名其妙，就站在船头抽烟，老黄喊他吃饭进舱吃饭，他扭了一下头，就像根木棍似的斜斜地落进水里，捞上来已经没气了。这个丈夫也是倒插门来的，老黄对他很好，准备干不动了就把船交给他。但他命薄，一百七十斤的大块头扭个头就死了，都不商量一下。老黄独女，非得招个上门的传宗接代，他一辈子挣下的那条船也得传下去，给别人他不放心。咸明亮来花街是学车的，整天跟在老司机陈子归屁股后头，跑长途的时候他来开，让陈子归歪到副驾座上打瞌睡。他喜欢一个人操控解放牌大卡车的好感觉。

咸明亮不开车时整个人晃晃荡荡，手插口袋像个害羞的二流子。一年到头穿着同一样式的黑色太子裤，屁股肥大，裤腿到小腿处突然收紧，他又喜欢把裤子吊在胯上，所以我总觉得他的裤子随时可能掉下来，见到了就想帮他提一下。他跟花街上所有人都打招呼，跟每个小孩都问同样的问题：“喂，小伙子，知道轮子是圆的吗？”单调的游戏他也能玩得上了瘾。如果知道，他就给你一块糖；如果不知道，他也给你一块糖。那天他在花街上和老黄的两岁孙女玩，拿一块糖问那孩子轮子是扁的还是圆的，从东边来了一个算命先生。

那些年常有算命先生走乡串户地挣钱，听说瞎子最灵验，但那天来的不是瞎子，他会算，会摸骨，还会看面相和手相，所以不能是瞎子。四周立马围了一大圈人，花街上忙人多，闲人更多。为了证明自己灵验，算命先生捏着山羊胡子（好像所有算命先生都留这一款胡子），随口就点出面前几位的身世。孟弯弯，一脸五谷相，应该是个卖米的。蓝麻子，虽然脸上不太平，那眼神和笑平和软弱，可能是个做豆腐的。冯半夜，那一脸杀气，握拳时候有爆发力，肯定是屠夫。丹凤，他看了看丹凤，措词半天才说，以后一定能找到靠得住的男人。他已经看出来丹凤是个半夜开门做男人生意的那种女人。

花街上走南闯北的人很多，有人知道不少算命先生其实没半点儿道行，不过是提前通过某种途径打听到此地一些人物关系，然后复述出来做个障眼法而已。取信之后就可以顺嘴瞎蒙，上天入地乱扯，钱就全来了。所以有人就指着咸明亮，让算命先生看上一看。咸明亮家在鹤顶，料想算命的做不了如此周详的功课。

算命先生围着咸明亮和老黄的孙女转了两圈，揪着胡子说："不对啊。这年轻人分明没成家，可这孩子却又是他闺女，而且不是亲生的。这关系我也糊涂了。"

大家调笑着准备散掉，这咸明亮和老黄家，这是哪跟哪呀。果然露了马脚。正好老黄女儿出门倒洗衣水，算命先生指着她说："他们俩是一家！"

大家更笑了，对咸明亮说："明亮，还不帮你媳妇泼水去。"

咸明亮脸上的红一直蔓延到肚脐眼，但他笑么兮兮、晃晃荡荡地说："只要她答应做我媳妇，我就泼。就不信轮子不是圆的。"

"你们看着，他们肯定是夫妻。"算命先生把布包甩到后背上，继续往前走。"下次我还来，他们俩不成你挖我两只眼当鹌鹑蛋炒着吃。"

等算命先生三个月后再来，咸明亮已经到黄家入赘十天了。就是因为算命的一句话。老黄从水上回来，听说后招咸明亮见一面，就定了。咸明亮在鹤顶只有一个后爹还在，天大的事情他也可以一个人做主。管它倒插门不倒插门，反正都是做男人，还不费力气赚了个爹当。这一回算命先生的生意好得不行，在石码头上运河饭馆里坐镇两天，花街、东大街、西大街和南大街的人都来了，攥着钱让他算。我爷爷也相了一次面，算命的说我爷爷大福之相，孙辈必出大才。那时候我刚念初中，的确成绩不错。我爷爷问，能考上大学吗？算命先生说，岂止大学！我爷爷高兴坏了，人家要一百五十块钱，他给了两百。

不过几年后我没能如算命先生预言的那样去考大学，而是去了北京。高三那年我十七岁，因为神经衰弱退学了。看不进去书，睡不着觉，整天头脑像被念了紧箍咒，一圈圈木木地疼，如果继续待在学校里我会疯掉。所有同学都在苦读，要去挤那一根独木桥，我只能像个游魂在校园里四处晃荡，完全是个神经兮兮的局外人。有一天我找了个没人的地方大哭了一场，然后回宿舍收拾好行李回家了。我跟家里说，就是去死我也不念了，念不动。父亲不明白看上去好端端的脑袋怎么会出问题，那好，你不是图清闲么，跟你姑父去北京干杂活儿，挣一个算一个，顺便养养你那古怪的脑袋。我就跟洪三万来到北京，在海淀区西郊的一间平房里住下来。那地方真是西郊了，跟在农村差不了多少，不进城的时候，要看北京我就得爬到屋顶上往东看，北京是一片浩瀚的楼房加霓虹灯的热带雨林。

具体地说，我干的是贴小广告的活儿，替我姑父洪三万干，他是个办假证的，我和宝来负责给他打广告，把他的联系方式最大限度地放到北京城里，想办假证的就可以按照广告上的联系方式找到他。宝来二十出头，来得比我早，我们住在同一间平房里，上下床。这间屋里还有一个上下床，住着行健和米箩，他们俩帮陈兴多贴小广告，都比我大一点。关于他们，我在一个叫《屋顶上》的小说里说得比较详细，可以参见。现在要说的，是上面提到的咸明亮。

“嗯，轮子他妈的只能是圆的。”

几年以后听到这句话，我的耳朵动了几下。当时我和宝来正在平房附近的驴肉火烧店里吃晚饭。没有人能说出这句格言，连声音都这么摇摇晃晃。我转身看见咸明亮和一个两手乌黑油腻的胖男人坐在另一张桌旁。咸明亮理了个三七开的小分头，穿的不再是过了气的太了裤，而是牛仔裤。后裤脚被鞋子踩烂了，我断定他的牛仔裤也是一样松松垮垮地吊在胯骨上。咸明亮甩着两只手在讲话，两只眼皮耷啊耷的，嘴角往右边斜着轻轻地笑，啤酒喝多了的样子。他把左腿搭到另一张圆凳子上时看见了我和宝来，说：“呀，你们呀!”站起来就往这边走。

两手油泥的胖子说：“喂，咸明亮，那咱们就说定了。”

咸明亮摆摆手，说：“不说了嘛，轮子就是个圆的。你得把我这两个小兄弟的晚饭请了。”

“没问题。”胖子说，“老板，再给他们加三瓶啤酒、六个火烧，夹肥肠的!”

咸明亮想到胖子的汽车修理铺里干活儿，四瓶啤酒、六个火烧和三盘拍黄瓜事情就谈成了。主要是咸明亮手艺好，要价又低。明天就去上班。在此之前，他刚到北京时，给一个办假证的干活，招揽做假汽车牌照的活儿。他只揽到了十个生意，老板就进去了。干这行总是这样，不定哪天就进去了。幸亏咸明亮跑得快，要不可能也得被捎带进去。他已经饿了两天才找到现在这个胖子修车铺老板。

来北京之前他在监狱里，蹲了四年。出了车祸，他把人轧死了。

倒插进老黄家后，老黄一度想让他改行，学着跑两年船，接下来就可以当船老大了。那时候老黄就可以退休在家抱抱孙女，最好还能有个孙子，这得咸明亮努力。咸明亮拒绝了，除了这件事之外他一概听老黄的。花街上的人都夸咸明亮，就是个亲生的儿子也未必这么言听计从，老黄值了。咸明亮坚决不改行，从小他就想开车，没汽车时他骑自行车、开摩托车，无偿帮别人开手扶拖拉机，后来跟定了陈子归，终于成了司机，可以每天对着车轮子告诉别人，轮子是圆的了。

"我懒得跟他们争，"咸明亮说起他的温顺，笑眯眯地说，"说啥我就干啥。又不是杀人放火，操那份心干吗。能开我的车就行了，轮子是圆的，你说对不对?"

他的婚后生活很幸福，起码看起来如此。他对白赚的两岁女儿很好，跑完长途回来就给她带好吃的，那孩子叫他"爸爸"跟亲爹一样亲。大家都觉得咸明亮已经成了花街人了，他出了事。

这些年他老觉得那车祸不应该是法庭判决的那样，因为受害人在死前的确一再求他："兄弟，求你给我个痛快。我一丝一毫都不想活了。兄弟，来吧，我化成灰也会记得你的。"化成灰也会记得他，咸明亮觉得挺瘆人。于是受害人换了说法："兄弟，你就倒倒车，死了我也要感谢你。"咸明亮想，成人之美，不算大恶吧，就两腿哆嗦着上了车，打了倒退，他听见那人这辈子最后一声欢呼。

这种事只能出在晚上；对他这么好的车技来说，也只能出在岔路口；还得是他喝多了的时候。那天的确喝高了，安徽天长的黄昏时吹进驾驶室的风他能闻出一股香味，那个黄昏真是漂亮，车跑起来像在飞。暮色从大地上升起来，像掺过水的墨滴到了宣纸上，哗啦全世界就灰黑下来。"没有比这时候开车更舒服的时候了，"咸明亮对那个黄昏依然怀念，"然后就到了那个岔路口。轮子为什么是圆的呢。"他的脸色开始变，嘴唇抖了两下。然后天就黑下来了。从右前方的岔路上冲过来一辆自行车，咣——等他刹住车，车已经从自行车上过去了。

咸明亮从车上下来，听见有人在叫唤，立马明白这就是传说中的车祸。他以为自己这辈子都不会撞上车祸。在卡车后头五米远，一个人和他的自行车躺在一起，都变了形。自行车的后轮子还在艰难地转动。那个人痛苦地跟他说："兄弟，给个痛快的。"

咸明亮浑身抖起来，说："我送你去医院。"

"我不想去，你让我死就行了。"

咸明亮怀疑自己听错了，硬着头皮走上他跟前，那是个瘸子，旁边还有一只木拐。很难想象他是如何骑上自行车的。不过现在他已经成了瘫子，车轮子从他的两条大腿辗过。

“我送你去医院。”

“我不去，你看我都这样了。”他断断续续地说，就算不想死，疼痛他也难以忍受，“我在路口等你很久了。你倒倒车，就当帮帮忙。”然后他开始求咸明亮。

咸明亮当时肯定也吓晕了，竟然同意了。他让我帮帮忙，我只能答应。我倒车是从里到外都在抖，全身每个地方都在出冷汗，手指甲、脚趾甲都在出，真的，你们一定要相信我，轮子无论如何也是圆的，车往后退五米、六米、七米，我听到一声大叫，跟欢呼一样。我继续往后倒，让前面的轮子也经历一遍。我不知道他为什么非要死，但他那么想死，我只好照办。然后我把车停下来，浑身水淋淋地坐在路边，等下一辆车过来。十分钟后来了一辆摩托车，我给了那人十块钱，说：

“大哥，帮个忙，找电话报个案，就说我在这里等着他们来。”

该说的都说了，戴大盖帽的就是不信，他们测出咸明亮喝了酒，更不信了。不信他也没办法，该怎么办就怎么办。无论如何的确是他把人给辗死了。在法庭上，他们问，你服不服？咸明亮说，说了你们也不信，那我只能服了。轮子是圆的嘛。

“你说什么？”他们问。

“我说轮子是圆的。不会错的。”

他们说：“神经病。押下去！”

因为表现好，五年的刑期四年就出来了。他也不知道自己表现好不好，反正让他干什么他就干什么，其他时间他就歪靠着墙打盹，清醒的时候想想车，从整体想到局部，再从局部想回去，把每一个零件都揣摩了无数遍。最后一年他得到一个机会，给监狱里修车，这是他最快活的时光，为了能把时间尽可能多地耗费在车上，他总是修好这里的同时再弄坏那里，这样他就可以像上班一样轮流修监狱里的各种车辆。没汽车可修时，修手推车他也很开心。出来时狱警还夸他，小伙子，修得不错。

回到花街他发现事情起了变化，家里突然多出了个一岁的儿子。如果这小家伙现在三岁多，他基本上还能理解，但是只有一岁，这就很意外。不过轮子说到底是圆的，世界上不存在想不通的事，想不通是因为你不愿仔细去想。咸明亮不愿仔细去想，但显然也想明白了。老黄在另一间屋里和他雇的一个船员在沉默着抽烟。老黄的女儿怀抱一岁的儿子坐在咸明亮对面，她说：

“你要不想认下这个儿子，你也可以离婚。”

咸明亮摸着他的光头说：“你想让我认还是想让我离？”

“随便你。”

“那就是想让我离了。”咸明亮站起来，走到院子中央对另一间屋说，“我这就走，你可以插进来了。”

那个抽烟的船员咳嗽一声，表示由衷地感谢。他把匕首扔到地上，白准备了。

我和宝来在驴肉火烧店里遇到咸明亮。因为出过车祸，又进过号子，咸明亮在我们那里找不到车开，没人雇他。陈子归帮忙说情也不行。这一行有很多忌讳，跑路时不能轧着别人衣服，见到死猫死狗得绕着走，不吉利。出车祸沾上了人命乃是不吉利中的尤不吉利者。我看到的新人咸明亮，已经从光头变成了分头，浑身上下唯有头发上了一点心儿。把头发留长，为的是每天早上梳头时，能对着镜子看自己几眼。这是一个狱友跟他说的，一定要每天看看自己，想想自己需要什么，稀里糊涂混日子不好。

宝来问：“明亮哥，那你知道你需要啥？”

“我要知道就不照镜子了，我就剃回光头去。”

我说：“你需要轮子是圆的。”

“屁，”咸明亮说，“你不知道轮子是圆的？”

我也不知道我知不知道。我会说“轮子是圆的”并不意味着我就知道轮子是圆的。

咸明亮晚上没地方住，希望能跟我们凑合一下。我没问题，可以把床腾出来给他，我跟宝来挤一挤。宝来胖，但我瘦。加上衣服和鞋子我也不会超过九十斤。

喝多了啤酒，天快亮时咸明亮被尿憋醒了，去厕所时看见我和宝来在上铺像神仙一样坐着。不仅我们俩，行健和米箩也睁着眼躺在床上。“你们在干吗？”咸明亮问，“集体练气功？”

“睡不着。”我说。

“有人在放炮！”行健翻了个身。

“放炮？个小鳖羔子！嫌我打呼噜叫醒我就是了，轮子是圆的嘛。”咸明亮穿上衣服说，“反正天也要亮了，我出去转转，你们继续睡吧。”

宝来说：“反正天也要亮了，不睡了。”

“随你们。别说我耽误你们做美梦啊。”

对我们来说，这会儿睡不睡觉的确无所谓，打小广告主要在夜里。我们通常都是天快亮时才上床，因为咸明亮来我们昨晚才早早收工。咸明亮从厕所回来，建议我们几个要练出一套打呼噜的本事，声音越大越好。他就是在号子里学会的。你要学不会，那你夜里就不要睡觉了，一个个呼噜打得简直像比赛，没有最响只有更响。照咸明亮那样身板，跟呼噜声完全不成比例，得再胖五十斤才行。咸明亮说，你们看着办。

说是这么说，第二天晚上他还是搬到屋顶上睡了。幕天席地，把自己放在四张椅子上，第二天早上一头露水地醒来。本来他想直接在修车铺住，那地方太小，汽油味又重，敞开门胖老板怕被人抢，不关门只能被熏死。咸明亮喜欢车，但不打算被车油熏死。但是露天不能常住，一阵风从北边吹过来，北京就凉了，屋顶上风又大。关于屋顶的用途，在《屋顶上》那个小说里我也说了很多，我们四个人喜欢在屋顶上打一种名叫“捉黑A”的牌，谁抓到黑桃A谁就是另外三家的敌人，你得藏严实了，一旦露馅三个人就联合起来把你灭掉。被灭掉之后就要请其他三个人喝啤酒吃肉串。咸明亮来了以后，如果修车铺里不忙，也会爬到屋顶上跟我们一起“捉黑A”。过去总是宝来是“黑A”，现在咸明亮屡屡抓到黑桃A，也就屡屡被我们四个痛打。请我们喝过的啤酒瓶子在墙角摆了一大排。屋顶上还有一个巨大的用途，我在那个小说里也说了，就是供我们登高望远，看北京。

半个月以后，咸明亮预支了第一个月的工资，在我们左边的巷子里租了一间平房。第一天没来得及买到席子，在光板床上躺了一夜。他的生活很简单，在修车铺干得欢实，他还有个爱好，把废弃不用的汽车零件收集起来，他说早晚用这些废物拼出一辆车来。平常这些废弃的零件都卖了废铁，再小也是一笔钱。胖老板有点心疼，说，拿走可以，以后来修车的，你得给他们用最好的零件，你得给我翻倍地赚回来。咸明亮说，只要他们听我的。

跑步的时候我常经过他的小屋。医生说，治疗神经衰弱最好的办法就是跑步，跑起来，让松弛掉的神经慢慢恢复弹性，哪天它像刚出厂的松紧带一样伸缩自如，毛病就没了。我每天跑，想象大脑里有很多圈松紧带，随着我在街巷里越跑越远它们就越来越筋道。经过他的小屋，只要咸明亮在，我就停下。墙角处堆的那些废铁，的确是废铁，一个个黑灯瞎火的，以我神经衰弱的脑袋，缺少足够的想象力把它们和一辆光鲜体面的小车联系在一起。但是他的脑袋里有幅精确的图纸，他清楚每一块废铜烂铁该在的位置。

“同志们，放眼看，我们伟大的首都！”捉完黑A，米箩总要伟人一样挥手向东南，你会感觉他那只抒情的右手越伸越长，最后变成一只鸟飞过北京城。我们，四个年轻人，如果把我这个没毕业的高中生也算上，对繁华巨大的都市充满了无限希望。全国人民都知道这地方有钱，弯个腰就能捡到；全国人民也都知道，这地方机会像鸟屎一样，一不小心就会从天上掉下来，砸你头上你就发了。但据我的观察，北京的鸟越来越少，过去麻雀和乌鸦最多，现在也很难看见了，据说是因为高楼上的玻璃太多，反光晃眼，很多鸟花了眼纷纷撞死了。鹦鹉、画眉和八哥还有一些，不过都待在笼子里，你别指望它们能飞到天上去拉屎。最后很可能只剩下一只鸟飞过天空，就是米箩那只抒情的右手，无论如何也拉不出来屎。但这不妨碍所有冲进北京的年轻人都有一个美好的梦想。

我们登高望远。夕阳渐落，暮色在城市里是从楼群之间峡谷一样的大马路上升起来的，混合着数不胜数的汽车的尾气和下班时所有人疲惫的口臭。我们一起看北京。

行健说："我要挣足钱，买套大房子，娶个比我大九岁的老婆，天天赖床上！二十八岁，听着我都激动。耶！"

米箩说："我要有钱，房子老婆当然都得有。还有，出门就打车，上厕所都打车。然后找一帮人，像你们，半夜三更给我打广告去。我他妈要比陈兴多还有钱！舍不得自己买一辆车？不是说了嘛，我转向，上三环就晕，去房山我能开到平谷去。"

宝来说："我要开个酒吧，贴最好看的壁纸，让所有来喝酒的人在上面写下他们最想说的话。"

我其实不知道我想要什么，也许我应该把头发留起来每天早上照照镜子。

"假设，你有五十万，小东西。"

他们的理想、问法和在《屋顶上》一模一样。

我的回答必然也和《屋顶上》一模一样。我确信五十万就是传说中的天文数字。我真不知道怎么花。我会给六十岁的爷爷奶奶盖个新房子，让他们颐养天年？给我爸买一车皮中南海点8的烟？把我妈的龋齿换成最好的烤瓷假牙，然后把每一根提前白了的头发都染黑？至于我自己，如果谁能把我的神经衰弱治好，剩下的所有钱都归他。

"操丫的，没劲！"行健和米箩说，"明亮哥，该你了。"

我们一起看咸明亮。他提了提牛仔裤（太好了，我总算见他提了一次裤子），抹了一下嘴，说出伟大的理想让他难为情。也许此刻他需要一面镜子，但他看着远方重峦叠嶂的北京城，目光和米箩的右手一样飞出去，然后滑翔、下降，落到城市另一边的高速公路上。

"我就想有辆车，"他说，一屁股坐到椅子上，二郎腿跷起来抖啊抖，"到没人的路上随便跑。一直跑。轮子是圆的嘛。"

这个理想让我们相当失望。一辆破车跑啊跑，有什么好跑的。

有一个傍晚咸明亮来到我们屋里，请我们帮他搬东西。他说话鼻音很重，声音好像来自遥远的北京东郊，清水鼻涕滴滴拉拉往下掉，两眼发红。他把床搬到门口睡了两夜，患了重感冒，因为屋子里被他拼凑汽车的破烂占满了。我们不能想象这凉飕飕的夜晚，他一个人顶着满天的星星如何睡得着。我摸了一把他的被子，使点劲儿我担心捏出水来。一共五个人，我们必须从缝隙里才能挤进六平方米的小房间。那真是废铜烂铁，虽然被他组装得像模像样（其实我们也不懂，可是一堆零碎能拼到一块儿，大小算个成就），黑乎乎脏兮兮的还是很难让人有信心。我们花了很大的力气才把这堆东西搬到屋檐底下，然后再帮他把床和一张破桌子搬进去。两件事干完了，贴着屋檐又给汽车的内脏搭了个简易棚子，咸明亮舍不得它被风吹日晒和雨打。对这个我们看不懂的东西，咸明亮胸有成竹，就等着吧，他说，整好了带你们兜风，我就不信轮子它能不圆。

过了一周，他又招呼我们，得把那个逐渐长大的车内脏搬到修车铺去，等着和车身、轮子装到一起。我们借了隔壁卖菜老头的三轮车，哼哧哼哧跑了两趟。胖老板对这么多闲人跑到他铺子里很不高兴，咸明亮递上烟说好话，都是一条街上的小兄弟，手脚绝对干净。好像我们是去偷东西。行健说，操丫，啥玩意儿！

在修车铺里，我看见一个用上了锈的铁皮焊成的一半的车帮子，焊接处鼓起来很多铁质的小瘤。还有轮子，四个放在一起我总觉得不一样大。咸明亮说，废弃的轮子里找不到四个一样的，两个两个一样大就已经谢天谢地了。他曾想过，实在找不到配套的，就先弄出辆三轮汽车。三轮汽车也是汽车，轮子也是圆的。我想象不出三轮汽车跑到北京的大马路上会是什么效果，会不会像原始人进了咱们花街？

此后每次咸明亮到我们屋顶上捉黑A都报告好消息，快了快了。我们等着他把车开过来。一个周末，那天咸明亮轮休，真的就开过来了，吓我们一跳，我敢肯定在此之前世界上看过这种汽车的人不会超过十个：简直是个怪物。车帮还是生锈的铁皮，我是说一点漆都没上，没钱喷漆；这还不算，因为铁皮不够，他只好因陋就简做成了敞篷车。锈迹斑斑的敞篷车，身上长满了明亮的斑点，那是因为他把焊接处的小瘤给打磨掉了。只有打磨过的地方才能在太阳底下闪一闪光。座椅不咋地就不说了，全是淘汰的破东西；关键是它的前面两个轮子小，后面两个轮子大，整个车在生气地撅着大屁股。

“上来！”咸明亮说，“咱的轮子绝对是圆的！”

我们坐上去，在几条巷子里转了几圈，因为没有牌照，上了马路怕被警察速。没什么大感觉，和坐别的车差不多，除了身体总要往前倾，我得脚蹬住了前面的椅腿才能保证不滑下去。这好办，抬高椅座就行。牌照也好办，我跟洪三万说一声，搞个假的，几瓶啤酒钱的事。两天后，万事俱全，我们决定在夜里上路试车。

正如咸明亮所说，马力强劲。虽然噪音比较大，跑起来实在是快，前低后高给我的感觉就是这车迫不及待要往前跑，刹都刹不住。他把垃圾中最好的材料用在这辆车里。夜晚郊区之外的乡村车辆本就不多，每辆车速度都很快，但每辆车最后都被我们超过了。超一辆车，我们就嗷嗷叫唤一阵。冷风吹进敞篷车，我们必须靠着这点儿兴奋才能抵御寒冷。后面的车只能绝望地照亮我们的假牌照。我也搞不清究竟跑到门头沟的哪个地方，车子突然熄火，我们停在了野地里。

行健他们三个坐下来，喝剩下的最后两瓶啤酒；我给咸明亮拿着打火机，让他检修车头。先是啤酒瓶冷下来，接着我们身上开始冰凉，咸明亮想到的地方都捣鼓了一遍，它还是一堆比我们还凉的铁。现在首要的问题是取暖，咸明亮停下了，让我们去路边找枯草、树枝和砖头块来。他从油箱里放出来一点儿汽油，点着草和树枝，我们烤火他烤砖头和石块。等人、砖头和石块都热了，他拍拍脑门站起来，在“本田”车上淘汰下来的方向盘前摸索了一下，车发动起来了。

“他妈妈的，”他大叫一声，“轮子是圆的！”

他教我们用报纸把滚烫的砖头和石块包好，抱在怀里取暖。这是他跑长途学来的生存技能之一。车重新剽悍起来，跑在夜路上简直像拼命。

宝来说：“给它取个名字吧。”

行健说：“悍马！”

米箩说：“陆虎！”

我说：“野马！”

“好，就‘野马’！”咸明亮说，“轮子是圆的！”

“野马”影响之大，超出我们的预料，十天工夫就成了胖子修车铺的店标。它停在那地方一声不吭就是个活广告，哪里是车，分明是件粗野的艺术品。用废弃的零件拼出一辆性能强劲的车，如此奇形怪状，这铺子和师傅的手艺该有多好。开始胖老板很开心，接着就不高兴，咸明亮经常把车停在自己的巷子里，前来参观顺便修车和买零件的客人一看门前光秃秃的，油门一踩走了。

“你要把车停在店门口。”胖老板说。

“可以倒是可以，”咸明亮说，“我怕被人捣鼓坏了。还有，假牌照会露馅。”

“那也得停。”

“好吧，停。谁让轮子是圆的呢。”

修车铺离咸明亮的住处步行二十分钟，过去没车倒无所谓，有了“野马”咸明亮就觉得路远了。这问题也不大，要命的是一旦刮风下雨他得临时往铺子那边跑，给车子穿雨衣。一走就得一个来回。他建议给“野马”买个车罩，下班后就给它罩上，钱可以从他工资里扣；胖老板眼一翻，罩上了跟车没停在这里有何区别？要罩也只能罩上方向盘和仪表盘那一块。这就很气人，可是咸明亮没办法，“野马”的任何一个地方他都不希望被风吹着被雨打着，还得来回跑去苦车屁股。

到此还不算完，不知道哪个倒头鬼头脑出了问题，找到胖老板要买下这辆车。他觉得这玩意儿酷，有个性，是实用与艺术的完美结合。“别说它糙，”那家伙说，“不糙我还没兴趣。我出这个数。”他把若干个手指头伸出来晃了晃。胖老板立马被晃晕了，他没把那个数告诉任何人，但它足够买一辆新款的丰田车。那家伙还说，废铁不值钱，废铁变成这样就值钱了。

胖老板把咸明亮弄到驴肉火烧店里，四瓶啤酒、四个火烧外加一盘五香驴杂碎，咱俩商量个事。咸明亮喝酒、吃肉，说：“有话你说。轮子总归是圆的。”

“车就放店门外，我补你工钱。”

“不用补，都是下班后干的。”

“补三倍，”胖老板把第四瓶酒打开，“车算店里的。”

“算你的？”

“也不能这么说吧。算店里的，店是大家的。”

“已经算店里的了。”

“那你签个字。”胖老板从裤兜里摸出张纸，眉头写着：自愿转让合同。他已经提前在店主处签了名字。

咸明亮说他这辈子头一次干拔腿就走的事，站起来喊结账，留下三十块钱就走。剩下半顿饭他到我们屋顶上吃，运气很差，他当黑A被抓住，请了四瓶啤酒。我们当时根本不知道“野马”有价了，想的就是他妈的凭什么，咱们明亮哥每天撅着屁股干到半夜，一个个螺丝拧上去，说拿走就拿走，你以为你是政府啊。行健说，哥你听我的，轮子是圆的嘛。

咸明亮说：“嗯，轮子就是圆的。我就想有辆车，破成这样为啥还这么难呢？”

第二天咸明亮来了，说：“他说我用的是他的家伙、他的电。”

我们问："你怎么说？"

"我可以付他钱。"

第三天咸明亮又来，说："他说我用假牌照，犯了法。"

我们问："你怎么说？"

"我可以办个真牌照。"

"然后呢？"

"他说我用过假的了，已经犯过法。我还有前科，再进去这辈子别想出来了。妈的，轮子是圆的。"

第四天咸明亮再来，说："今天有个警察到店门口围着'野马'转了三圈，问我哪里人，家里还有谁，在北京过得好不好。"

"你怎么说？"

"我说我后爹也死了，没有家。我说我每天能看着门口的车，我就觉得我在北京过得还不错。"

那天他和我们在屋顶上捉黑A捉到看不见手里的牌，他请我们喝了啤酒，吃了驴肉火烧和五香驴杂碎。因为天慢慢黑下来，我们看不清他的表情，也没工夫去看，我们手里一把好牌，摩拳擦掌都准备活捉黑A。五香驴杂碎非常好吃，包括驴心、驴肝、驴肺、驴肠、驴肚子，等等。

又过两天，我们就听说咸明亮出事了。出事的还有胖老板，他给香山脚下的老丈人家送酒，咸明亮主动要求开"野马"送他。车子开得很快，"野马"嘛，左拐弯的时候左前轮子突然掉下来，坐在"野马"的副驾座上的胖老板先飞出去，跟着车子也翻了个个儿，剩下三个不一样大的轮子对着傍晚的天空转。胖老板一头撞到一棵大树上，半截脑袋顿进了胸腔里，医生费了半天劲儿才拔出来。

我们四个一起去医院看望了折断了四根肋骨的咸明亮，他的头上缠着一大圈绷带，左胳膊骨折。这辈子不打算开车的米箩小声问了一个我们都关心的问题：胖老板为什么不系安全带呢？

"副驾座上有安全带吗？"咸明亮艰难地说，"我可没装过。"

米箩想，难道记错了？上次他坐在副驾座上，咸明亮再三嘱咐他系上的难道不是安全带？

"他们找到那个轮子没？"咸明亮一张嘴四根肋骨就疼。

"找到了，"我们说，"滚到旁边的枯草里。放心，一点儿都没变形，还是圆的。"

原载《花城》2011年第1期

哈代诗篇中的神秘终结

权聆

裘德的脸上爬满螃蟹。他生前的身份，是镇里的律师。眼下，他的脸上爬满螃蟹。那些家伙的钳子把新郎官的眼睛挡住了，看起来挺骇人。警官示意验尸官把人抬走。众人让出一条路。有人说，头天夜里，在芝麻街的小酒馆门口看见过裘德，喝醉了，靠着窗玻璃吐得厉害。另一个声音说，不对，我最后一次看见他，是在婚礼现场，他妻子弹琴，他满脸通红地和每一位客人碰杯，扬脖子喝。

助手把竹筐捧到警官面前，螃蟹的钳子从筐缝里伸出来，嚣张地挥舞。

中午，鲜美的清蒸螃蟹摆在雪白的盘子里，精巧的小碟盛着姜汁和醋，桌面的花束遮掩着警官娘子朦胧的脸庞，她戴着手套的两只手熟练地剥开蟹壳。警官娘子看也不看她的丈夫，嘴角挂着蟹黄也不在乎，她说："亲爱的，他可算是你朋友。"

正是看在朋友的分上，警官当天夜里就径直去了芝麻街。往常，他对于牌局的关注胜过案件的侦查速度，特别是死了人的案子。人一死，清楚似乎无用，但裘德是他的朋友。警察和律师，多么般配的一对朋友。警官去芝麻街的途中，他娘子正躺在阳台的沙发上，就着星光看老哈代的诗集。其中一首诗的名字是《新来者的妻子》。红茶凉了。茶杯垫子破了边角，娘子随手扔进垃圾桶。她用《雨果小说全集》的第五卷代替杯垫。第五卷恰好是《悲惨世界》，有一个章节描述沙威投河自尽。茶杯与奶缸放在小说上方。夜风送来寒意，书页瑟瑟抖。警官娘子昏昏欲睡，她模糊觉得梦中独自走进枯叶遍地的林子，在岩石边邂逅一个纸人，自称雨果。这原本平铺地面的纸人，身子一卷，就直立了起来，厚着脸皮要和妇人一同走。

沙威是投河死的，裘德也是。两者没有必然联系。既不是出于对河流热爱，也非讨好文学巨擘。警官钻进芝麻街的小酒馆。他先找了个角落，打个响指要一杯酒。没听说裘德死讯的，自然不把他放眼里，该喝酒的喝酒，该调情的忙着眉来眼去；了解一丁点情形的，默契地看他一眼示意，好像随时恭听差候。小酒馆里满是胡言乱语，听信哪一句都可以，也可当作一阵小风。"昨天晚上，是个什么日子？"警官明知故问。"那还用说？"黄牙朱龇牙咧嘴地笑开了，“那还用说？是裘德结婚的大喜日子呀！”警官厌恶地看着黄牙朱的鸡胸，像风箱一样颤动。你要笑就笑吧，干吗嘶嘶地散发臭气恶心人呢？警官心里想着，屏息侧脸，简短问了几个问题，就催他迅速离座。警官纳闷，这平素严整庄重的律师为什么不陪新婚妻子？为什么没有乐死于床笫，偏偏做了河里的鬼？他询问三个工人，三人均摇头，他们玩色子玩得不分昼夜，什么都没瞧见。女招待回答得好，女招待说，他是喝了不少酒，在酒馆门口吐得一塌糊涂，但没有一滴是咱们酒馆的。老板笑眯眯地补充，对，我证明，虽然他喝了酒，也有人瞧见他靠着我家窗玻璃吐，的确是没有进门来喝上半口。警官结了账，郁闷地走出酒馆，寻摸到裘德呕吐过的那扇窗户前。

裘德的遗孀对镜卸妆。她从梳妆台前的镜子，看见窗外的警官。她态度冷淡，不像新寡的女人，见到警官就好似抓住救命草，呼天抢地直哀命途衰败。遗孀瞥一眼窗外的警官，跟没事人似的，拿马鬃刷一下又一下地刷头发。

她深棕色的长发散落床边，蒲公英似的把柔软抛掷，一忽儿就变成纠结的藻类海洋，荡漾，坚决，与垂死的溺水者交欢。

警官蹑手蹑脚地爬上床，他娘子怀抱老哈代的诗集，睡得香甜。

诗集中有一段说什么来着？“对/他初来乍到/将她当作清新和纯真的化身/哈/哪里会想到在他上台前/她已把床上戏演了多少遍！”

律师刚拿到执业书，兴冲冲地赶赴本镇。他听说这里盛产大叶黑丽人。大叶黑丽人是一种蜘蛛。据说从省城到本镇，每天仅有一辆班车经过。律师在茶馆多耽误了一会儿。他跟人打听大叶黑丽人的相关情况。待班车出发前，律师才拎着箱子追上来。司机不愿意发善心，他乐意让这些迟到的人在车站的硬板凳上待一宿，把蚊子喂饱。他乐意看误车的乘客，上车时脸上带着谢天谢地的神情。就在律师差点要放弃的时刻，一双手从车门伸出来。律师拽紧这双手，上了车。前排坐着跟他年纪相当的男人。律师冲这人点头，算是感谢。律师拎着箱子往里走，不小心踩上皱纹满面的老太太的脚背，老太太嘀嘀咕咕地抱怨一句接着打盹。这时候，遇上陡坡，班车剧烈地颠起来，鸡鸭乱叫，有人数落律师，差点把他家的鸡脖子踩折了。律师连声道歉，好不容易在紧里找到座位。坐前排的男人扭过头，冲他笑笑。数月后的一天，律师与这男人正式认识。

警官带着卷宗前往律师事务所，裘德正跟打字员交谈，抬眼看访者，认出是警官。警官和律师，两人的手握在一起。警官心下开了花，他有要紧事需要律师帮忙办。若是不能解决，他的饭碗非但不能保住，恐怕还要牵连他娘子家的声誉。

在一桩聚众赌博的案子中，材料上的名单显示，警官身为其中一分子。举报人的签名和指纹力证诚实。警官找经手此案的律师做手脚，要他从技术上屏蔽名单详情。

翌日清晨，警官在办公室接待一个侏儒。女性侏儒。她鼓突的眼珠是杏黄色，眼皮上涂着湖蓝眼影。她说，她亲眼看见律师是自己跳进河的，"不过我说不好，他是喝多了跌进河里，还是自己跳进去的。""请你在这儿签字。"警官把一页文件递给她，"把你知道的情况说得更详细点。别忘了注明你的职业。"女性侏儒瞪大鼓突的眼珠，吃惊地望着警官，"难道您忘了，我是卖花的。您在我这儿买过的花不下一百枝。我一说，先生太太，买花啦，不买就送你丫死猫，你们就忙不迭地扔下硬币。我得感谢你们把我当瘟神，光扔钱，不要我的花。您扔我的硬币足够买一百枝花，我没兑现过一朵，实在是我觉得就当卖给你们的花都开败了，我说卖花给你们，那花就在阁下心里开一次。"警官赶紧差人把这个絮絮叨叨的侏儒赶走。

警官正往咖啡里放糖，手下报告说有一位女士求见。是律师裘德的遗孀。遗孀把一份《地球日报》递给警官。警官瞟一眼标题，说：人人都知道，这报纸是有名的毒舌头，不必当真。

遗孀摘下墨镜。警官把报纸拿起来，小声念标题新闻："我们都叫她出租马车 / 但她行动谨慎，不露痕迹 / 她有点憔悴 / 但还有几分姿色 / 至于流言蜚语 / 很快就会被忘记。"警官心里慌张，拿不准用什么法子安慰这憔悴的凄艳的黑衣丽人。

警官夫妇早早收到律师派人送来的婚宴请柬，他娘子看一眼请柬，只轻蔑地哼了一声。警官无论如何也不敢去赴宴。律师的新婚夜，警官在隔壁朋友家打牌。律师家的欢声笑语，悠扬琴声，撩拨得警官心里痒痒。他喜欢凑热闹，不像他冷冰冰的娘子，爱蜷缩在家里无事可做。他的朋友一边发牌，一边说闲话。《地球日报》刊载的消息援引一位工人兄弟的话说，劳工组织同意，允许在午间休息的间隙提供茶水，但每位限用一杯实在是小气了点。打牌的人瞟一眼收音机，说：南方的甘蔗地全被征用作战场，糖的价格已经上升到近二十年来的最高点。有人插话：要是女人的裙子也节省到大腿根就太好了。几个无聊男人的笑声被收音机里的靡靡女声淹没。

除了偶尔有战机经过本镇的天空，还没有一枚炮弹落到这儿。飞行员从天上俯视这座几个世纪前留下来的城池，石头建造的宝塔状屋舍像斑驳的化石镶嵌在祖母绿上。战争的硝烟离此地很远。正午的阳光把路面的条石晒得发烫，牲口漫无目的地逛，埋头吃些野草。茂盛的树叶在和风里招展，像是挂着的闪光的金片，远看金灿灿，走近了瞧，却是绿油油的叶子。人们都躲在屋里睡觉，喝茶，打发闲暇时光。芝麻街的小酒馆生意这时候向来清淡，老板就着榆木吧台打盹。隐约中听到点动静，他没在意。不久，他灵敏的鼻子嗅到酒香味。他立刻跑到后院。酒缸全给砸了个窟窿，酒水淌了一地。牛和马的蹄子在淌过来的液体里小心躲闪，忍不住凑上脑袋，用粗糙的舌头舔。它们叫唤，老板也叫唤。伙计都跑出来了。

很快，许多人簇拥过来。酒气环绕整个镇子，充盈每一个角落。人们把小酒馆团团围住，警官也赶了过来。大大小小的事务接踵而至，令他不胜其烦。若不是为了体面，他倒是愿意辞职，在家吃老婆的软饭。他的耳朵一方面听老板和伙计诉苦表白，同时也在尽可能收集人群里的闲言碎语。

黄牙朱抱怨，今天没地方喝酒了。

女性侏儒站在井盖上高声嚷嚷："是裘德干的!"

"你瞧见了?"

"当然！我看见阴影跳进了酒馆的院墙。"她说话神神道道，像一个巫婆。

"搞错啦，那是一巴掌云。"小学教师嘲笑她。

"也许是小偷。"

警官在小酒馆里查看了一圈。他建议老板把看热闹的人赶走，顺便查点有没有短少钱财。警官坐在空荡荡的小酒馆琢磨。他的眼睛瞥向裘德呆过的窗户，思路不由牵引到裘德的死因。他假想他就是裘德，站在那扇小窗户前，他能看到什么?警官慢腾腾地走到窗户跟前，两手交叉，放在小腹前。咳嗽了两声，警官挺挺腰身。他惊讶地发现一个秘密。他几乎捂住了嘴。来不及跟老板辞别，他连忙冲出酒馆。调查裘德死因的那个晚上，他在这扇窗户跟前站立了一会儿，但那时候是夜晚，小酒馆人多，嗡嗡作响的声音让人烦躁，那个昏暗的夜晚，他一无所获。就在刚才，在空无一人的酒馆，他发现一个秘密，他的脑海也同时浮现出一个画面：

雨水冲塌石桥，他挽起裤脚，把鞋带系好挂在脖子上，准备蹚水过河。头天夜里，牌友一再劝他留宿，好把游戏玩个痛快。他打定主意，告诉太太，公干的男人常常身不由己。等他过了河，发现湿了裤腿，弯下腰拧。这一下腰不打紧，他看见一具死婴躺在水草的缝隙。他转身就跑，踉跄着奔上大路，不时回头望，好像有人跟着他。他心神不定地过了几天，心里拿不准真假，心里想，会不会是谁家小童丢弃的玩具娃娃。他扛着钓鱼竿，拎着水桶，煞有介事地往河边走，一探究竟。河湾像是在捉弄他，清澈洁净，水草规矩地长在岸边，让人相信，这是一个适宜美好女人对着河面梳妆的风景地。警官空手回府，他原本就没有兴致在那儿钓鱼。他家娘子看空桶干巴巴的，狐疑地盯着他，“就那点破事，用得着费这许多周折吗?”警官把娘子拉进卧房，把雨天的见识告知，并说：“从来没把打牌当过正经消遣，也就是奉承下长官。”他家娘子白他一眼，摘一枝花瓶里的玫瑰，不紧不慢地哼着歌子出了门。警官纳闷，他以为整日价百无聊赖的娘子会穷追不舍，催他彻查，结果人家却是毫无兴趣。他知道娘子的家族背地里笑话他懦弱无能，他娘子贪恋他年轻时挺阔的身形，现如今，人到中年，他发了福，娘子对他日益冷淡。一想起他娘子，还有她的家族，警官的内心就格外郁闷。背地里他和远地方的女子有过短暂的欢爱，都是下层女子，双方各有所需，浓情蜜意起来，分不清虚实，一想到自个儿身份，他觉得还是速战速决好。稀里糊涂混到中年，警官以为再不用为情所困，看到律师的女人，他的心难以安分。有一个细节，警官没有告诉娘子，他扛着钓鱼竿在远处打望河湾的时候，看见律师女人匆匆的背影，她身着骑马装，但身边无马，手里也未握着鞭，想来她在岸边站了好一会儿。她站立的位置，是他雨天看见死婴的地方。他清楚记得，那里插着木桩，常被捕鱼人用来拴缆绳。律师的婚期将至，警官觉得有必要留点口德。

律师的女人伫立岸边的画面，像是双目凛然的母兔久久徘徊，虽然他看到的仅仅是她离去的背影，他确信在他到达之前，她在那里落寞地站了许久。不可能一个女人跑到河边就为了琢磨漩涡的流向。如果是那样，他很乐意和她一同犯傻。他没有和他娘子如实汇报亲眼所见，另有一个他不愿意承认的因由，他家娘子排斥律师的女人，若是因为女人间的嫉妒就罢了，问题是，他隐约感觉到，他家娘子暗地里爱慕律师。特别是得知律师死亡的消息，他家娘子立刻捂住嘴，佣人犯错误视而不见，就像突然间变得宽宏大量了。

警官背着手在晒得发烫的条石路面走，不愉快的印象在脑海丛生。他的味蕾被恼人的愁绪压抑，根本没有心思检阅店铺里的腊肠、杨梅汤、醋渍黄瓜条……他不愿意过早回家，绕着镇上的坡地兜圈子。

春夏之交的一个星期日，律师的女人随卡车路过本镇。她抑郁得厉害，烟不离手，没有演出的时候，披着钩花棉线外套独自散步。卡车要载着演员回省城，她留下了。不久，传出这个女人和律师即将订婚的说法。警官携娘子参加了订婚礼。置备的酒水糖果丰盛，女主人出尽风头。警官娘子的好胜心被激发，也去省城定制了精致点心分发给亲友和警官的同事。无论如何攀比，她久居乡间，明显输于律师女人。往常镇里的女人模仿警官娘子，渐渐地，被律师女人的仪态吸引。裁缝店的师傅照律师女人提供的明星画册做马裤，律师女人当即把画报收起来，师傅记忆好，等警官家娘子去做衣服，他照着律师女人的马裤款式做了同样的一套。细小的琐事，男人不在意，女人却个个敏感。警官压根不知道他娘子与律师的女人有同样款式的骑马装，两个女人却都十分清楚，彼此都认为是对方跟自己的风。到后来，两个人均不肯在同一个场合出现。警官娘子心思多，通过各种方式掌握律师女人的动向。

闲暇时间，警官娘子时常在花园散步。她问佣人，新招来的花匠，那个膀大腰圆的小伙子是谁介绍来的。佣人说，是他自己找上门来的。她瞧那小伙子大热天还穿着长袖衫干活，觉得有趣，叫进屋子问话。小伙子瞧出她格外的意思，两个人不知不觉就往床上去。等他脱光衣服，她哦了一声：这个打短工的男人，上半身全是蟠龙文身。完事后，一对男女聊天，无非是自己身外的遭遇。言谈间，警官娘子听出来，连这个过路的小子对律师的女人都印象深刻。

数月后的一天半夜，佣人听见楼上传出恶狠狠的骂声，玻璃器皿从楼梯滚落，待一声巨大的撞门声过后，整幢房舍、庭院陷入惯常的静谧。紧接着，留声机拖腔拖调的乐曲回响起来，与刚才的插曲形成变奏，好事的佣人把耳朵贴近主人卧室，警官娘子又哭又骂：“该死的，敲诈我。”佣人吓得吐着舌头，溜回地下室。

第二天，警官回到家，他似乎不知道夜里发生的事。他问佣人，楼梯的地毯何故散发烈酒的余味。佣人看一眼警官娘子，自责道，不小心摔了酒瓶。警官把餐巾平整地铺在膝盖上，动手切鹅肉，边切边说：“酒量似乎不少，这几天我不在家，夫人举办了盛大的家宴?”他把脸转向警官娘子，“开心吗?”警官娘子面无表情，她没有给警官任何回答。警官以为娘子气他彻夜打牌，夜不归宿。他讨好着赔笑脸，把柠檬汁洒在警官娘子的盘子里，说：“男人在外面公干常常身不由己。”

警官绕着镇上的坡地不厌其烦地兜圈子。他的记忆被另一段记忆唤醒。那是一段有关气味的记忆。警官娘子平素喝葡萄酒，小酒馆的酒是用本地特产的红果酿造，辛辣之余含有淡淡的果酸味。他在小酒馆里闻到的气味，和他家地毯上的酒味是同一种味道。这个惊人的发现让他无法心绪平静。他说不好他的妻子在小酒馆的事件中是否有牵连。他无法给出合理的解释，一位高贵的太太，和小酒馆破碎的酒缸有什么联系。有一点是肯定的，佣人回答他的问题，多余地看一眼他家娘子，这个细节值得重视。他想起一件事，匆匆回到办公室。他打开办公室的卷宗，从里面的琐碎物件中拣出几页字条，是三个工人提供的证物，证明裘德死亡当夜，他们在小酒馆玩牌，输家在脸上贴纸条。他们使用的纸条，不是毛边纸，或者普通报纸。查看问讯记录，他们的回答证实，是顺手从小酒馆的柱子上撕下来的。小酒馆的柱子上总会留下一些薄纸：也许是人家的留言，酒友互相邀约聚酒的时间，私会的人留下暗号，用口水直接粘，也有用饭粒的。警官瞧出来了，他桌子上散开的纸条勉强能拼成半页诗句。可惜他不懂得诗。也许他可以问问他家娘子。分开的诗句，像是散伙的帮会兄弟。想了想，警官决定先不问他家娘子。线索在内心积聚多了，自然会组织出一些眉目，不一定准确，却多少会对侦破产生神奇的作用。

律师裘德的女人坐在警官办公桌前。警官艰难地克制自己的呼吸。这女人有一种强大的气场，让他觉得，他才是被审问者，即使她一言不发，他都愿意把他有生以来知道的所有已知都告诉她。起初，他只能扯闲篇，问女人喝点什么，茶或者咖啡。但女人摇头。他就假装一阵公事忙乱，才坐下来清清嗓。他用食指敲桌面。他捏捏鼻子。他把左腿骗右腿，放下，把右腿骗左腿。终于，他开腔了。“我想了很久，觉得还是有必要和您当面谈一谈。碰上这样的事，很不适宜打扰您。”

“没关系。尽管问。”

“新婚那天，您府上有没有发生特别的事？”

“有的。丈夫死了。”

“我不是问这个，我恰好是为了调查他的死因，好给您和地方一个交待。”

律师的女人不语。

“您再想想。比方说有没有不速之客，有没有听到什么可疑的对话，或者别的可能导致裘德死亡的因素。”

“一个莽撞的酒鬼突然上门来，对我丈夫说，我跟他有一个孩子。我丈夫不信。那人说他马上去找接生的婆子来证明。说完这话，酒鬼就走了。我跟裘德说，你等着他找接生的婆子来好了。裘德果然就这么等着。等到后来，他拎着半瓶酒也出门去了。那天，他喝了太多酒。”

“您认识那酒鬼？”

“不认识。”

“他长什么样？”

“说不好。长相粗鲁。”

“从来没见过他？”

“曾经看见他在你家花园锄土。”

警官大吃一惊。

警官把佣人召集到一块儿。一等他娘子回娘家，他在家里就有了行使权力的自由。警官不问究竟，让佣人拿麻绳相互鞭打。四个佣人被打得莫名其妙。一个人主动承认，地窖里的红薯是他偷的。还有一个人捂着屁股，招供他和厨娘的奸情，无非是为了打牙祭的时候，多得点好处。自那厨娘被女主人解雇，新来的厨娘，他绝对没兴趣碰，他只对胖女人感兴趣。瘦厨娘当即和他吵起来，“早知道我该多抽你两鞭子。”

警官冷漠地看着眼前争执的佣人，起身离开。

警官紧锁眉头，他不蠢，他开始有了模糊的线索。警官走到山下的石头房子。四周没有住家。被烟熏得黑黢黢的石头房子显得异常神秘。尽管它实则是一幢普通的农宅，居住的也仅仅是一个普通的妇人。

走出门来的是警官家从前的厨娘。她把警官迎进屋。她越发肥胖，喘息也更粗声大气了。她抡斧头砍猪棒骨，像男人劈柴。砍完那一堆血肉模糊的骨头，她哗啦一下全扔进沸腾的铁锅。

她扭过头来，回答警官的问话。“我是不得已出来做厨娘的。比起帮人接生孩子，我还是觉得看着小东西从他妈腿里跑出来有意思。”她笑的时候，双下巴搁在胸膛上竟纹丝不动。“有的女人那孩子生下来没法要，我还得帮忙送到远地方的斋堂，让那里的善人给孩子找人家收养。我没营养东西给穷女人，这汤还是有的。喝了我熬的汤，通泰得很。您也来一碗？”

警官摆手，“留着给生孩子的女人喝吧。”警官走到铁锅跟前，看着白白的浓汤，“你有没有给体面的人接生过孩子？”

厨娘顺口就回答说：“几乎没有过。除了穷人不嫌我，体面人怎么肯找我？”

“可你说的是几乎没有过。那就是说，你曾经有过例外。是谁？”

厨娘愣住了，看着警官。过一会儿，才徐徐说道：“不能说。”

“父亲是曾在我家干活的花匠，母亲是谁？”

厨娘的胖手推警官，“先生，我现在不在您家干活了，用不着讲那些礼数了，麻烦您现在打道回府。我什么都不知道。”

警官在门槛处差点摔了个趔趄，“是律师的女人吗？”

厨娘把警官推到屋子外，赶紧拴上房门。

那几天，警官一门心思就是找到曾经在他家干活的花匠。听说，那年轻人流浪至此，没个定性，不太容易找到他。他就想，那就等他娘子回来以后再说吧。他家娘子对他的藐视有增无减。算起来，他们曾经有一段时间长达半年没见面。娘家惯着她，他不好意思觍着脸上门看望，只好假装大肚能容的慷慨丈夫，时不时地让佣人捎带点书信、水果请安、问好。他岳丈护着他，事业上偶尔帮扶他，也许是觉得，这丈夫给了爱妻绝对自由实属难得。

偶然的情形下，警官在妻子的衣柜发现了骑马装。他恍然大悟。这样时髦的款式，并非律师的女人独有。他心绪杂乱地坐下来回顾他家娘子的时间表。在经历了那一段分居的日子以后，警官娘子的脸浮肿苍白，说是天天熬夜打夜麻将给害的。他家的胖厨娘，差不多在那时候离开他家。

有那么几天，警官消沉得连胡子都没心思刮。裘德下葬，他没去。警长升职仪式上，他也只是露了个脸。

雷雨过后，彩虹在浮桥上跨过。不少村人在河里捕鱼。傍晚时，每户人家烧烤鳟鱼的铁架摆在了路边，就像过节一样，孩子们雀跃着，到处玩耍。一辆囚车经过本镇的小广场，外省小子被两个法警带上囚车。

在这个道听途说的乡村事件中，我们听到的结论和警官报告上司的陈述完全不同，就像诗和现实的距离。乡村流传的说法是，律师之死与他人无关，纯属酒后意外跌入河沟。除了法医的认证，还有一个重要证人，就是那位女性侏儒。卷宗上的报告确实已无迹可寻，战火将数年前的文件烧毁。

现今重提旧事，是因为一个女人的恨。一个恼火的女人，在自己家空旷的宅院踱步，气咻咻地大声罗列家事，把她早已仙逝的丈夫诅咒了一千遍，把一个女人臭骂了一万遍，把命运没给她留下孩子，害她无人送终老的事喋喋不休地哭天抢地了万万遍。让人吃惊的是，愤慨的女人一旦安静下来会背几首诗。远地方的人都知道，这个村子住着一个诗歌的婆子。当她透过生锈的栅栏，喊住过路的小伙子，她真吓着了一些胆小的人。她苍老的身子裹着骑马装，手上没有鞭子，却让人想见她当年的威风。她解释说，这种款式的衣服，从前很是流行了几年，战争结束以后就没人穿了。她说这些话的时候，神经质的眼神看起来很和气。有股子邪门的劲儿驱使她要把路过的小伙子拉拢过来，“你跟人说了吗，孩子是你和她的。我不许你说是我们的。”当这个旧日的鬼，说一些让人摸不着头脑的话，也只能由着她了。

她的丈夫因为软弱隐瞒了事件真相，一辈子，他聪明了一回，他发觉他娘子背着他有过一个孩子，发誓要让那个外省小子吃枪子儿。他做到了。也许他认为，在一个没有秩序的世道，维持现有的平静比什么都来得重要，这似乎成了愚钝的人笃信的法则。

原载《收获》2011年第1期

坐酒席上方的人是谁

王　手

[1]

1983年的时候，龙海生正在上海跑码头。这段时间，他的电话很多，他一回到遵义旅社，门口的师傅就会告诉他，你家里又来电话了。也经常有人给他捎来口信，这样这样，那样那样，找他的都是些路过上海的朋友，或他家的亲戚。他的信件也渐渐地多了起来，过个半月一月就会来那么一封，比那些长期居住的老码头还要多，但都是薄薄的一纸，放在灯下一照，还可以映出里面的字迹，是他母亲用钢笔誊写的。这些电话啊，口信啊，信件啊，都是一个意思："最近九州的形势不妙"，"这件事是不是你做的"，"这次公判又枪毙了几个人"，"你暂时不要回来，避一避再说"。龙海生知道这些后，一律的都会给自己微微的一笑，没有紧张，也没有慌乱，他心里非常清楚自己的处境。

他仍旧留在上海，按部就班地做着自己的事情。这时候的龙海生，已渐渐厌恶了江湖上的打打杀杀，当然，偶尔的性起，他也会出手拔刀的。比如，去年冬天在十六铺，他就叱咤风云了一回。十六铺是上海至九州乘船买票的地方，三天一班的航程，使得船票没有一天是不紧张的。年关将至，全国各地的九州人都集聚在十六铺等着回家，买票的队伍排得像肠子一样，也有说得好听点的——像蚊香一样。认号的形式也是一会儿一变，有时候写在手心上，有时候又改写到衣袖上，主要是"领导"一直在换，说了算数的人没有。有一群人倒是很早就发现了这里面的商机，他们是上海的"地老虎"，他们代客排队，然后以号码换取报酬，上海到九州三等舱是八块钱，他们收五块，心凶，九州人说他们是"打倒了人还把睾丸也咬了去"。他们垄断着排队的"市场"，经常在队伍里兴风作浪，弄得规矩人浪费了不少时间，还买不到票，非常的难受。如果有谁气不过，说他们几句，一拨人马上就汇拢过来，"指头枪"淋雨一样围攻你，侬做啥？侬哪能？侬饭要不要吃啦？九州人本来嘴钝，舌头像石头，正常时都翻不动普通话，吵架就更不是他们的对手了。有一次，一个朋友咽不下这口气，跑到遵义旅社搬龙海生，龙海生一听，说，你说都不用跟他们说，这些人就是"讨打"。这是龙海生的口头禅，换了现在的说法就是“欠揍”。于是，从旅社的床铺下抽出大刀，这是他用以自卫随身带的，两把，插到背上，外面裹了大衣。上海的冬季天冷，大衣正好把大刀遮得严严实实。到了十六铺，龙海生把大衣一掀，大刀一拔，打声喊，如入无人之境。那些嘴巴利索的上海人哪里见过这等场面，拔脚就跑。那天的十六铺真是昏天黑地啊，到处都是在跑的人，有些是追打的九州人，有些是逃命的上海人。后来知道，其实也不是上海人，上海人不屑于这种营生，好像是浙北或苏北一带的乡下人，那段时间，以讲上海话为荣，他们学得像，就冒充上海人欺生了。后来人们在传颂龙海生这段故事的时候，脑子里都会马上响起类似于《大刀进行曲》这样的旋律。

龙海生在上海做什么？接合同。这是九州人与生俱来的特长。而他朋友多，开销大，也需要有足够的经济作为后盾。他接的合同五花八门：电动机槽楔，这是给九州竹筷合作社的；华侨商店的剪纸，是给手工十字绣工场的；还有就是旅行秤，听说是出口的，是给棉纺厂家属厂的，这个厂现在还占在城西礼拜堂的一角。他还顺便捎带一些朋友的东西，都是些结婚时用的时髦物品，高脚痰盂、牡丹香烟、七彩被面、公事桌的玻璃板等。合同卖给上述的那些单位，而朋友的东西，就意思意思地赚个差价，按他自己的话说是，“大钞票要赚，细角子也要捉”，几条活水灌进来，生活才会滋润起来。龙海生在上海如鱼得水，不亦乐乎，一时间没想要回来。

后来，有朋友打来电话，说李元霸要被枪毙了！龙海生心里就油煎一样，拱起来要走，要赶回九州去。他母亲叫人带来口信，说你走不得，你回来就会被抓住的，你会送命的。龙海生不管，他这种人，命可以不要，义气不能没有，好朋友都要吃“花生米”了，自己还在上海苟且偷安，这事要让后人知道了，岂不是为人不齿？他收拾好上海的摊子，暂时打理了那些合同啊买卖啊，叫人把自己带进提篮桥码头，那是九州船在上海出发的地方，事先躲在熟人的船舱里，待轮船慢慢地行进至公海，再田螺一样现出来补个散席。这也是活络的九州人乘船回家的一种伎俩，他都是这么干的。

回到九州，龙海生知道了形势的严峻。九州是蛮荒之地，社会混乱，党中央派来了一位铁腕书记来治，据说，此人从内地的一个县长直升为九州的市委书记，原因和理由就是这个人身正，骨硬，不留情面。还据说，他夸口答应了党中央，半年把九州治理太平。他先是要了“两把刀”，把每月每人半斤猪肉调为一斤，把咸菜四角的降为两毛，人心马上就稳定住了。还有就是结果了一批坏人：一位撬保险箱的家伙，杀！保险箱是多么神秘啊，保险箱在百姓眼里就是银行，这个人连保险箱都不怕，就是江洋大盗，就是死有余辜；一位是酒后刺女人大腿的愣头青，女人的大腿本来就非常暧昧，他还专门挑这个地方下手，实在是十恶不赦。李元霸也是这批的其中一个，他平时好两肋插刀，经常地被人请去调停和斡旋，这本来是好事，但他的名气太大了，抢了公安的饭碗，就变成坏事了，他的罪名是“地下公安局”。就是这些人，在某月某日的公判大会后，要被拉到松山枪毙了。

龙海生觉得，不管怎么样，他都应该来送一送李元霸的。一是要见一见他的最后一面，二是想看看他最后是英雄还是狗熊。听说，一些平日里威猛强大的人，一旦听到了“死刑”，也都是抖抖掉的，有的当即尿了裤裆，有的一下子就瘫倒了，像死猪一样。他现在还在外面，他没有这样的体验，他想看一看李元霸的最后表现。

那天的公判大会在人民广场开。龙海生骑了一辆自行车等在市中街。他听着广场内的高音喇叭里都是“死刑死刑”，他心里好像也在打“叉叉叉叉”。他没有像一般观众那样站在路旁看，而是骑了自行车跟在刑车后头，这也算送李元霸一程吧。那天的李元霸被绑得像一个粽子，由两个解放军死死地按着，他像是镶嵌在车头的一个装饰，一动不动，但眼睛却瞪得滴溜溜转。他是想看一眼最后的世界吗？还是在人群里寻找亲人和朋友？但龙海生觉得他是在作垂死的挣扎，强打精神，希望给别人留下一个硬码的形象。刑车从市中街游到人民路，再左拐到解放路，再折回到广场路，然后在广场路口示众一下。龙海生就这样一直跟着，他看见李元霸慢慢地无精打采了，慢慢地口吐白沫了，慢慢地眼睛耷拉了，但他被两个解放军钳制着，身体才勉强没有滑下来。在广场路口，龙海生听见人群中一声凄厉的喊声：阿哥——，喊声戛然，一看，喊声的姑娘已晕倒在地；再一看，姑娘已被人七手八脚地抬走。龙海生知道，这一定是李元霸的妹妹，也是来送别李元霸的。按理，罪犯枪毙前家属都会被派出所叫去“谈话”的，他妹妹估计是提前“漏网”的。这一喊来得突然，刑车也陡然地紧张起来，原定在路口的示众也不搞了，轰的一声，径直朝东方路方向驶去。龙海生知道，刑车接下来就会慢慢地快起来，而且越来越快，在经过西门大桥底之后，会飞一样地向松山驶去，那时候，就谁也跟不上它了。所以，在广场路口，龙海生计算好时间，在目送了李元霸最后一眼之后，他掉转自行车往松山骑去，他想赶到刑场那边再去看一看。

其实，松山早就被公安警戒了。龙海生登上松山的时候，下面的刑车也已经到了，他只能站在远处的山头模糊地眺望。他看见李元霸他们被一个个弄下车，有些傻乎乎地配合着往下跳，有些则感受到了死亡的气息，躺在车上“顽抗”着，结果当然是被解放军毫不留情地拖了下来。距离太远了，龙海生看不清哪个是李元霸，哪个是“刺大腿的”，哪个是“撬保险箱的”，看上去都一样，看不出平生是威武的，还是猥琐的，身体是强壮的，还是瘦弱的，那个过程很快，一会儿，六七个人就已经跪在那里了，也没有听见什么口令，就响起了一阵枪声，龙海生只眨了一下眼睛，李元霸他们都已猝然扑地，他感觉有个解放军在抹脸，有个在掸衣服，他想，他们一定是被血溅上了。他听说，枪毙用的子弹都是开花弹，打在身上，就是一个大洞，打在头上，头都打没了。

这天晚上，龙海生在家里想了很多很久，他倒不是怕公安夜里来包抄他，他非常知道自己的底细，他顶多只是打打架而已，没有血债，而这，又是后生们立足社会的重要方式，谁没有做过？但李元霸最后一刻的形象，像一枚楔子嵌入了他的大脑，他可不想自己最后的形象变得这么丑陋；他可不想自己的亲人站在路边凄惨地叫他，然后当场晕倒；他可不想自己像粽子一样被解放军摁着，像死猪一样被拖下车，并用开花弹把他的心脏打个洞或把他的头打没了。他为自己的今后作出了一个选择，按照通俗的做法，他端出一个脸盆，在里面放了些水，有点仪式感地把手慢慢地伸进去，浸了一会儿，然后郑重其事地洗了两下。

[2]

龙海生突然地变老实了，很长时间他都没有出去，既没有去上海跑合同，也没有在九州出头露面，一时间，他的朋友们都莫名其妙，都想不通。他的家就仹在市中心的弄堂边，他的房间就是矮屋翻抬起来的阁楼，他站在自己的小窗前，能看见路上走过的半个人形。这段时间，他常常会听到窗外响起的一声唿哨，像尖利的玻璃划过地面；他也会看见路上有熟悉的身影晃来晃去，像“盯梢”的便衣；他还会听到楼下有人在翻扑克牌，听声音是在做“三张牌”；他相信，在弄堂的尽头，在拐角亭子间的酒肆里，有一些人在那里日夜地喝酒；他知道，这都是他的朋友们，他们在这里守候他，要找他玩，或等着他找他有事。龙海生不想再和他们有什么瓜葛，他觉得和他们接触多了最终都会重蹈李元霸的覆辙，迟早会吃“花生米”的。同时，他也觉得，金盆洗手不能只是个形式，要有实际内容。

但是，他终究是要出来做事的，不做事他吃什么？不做事他家里怎么办？于是，过了一段时间，他出来了并有了自己新的事情——他去打桩队打桩，去运输社拉板车，去翻砂工场抬坩埚……这些事，有些需要韧劲，有些要考验力气，而翻砂不仅又热又累，还很见蹲功，没有毅力还真的做不下来。龙海生知道，他选择这些是在锻炼自己的心志，也是有意和那些朋友拉开距离。他的那些朋友，吃惯了，用惯了，一直都是养尊处优的，他们帮别人倒款，然后吃中间的利息；他们帮别人解决纠纷，吃赢家的也吃输家的；他们去保护赌庄，既保护过程顺利，又防止别人捣场，顺便抽一下“头薪”；这些事又荣光、又威风、又来钱痛快，是他们的拿手好戏。他们是决不会干他现在的这些事的。

有一天，一个要好的朋友来找龙海生，说，你做这些事干吗？我们做个别的事怎样？龙海生说，我就是不想做别的事才去做这些事的。朋友说，我不是要拉你做回头的事，我是说我们一起来做个新的事，我们做托运。龙海生没听说过这件事，就问，怎么叫做托运呢？朋友说，就是把九州的东西集中起来，再运到外地去。龙海生又问，那怎么集中呢？朋友说，那很简单，在路边租个店面，门口摆个灯箱，写上到哪里到哪里，东西就自动送上门了。龙海生再问，那运货的车呢？朋友说，车更会自己找我们了，他想跑货啊，他空车难受啊。龙海生噢了一声，这就是搞托运啊，他现在还想象不出这里面的细节？想象不出那些东西怎么的运到外地去？运到了又怎么处理？但他对这件事感兴趣，至少是一个新兴的行业，至少比他眼前的事有技术含量。他答应朋友说试试看。

这个时候，九州的经济已经有了点眉目，每天都要制造出许多东西，这些东西不能堆在家里是不是？要运出去，变成九州的名气，九州的牌子，要换成钱。这个时候，九州出来的东西很多，有皮鞋、服装、灯具、眼镜，还有汽摩配和紧固件。这个时候，九州还没有火车和飞机，轮船是有的，但速度太慢，有些没水的地方还去不了，这些东西要运到四面八方，只有走陆路，这样，托运这个行业就应运而生了。

托运就是要开线路，这条钱路本来是没有的，要把东西运到那里，就要把线路开起来。很多人以为，路是大家的，既然有路，东西就可以走过去，错。线路既是途径，也是距离，也是方向，也是目的地；线路也和其他“线”有关，比如内线的线，线人的线，自上而下一条线的线。这么说吧，你如果没有把这些线解决好，没有充分的准备，你就寸步难行，就是你上了路也没用。上了路也会有人抢你，有人查你，严重的还会有人收拾你。再说得直白一点，道理很简单，把线路开起来，把路面铺好了，把东西运过去，一路顺利，运到目的地，钱也就赚来了。龙海生心想，这有点像古代的镖局嘛，或者说，就是镖局。这件事有点刺激，他心底的英雄气又膨胀回来了。

龙海生先是开通了株洲的线路。第一趟车他是自己押的，他以前在上海跑过码头，他有与人打交道的经验。他的车只载了一半，而且还都是“胖货”，看似垒得像山一样，实际上没多少资料。这不要紧，他车里还带了一半准备送出去的礼品，运的是皮鞋，带的却是8080，次一点的也是双狮牌手表，“女儿还大于娘”。他是去投石问路的，石头投准了，路问好了，以后就可以慢慢地跑起来，可以一直跑下去。这个时候，九州的走私已经很有名了，但内地才刚刚听说，像国家机密一样，他们见了龙海生就会问，你那边走私怎么样啊？多吗？好吗？便宜吗？龙海生知道，用这些东西做糖衣炮弹，一打一个准。当然，他还带了许多九州的土特产——脐橙，这是敲门砖，是打掩护的，先用脐橙试探一下，说，从老家带了些土货，尝个鲜，一点心意。脐橙，一般人都会笑纳的。笑纳了，那些走私的双狮表啊8080收录机啊就会顺利地破门而入。

株洲的线路，龙海生是既艰难又顺利地攻克了。他一路打点，一路铺垫，他坐在大货的驾驶室里，犹如骑在一匹高头大马上，自我感觉是威风凛凛的。九州的信息本来就起得早，托运又属于新开创的事业，没有借鉴的经验，一切都是在探索和摸索的过程里。这时候，各地的地头蛇们还没有苏醒，还没有创收的意识，因此，路上基本上比较太平，没有机关陷阱，也没有蒙面贼打劫。当然，就是有陷阱和打劫他也是不怕的，他就是这样从江湖上过来的，他知道道上是什么规矩，要不，找他做托运干什么？他倒是有点怕那些工商税务，他们是他碰到的“新鲜事物”，他们不按套路出牌，而且，这些人的胃口都很大，不是烟和特产能够打倒的。不过，借了九州走私的名气，那些糖衣炮弹还是一个个都发挥了效应。很快，他们都被他发展起来了，成了他的内线和线人，为他所用，替他服务。他之所以威风凛凛地“骑在马头”，是他知道他们会把他的车牌号传递下去，一个个检查站都有了他的记号，就像鸿雁传书，他的车还没有开到，他的“书”早已经到了。于是，他只用坐在驾驶室里和他们点点头，或下车撒泡尿，趁着锁裤门的间隙，陪他们抽支烟，再把剩壳的烟脚丢给他们。他丢的都是“大前门”，有时候也有“牡丹”，有时候还有那种抽起来满天香的“凤凰”，这都是九州人在酒席上享用的，他们那见都没见过，他们肯定都傻了眼，自然是点头哈腰的。他就笑嘻嘻地回到车上，“骑上马”，扬长而去。

当然，一路上也有龙海生打不通的关节，也有比较硬码的人，不吃他这一套。对于这些水泼不进枪打不透的检查站，内线就会告诉他以逸待劳的办法，线人就会帮他去踩点。他就耐着性子窝在路边的大车店里休息，和不相识的司机打打扑克，和没有姿色的老板娘调调情，酒也喝一点，但神提着，没敢尽兴。这时候，女色买春还没有公开地时兴起来，但意识已开始有点萌动，姑娘也不是长期住店的，是接了生意后临时到隔壁抓差的，无非也就是隔靴搔痒似的“奶撞”，然后邀请你到楼上去坐一坐，坐一坐。龙海生就曾经被力邀过一回。那可真的叫坐一坐，两个人坐着看看电视，吃吃瓜子，说说话，什么也没做，但小费不能不给。当然，龙海生也没想做什么，他最知道江湖的险恶了，尤其是身处异地，尤其是怀揣了任务。他是带了江湖的口诀上路的：小孩小心，老头当心，女人酒肉不能贪，瞎子瘸子要谨慎，意念是棍，心计是枪，白日握拳行，深夜睁眼睡……待等时机一到，内线和线人的消息传来，这时候的关卡，或关门，或换班，或人马困顿，形同虚设，龙海生就激灵起来，黑了灯开足马力驾车冲卡，基本上都让他给冲了过来。

后来，龙海生还打通了这条路上的辐射线路：益阳的，娄底的，怀化的，郴州的，长沙的，湘潭的，常德的。再接下，龙海生又把线路开到了广州，开到了昆明，开到了宁川和太原，最北的开到了哈尔滨，最远的是乌鲁木齐。托运没什么经营秘密，就是车多货多开得越远越好，越远赚的钱越多。

托运是个本钱轻的行业，这原来指的是运货的卡车。卡车都是从外地跑到九州的，这是些运钢材的车，运木材的车，运水泥的车，也有运大米和生猪的车，这些车在九州卸了货，就挖空心思地想带点货回去，他们没有放空车回头的习惯，放空车多浪费啊，他们接一个回头，就能赚一点外快，他们就会自觉地到龙海生们那里去报到。回头车是有什么跑什么的，大件的跑，零担的也跑，甚至危险品也要跑。我们有时候吃到的大米有点儿臭气，那一定是前面跑了生猪回头再来跑大米的。这时候的线路，也没有那么多的伦理和规章，大家都是在转型期的过程里，都在尝试，都在摸索，能够在路上跑，能够参与着跑的，就已经很好了。这时候也没有什么封闭车、集装箱、冷藏车，更没有什么特种车，也没有GPS卫星定位系统进行全程监控。什么东西都是往车上一堆，雨篷一盖，闷头闷脑就跑起来。这真是一个容易上手的行业，卡车是别人的，司机是现成的，货物又送门上来，都是羊毛出在羊身上。这么好的赚头，争夺的人、眼红的人、蠢蠢欲动的人自然就不少了。

争夺的内容很多，有争夺货源的，这很恶劣，比如你送来的是皮鞋，直接就打开包装，拎两双给你，以此来吸引和激励送货的人。也有竞争价格的，一降再降，降到差不多是白运了，醉翁之意不在酒，而在于线路。这一手只能硬顶，你降我也降，以我的低来抗衡你的低，看谁实力强，看谁经得起降。这也是意气的拼争，名声地位的拼争，比如龙海生的株洲线，意义非同寻常，拼了两年还在拼，这口气不能塌，一塌，名声地位就泡汤了。有时候，为了争取那些送货的人，龙海生会架上一张桌，泡上一壶茶，摆上一包烟，端椅子坐在自己店面门口，他的样子很“江湖”，很“老大”，目的就是要让别人看他的面子。但他也很无奈，办托运的人一般都有点实力，都在线路上混，都盯住一只吃饭的碗，使绊和争夺就在所难免了。远远地看去，送货的“屁颠屁颠”地过来，快到跟前了，却拐到别人那里去了。龙海生感慨地对伙计说，这些婊子啊，这些养不熟的婊子哪！伙计也附和着说，是啊，这些只认钱不认人的婊子啊。婊子是托运行里对那些送货人的鄙称，根本就没有情面可言，谁价格低，立马就舔谁的屁股去了。争夺线路就不那么简单了，线路是托运的饭碗，是托运的身家性命，一条线路辛辛苦苦地打下来，岂能让另外一辆车在上面乱跑？要坚决地把他赶出去，坚决地把他铲除掉。托运还有些摆不上桌面的“约定”——运丢了东西没赔。这给了龙海生可乘之机，他就买通了路上的地痞流氓，只要他把那辆车的牌号报过去，他们一准在半路埋伏打劫。当然也还要双管齐下，就是把路上的工商税务拉下水，让他们做自己的帮凶，税务扣“假发票”，工商扣“三无产品”，只要花钱到位，花钱的力度大，不用说，肯定，到处都是我们的人，到处是我们布下的天罗地网。

这些若还是不解决问题，那就是打，动武。龙海生其实是很不愿意打的，但有时候没办法，话越说越气，话笔直铁硬，话像石头一样甩了出去，就收不回了，就只好朝着打的方向走。其实打一架也没什么，现在的打，是捍卫线路，捍卫地盘，捍卫手下的饭碗，捍卫自己的今后，也就是说是正义的。要说托运真正要投入的，就是捍卫这一块，这是块大头，每年的开支预算里都有，和这一块相比，其他的投入那都是微不足道的。就像大国搞军备竞赛，虽然没有战事，但这一块还是少不了。线路要维护，就要养一些人，这些人要吃要喝，要付给养，还要置办“武器”，斧头、马刀、摩托和汽车，危急时刻招之即来，来了之后勇猛善战，战伤了战死了还要负责他们的今后，要把他们的家里安顿好，不要让同志们有后顾之忧，留下遗憾。打是无奈的，前面的那些小手段都试过了，抢也好，扣也好，对方都不惊醒，都不当回事，铁了心要为线路浴血奋战，他也只能将自己的“洗手形式”先放一放。江湖的原则是“不为钱财，只为脸面”，“只有被人软死的，没有被人硬死的”，那就打吧，他就是打出身的，打轻车熟路，胜负终归要决出的，打才能解决纠结。

双方约好了在秦县的分水岭上决斗，这是九州距秦县两小时路程的地方，是两省的交界地，山高皇帝远，没有人管辖。决斗是需要智慧和计谋的。多年的江湖磨练，造就了龙海生军事家一样的素质。他悄悄地提早带人去踩了点，尽管这样做有点麻烦，但无准备之战他是不打的。他是去考察地形，硬打怎么打？乱战怎么打？势不均力不敌怎么办？哪条路可以撤退？退不及在哪里藏身？在哪里安排接应？最最要紧的是，要在行进和撤退的路上埋下“暗器”——马刀和斧头。这时候形势严峻，他们不能明目张胆地带武器上路，他们空着双手，装着喜气洋洋，好像是去秦县喝朋友的喜酒。他们也许会在中途和对方发生“遭遇战”，也许要在逃跑中紧急防身，这些事先埋下的暗器，会在紧要关头发挥作用，不仅带来方便，也许还是救命的。所以，这些事龙海生要做得非常严谨，既要让自己人心里有数，又不能让对方有丝毫的察觉。

那天，龙海生他们开了三辆车去，对方也开了三辆车过去，这是他们事先定下的规矩，六车人马各自悄然向指定地点汇集。夜幕降临，风急气紧，铁器自己都擦出了火星，呵出的人气也仿佛有了火药的呛味。但今晚的车开得太顺利了，开得也太冷清了，怎么说？车过山前峡，检查站对他们似乎不闻不问，进入盘山道，身旁都没有其他车了，就他们几个车朝着分水岭方向。好像是故意放他们进来，好像有意疏散了其他车，好像撒了网就要瓮中捉鳖，龙海生本能地警觉起来。但他又不能退，这场旨在保卫线路争夺线路的械斗已箭在弦上，大家情绪高涨，一路拾回的武器也已握在手中，此时若是退，那就比战败了还要倒霉。

到了分水岭，刚扑棱棱地跳下车，他们就听到了隔远传来的杂乱的声音，有喧哗声，脚步声，铁器碰撞声，要是在白天，相信一定能看到山路上翻滚的尘土，他们的拳脚一下子紧张起来。就在这千钧一发的瞬间，公安如神兵天降，又好像草木皆兵，站住，不许动，缴枪不杀，一阵喊，把个决斗的两派冲得七零八落。好在龙海生事先摸清了地形，一声唿哨，一个个遁得无影无踪。一场大火就这样被泼灭了。据后来坊间传闻，现场散落的物什很多，有斧头三十柄，马刀十六把，各种跑鞋二十三只，蒙面的口罩和作为标志扎袖的白布条红布条无数。这场决斗虽然因为走漏了风声而最终没有举行，但还是因了它跋涉的距离遥远、参与的人数众多、所带的武器多样等，在九州“托运志”上被狠狠地记了一笔。其他小规模的单挑或双挑就不用说了。事后想想，龙海生还是觉得有点侥幸，幸亏公安出动得早，幸亏参与的马仔们溜得快，要是已经开打了一阵子，要是被抓了几个头头脑脑，要是有谁被剁了手或剁了脚，他怎么交代？要是公安再定性为“黑社会性质”，他也许已步入李元霸的后尘了。

龙海生后来执意退出了这个行业，他感谢朋友的信任，也悟进了朋友相邀的初衷，他们看中他码头的经验是假，利用他江湖上的影响是真。这行业的确能够赚钱，但更深层次的核心还是争斗和掠夺，这和他心底的追求是背道而驰的。再说了，这行业的人员素质也太差了，动不动就有暴力倾向，举一个例子：一条路上开出了几家店面，有自家的也有别人的，有一天发现别人的店面门口也亮起了灯箱，和自家跑的是一个方向，自家写了“乌鲁木齐、哈尔滨、昆明”，别人也写了乌鲁木齐、哈尔滨、昆明，这明显是和自己挑衅嘛，争饭吃嘛，就派了几个马仔去砸灯箱。马仔不认识字，就告诉他认字的方法：“四个字、三个字、两个字”的就是。结果，把别人的砸了，把自己的也砸了，顺便把自己另外一个写着“山海关口、石家庄、保定”的也一并砸了。呜呼，这是行业内比较经典的一个笑话。

[3]

龙海生花了些日子把托运的事情理清楚，他再也不想插手这些混乱的营生了。他年纪大了，心里的火气也不怎么猛了，喜欢喝菊花茶莲子芯了。他不再是过去那个愣头青，或者说，他也不单单是改邪归正的一个浪子，他心里有了牵挂，角色也在一点点地变化。这是1994年，他的父母老了，两个人加起来的年龄有一百三十岁了，头发也接近全白了；他女儿也考入了市小的奥数班，他经常要去参加他们的家长会；他老婆是个老实巴交的人，最近整天愁眉苦脸的，工厂改制，即将下岗。为了这些，他也得装得人模狗样的，如果说，“正栋梁”必须要挑个“千斤担”的话，那他至少也得挑个“七八百斤”。

他先要找个事情给老婆做做。经过前面托运的积累，他现在手头不是很紧，但他要稳定家里的人心。他告诉老婆，我们不等钱用，我们有没有工作无所谓，你一定要找个事做做也可以，但不要太当真，你把它当作体验生活怎样？龙海生把老婆安排到朋友厂里做会计，工资可以，但老婆不喜欢。九州的一些小厂，做假账是公开的，是赢利的手段，老婆说，我一做到假账，心口就怦怦乱跳。这个时候，九州的房地产也刚刚起步，他一个朋友在做一个楼盘，他又把老婆弄去卖房子了，卖一套，得八百块，但老婆卖了两套后又回来了。她习惯了那种细水长流的工资，或者说，她习惯了那种出力流汗的劳动，对于这种靠资源优势获得的收入，总觉得是在剥削别人似的。

老婆一定要试试鞋料生意，她喜欢做一些细碎的工作，喜欢润物细无声式的服务。其实，在九州，做鞋料的思路和方向都是对的。九州有这么多大小鞋厂，就算都没有业务关系，只要措施得当，捉漏也可以捉个半饱。龙海生当然支持她的选择，但他也做过这样的调查：九州做鞋料的人比做鞋的厂还要多；还有个调查是：十个做鞋料的，有四个是摆着看热闹的，有两个是被人逃账的，有两个是被工厂欠账的，剩下的两个才是有点赚的。这些调查也说明，鞋料的生意也是有风险的。鉴于此，龙海生告诉老婆，你一定要做好思想准备。他不说被人欠了或逃了，做生意最忌讳说“背话”，据说，背话又往往非常的灵验，背话会把自己的情绪说坏了，也会把自己的运气说坏了。龙海生说，你就当自己是在练摊吧，练个忙碌，练个充实，有赚就皆大欢喜，赚少了也无所谓，就当自己的利润打低了，你只有这样想了，生意就好做了。老婆说，我要求不高，斧头不把柄剁进去了就好。也就是说，不亏就好。

老婆很适合做鞋料生意，她为人热忱，心又不凶，服务细致入微，做得不亦乐乎。到了这年年底，她赚了四万块钱，对于一个下岗工人来说，这是非常非常不错的了，她在工厂呆了二十年，彻底买断也只有三万块钱。但是，但是，老婆有十万块的账没有收回来，说起来赢利四万，欠着的却有十万，也就是说，她的斧头已经把柄剁进去了，就好像嘴巴把鼻子咬下来了，说都说不响。老婆开始都不敢说，她只是心神不定，后来吃饭没味道了，后来连觉也睡不着了。龙海生觉得应该和老婆谈一谈，他重温了九州的生意环境——不欠不是生意，欠了才有理由继续生意；这趟清上趟的，下趟清这趟的，这样才能像链条一样咬着，才能循环下去。他又给老婆分析"人种"，说有些人天生就是赖皮的，有钱他也赖，没钱就更要赖，他已经赖出瘾来了。龙海生称老婆是"中彩"了，这个赖皮的人被她撞上了。

老婆说的这个人叫吕蒙，他到老婆店里时喜欢吹嘘，说自己如何如何的强大。说有一次他在酒店里喝酒，车停在酒店门口被朋友发现了，朋友一定要上来一起喝酒，来一个加个座，再来一个又添双筷，本来是一桌的酒，从中午喝到下午，硬是喝出四五桌来。龙海生听了呵呵。老婆又说，还有一次，吕蒙扭了腰，在302医院做牵引，朋友们知道了，一传十，十传百，蜂拥至医院看他，结果，小车把医院门口都堵死了，连军车也进出不了，最后不得不调来交警处理。龙海生嘎嘎嘎嘎。他笑老婆幼稚，这么蹩脚的伎俩也看不出来。他问老婆，这个人是做什么的？老婆说，做鞋的啊。他说，是啊，做鞋说做鞋的话嘛，他说这些干什么？龙海生说，还有个常识，真正强大的人是不说的，说了有什么好呢？说了引火烧身啊？说自己强大的人，手脚都是被最先剁掉的。老婆说，他吹吹牛也不可以吗？龙海生说，吹牛也要看和谁吹嘛，他和你吹什么牛啊？所以说，他反常了，逻辑上讲不通。龙海生知道他说这些是什么意思，他在欺软，在威胁和恐吓你，在制造你心里的惧怕，待日后他欠了钱，你就不敢找他了。他撅一下屁股，龙海生就知道他要拉什么屎。

那天晚上，老婆睡不着了，她躺在那里一动不动，但一直在潸然落泪。龙海生知道她在心疼，她的辛苦像电影一样在她的脑里闪现，一幕幕演绎下去：她在烈日下进货，人晒得黑不溜秋的；她在雨天里送货，人淋得像个落汤鸡；她看别人的脸色行事，她见了谁都好话说尽；她从吱呀吱呀的自行车，奋斗到嘭哒嘭哒的摩托车；她平日里笑容少了，皱纹却在日长夜多……

老婆肯定是碰上无赖了。无赖的伎俩一般有这么几种，上面这样的吹嘘是一种，告诉你自己的强大，让你觉得奈何不了他，最后只好算了；还有就是躲你，千寻不着，万碰不见，磨得你自己先没了脾气；还有就是和你吵，找你的茬，挑你的刺，说他的鞋被你的东西做坏了，他不找你赔已经算便宜你了；还有就是挑衅，巴不得打一架，一打，正中他下怀，说人打伤了东西打坏了，反过来赖你讹你。龙海生告诉老婆，要讨债必有争论，有争论必有冲突，有冲突必有损伤，有损伤必有报复，以牙还牙，以血还血，拼来拼去要拼到猴年马月？他告诉老婆，他已经从江湖上退出来了，他已经告别过去那个旧我了，他已经不做那些打打杀杀的事情了，所以说，要讨债可以，但得慢慢来。这个时候的老婆，说什么也是听不进去的，她心疼，她委屈，她的生气在不断地加剧。

没过几天，老婆沉不住气了，她觉得和龙海生说不清楚，就自己去搬“黑社会”去了。女人就是这样，心就像芝麻一样小，一件事搁住了，根本就过不去。所谓的“黑社会”，其实我们身边是很多的，但都是些没有组织的单干户，打着替人讨债的旗号，但只为其中的利头。他们的做法也往往是不入流的，动不动就是威胁，劫持，剁手剁脚。时至今日，江湖上早就不这么做了，江湖上有了新的规矩，也有了品牌意识，寻衅滋事也文明起来了。早些年，这行当也都是本地人所为，本地人有根有源，有家眷门户，做事一般也瞻前顾后，不会乱来，但这些简单、危险、收入低的营生，本地人早就看不上了，现在还做这种生意的都是些外地人。外地人唯利是图，只要有钱，什么活都接；外地人没有根基，没有顾忌，反正谁也不认识，往往心狠手辣；外地人也没有信用，不会担当，真要是闯了祸就脚底抹油，溜之大吉。

危机一触即发。龙海生要赶紧找到老婆，他是她老公，他太知道她那点智商了，她清了清嗓子，他就知道她要唱什么歌，她脖子伸一伸，他就知道她要打什么嗝。她心急啊，她在煎熬呀，她现在带了几个人蛰伏在吕蒙的厂外，她在蹲守他，想打他的埋伏，她要偷袭他？要绑架他？抑或要剁他一只手或一只脚？龙海生就在这千钧一发之际赶到那里，这个他很容易做到，他的马仔其实早就在那里瞄住她了，像便衣一样跟踪在她的左右，实际上，他一直遥控着那边的局势。马仔说，老大，情况不妙，双方都叫起了几个人，看他们走路的样子，身上带的是斧头。

龙海生把老婆叫到一旁，歇斯底里地说，你知道他们都带了什么家伙？老婆喃喃地说，这边是马刀，那边是斧头。龙海生说，你知道这会是什么后果？老婆说，我也不知道他们会这样。龙海生说，你以为他们是来做客的？你以为他们是来摆风景的？他们是为你讨债的，是来打架的！他又说，我再问你，他欠了你多少钱？老婆说，十万。龙海生说，打架是无法控制的，手起刀落，祸就天塌下一样，你剁了他一只手，十万就泡汤了，你失手出了人命，你再乘上个十也不够赔。你都不想想，你一个女人，你能拿得住他们吗？龙海生说得严重，但确实，这样的局面，老婆当然是没有想到的。

龙海生把老婆叫来的人打发好，他付了他们的"误工费"，他们出场了，虽然力气没用掉一点，虽然刀斧并未开锋，但毕竟耽搁人家时间了。他还在附近的聚乐园里请了他们一顿，这也是礼数，江湖的规矩他还是要维护的。他们当然也是当仁不让的，他们稳稳地坐着，一边喝着酒，一边埋怨着龙海生的阻拦，他们笑龙海生胆小，笑他没见过场面，他们说，反正人都已经汇起来了，打不打都是一场，打一场又怎样？他们装出手痒痒的样子，装出没有尽兴的样子，又是摇头，又是啧啧。他们是无意间发现龙海生的身体的，架子不错，手脚也挺粗。他们哪里知道龙海生是什么人，哪里知道他也是历练过的，哪里知道他曾经的江湖风云。他们以为他只是长得好，是天生的身体坯子，他们就好意地、负责任地提醒龙海生，老司，以后像这些地方，这样的场合，你最好别来，最好退远一点，你这身子触眼，要打起来，也许首先就奔你去了，伤了你怎么办？龙海生笑笑，他觉得他们说得对。

冲突虽然是平息了，但事情并没有解决，钱还没有着落，关系也没有理顺。据马仔探来消息，吕蒙的鞋厂倒了，他可能欠的钱不少，欠老婆的也许只是个零头，他也许还欠了皮的，也许还欠了胶的，那些都是大钱。那老婆怎么办？她的生意还要继续，她的钱要是就这样欠飞了，她的积极性就会受到挫伤，她就没心思再做下去。所以，这个钱是一定要拿回来的，但不是以打架的形式，打架不是又倒退了吗？说得难听点，打架这些"雕虫小技"，还都是当年他们这些人发明的，现在这时代了，他如果还没有一点进步，自己都说不过去。当然，感慨还是有的，好好的鞋料怎么就和打架沾上边了呢？鞋料和打架，本来就是互不相关的两件事，看来，是江湖把一些人带坏了，或者说一些人把江湖理解错了。

这个时候的龙海生，已经在街道办事处谋了一份事情，工资虽然不高，但还是比较稳定的，他做的是调解工作，大家知道他的过去，也知道他的现在，知道他有社会经验，也知道他在社会上的位置，他有调解方面的才华。他所在的街道是九州比较早的住宅区，地盘很大，有以树木命名的十几个组团，桂、柳、桉、松、杨，桃、柑、橘、梨、梅，等等，矛盾和杂事也挺多的，卫生间漏水啦，楼上响声音啦，杂物占了过道啦，阳台做了铁栏栅小偷爬上来啦，等等，调解的压力不轻，不过，龙海生适合做这样的工作。这样的身份，龙海生也不想再去做什么过激的事情。

他找到吕蒙，而且是直接找到他家的，这是个信号，它告诉吕蒙：我知道你的家底，你跑不到哪里去。因此，当龙海生笃笃地敲开他的家门时，吕蒙还是吃了一惊，嘴巴也不由自主地僵住了。

龙海生没有真正地退出江湖，他知道江湖是退不尽的，江湖就是社会，就是人群，退出了，他就一无是处，就一事无成。江湖当然是要较量的，但已经不再是血雨腥风，而是文明的智慧的。他告诉吕蒙，我们有很多“下三烂”的做法，有武的，也有文的。武的是：把你的车玻璃砸了，把你家的下水道堵上，把你的门锁用电焊冻死，还有，每一天拎一桶大粪放在你家门口；文的是：叫老人或孕妇守住你家，把你所有的电话手机打爆，在你的小区里贴满你的大字报，还有，把你的账单送给你的父母。你说，你是要文的还是要武的？他还告诉吕蒙，你欠我老婆十万，你知道十万是个什么意思吗？再退一步，你知道五万是个什么意思吗？吕蒙摇摇头。他这一摇头，就把他的底细暴露了，龙海生就知道，他是个新手，至少也是个不谙“世事”的，也许根本就不是什么江湖，顶多是一条河汉子，说不定还是条阴沟。

龙海生没有把意思说透，但老江湖都应该明白它指的是什么。江湖的规矩是五万挑筋，十万剁脚，其实后果都一样的，一个残疾，一个残废；一个拄拐杖，一个坐轮椅。龙海生接下来跟吕蒙谈的是：一、我不搞打压政策；二、大家都平安地过渡；三、我给你指条道吧。龙海生说，糟糕的厂长比没有厂长更糟糕，但糟糕的厂长也许能当个好管理，厂长拿的是全盘，管理管的是局部，局部你可能行，你去我朋友厂里当管理吧……这件事对吕蒙的震动很大，觉得不仅仅从龙海生那里学会了做人，还学会了处世。

后来，老婆也问起过龙海生，说那个吕蒙，你不让我解决他，你解决了吗？又说，你不会就这么便宜他了吧？白呆在江湖了，有没有什么措施啊？龙海生嘿嘿，说，我找他了。老婆问，钱怎么样？龙海生说，你现在向他要钱，等于白要。他真没有，就不怕你会真下手，他要说那句话，“要钱没有，要命有一条”，你不是把自己晾台上啦？老婆说，那你去请他吃饭啊？龙海生说，我还真请他吃饭了。老婆说，你脑子肯定进水了。龙海生说，不仅吃了饭，我还给他指了条道，去我朋友那里当管理，我要培养他的还债能力嘛。说起管理，老婆想起了一件事，说这事真有点怪，说有个厂，到她店里来买东西，杀价杀得厉害，但给钱还是照原来的给，比如化学片吧，他杀到我一百一，但开还是开一百三的……龙海生笑笑，说，你说的这个厂叫“理查德”吧，管理就是吕蒙，我叫他去你那里做定点的，怎样？老婆说，那他不是吃里爬外了吗？龙海生嗨了一声，说，这你就别管了，世界钞票世界用，他也许到别处还买不到一百三呢，你就当他在变相还债吧。这事还比较新鲜，老婆听了一头雾水，半天没回过神。

龙海生意味深长地对老婆说，江湖是需要疏导的，疏导了才会通畅。他告诉老婆，其实像这种事，简单的解决办法是很多的：我们可以报案，让公安去拘留他；我们也可以起诉，让法院去执行他；也可以找人去揍他一顿，把他教训教训；但这样做，事情就复杂了，怨恨也结下了。总之，你不能把他的霉倒了，霉倒了，他就躺下做破人，破人，你就奈何不了他了；你也不能把他给废了，牛有多少力，马也有多少力，你把他废了，他也会找人把你给废了；你还不能把他的路断了，断了，他来源都没有了，他还拿什么还你呢？龙海生还说，关键是你还在做生意，你只要还在做生意，就需要有一个好的环境，不能树敌太多，也不能都是障碍，得顺顺当当的。这话老婆还听得进去。

[4]

龙海生虽然没有在江湖一线了，但江湖的面子他还是要维护的，江湖的活动他还是要去参与的。场合里没有了他的身影，场合就不会隆重；“新闻”里缺少了他的名字，传播时就会被打些折扣；四面八方的“山头”，他也是要稍稍地“惦挂”的，去喝杯酒，去照个面，让人感觉到他在乎这种关系，这已经不是他的需要，而是这个系统的需要。这是2005年，再也不会有什么节外生枝的事情来干扰他，包括他老婆的事情，以他的能量和修养，以及他祥和的环境，即便有什么突兀的地方，它自己都会平稳地过去。对于江湖，过去和现在，他都是觉得无奈的。过去是因为身不由己，现在则因为己不由身。新人辈出，规矩更替，他也想过要全身隐退，早年的金盆洗手是为了不打架，现在能不能彻底地不参与呢？但他也知道，自己又是不可能退出的，少了他，江湖就会少了些许制约，也许还会倾斜，就像美国人放任着朝鲜、利比亚、巴勒斯坦一样，是为了这个地区的牵制和安全。当然，龙海生的不能退，还因为他的马仔们，既然他们跟上了他，既然他把他们带上了道，他就要对他们负责任，他们需要有一条纵贯线，需要有一个组织形式，这样，他们的队伍才会像模像样。

有时候，他也会到马仔的道上去走一走，他去有两个意思，一是传说不能让它断了，只要他存在，他的传说就会被人续编下去。他喜欢听到这样的话——说龙海生是和李元霸同时代的人，他们在一个层面上，他们的事，二十多年前就已经是美谈了；还有，龙海生叱咤风云的时候你在哪里？你还穿开裆裤呢，睾丸才芝麻那么大，还在门槛里摸鸡屎呢；还说，他们那时候的打才叫真打，不像现在，动不动就掏枪，那叫什么气派啊。二是去听听马仔们说的战例，听听他们吹牛，江湖总是无所不在的，任何时候都会有意想不到的“战事”，他理解，欣赏，以他多年的经验给他们一些建议，也给他们出谋划策。现在是他们的天下了，应该给他们一个舞台，扶上马还要送一程呢。他顶多会与时俱进地交代一句——注意，和警察朋友们搞好关系噢。

他也会从小道上了解一些其他“山头”的信息，他和他们的关系是：和平共处，互不干涉内政。他现在已经转向为一个战略家了，战事没有了，但对手的状况他不能不知道。那些老山头们还都是老样子，都还是赖着，没有退出来，但已完全堕落了，口碑也不行了。东门的山头，现在以赌博为生，在乡下经营着一个山庄，搞得很大，据说，市里一半的担保公司都呆在上面；大南的山头，现在转开KTV了，表面上是个娱乐场所，但谁都知道，他们会偷偷地端出盘来，经营点“摇头”；西角的山头，忙人累人的酒店不开了，现在在电视上摆球盘，玩“德甲”和“西超”；龙海生感慨，他们怎么还这样啊？既没有收心，也没有养性，一点也没有进步，也没去想后人们会怎样看他？仔细分析，他应该算是北边的，过去搞托运的过境公路在北边，现在他老婆的鞋料店也开在北边，尽管他住在市中。他虽然不出头露面了，但处理的事，还真没有逃出江湖的圈圈，走来走去的角色，还是江湖的那几个。很难说他是摆脱了，还是仍存有干系？

有一天，一个小孩来请他吃饭。小孩是江湖上的一个新人，他们都叫他燕青，浪子燕青的燕青，燕青打擂的燕青。龙海生知道这个燕青，也听说过他的传闻，说他是个耐人寻味的人。他的单位是报社，平时多做夜班，有人说他是编辑，也有人说他是校对；他什么也不是，却什么场合都有份；没什么特别的本事，但结交着三教九流的朋友。名气的确立，有时候是有很多原因的，有人因为钱，有人因为势力，有人因为历史，有人因为本事，据说，燕青的名气，是做好事做出来的。他替人跑腿，替人讨债，替人救场，什么忙都帮。这样的人，群众基础比较好，社会关系非常多，这样的人，龙海生也愿意给他几分面子。

龙海生开始不知道这次请吃的意思，以为燕青有什么事情相求，当然，事情他也是不怕的，民间说“船到桥间自会直”，在他这里则是“兵来将挡，水来土掩”，态度一般都是积极的。但是，燕青却只管劝他喝酒，请他吃菜，就是不提事情。龙海生吃喝了一会儿，终于忍不住了，问，你找我有什么事吗？燕青说，没有啊。他说，没事你请什么吃啊？燕青说，我自己想吃，顺便也请请你，不行吗？他说，无功不受禄，说吧，不说我吃不踏实。

燕青说，我要是有事还摆不平，还要请前辈出山，那倒霉的不是我，而是我们这个系统。他客气地说，那倒也是，现在的舞台，应该是你们唱戏了，我们都成了标准像了，是用来瞻仰和装饰的。燕青笑笑，说，要说有事也确实有一件，就是我要结婚了。龙海生噢了一声，笑说，还可以用来“喝酒”的。燕青忙附和着说，我请的是你这块招牌，你来，我的心就定了。

龙海生这时候明白了，眼前的这个酒是“敲门砖”，也是“药引子”，吃这顿酒的目的是为了引出之后的那顿酒。这是燕青的请人方式，还行，不像有些人，打一个电话、发一个请帖或送一袋糖果，他是真心地想请到你，所以才这么繁复和隆重。当然，这样的场合，龙海生也是不愿意落下的，这样的场合，肯定有许多热闹好看。龙海生没有问燕青还有哪些谁去，他知道会有些什么谁去，以燕青这样的用心，他就是想把谁谁谁都请齐了，他要的就是这样的效果：一个大舞台，舞台上主角很多，群星璀璨，但又是人人平等的，看不出谁是山头谁是马仔；这又是一个文明祥和的场合，大家慢慢品酒，细细吃菜，斯文地说话，一派红云紫气。燕青想营造一个他理想中的“江湖”。龙海生不禁感慨，难道现在的江湖真的到了这步田地？他是退守心灵了，难道其他的江湖都没有了斗志？但是，这样的舞台和场合，也是最容易出事的，帮派和积怨是江湖的一大特色，恨不得咬下一块肉的情绪就像江河下面的暗流，一直积蓄着，酝酿着，不是一个场合或某个人能够笼络得住的。这个，年轻的燕青肯定不知道。

那天的酒席在九州最大的新王朝举行，这引起了很多人的兴趣，都在猜，燕青的酒席到底要摆几桌啊？龙海生当然也被吓了一跳，他见过打架的血腥，见过托运的残酷，也见过鞋料生意的混乱，但没有见过这么大的酒席场面，步入大厅，放眼望去，他真有点晕了。置身在这片酒席中，龙海生情不自禁地数起来，都说有一百零八桌，他想，燕青有那么多的朋友吗？燕青大概把那些县区的山头都请了，把中层的马仔们也都叫了，再加上一些稍有名气的哈哈喽，这也没那么多啊。江湖，毕竟都是些乌合之众，乌合之众就说明只是一小撮。一数，确实也没那么多，那些带四的桌就没有，十四、二十四、三十四，包括四十几的，都没有，结婚讲究个吉利，但还是有九十来桌啊。龙海生又发现，酒席的摆法也很有讲究，是按照左大右小原则的，左边是燕青文的朋友，右边则是武的朋友。龙海生又想，燕青的那些文的朋友又是谁呢？同学？校友？单位的同事？抑或还有些报社的实习生？他也是快四十的人了，应该已混了个“一官半职”，如果他愿意，叫上叫下都好叫，是能够把人叫起来的。

欢声笑语，歌舞升平，龙海生发现那些文朋友不像他想象的那样，并不是真的"文弱书生"，倒像是机关的头头脑脑，一个个红光满面，气宇轩昂，透过这些表象，可以看出他们背后的殷实和优越。他再一路看来，从远处到近处，特别是前面的几桌，有些面孔是似曾相识的，但可以肯定，这些人他是不认识的。他要是觉得眼熟，那一定是在电视里见过，他喜欢看电视里的方言新闻，这些人就经常地在新闻里出现，在哪里开会，在哪里调研，都是那种日理万机的劲头。这说明了什么？说明燕青的场面大，关系多，背后蕴藏着潜能，还说明这些人都买燕青的账，愿意过来捧场。

流水行云，酒浓菜香，燕青和新娘在一桌桌地敬酒。他看重那些文的朋友，他把程序和姿态先献给他们。酒桌太多了，多得有点混乱，但燕青还是游刃有余地敬着，一桌桌地过来，这也看出了他的耐心。他的新娘则不然，开始时还是姹紫嫣红的，慢慢地，嘴巴也翘了，神情也暗淡了。也是，敬酒就像是下雨天挑稻草，一般都会越挑越重的。

龙海生被安排在右边的上面坐席。上面有三桌，他坐在靠中间的头一桌，面对大家，身后是背景，有点居高临下的感觉，这个位置也告诉大家，这里是整个酒席的中心，是最最要紧的部位。如果中间有一个皇帝，那左边桌上的就是文官，而他这边的就都是武将们。与他一起坐的都是江湖上的老客，都是被敬尊为上者，龙海生称他们为"老流氓"，当然，外面的称呼要好听一点，叫他们老山头。

他们端坐着，装着斯文的样子，轻声地笑谈着，议论着燕青的耐心，同时也议论着新娘的局促，是啊，新娘哪里见过这样的场面呢？哪里料到燕青有这样的能耐呢？也许，她还在心里纳闷和嘀咕，有一种被燕青放了蛊一样的困惑……

婚宴就是普天同庆，龙海生和那些山头们也顺便接受着这个系统的马仔和哈哈喽们的膜拜，东边的结伙来了，南边的组团来了，西边的也呼拥着过来，北边的也一样，推杯论盏，轮番轰炸。有一下，龙海生觉得有人在后面碰了碰他的手，他回头一看，是吕蒙，就是那个欠他老婆钱的吕蒙。龙海生说，你也在啊？吕蒙说，燕青喊我，也过来凑热闹吧。龙海生说，你怎样？做管理比你好高骛远地办厂好吧？吕蒙说，托你的福，管理得大有进步。龙海生说，在这里幸会，喝杯酒吧。吕蒙赶紧说，你上面坐好，我敬你，我喝完，你随意。龙海生也不客气，也意思意思地抿了一口。这样的场合，大家都端着面子，以笑代语，心里都十分有数。又有人来碰龙海生的手了，这一回是他老婆曾经叫过的、本来要和吕蒙厮杀的、那两个不知哪里的哈哈喽，他们见了龙海生嘿嘿笑着，好像很不好意思似的，龙海生知道他们在想什么，也不点破，只微笑着做了个鬼脸，开玩笑说，咱手臂太粗，天生的，搁哪里都显眼，怎么办呢？那两个哈哈喽拼命抱拳，说，老大别笑我们了，你长阔高深，我们有眼无珠。龙海生觉得他们说多了，忙打断他们的话，轻声说，朋友，听我一句话，来日方长，少吃点，轻走点……这有点像禅语，哈哈喽们尽管不懂，但还是密密点头的。

这哪里是一次婚宴啊，分明就是一次团拜嘛。你看燕青，像这场团拜的策划者、主持者，以他的形式，调得大家其乐融融，以参与为荣。你再看那些“江湖”，一个个早已被酒怂恿了，被欢乐迷乱了，忘了自己。在这里，所谓的黑道白道，所谓的水火关系，都容纳在和谐和大同的气象里。在这里，大家不再谈论江湖，而都在谈论政治，都对这种形式报以由衷的认同。龙海生不知是别扭呢还是心疼？他一直以为，江湖就是江湖，手段可以进步，人也可以隐退，但决不是被改良、被同化，要不，还叫什么江湖呢？江湖又从何说起呢？啊，啊，既然这么多人恭维着燕青，既然这么多人愿意这样嘻哈，那就让他们混为一谈吧。这样想着，龙海生就有点坐不住了，想自己坐在这里还有什么意思呢？龙海生燥热得想走，他欠了欠身，和同桌一一抱歉，把杯里的酒脚喝光，说，还有点事，我先走一步。同桌说，你不等燕青过来敬酒啦？龙海生说，算了，他这样的场面，哪里缺我们这杯酒啊。同桌说，你这么忙吗？连一顿酒也吃不安生？龙海生也嬉笑着说，儿大老婆小，父母未出场。意思是说，家里的事多，让他放心不下呢。同桌们就嘎嘎嘎地笑。

龙海生退出酒席，去了停车场，他坐上自己的车，但并没有马上离开。他其实没什么事，只是不喜欢这样的场合，也看不惯那些山头们的样子。他坐在车里，似乎在等待什么事情的发生，江湖没有秩序，江湖就像一个火药桶，按照惯例，江湖的人成群扎堆，就一定会弄出什么动静的，他在等待这样的动静？车外一片黑暗，看车的人在黑暗里走来走去，他坐在这样的黑暗里，想象着里面婚宴的热闹，想象着接下来可能的走向：燕青敬完了“文桌”应该来敬“武桌”了吧？敬酒真是费劲，就是顺利，也像是打一场艰苦的战。现在，上一节的敬酒总算是告了一个段落，到了歇息的时候，新娘躲到试妆间里换衣服去了，燕青则晃荡晃荡地来到武桌上面，他突然发现主桌上方空着的位置，在心里过滤了一下这人是谁，很快就猜了出来，问，龙大哥去哪里啦？山头说，别理他，和他搞不清楚，我们喝我们的。山头们把燕青安顿下来，不断地向他示好，说他的场面真大，说人数怎么怎么空前，又让他赶紧填饱肚子，第二轮的敬酒鏖战马上又要开始，他又得辛苦了。燕青真的就坐了下来，吃得踏实而敞亮，一边吃还一边环视下面，婚宴是喧闹和复杂的，但没有关系，一切都尽在他的掌控之中，他有点得意。一个山头没话找话地说，你们有没有发现，龙海生现在是一点锐气也没有了。一个说，他早就没有了，不要说锐气，就连勇气也小得可怜。一个说，没勇气很正常，他的时代已经过去了，但邪气还是应该有的。一个说，邪气是我们，他哪里还有什么邪气？剩下的就只有和气了。一个说，和气那还算什么气，等于是没气。燕青吃得差不多了，他看看大家，然后腾出嘴来说，不提他了，他走他的，他是前辈，前辈都这样，吃得少，睡得早……这都是龙海生的想象，想象着燕青坐在上面，想象着他们肆意地说话，他们说得对，或者说，表面上是对的，而实质上并不是这样。

这时，就在这时，婚宴上突然有了一阵骚动，一桌上有了不同寻常的高声，还有了酒杯摔碎的那种猝响。有人站起来观望，那是文桌那边的朋友，他们好奇又木然地看着热闹；有人仍淡定地吃着，那是武桌这边的老的江湖，他们对吵架见怪不怪，他们不想多管闲事；也有人不慌不忙踱了过去，那是些山头级的人物，去看看是谁，知道他们之间的积怨，也无从插手，耸耸肩折了回来。这样就只能燕青自己出面了，他搞聚会可以，但处理事情不知道怎样，尤其是处理老江湖上的事情。显然，他心里是没有底的，他只能赔着笑脸去。他来到那张桌旁，抱拳致意，在不明事理的情况下，礼貌和客气是没有错的。他满起一杯酒，端起来，要先敬对峙的两位，但两位视而不见，巍然不动，并不买账；燕青说，我不知道你们之间发生了什么，但今天能不能先放一放？一个说，不能，这事你不懂，有这事的时候，你还没有影呢！燕青说，如果这里面有我的错，你们告诉我，我马上就改。一个说，你当然有错，还不是小错，你的错就是把我们安在了一起，你现在怎么改？我一人安排一桌？燕青说，今天是我的喜事，我还站在台上，你们别让我下不来好不好？一个说，我们给你面子了，我们来就是面子，但现在吵架了，面子没有了。另一个说，你是喜事，我当初被他砸的也是喜事，这事我已经忘了，是你把我们的旧账翻了出来，那就你来解决吧。什么是江湖？江湖就是小题大做，就是借题发挥，就是有理说不清，燕青就这样尴尬着，他钻进了一个死胡同。

这时候，龙海生的手机响了起来，是有人从酒席里打出来的，龙海生接起来。里面问，你现在在哪里？他稳住气，他知道里面出事情了，知道有人要搬他的救兵了，问，怎么啦？又说，我在厕所哪，在这里抽根烟。里面说，含笑和追风吵起来了，谁劝都没用，这事只有你出面了。他说，还在说陈年八代的事啊？里面说，是啊，但燕青把他们安在了一桌，真是雷管碰明火，马上炸了。他说，他是新人，他哪里知道这些啊？龙海生这样说了，就是答应出面调停了。他不是想证明什么，他只想帮人家一个忙，别把人家的婚宴给砸了。

多年前，含笑有了对象，但在结婚那天被追风勾走了。后来，龙海生把表妹嫁给了含笑；再后来，追风勾走的女人也跟别人私奔了。再再后来，龙海生受追风之托找人在国外砍了那女人……对于这个女人，含笑还是有一点眷恋的，尽管龙海生的表妹很不错，但那次婚礼的塌台一直让他耿耿于怀，所以，在这次燕青误排的酒桌上，含笑不接受追风的“通关”，他要他先喝两杯再说。对于龙海生，追风是要感激的，他让他挽回了一个男人的面子，而报复的费用，龙海生半字不提，只说了句“算了”。这件事乍一听千丝万缕，积怨很深，但落到龙海生手里就简单了。龙海生来到他们桌前，先把含笑搭到一边，这事他是关键，他和他讲了这样一个故事：有一个老板，老婆和小孩被歹徒劫持在家里，在对峙中，武警几次想冲进去制伏歹徒，都被老板拦住了，说，这样会危及人质的。后来，歹徒提出了条件，放出了小孩，老板对武警说，现在，你们可以冲进去了。武警说，那万一危及……老板说，那就看她的命大不大了。这个故事告诉含笑，女人何足惜？更何况一种婚礼形式？江湖有时候就是这样，认一个人，听一句话，这句话他愿意听进去，这个人就起作用了。接下来，龙海生走到追风身边，他说，女人还少吗？还抢朋友的女人？人生一世，草木一秋，朋友千个少，仇人半个多，你们冤怨未了，是我的责任，你给我一个面子，敬含笑三杯，这事就算是了了。这样的台阶，追风当然很愿意下来，何况有龙海生前面的人情，他就腾腾地倒了三杯，咕咕咕地一饮而尽。好啦。江湖上的事，千难万险，但穴道摸准了，又非常地简单。

现在，龙海生真的要离席了，头也不回径直地走出了大厅。他的离席明显地带有一种情绪，他鄙夷江湖的花拳绣腿，什么搞噱头的，秀排场的，摆花瓶的，都没有江湖的特质。江湖是什么？江湖就是强势，就是影响力，过去是武卫，现在顶多改成了文攻，任何时候，摆平就是硬道理。老一辈打下了江山，就是为了坐享其成，一般轻易不会放弃。至于他现在的状况，他愿意解释为“丰富而有内涵”。他经常会想起李元霸，那个夏天的松山，血腥未退。每个人对一件事情的记忆是不一样的，有人一闪而过，有人刻骨铭心。

龙海生相信，这会儿，燕青一定是傻在那里的，他还坐在酒席上方吗？噢，这是他的婚宴，他应该还在婚宴上的，他把婚宴稳住就不错了。

原载《人民文学》2011年第4期

首席人民

陈昌平

你叫我老李也行，叫我老逄也行。姓李的时候，我叫李志民。姓逄的时候，我叫逄敬舜。李志民这个名字，是组织给的。逄敬舜这个名字，是父母给的，参加革命工作之前，还有现在，用的都是这个名字。说起来，我这一辈子，年富力强的那些年，都叫李志民了。

我是孤儿，父母去世得早。现在看来，组织上选择我，也有这一层的考虑。孤儿好啊，没有复杂的社会关系，没有七大姑八大姨的，管理起来也方便。以后，我做了小组的负责人，选材时候，也比较注意这些问题。

1949年1月31日，北京——那时候还叫北平呢——和平解放了。政权是我们的，但社会依然动荡不安，敌伪宪特流氓恶霸，多如牛毛，潜伏下来的坏蛋不计其数，群众队伍的成分也比较复杂。谣言满天呵，物价飞涨，有人就公开说，共产党打得下江山，但坐不住江山。还有好多人，等着美国兵打回来呢。就是在这种背景下，为安定人心，为稳定市场，首长要视察王府井。

这就是时代背景。没有这个背景，就不会有我这份奇特的工作。

保卫工作难度大呵！王府井呵，当时就是人山人海，跟现在的沃尔玛家乐福什么的差不多。你不能清场，把人都赶走吧？也不能拉上一个团，三步一岗五步一哨的。怎么办，最好的办法，自然是由我们自己人组成一个安全圈。我们有一个比喻，就是像在大海里游泳，套着太平圈一样。当然不能全副武装了，至少不能都全副武装吧——那样的话，也太不自信了。

首长出行，一般人们看到的，是贴身的警卫，还有街头增派的警力。有点见识的，还能看出外围的便衣。但是，这都是表象。真正的保卫工作，是在人们看不到的地方。我们的任务，就是在人们看不到的地方进行的。

泛泛地说，我们算是便衣。但是，我们不是一般的便衣。根据首长视察的路线，我们装扮成各种各样的群众。所以喽，我们这些便衣，就得根据现场情况，扮演成商人、店员、路人甚至叫花子、流浪汉什么的。

我的第一次任务，就是扮演一个报童。那些便衣呵，个个都是目光警惕、膀大腰圆，不管怎么化装，往那一戳，一看就不是普通老百姓。而我们这些人呢，光从形体上看，就具有天然的隐蔽性。个头中不溜丢，不胖不瘦，长相吧不丑不俊，这么说吧，我们这些人，都属于你看了几眼也留不下什么印象的人。这些人里，最特殊的就是我了。我参加革命早，根红苗正，最大的特点是都二十三了，身体却像一个十五六岁的毛头小子。小矬子个，单薄得像搓衣板，声音还带着童音哩……几经筛选，报童这个角色就理所应当地落到我头上了。

当时也不愿意去啊，一门心思想南下，打过长江去，解放全中国。咱不像那些老兵，准备解甲归田了——老婆孩子热炕头。我年轻，想南下，想打仗。组织安排当便衣，满心不愿意呢。

我们提前几天就来到了王府井。调查嫌疑店铺，排查可疑人员，规划视察路线，清除安全死角。同时，还要学习报童的一言一行。我们在另一个地方——东四还是西单？物色了一个报童，身高和体形跟我差不多，花了半袋子小米，把他从里到外全扒下来了，包括那双露着脚指头的破胶鞋。咱们的小米不能白花呵，除了买他的行头，还得买他的经验。一句话，让他教我卖报。行行有门道呵。光是吆喝，我就学了整整两天。当时，一方面觉得组织信任，任务重大嘛，另一方面，就是新奇和好玩。

我们都是临时抽调上来的，彼此之间素不相识。任务完成了，上级表扬了。经过这次考察，退回了一半，留下了一半。而留下的几个人里，就有我。可以说，我是这支队伍的元老呵。

没想到啊，这就是我以后的工作了，一干啊，就是二十八年。就是从那时候开始，上级给了我一个名字——李志民。

我们的工作性质，决定了我们的保密规格。我们没有代号——有代号还叫保密吗？我们对外挂牌，就是文工团。门口有传达室，有宣传栏，有办公楼，有小礼堂，有练功房，有食堂……我们团是一个牌子，两套人马。一套人马，就是我们。另一套人马，就是吹拉弹唱的，《白毛女》、《红灯记》什么的。所以，一直到静月去世，她都以为我就是一名文艺战士呢。

我们是在大连认识的。大连当时叫旅大，有苏联驻军，最多的时候来了好几个元帅，将官更是一堆一堆的。那时中苏蜜月啊，活动也多。大连这个地方山东人多。我出生在山东，胶东话滚瓜烂熟，执行这个任务有优势。大连这个城市吧，是光复的，治安情况跟北京差不多。有一段时间——就是1953年和1954年，经常到大连执行任务，几乎住在这里了。1954年夏天，在旅顺的一个联欢会上，认识了静月。静月穿着白色布拉吉，扎两条滑溜溜的长辫儿，模样和气质把苏军女兵和随军家属都蔽啦……那么多的军官围着她呵——你不知道老毛子多能献殷勤，可她偏偏直冲我一个人笑。这是我想都不敢想的呵。

我们好歹也是文工团的，跳舞也是我们的一项业务呵，什么舞不会？静月是学生出身，舞跳得好。我们俩一起跳舞，周围的老毛子都看呆了。这么说吧，我们几乎是表演了。我们联欢的地场，外面就是大海。我们跳着跳着，就转悠到阳台上了。那一夜的海面，和风细浪，月光在海面辉映出一道细碎的光柱，就像一条银色大道。那是槐树开花的季节，那个槐香啊，被海风吹过来，让人飘飘欲仙啊！当时，我就想，什么任务不任务的，不管啦，跟静月就去那条大道跳舞吧。

我们的工作流动性强，处个对象不容易。组织上也给我创造了不少条件。政审顺利通过——我们找对象是要政审的。我们是在旅顺办的喜事。静月父母健在，我找了媳妇，也找到了父母。岳父在旅顺做着小生意，算是小业主吧。两位老人身体也不太好。静月既要照顾父母，也给他们做个帮手。这在50年代不算什么，但是，到了60年代，中苏关系破裂了，问题就来了。岳父学会几句俄语——就是哈拉少、斯巴西巴什么的，就成了苏修特务。因为早就公私合营的小店铺，又成了反动资本家。两顶帽子扣下去，一直扣到死。

不用说，我这个孤儿有了家庭问题。这在我们这里，就是立场问题了。我当时面临一个选择：离婚，或者回家。当年，有的同志就因为相似的问题离婚了。这叫划清界线。阶级立场坚定呵！

这时候，静月怀了孩子。孩子有阶级吗？我不能让孩子没落地就没父亲呵。可是，我也不能回家啊。我回去了，也算划清界线了。只是，那不是跟苏修特务、反动资本家划清界线，而是跟革命队伍划清界线。所以啊，我既不能离婚，也不能回到旅顺。

我要是回到旅顺，我就完了。明摆着，这是逃兵。离婚了，她就完了，上有老下有小，孩子也成了狗崽子。不管怎么说，我这个特殊身份，对家庭是个保护。所以，我们这个家啊，只能这样分着。也许，只有这样分着，“文革”那些年，也能保护她，保护岳父岳母。门上钉着“光荣军属”的小红牌，就是保护伞啊。

我只有一个心思了，就是努力工作。我努力工作，就是想着掩护家人，或者叫戴罪立功吧。

有几次回到大连执行任务，真的是过家门不入啊！不是不想入，而是不敢入啊。得千方百计地表示自己积极，表面上还得划清界线。

人家是一年一次的探亲假，而我呢，为了表现积极，那就得牺牲啊。1976年之前，那个叫李志民的逄敬舜呵，平均三年半才回家一次。这么多年，只回家过了两次春节。这份工作，是越到春节越忙。忙也好，少想家。

我这一辈子啊，最亏欠的就是媳妇和儿子。岳父去世，明明可以回去，都不能啊。倒不是组织上不容许，而是自己不回。为什么？积极呗，立场呗。晚上，借口散步，偷偷地在街头烧两打黄纸，念叨念叨。

每一次探亲，我都穿着四个兜的军装回家，我去邻居家串门，我去买菜买粮，我劈柴修窗，我给邻居的孩子吹口琴、拉胡琴。孩子生病，我联系了一台北京吉普，来来回回跑了好几趟……用静月的话说，我一回家就张张罗罗，就得得瑟瑟。我啊，就想告诉周围邻居，俺们静月是有老公的，她老公是四个兜的干部。

就那么几天的探亲时间，一分钟一分钟地数着过，都不舍得睡觉。哪一次还都提前一天回去。为什么？还用说为什么吗？

开始，可忌讳别人说咱是表演了。表演是演员的工作啊。我们怎么是表演呢？我们是执行任务。谁见过揣着上膛手枪表演的？但是，后来自己就明白了。在静月面前，不就是表演吗？

往来信件，都有组织审查。其实，就是不审查，我们的觉悟也知道什么该说，什么不该说。所以，每回写信，也就是问候一下，报个平安吧。有一次我出国执行任务，时间长了，没有办法写信。组织上通情达理，代我写了信，内容跟以前的一模一样——这在我们这里是常事了。结果这封信捅娄子啦。为什么呢？我跟媳妇有个暗语，就是在信件末了的署名，逄敬舜三个字的后面，一竖一点，加个叹号。竖是画出来的，像瓜子一样，尖儿朝下，点就是画个圈。这是我们的暗号，意思就是……就是爱的意思。这显然不是正确的书写格式。组织上哪知道这个啊，结果啊，静月竟然坐着一宿的火车来北京了，凭着信封上的地址，找到了文工团。

我也不在国内啊。上面照顾我，从国外跟她通了电话。组织上出面，证实我这个人工作积极，作风正派。又安排专人，陪她逛了天安门，登了长城，吃了烤鸭，买了果脯，总算把这件事情安抚下去了。我呢，还没回国，就赶紧做了检讨，狠斗私字一闪念，交代了我们之间的暗语。

为这事儿，我还落了个内部通报批评。我工作这么多年，有两次被批评——另一次我一会儿再说。这时候，我已经是业务尖子了，每年的奖励，次次落不下我。

这些年下来，宿舍里一卷一卷的奖状。但是都不能往家拿——上面写着李志民的名字呵。于是我们就跟领导商量，商量什么呢？我们得让家里了解，我们的工作是出色的。于是，领导就比照我们的得奖情况，按照文工团的一般情况，给我们的本名发个奖。逄敬舜获得1958年劳动模范。逄敬舜获得1961年先进个人。逄敬舜获得1965年优秀标兵。逄敬舜获得1965年学毛选先进个人……每一次探亲，奖状都是一卷一卷的，贴满了家里的两面大墙。

我这个人吧，组织上看得还是准的。每一回鉴定，都少不了一条——家庭观念重。你看，讲了这么长时间，都是围着家庭说的。还是讲讲我们的业务吧。

刚开始，我们执行任务，就是在北京。后来，很快，我们的任务就不局限在北京了。咱们国家这么大，全国二十三个省市自治区，除了台湾，哪没去过啊。有一次，一个月之内，去了上海六次——六次呵。最长的一段时间，半年没回北京，一直在外面执行任务。除了国内，还去过朝鲜、越南、阿尔巴尼亚，最远的，还去过非洲的什么尼亚。

刚开始的几年，执行的任务还比较单一。后来在一座水库工地上发生的事儿，让我们的任务内容有了改变。

本来是一次寻常的任务。就是这么巧，首长竟然溜达到我们的同志身边，背着手，和蔼地问道，小鬼，吃饭啦？我们这个同志一下蒙了，站在那里不说话。首长拍拍他的肩膀，继续问，哪里人呐？这时候，这个同志已经紧张得一头汗水了。我们这位首长呵，又握过他的手，问道，生活得怎么样了？

这位同志说了一句，感谢毛主席。这一开口，还不是本地口音。这是浙江的水库工地呵。当时蒋匪帮叫嚷着反攻大陆呢。这位同志的表现，一下子就让警卫给盯上了。周围的老百姓觉悟也高啊，当时就有人喊，抓特务。

我们的任务，不要说一般警卫，就是很多首长，也不知道咧。毛主席说，群众是真正的英雄。首长呢，是英雄里的英雄。你说，你置身于这些英雄中间，就得做到……怎么说呢，用一个曾给我们讲过课的苏联专家的话说，就像水融入水里。

咱们国家幅员辽阔，人口众多，五大北方方言，七大南方方言。北方有东北话、华北话、西北话、西南话、江淮话。南方有江浙话、江西话、湖南话、粤语、闽南话、闽北话、客家话。这都是书本上说的。实际上，情况复杂得多了。十里不同音，五里不同俗。中国这么大，不要说一个省了，就是一个地区，一个市，口音都不一样。东南沿海一些地区，一个县就有几种不同的方言。我们人手少，每个人至少要掌握至少三种、四种方言。

那时候年轻，不怕累，也不知道累。摸过锄把子，摸过枪杆子，现在要摸笔杆子了，对我们确实是个考验呵。没有捷径，只有刻苦。我们对着录音机，一遍一遍地鹦鹉学舌。我们为每一位首长都建立了一个卡片，除了身高、籍贯和经历什么的之外，详细到性格、体征、饮食习惯等等吧。刚开始那一会儿，就是从首长的口音入手的。

除了会说，还得会演，还得学会扮演各种角色。这个不仅需要勤奋，也需要点天分呢。我年纪最小，脑袋灵光，模仿力强，学什么东西都快，所以，很快我就成为业务骨干了。不夸张地说，我的专业能力是最强的。工人、农民、知识分子、红卫兵、华侨、插队知青……我行行精通，样样顺手。

我执行任务的最大特点，就是人物的跨度大。我能执行二十岁小伙子，也能执行六七十岁的老大爷。说出来滑稽，有一次应急，我竟然装扮成一个女车工。也多亏了首长左眼是白内障，否则一定穿帮。

我为什么没有穿帮？一是演技好，二一个，是我掌握首长左眼有毛病，就注意站到他的左边。我们这一行，就是要预案充足，准备详尽。

最不好扮演的，哦，最不好扮演的，就算是知识分子喽。他们有学问，性格内向，有点倔，也有点抻劲。我们执行任务，很注意平衡角色的共性与个性。比如扮演知识分子，基本上会戴上玳瑁眼镜，有时候还会在腿上缠上白胶布，指甲干净，说话的声音平稳，不带口音，多普通话。

如果第二天扮演——哦，我怎么说是扮演呢，应该说是执行任务嘛——执行知识分子的角色，那么前一天必须晚点休息，这样，第二天才会有萎靡不振的样子。眼睛也要红肿一点，尤其是，鼻梁两侧必须压出一个红色痕迹。如果是老知识分子，这个红痕应该是紫色的……我们非常注意细节的落实。刷牙要干净，不吃大蒜大葱臭豆腐乳之类的刺激性食物。推镜子的动作，扶镜腿儿的姿势，站姿坐姿，说话腔调……嗨，这里面的注意事项太多了。这时候，我们已经有了专门资料库，给每一行业都建立了档案。

要有行业特点，可是行业特点又不能太明显。太明显，就招眼了。所以说，最关键的是，气质要像。也就是要神似。而想要达到神似，就得达到层次。而达到层次的唯一途径就是学习。没有文化的军队是愚蠢的军队。我这二十八年的一个巨大收获，就是我由小学文化，一直自学到大学本科。而且是四个本科——中文系、机械制造系和农业自动化系，还有一个，谁也猜不出是什么？是艺术系的表演专业。

又红又专，这就是我们的标准。政治学习和业务学习都是固定的。我们这个工作，还有个乐趣，就是经常接触到一些老艺术家。刘宝瑞侯宝林啦郭全宝啦常宝霆……相声大师都是语言大师呵，这样的业务学习就跟过节一样了。尤其是，他们在我们这里，批准他们放松点，批准他们说一些传统的、不太革命的段子。还有一些老艺术家，都是银幕上的明星啊，也经常到我们这里讲课。

当时也不叫讲课，叫汇报。向我们这些工农兵汇报。为什么呢？“文革”那些年，这些相声大师和老艺术家，基本上都打倒了。能到我们这里汇报，是对他们能力的肯定，至少说明还有改造价值嘛。再说了，我们的伙食标准，跟飞行员一个待遇。有一个大明星，银幕上下都是板板的，可有派头啦，到我们这里汇报，两顿下来——中午一顿晚上一顿，愣是撑成了急性肠胃炎。

四大电影厂，北影厂的艺术家擅长工农兵的戏，上影厂的艺术家擅长知识分子。我们能想到的角色，上级都能划拉来。现在想来，领导也是英明呵。每天学习，每天都有节目，想寂寞，没有空儿呵。

有了专业知识，还得看临场发挥。一次执行工人的角色，但首长却偏偏要提前下车。他就是想抽查一下。我把衣服一脱，绾胳膊撸袖子，简单地一化装，立马成为一个在田间插秧的本地老农，既满足了首长的愿望，也保护了他。过了两个小时，我再一次站在首长旁边时，已经是一个满身油污的钻井工人了。

我们也参与外事活动。外宾的活好干。为什么好干？老外哪懂得中国国情呵，说话不操心啊。有翻译在场，就帮着你过滤和把关儿。

工作这么多年，跟哪个首长没合过影呵，跟哪个首长没握过手呵。不吹牛，我们根据首长的手温、面色和步态，都能简单判断出他的身体状况了。合影的照片一律不许保留。但是，我们也有办法，想回忆自己的过去了，很简单，就去资料室吧。我们自己最清楚了，哪一张报纸上有我们的照片，哪一个人物是自己。

实话说，这一行干长了，都有点怕首长了。因为呵，有的首长专门喜欢问些刁钻的问题。有一回，一位首长——我就不说他的名字了吧，哪怕我稍微暗示一点，任何人都能猜得出来——支开了警卫参谋，把我拉到他的专车上。首长聪明啊，又支开了司机，唠家常一样问开了——家里几口人啊？孩子几岁啦？一个月几两油？够不够吃的啊？有没有饿着呵？

这个时候，你就不能说套话啦。你得说点家常话啊。问题就是，说家常话，你也不能发挥。这是纪律。我们团有一个人，擅自向一位老首长反映老家聚家并屯的事情，结果第二天一早，床铺就空了。

遗憾的是，没有跟周总理的合影呵。为什么？可能是总理反感这一套东西吧？一般首长不知道我们的工作，总理还能不知道吗？非但合影，这么多年，甚至没跟总理握过手。不仅是我，我们团的很多人都是这样。

我说过了，我们团是一个牌子，两套人马。演出团里有首席小提琴，有首席中提琴首席二胡首席长笛什么的。我们这里呢，也有这样的建制。首席工人，首席农民，首席知识分子，首席学生，首席渔民，首席牧民，首席干部，首席藏民……首席之下，还有第二首席第三首席和第四首席。我们分工非常之细。根据任务的轻重缓急和首长的级别高低，我们执行任务时，分别派出首席或第二首席领衔的不同组合。

没有红头文件，只有口头宣布。谁担任了首席，就是巨大的荣誉啊。首席要保住荣誉，其他同志要追赶首席。我们团里总是洋溢着比学赶帮、力争上游的气氛。首席的任期只有一年，每半年还有一次考核。一年之后，在首席之外的同志里竞争出一个优胜者，然后由这个优胜者与首席进行决赛。

先是理论考核，然后是实际测试。最精彩的是模拟现场，专门考察双方的应变能力。那场面就像现在的PK了。然后是专家打分，结合其他同志的无记名投票，决出新一任的首席。同时，也公布其他席位的排序。

如果首席连任了——这种情况是经常发生的，第二个任期则取消每半年的考核。如果有同志认为自己水平上来了，则随时可以提请进行PK。但此提请权，每人每年只有一次，且只限于首席之外的同志。但是，工作资历达到十年以上者，则享有向首席挑战的提请权，也是每年一次。

我们的工作环境就是这样，激烈、火爆。我们这一套制度，既参考了国外先进经验，又有我们自己的创造和发挥。不夸张地说，即便放在世界范围里考察，也是先进的。

时代在发展，我们也得进步。现在想起来，我们早就与时俱进了。不待上级发话，我们就争先恐后地填补空白啊。首席战犯，首席红卫兵，首席厨师，首席邮递员，首席环卫工人，首席走资派，首席狗崽子，首席反革命，首席贪污犯……在每一个首席的背后，都意味着你必须付出比别人更多的汗水和心血呵。

现在想来，这套体制真是绝啊！他鼓励每一个人冒尖，又让每一位冒尖者压力重重。你想一想，哪一个首席不想保住自己的荣誉啊？哪一个人愿意涨上去的津贴再落回来？

在我们中间，有一个至高无上的荣誉。这个荣誉属于综合分数最高的人。这个荣誉就是——首席人民。

实话说，随着经验的积累，我是有实力问鼎这个荣誉的。我的身体早就长开了，标准个头，五官周正。只是我的家庭牵掣了我。也正是因为这个原因，我始终没有担任任何首席。但是，我的能力是有目共睹的。很长时间，我都是我们团若干项目的无冕首席。我经常担当那些特殊的任务。

剧团是特殊年代的特殊产物。即便是“文化大革命”，我们也没有受到多少冲击，反而任务更重了。新形势，就有新任务。那一阵子，我执行过几次走资派的角色。那时候我才四十岁，扮演一个七十多岁的走资派。你看我头上这块疤，一摸溜滑。那是在一次批斗会上，小将要剃阴阳头。那哪是剃啊，就是薅住头发，用剃子挖呵、戳呵。哗一下，鲜血就粘住眼睛了。干我们这行，身体不能有外伤。有外伤容易露相呵。依照我的功夫，一下子能搁躺好几个。但是呵，想一想，这个走资派，老红军啊，抗战时打鬼子狠哪，曾经一把大砍刀一气儿劈过四个鬼子。我为他扛这一下，值呵。

“文革”啊，乱呵，就是一个乱！保护的方式也变得千奇百怪。有一天，我们竟然装扮成一群小将，去“抓首长”。为什么叫“抓”呢？就是抢在真正的小将前面，把首长弄到手。平时这些令人尊重的首长呵，看到我们这些假小将，有愤怒抗议的，也有害怕哆嗦的，就像真犯了什么错误，看着难受呵。

要说最难忘的时刻，说这个就是吹捧自己了。1975年，经过长期的考验，我终于当上了首席人民。这在我们团的历史上，第一次啊。没有担任任何一项首席，直接担任首席人民！

担任首席人民的第二天，中午，我偷偷跑到邮局，给媳妇发了个电报。也没写什么，就是逄敬舜三个字，外加三个叹号——三个啊！唉，结果呢，当天晚上，组织就找我谈话了……又违反纪律啦。直到现在，一看到叹号，还是有点紧张呢。

担任首席人民，任务的级别就上去了。我的工作基本上都是跟着大首长啦。有些大首长，了解我们的工作性质。我们之间也不那么拘束，有时候还有点来往。现在看来，这些往来就是正常的人际交往。但是，转过一年，到了1976年，这就是天大的事情了。他为什么送你像章？她为什么送你钢笔？他又为什么送你猕猴桃？这谁说得清楚呢？

1976年之后，我被审查了两年，然后回到了大连。老来老来，五十二岁了，又成了逄敬舜。

只是，李志民的时候，我还有静月。而我回到了大连，静月已经去世了。你想一想呵，两年，一封信也没有，死活不知，担惊受怕的。

我主动要求回到旅顺。这里是我跟静月认识的地方啊。我把旅顺当做自己老家。

俩孩子都大了，跟我都不亲呵。你想一想，打小就不在身边，我在他们心目中就是一个符号。现在符号回来了，他们倒走了，一个在大连，一个在沈阳，也就过年过节回来看一眼……这不是报应是什么?!

你说，这就奇怪啦。我是李志民的时候，特想念逄敬舜。当逄敬舜的时候，却一点不想李志民。只是偶尔看看电视，看到《新闻联播》节目，还想起有这么一段经历。听说剧团解散了，但是，我看《新闻联播》，有时候，还是觉得我们的剧团没散啊。没有证据，就是感觉。感觉告诉我，剧团没散。

我们的保密级别是特级，终生不能泄露。回到地方，我也从来不跟组织伸手。但是这一回，我怀疑自己得的是癌症——喉癌。你说说看，我这个人一辈子守口如瓶，从没多说一句话，怎么会在这地方长癌呢?！现在，我的气管切开了，我不能说话了。我们的保密守则里有一句话，需要保密的，不仅不能跟任何人讲，甚至不能跟自己说。但是这一回，我得违反一次纪律了。我得说说自己的经历了，给天听听，给地听听，给大海听听，也给静月听听。

不知道这个坎儿能不能翻过去。翻过去了，攒上几个钱，一定去台湾看看。我走遍了祖国大好河山，就是没去过宝岛台湾。想看看日月潭、阿里山。这样，中国就看全乎了。翻不过去，就去见静月！

想到死后跟静月在一起，一点不怕死，还高兴。我不知道我怎么这样能活。一个人孤孤单单地长寿，有什么意思呵。这些年，身体开始不好了。我就把静月的墓地迁了，迁到现在的这处墓园。这座墓地好呵，墓碑的前方，就是大海。我挑了静月喜欢的白色大理石做墓碑，把我的名字和静月的名字肩并肩地刻在一起。这样我就踏实啦。生前聚少离多，死后就挤在这个小墓穴里吧。

每个月，我都来这里几次。一个是，自己也锻炼锻炼身体——这里空气好哇，再一个，就是跟静月说说话。生前，亏人家的太多了。现在多说说，也算弥补一下吧。住院前一天——就是昨天，又来到墓地。天气暖和，照例跟她说了一会儿话。爬山累，说话也累，就靠在墓碑上迷糊过去了。睁眼的时候，已经天黑了。抬眼一看啊，心里一惊，不远处的大海，不就是1954年夏天的海面吗？一轮满月，倒映着一条银色大道，通天接地，就像我和静月之间那个暗语——一个倒立的巨大叹号！又是槐花开放的季节，漫山遍野的槐香，晚风甜丝丝的。我站起来，抬起胳膊，幻想着自己又一次搂着静月——那个穿着白色布拉吉、扎着两条长辫儿的姑娘。我心里知道，如果时光能够倒流，我希望自己回到1954年的旅顺，回到静月身边。如果人生从那里重新开始，我宁愿自己是一个真正的工人、农民，老婆孩子热炕头地，跟怀里这个姑娘，过一辈子。

原载《钟山》2011年第6期

神会

金仁顺

聂珊在15楼电梯口等我们。她本来就个头儿高挑，又穿了身绛紫色的棉麻衣裤，宽肥袖口，衣摆飘飘，里面的衬衫是鲜嫩的黄色，电梯门打开时，她整个人笼在光影里面，靓丽又摇曳。

打过招呼后，她带我们去房间，几个女人在走廊里轻声交谈着，聂珊给我们做了介绍，人多，光线幽暗，记不住谁是谁。

"我先带她们进去——"聂珊跟她们说。

房间里面阳光明媚，我们被介绍给一位张姓中年女士。这位张姐矮且胖，她的气质加上衣着打扮，在批发市场之类的地方更常见些。

"师父在楼上休息呢，"聂珊解释，"你们先在这里坐一会儿——"

我跟波波对视一眼，心又放回肚子里去。

聂珊没来得及再说什么，被门口的人叫出去了。

我和波波，张姐和另外一个女人，陌生对陌生，除了微笑一时无语。

大观从外面进来，"你怎么来了？"

我笑笑，"你呢？"

他也笑笑，坐在我身边的沙发上。

聂珊回来，在波波旁边拉了把椅子坐下。

"珊姐姐越来越漂亮了，"波波上下打量聂珊，"好像瘦了暖。"

"阿弥陀佛。"聂珊浅笑盈盈。

聂珊整个人通了电似的，精气神儿十足，喜气洋洋的。

"我刚刚拜了个师父。"昨天在电话里，我已经领略了聂珊的激动和喜悦，鲜活荡漾，翩然欲飞。

"你都拜了多少个师父了？"

"这个不一样。"

"有什么不一样？不是没有分别心吗？"

"阿弥陀佛，分别心当然没有。"聂珊说，"这次我是专门去南华寺拜的师父。"

我想不出哪次她不是专门去的。第一次是妙因寺，拜格桑师父。那次我们同行。去的路上，她说想跟格桑师父谈谈皈依的事情。

那会儿她跟大观还是恋人关系，两个人风一阵雨一阵的，阴晴不定，电闪雷鸣是经常事儿。

“修行的路是很漫长的，就像唐僧取经，”聂珊说，“大观就像是那些妖魔鬼怪，火焰山，是命中注定的、对我的考验。”

“你都想得这么清楚透彻了，还皈什么依?”

“皈依才能得到拯救。”

到了寺院，在格桑师父的佛堂里面，我们闲聊了几句后，聂珊问格桑师父，“我可以皈依吗?”

“现在吗?”格桑师父反问。

刚好这时有个电话打进来，我出去接完电话，回来的时候，聂珊正在磕长头，磕了三个长头后，她跪在格桑师父面前，格桑师父把手放在她头顶上，念了一段经文，给聂珊起了个名字：善缘。

聂珊泪流满面，她掏出钱包，把差不多一万块的现金全拿出来放到佛龛前面。

“有点儿激动，呵。”格桑师父微笑着说。

之前，我跟聂珊来过两次妙因寺了，前一年聂珊刚做过肿瘤手术，可能她被囚在病房里太久了，思绪纷杂，出院以后，一有烦恼，就喜欢跑到寺院里去。

格桑师父有自己专用的佛堂，相当于他的私人会客厅。供奉着几尊佛像，释迦牟尼佛，观世音菩萨，文殊菩萨，等等。每次我们去，他都在这个佛堂里面接待我们。

“你身体没问题，”格桑师父每次都这么说，“不过，还是要好好调理和休息。”

“我最近在念《地藏菩萨本愿经》。”聂珊说。

“很好啊。”格桑师父说。

“老念经不吃东西也不行啊，”有一次大观也在，他提到聂珊的饮食，“素得厉害，什么肉都不吃，她现在体能这么差，这样下去哪儿行?”

“顺其自然。”格桑师父对聂珊说，“素食当然很好，但你饮食里面的营养不够，就要吃很多药，而药里面，也包含着很多生灵的生命。”

“可以喝酒吗?”我问格桑师父。

“可以啊，”他笑笑，“不过少喝一点儿比较好，酒多乱性。”

“你们就当佛是个朋友，”我们离开之前，格桑师父说，“有时间，就来寺院里面坐坐，聊聊天，静静心。”

聂珊在妙因寺皈依之后，每年总要找机会过去几次，方便的话，我就跟她一起去。大多数时间，我作壁上观，听格桑师父和聂珊谈话，聂珊一直在读经书，也看一些高僧大德的光碟，陈晓旭死的那段时间，他们经常提到些前世后世之类的问题。不过，他们从来未曾在某个问题上真正深入进去，都是问问，答答，蜻蜓点水，相比之下，网络上面的评议热烈多了。

聂珊的第二个师父是在北京拜的。从一开始我就没记住名字，我只是反问她，“你已经有师父了啊？”

她解释说这没关系，修行是很漫长的过程，也分很多层次；师父可以有一个，也可以有很多个。师父者，传道授业解惑。

“你先给他们介绍下吧。”聂珊对张姐说。

张姐坐在床头，跟我们说话时，身体得扭转着，“我们这位师父，学问很大，道法很深，主要是修《华严经》。这个《华严经》在佛教经典里面，非常高深，力量大极了，如果修成了正果，将来我们西行时，十方诸佛都来接引，你想上哪个极乐世界就能上哪个极乐世界——”

“一世成佛！”聂珊强调。

“而且我们就在现世，在当下，也能受益。求事业，求财，求福报，求子女，求什么都可以圆满。”张姐接着说，“你们看聂珊是不是越来越漂亮，越来越精神？她状态这么好，为什么？！她现在在修《华严经》！”

我们都把目光放到聂姗身上，看她是不是金光闪闪。她以前是电视节目主持人，早就习惯了成为众人目光的焦点，她回望着我们，那么从容不迫，还真是有点儿宝相尊严呢。

“今天的机会可遇而不可求，能来的人，都有福了。”

“听见没？”聂珊看着大观，“待会儿好好听着，好好接法。”

大观点点头，“好，好，好。”

聂珊看看表，说是可以见师父了。她边说边起身，大家站起来，跟在她身后。

我和大观走在后面，他低声跟我说，“怎么听着像法轮功啊。”

“我和这个姐姐特别有缘。”在走廊里，聂珊指着张姐对我说。

“我们的缘分可不止一世呢。”张姐笃定地说，“不知道多少辈前，我们就认识了。一直持续到现在。”

修行的人，都把自己弄得千丝万缕，行藏神秘，过去和未来交织成蛛网，现世就是那个端坐在蛛网中间的蜘蛛。

师父非常年轻，个头高大，灰色僧袍外面套着黄色僧衣，有些肚腩。他和一个男护法住的是个套间，小客厅里面摆满了花篮和花束，满室芬芳。

我和波波也带了花束过去，之前在车里放了几个小时，喷在花上面的水珠早就干了。

聂珊把所有的人都给师父介绍了一下，师父对每个人微笑、点头，很有领导风范。介绍完毕后，师父气度雍容地坐在沙发里面，挥臂请我们坐。

但除了他坐的沙发外，根本没有别的椅子、沙发之类能安顿人坐下的东西。

大家说，就站一会儿吧。

波波说，“没想到师父这么年轻。”

“我可不是显得年轻噢，我是1982年出生的，”师父呵呵一笑，说，“我就是非常年轻。”

他从南华寺来，却是地道的辽宁口音。

“我是辽宁辽阳人。”

聂珊说大家过来是先跟师父打声招呼，人太多，已经决定把下午的活动转移到一个朋友的私人会所去举行了。房间里这么拥挤，不如现在就去会所吧。

刚刚一片云似的拥进房间里的人，又开始向外移动。

我们是头一拨儿进电梯的，后面的人还没有跟上来，走廊里面有话语声传过来。

“我们先下去吧，”有人说，“不能让师父等着啊。”

师父没说什么，只笑笑。

于是就关上了电梯门，下了楼。

“你怎么掺和到这里来了？”出了电梯，我问大观，“你看一群红花，就你这一片绿叶。”

“我还勾了几个人来，一会儿直接到会所，”他看看周围，笑着说，“我跟那哥儿几个说了，今天有好多女老板参加聚会，有钱还单身，机会难得。”

他这一说我才注意到，酒店门口发动的汽车，不是“奔驰”，就是“宝马”。

我坐进车里，问波波，“感觉如何？”

她万语千言不知从何说起的样子把我逗笑了。

“好像格桑师父更靠谱儿些。”

从酒店转出来时，波波走错了路，在一条商业街上绕了个弯子。街道边人来人往，各种店铺促销的音乐声既各自独立又响成一片，滚滚红尘，我们一时不知何去何从。

“还去会所吗?”

“既来之，则安之吧。”

会所很大，占据了女老板中等酒店第三层楼的全部，分布成好几个区，保留了三间VIP餐室。大家围坐在大厅中央的会客区，会所整体背景相当华丽，但这个会客区的条案和桌椅却是朴拙田园的风格，桌面上各种茶点水果摆得满满登登的，器物考究，既统一整体，又尽量在细节处有些分别。

师父独自坐在正中间足够两三个人共坐的木椅上，右边坐在他的男护法，张姐坐在他左边。两个人都尽量往角落里略偏转了身体，形成双星拱月之势，其他十几个人依次围着桌子坐，有几个女孩子也就二十出头儿。

离讲法还有段时间，大多数人沉默不语，也有人边吃东西边跟邻近的人轻声聊几句。

“这个会所的老板是完美主义者兼独身主义者，”大观对我说，“这里的一草一木，一杯一碟，连枚钉子都是她自己搞定的。”

“又想讽刺我恋物癖?”女主人就在我们身后的茶架上面挑选普洱，听见了大观的话。

“那我哪儿敢?”大观笑着说，转头问我，“带你去看看她的佛堂?”

我不知道大观和女主人熟到什么程度，都能半个主人似的带着客人参观了。聂珊在朋友交往方面一向有“共享”的习惯，她和大观的很多矛盾和冲突亦来源于此。

这个会所有三间佛堂。都不算小，案台上面佛像众多，除了释迦牟尼佛，观世音菩萨外，一时也分不大清西方三圣、华严三圣之类，总之是布置得层次复杂，用心良苦。供桌上面供奉着鲜花果品，颜色艳丽，香炉里面三根线香在细细地燃着。如果说会所里的一砖一瓦都是精挑细选的，那佛堂里面的物什堪称出类拔萃了。

我们回到桌边坐下，刚好茶沏好，端了上来，茶香脉脉，暖意袅袅。

张姐不知道在回答哪一位同修的问话，她说她最初去南华寺的时候，见到师父这么年轻，颇不以为然。跟她同去的另一位资深佛友拜了师父，她没拜。从寺院出来下山时，她突然莫名其妙跌扑在地上，无论如何努力也起身不得。当时，师父跟另外一位师父走在前头，她就冲着师父背影喊，“师父，师父——”师父回过头来看着她，她说，“我要拜你为师!”师父点点头，说声好，继续往前走，而她也随即站起身来，又能走能跑了。

师父微笑着，仿佛那是别人的故事。

聂珊忙得差不多了，过来坐下，她显然早就知道这个故事，微笑着点头。

聂珊的佛友众多，我跟她平均半年见一面，也认识了七八个人。这些佛友十之八九是女生，差不多都经历过一些神奇事件或者某些神秘时刻，她们分享的时候，就仿佛在晾晒各自的私藏珠宝。先不说这种神奇性的主观臆造占多大比例，就算都是事实存在，不修行的人其实也同样拥有类似的事件或者时刻，只不过，水消失在水里。不像佛友们迷恋这类事件，喜欢渲染和强调它的特殊意味或者启示性。

觉得我冥顽不灵，又不想跟我争论时，聂珊就念阿弥陀佛，替我消业。有一次我们去妙因寺的路上，几乎在每个聂珊津津乐道的问题上我都提出了相反的观点，惹得她阿弥陀佛了一路。

好像是在等其他人到来，法会仍然没有开始，大家吃东西，喝茶，闲聊，有几个人传递着师父写的书。

"我读了师父的书，深受感动，"聂珊对我说，"专程去了南华寺拜师。"

师父开了口，讲前几天在广州，他和另外几个人在茶馆里面喝茶，有人听说有高僧在此，过来拜谒。

"师父，我对佛教很有兴趣。"那个人说，他说："好！""师父，我不是个好人，我也不是个坏人，但我会努力做个好人！"他说，"好！""师父，我现在对佛学还一知半解，但我愿意好好修行，天天向上。"那个人说。他说："好！""师父，那，那没什么事儿，我先走了？"他说，"好！"

大家都笑。

"如果他能做得到他所说的，"师父强调，"真的很好啊。"

"是啊，是啊。"

"现在社会上，自省的人太少了，喜欢批评别人的人太多了，"师父看看大家，"难道不是？"

"当然是，"聂珊轻轻一拍桌子，神情凝重地说，"太是了。"

"这个世界，神马都是浮云，但修行就不是，"师父笑着说，"我们修行，能让现世安好，能消除对死亡的恐惧，还能让我们进入光明世界。《华严经》能施众生于万千法门，成就富贵、欢乐果实。"

"大家有什么问题，"聂珊看看周围，"只管问师父。"

"《金刚经》上说，过去心不可得，现在心不可得，未来心不可得，诸法空相，"波波问，"《华严经》有这么神奇的话，不是跟《金刚经》相悖吗？"

"《金刚经》是修智慧的，"师父看了波波一眼，"而《华严经》是释迦牟尼佛成道以后，给文殊菩萨、普贤菩萨们讲的经典，是'经典中的经典'。《华严经》是大乘法的代表，是一切法的代表。能够让众生脱离苦海，速成佛道。”

有个年轻女孩子说她超爱佛法，但不知道如何能够脱离苦海。

“断恶向善，就可以。”师父说，“《华严经》就是普度众生最好的法门。正如经文中所说，如是虚空界尽，众生界尽，众生业尽，众生烦恼尽，我此行愿，无有穷尽。念念相续，无有间断，身语意业，无有疲厌。既可以自度，也可以度人。”

大观回头笑，我转身看，不知什么时候，好几个人坐在我们身后，成为法会的一部分。

张姐给师父添上热茶。

“任何问题都可以问，”师父喝了口茶，看看围坐在身边的众人，“佛法就是要求证。”

“我问个可能会让你们觉得不靠谱儿的问题，可以吗？”

“我们今天讨论的问题，”师父转向我，笑着说，“哪一个是靠谱儿的？”

他的反问让我一时语塞，“——我想知道，我的前世是什么？”

“有生就有死，有死就有生，我们都在六道中轮回，天、人、阿修罗、畜生、恶鬼、地狱。我们现在在人道，人道最容易涅槃。”

我看着师父，“那么——”

“答案是有的，但我如果说了，马上就会有别人也问同样的问题，”师父转向旁边，“是不是？”

好几个人点头称是。

“沈阳有条街，”他的男护法开了腔，“密密麻麻摆满了卜卦的小摊子，随便哪个人都会告诉你这个问题。”

我啼笑皆非，无言以对。

“为什么大家都传说，”有个女孩子问师父，“《华严经》是从海里来的呢？”

“你提的问题非常好。”师父表扬她。

女孩子高兴得脸都红了。

“这个事情要从龙树菩萨说起，龙树菩萨学完当时所有的佛经以后，对释迦牟尼说的法不以为然，认为不够圆满。龙王就邀请龙树菩萨到龙宫去阅读他所收藏的佛经。龙树菩萨有过目不忘的本领，他骑着马跑了四十九天，连《华严经》上本中本的目录都还没读完。不过，他由此服了释迦牟尼佛，了解了佛法精深，玄妙无穷。我们现在看到的《华严经》只是下本，而流传的经本实际上又是下本的略本。”

坐在我对面的女孩子，突然挺身而起，双手合十，问师父，“那么师父，我可不可以代表现场的诸位佛友向您请《华严经》呢？”

真正重要，或者说，严肃的时刻来到了，大家纷纷起立，椅子挪动的声音响成一片。聂珊转向会所老板，问她哪里更宽敞些，能让这些人跪得下。

会所老板扬手招来个领班之类的人，让她帮忙找个合适的地方布置一下。

趁着混乱，我跟聂珊说，“我得走了。”

“你怎么回事儿啊？”聂珊低声责怪我，“这样千载难逢的好机会，什么事情不能先放一放？”

“放得开当然就不走了啊。”我问，“要不要跟师父打声招呼？”

聂珊轻轻摆手说不用了。

会所女主人笑眯眯地送我走，她提供场地，提供服务，却没有坐到桌边参与谈话。

“心到佛知。”她说。

三个小时后，波波到我家里来，聂珊昨天电话里说过活动结束后，她要请大家吃饭。我还以为波波跟他们吃饭去了。

“没有，刚刚才结束。”

“这么久？”我很难理解，“聊出什么新料了？传法是怎么个传法？”

“就是大家要请法啊，第一次请，师父不允；再请法，师父还不允；第三次请法，师父允了，然后传法给我们。这个过程有说道儿，叫做一请二请三请。”

“呵呵。”我很好奇，“请出什么奥秘了？”

“也没什么特别。教了我们一些诵读《大悲咒》的方法，”波波说，“师父传了诵读前的仪轨，还讲了讲诵读之后回向之类的问题。”

“怎么是《大悲咒》？不是一直在讲《华严经》吗？”

“传法传的是《大悲咒》。”波波说，“《大悲咒》不是愿力很大嘛，念《大悲咒》，以往的一切重罪恶业全能消灭，除病去祸，安乐自在，还能常得富贵，将来往生的时候，十方诸佛皆来援手，想往哪方净土去，就能往哪方去。”

“——还有呢？”

“我现在讲给你听的，可是不让外传的，”波波说，“师父传了一些手印给我们，想求财有求财手印，求子有求子手印，一共几十个手印，在他给我们的书上都能找得到，你想求什么就在念咒的时候，想着观世音菩萨的手势手印，照着做，效果就会事半功倍。另外，诵读了《大悲咒》，四大金刚，天龙八部，都会来护持你，能自然成就三十二相，八十随形好。”

“这不等于是极乐世界了吗?”

“对啊。”

“然后呢?”

“请法完毕之后，每个人都起了个法名。同修佛友们彼此间可以以法名称呼，还有定期安排些活动，大家一起参加。”

“——没了?”

“最后是供养师父。拿多少的都有，但全都供养了。我拿了五百。算是正常的吧，有个人拿了两千。不过，她好像额外跟师父求了什么。”

“大观他们也呆到最后了?”

“谁好意思走啊?”波波说，“——他和聂珊不是分了吗?”

“分了很久了，可能就是因为时间长了，才分久必合，又能做朋友了吧。”

“那老章呢?”

“聂珊跟他分了一段时间了。”

聂珊跟大观分手后，被她正儿八经领出来介绍的男朋友，是老章。

老章的年龄和财富是成正比的，聂珊还是节目主持人时，他喜欢上她，不过没有机会。二十年过去，聂珊转到幕后，他制造机会跟她见面，展开热烈追求。

聂珊第一次带老章见过我后，打电话问我对他的印象如何。

“你觉得好就好啊。”

聂珊说，他们这段缘分是早就被预言了的。她跟老章的纠结早在前世，或者前前世、前前前世就开始了，百年修得同船渡，千年修得共枕眠，这些话不是夸张的比喻，而是事实。

“也就是说，”这种说法儿实在荒诞，“命中注定你都中年不惑了，还要再当回小三儿?”

“他们夫妻间，”聂珊很严肃，“二十多年前，关系就名存实亡了。”

聂珊很诚实地说，不想离婚的是老章。理由是当年他穷光蛋一个，人家无怨无悔地嫁了，他发财了，外面再怎么风花雪月，彩旗飘飘，家里还得是糟糠之妻坐正堂。

“你打算怎么办?”

“好好修行啊，”聂珊说，“爱情是苦海，人生也是苦海，修好了，才能了断，去极乐世界。”

我无语。

聂珊和老章边爱边修，他们和任何平常情侣一样，起初一日不见，如隔三秋，他们出门旅行，购物，甚至还装修了房子，与此同时，厌烦、猜疑、嫉妒、争吵，蚂蚁似的蛀进他们的浓情蜜意，起初被他们忽略不记，但渐渐地，他们的情感堡垒被掏空了。

“缘分尽了。”有一天聂珊对我说，“这样挺好，下一世我就清清爽爽，了无牵挂了。”

“你怎么知道?”

“我怎么会不知道?”聂珊反问我，“一丝一毫，佛悉知悉见，真实不虚。所有那些经过我们脑海中的意愿，你以为一闪即逝？了无痕迹？告诉你，所有的好念头，坏念头，佛悉知悉见。好事，坏事，每个人经历的任何事情，都背在自己身上，有的看得见，更多的看不见，但全都清清楚楚，真实不虚。”

我们说这番话的时候是在聂珊的房间里面，我们对坐在茶台边儿上，房间的门外，走廊的另外一侧，是她的佛堂。喝茶前，我们刚刚去里面拜过。案台上面，释迦牟尼本尊，观世音菩萨，以及其他的佛像，大大小小，前前后后，错落摆放，几卷佛经，各种法器，鲜花果品，香炉里线香端正，淡淡三抹白烟，似摇头，似点头。

“阿弥陀佛!”

原载《小说界》2011年第4期

刀　　宴

蒋一谈

世界名刀博览会正在西子湖畔举办，湖边茶舍聚满了爱刀人。

我的老友是杭州有名的老茶客，人称“狮峰老壶”，他望着眼前的湖面问我：“名刀云集，眼前的西湖为什么没有杀气？”我不解，侧耳倾听。“当代中国无名刀啊！”他接着说，对着紫砂壶嘴猛吸一口，颇为失落地摇摇头。

我不懂刀，但男人天生对名刀有一种好奇心。这次来杭州出差，顺便观赏了世界名刀博览会。那一把把制作精良、形制各异的世界名刀已经连续两晚进入了我的梦。不过，在中国名刀展区，我有些遗憾，我想有这种感受的远不止我一个人——除了上百幅历史图片满墙贴，只有几十把古代名刀的仿制品，外国爱刀客围观的极少。说实话，此情此景，和一个泱泱大国很不般配。我和绝大多数中国观众都渴望目睹现代中国人制作出的好刀名刀。

“今晚在摩崖茶舍有个聚会，茶舍主人汪大鹤先生是我多年好友，这是地址，你去长长见识，见到他代我问候一下。听说今晚沈家轮先生也会带上那把老刀过去。”

“真的？”我接过字条，一阵激动。

“这年月，爱刀、懂刀的男人越来越少了。”狮峰老壶感叹不止。

昨天晚上，沈家轮先生让我这位不懂刀的男人失眠了。白天的展场外面，阳光似火，我看见一位身着过膝白衫，耳下长须飘然的长者被众多中外记者和爱刀人围拢。狮峰老壶告诉我他就是大名鼎鼎的沈家轮先生。沈先生步履安然，面容温润，看不出实际年龄，点头移步的姿势仿佛是古代隐者。

一群人移向附近的一家茶楼，我和狮峰老壶跟在后面，茶楼外面拥挤不堪。要不是狮峰老壶，我连坐在茶楼外间偷听的机会都没有。采访在里间茶室，有英语和日语的交替提问，一个女子在缓缓翻译。沈先生话语不多，寥寥数语，平和中有哲理，语速不疾不慢，隔着门缝传出来。狮峰老壶手举紫砂壶，壶嘴停在嘴边，忘了吸吮。我仔细记录着沈先生说出的每一句话：

“古人用好茶洗好刀……”

“没有好刀，好茶也就消失了。”

"我在山里居住了二十年……"

"没有真正的隐者，这个年代更不会有。"

"一个国家就是一个男人。"

"刀文化能养育出最勇敢的男人。"

"中国已没有刀信仰。"

"传统已经变形、断裂，正在消失……"

"西湖越来越软了……"

"无刀客的时代无侠义，无侠义的时代无意义……"

黄昏时分，我来到摩崖茶舍门前。一位穿长衫的俊秀少年微笑开门，颔首，轻声问道："请问先生尊姓大名，我去通报主人。"

"狮峰老壶的朋友。"我笑着说。

"请稍等。"他再次微笑，颔首，转身，步伐轻盈离去。

我站在门口，看见院落里大片的石榴树和巨大的古代刀客雕像：刀客神态各异，或威武，或冷静，或失落，或兴奋；有的眼神里透着蔑视，有的仰头望天，似乎在回忆某个惨烈瞬间；他们每个人手里握着的一柄窄刃长刀，或劈，或砍，或刺，形态各异；斜前方的一位刀客摆出切腹自杀的姿态，他头缠大布衫，胳膊粗壮，眼神里没有丝毫痛楚，倒有喜悦之情。

"先生，刚才主人还在茶舍，现在不知去哪儿了，您先请进吧。"

少年将我唤醒，我随他沿着小石径走进树林深处。一间古色古香的茶舍近在眼前，茶舍旁边的大树下立着一尊更为巨大的铜像，是一位铜盔铜甲的将军。我被铜像威武的神态吸引，停下脚步端详。

"是戚将军。"少年说，随我停步。

"哪个戚将军？"

"戚继光将军。"

"哦，抗倭英雄。"我顿悟，依然有不解。

"先生，请在此歇息。"

少年边说边引我入座，桌上摆着一套茶具，两个小瓷杯里还剩半杯茶。少年引杯，给我倒了龙井茶，随后笑着躬身离去。白瓷茶具精致可人，旋转瓷面，我看见一幅画，一个小女孩正在西湖岸边放风筝。

我牢记狮峰老壶的提醒：来到摩崖茶舍，要多听，少说话。我一个人细细品味着上好龙井。外面很静，能听见少年踏在石径上的脚步声，他或许又去迎接新的客人。窗外的竹叶伸进屋，也把西湖向晚的光线洒进来。起了微风，风送来树林深处男人间的话语声，隐隐的，我听见一个人的叹息："苗刀沉沦，国之大谬!”

另一个人叹了口气，接着问道：“汪先生，沈先生今晚会来吗?”

“真希望再见到他，摸摸那把老刀。”我想说话的就是汪大鹤先生。

“苗刀要是在清朝广为流传，士兵之气定能改观。”汪先生说。

“言之有理!”

“今晚好刀云集，实在是太高兴了!”

苗刀？是苗族人发明制作的刀吗？我在猜测，忍不住脚步出屋，在门口看见少年引领一位客人走来。此人身形威武，笑声爽朗，右手提着像黑色木棍的刀鞘闪着光。“汪大哥，快出来迎接小弟啊！哈哈!”男人站在石径中央不走了，环顾四周，用力拍打身旁石雕武士的胳膊。少年在一旁嗤嗤地笑。从树林里传出窸窸窣窣的声响。汪先生快步走出，抱紧双拳，大声说道：“铁犁老弟，好久不见!”两人紧紧握手，大笑。汪先生身着灰色长衫，身形儒雅，他指着身后一年轻男子，对铁犁说：“龙泉刀师侯不周先生。”

“铁犁兄，久仰!”

“不周兄，幸会!”

侯不周和铁犁双双抱拳致意。

这时，汪大鹤看见了我，朝我一笑。我马上自我介绍。他点点头，除了表示欢迎，还说狮峰老壶错过了今晚的刀宴。

我听见铁犁问汪先生：“沈先生今晚来吗?”

“八成会来。”

“那把老刀我只摸过一次，今晚想好好耍玩一回!”

“大家都想啊!”

三位先生进屋落座，我忽然有些犹豫。我是门外汉，生怕扰乱他们谈话的兴致。我对汪先生说：“汪先生，茶舍院落很有味道，我想去参观一下，你们先聊。”汪先生笑着点点头。

刚才我已经有了观察，茶舍是一间开阔的建筑，四面有窗，窗外有树，要是他们正常说话，我在外面也能听见他们的声音。我走出门，顺时针走过去，看见一块巨石，上面刻着一行行书：

男人因刀成英雄，没有男人，刀也没有了灵魂!

好句！书法没有落款，下端刻有一只举止优雅的仙鹤，我忽然醒悟，这应该是汪大鹤先生的笔迹和绘画。

“这种博览会还是不办的好，”铁犁的声音传出来，“每次看见国外的名刀，我的心难受极了!”

“唉，不是一代两代就能改变的。”汪先生说。

“为什么会这样?”铁犁似乎在自言自语。

“传统已断，国人也无法静心钻研。”侯不周说。

“据说前一段时间买把菜刀都要拿身份证登记。”侯不周在叹气。

“刀术是技艺，也是精神啊……”汪先生说。

一阵沉默。他们的言语透着无奈。我慢慢往前走，看见巨石后方立着一面碑刻。天色将晚，我急忙走过去细看，碑的最上面刻着一把长刀，刀下有如下记述：

苗刀，形似禾苗，故名。此刀起源于西汉初年环首刀类，距今两千余年，冷兵器时代世界名刀之一。三国时期，苗刀传入日本；明朝后期，倭寇多使此刀，危害极大。戚继光将军临危不乱，迅速为军队配备此刀，揣摩倭寇刀法，加紧训练，其后士卒刀法较倭寇高出一筹，杀敌无数，平沿海倭犯。戚继光将军于1560年著成《辛酉刀法》，流传甚广。苗刀既可单手握把，又可双手执柄，临敌运用，辗转连击，疾速凌厉，身催刀往，刀随人转，势如破竹，杀伤威力极大。

日本武士刀居然来自中国！这大大出乎我的想象。我连连摇头，竟兴奋地笑了几声——中国苗刀，真了不起！此刻，我盼望沈家轮先生赶快到来。

天色不知不觉暗淡许多，我顺着树丛已经走出很远，没看见人影，也没听见其他声音；我恍惚看见少年的身影一晃而过，是迅速跑过去的。此时，寂静的院落忽然有了肃杀之气，因为我听见几声刀刃碰撞的锐利声音。我分辨不出声音来自何处，快步往前走，想寻找那间茶舍，可是我迷路了。

四周空无一人。

我再次听见刀刃相撞的声响。

一个提灯笼的身影远远地走来。

“哎!”我喊了一声。

灯笼掉了个方向，静止片刻，开始朝我移近。

是那位少年。他笑着说：“先生，正四处找您呢。沈先生可能会晚到，我家主人正和朋友们在上面试刀，您想去看看吗?”

“我想再喝杯茶，天气太热了。”

“好的。”

我随着少年的灯笼往前走，拐了好几条小道。路过一扇亮灯的窗户，我看见两位女子正往桌上摆放凉菜和酒水。

“今天的贵宾是沈先生啊。”我说。

“是的，是沈先生。”

“你见过那把老刀吗？”

少年笑着了一声，在暗影里摇摇头。

茶室里就我一个人。我喝了三四杯茶，脑子里始终忘不掉“苗刀”这个字眼。我看见一排书架，几十本有关苗刀的书籍整齐地排列在茶具旁边，有的还是线装版本。我一阵欣喜，取下一本《苗刀图谱》，刚翻看第一页就愣住了——一位长者的照片赫然在目，正是沈家轮先生！我喘口气，凝视着他的照片，从他的眼神和表情里我没有读出骄横和虚妄，只读出了平静和淡淡的伤感。

这本书由几十幅图片构成，起首的是一幅苗刀图片，上面有详细的尺寸标记和刀身部位说明：此苗刀全长五尺，刀身长三尺八寸，刀柄长一尺二寸，刀宽一寸二分；苗刀由刀柄、护手和刀身三部分构成；刀身又分为刀尖、前刃与后刃三部分；护手（刀盘）呈圆形或椭圆形。

再翻看，是握刀技法说明，同样是文图相配，握刀示范者正是沈家轮先生本人。

抱刀：左手拇指和虎口扣住护手（刀盘），食指和中指夹住刀柄，无名指和小指托住护手，刀背贴靠前臂。

单手握刀：五指握刀柄，虎口靠护手，刀背与虎口相对。

双手握刀：一手五指握刀柄的前部，虎口靠护手，另一手五指握刀柄的后部。

再后是刀法、步法图片，每幅图片下面均有文字说明：

苗刀的步法是以疾绞连环步为主，运动中进步要求后脚发挥最大的蹬力，使前脚迈出越远越好；后脚贴地向前滑行，落脚时，脚跟先着地，既轻灵又沉稳，轻而不浮，沉而不重。动步时，两足要敏捷，逢进必跟，逢跟必进，进退成连环，急速连贯。

基本刀法：砍、撩、挑、截、推、刺、剁、点、崩、挂、格、削、戳柄、舞花。

基本步型：歇步、虚步、弓步、马步、插步、并步、前点步、后点步、独立步。

基本步法：跳步、疾绞连环步（拖拉步）、上步、退步、跟步。

我感觉周身被一股神秘的力量牵引。

我慢慢伸长手臂，想象自己正握着一把苗刀。

我依照书上的图片做起了动作——伸直前臂，上下劈砍，左右横扫，斜刺，削脑袋，捅裤裆……“杀！杀！杀！”我听见自己的喊叫。真是痛快淋漓！我似乎又听见刀刃的碰撞声。我跑出去，想让少年带着我去欣赏他们的刀法。没看见少年，院落里亮起了一排排红灯笼，远处站立的刀客雕像好像披了一层红油彩，又像一个个英雄烈士。

我决定一个人上去。头顶的树影在暗蓝色的天空下黑黢黢的，几只夜鸟鸣叫着飞走。四周飘荡着冷硬的“咔嚓”声。我放慢脚步，估算着距离，皮肤感受到了凉意。我继续前行，石径下面有时断时续的蛙鸣。空气似乎凝聚在一起，握在手里感觉特别坚硬。

耳边的“咔嚓”声突然消失了，不是幻觉，是彻底的消失，消失得干干净净。现在，我的身边弥漫着怪异的寂静。我压低足音，一步一步向上走，拐过三四道弯，突然看见三道黑影从我身旁一闪而过。我惊出冷汗，稳住呼吸，透过树枝缝隙，看见一盏红灯笼——倒在草地上的红灯笼像个受伤的孩子。那个少年坐在地上，手里握着一张纸条沉默不语。

我从少年冰凉的手里取出纸条，在红灯笼的光影里慢慢展开，几行隽秀疏朗的毛笔字映现眼前：

大鹤兄，本想前去叙旧，无奈老刀傍晚托梦于我，说时辰已到，他不愿在这个年代多停留一夜。这是祖宗留下来的苗刀，整整四百五十二岁，不多一天，不少一日。此刀杀敌，虽有残口，刀刃依旧锋利。传统已失，留下何用？老刀希望我把他化成烟尘，我想，还是让他沉睡湖底吧，西湖糜烂的水定会让他化为淤泥。今日辞别，他日相聚，这就是缘。

沈家轮　即日黄昏

原载《上海文学》2011年第9期

一九七五年的春节

毕飞宇

我们乡下人把腊月底的暴风叫做黑风，它很硬、很猛、很冷，棍子一样顶在我们的胸口。怎么说我们的运气好的呢？就在腊月二十二的中午，黑风由强渐弱，到了傍晚，居然平息了，半空中飞舞的稻草、棉絮、鸡毛、枯树叶也全部回落到了地上。我们村一下子就安静了。

这安静是假象。我们村还是喧闹——县宣传大队的大帆船已经靠泊在了我们村的石码头啦。还没有进腊月，大帆船要来的消息就在我们村传开了，人们一直不相信——四年前它来过一次。刚刚过去了四年，大帆船怎么可能再一次光临我们村呢？就在两天前，消息得到了最后的证实，大帆船会来，一定会来。没想到黑风却抢先一步，它在宣传队之前敲起了锣鼓。大帆船它还来得了吗？

人们的担忧是有道理的。这就要说到我们村的地理位置了。我们村坐落在中堡湖的正北，它的南面就是烟波浩渺的中堡湖。这刻大帆船在哪里呢？柳家庄，该死的柳家庄偏偏就在中堡湖的正南。黑风是北风，这一点树枝可以作证，波浪也可以作证，大帆船纵然有天大的本领，它的风帆也不可能逆风破浪。

我们没有想到的是，人定胜天。公社派来了机板船。大帆船摇身一变，成了一条拖挂，就在腊月二十二的一大早，它被机板船活生生地拖到了我们村。大帆船到底来了，全村的人都挤到了湖边。——大帆船还是那样，一点儿都没有变。我们村的人对大帆船的记忆是深刻的，就在四年前，在一场美轮美奂的演出之后，它扯起了风帆，只给我们村留下了一个背影。巨大的风帆被北风撑得鼓鼓的，最终成了浩渺烟波里的一块补丁，准确地说，不是补丁，是膏药。四年来，这块膏药一直贴在我们村的心坎上，既不能消炎，也没有化淤。

我们同样没有想到的是，在人定胜天之后，天还遂了人愿。演出之前，黑风停息了。有没有黑风看演出的感受是完全不一样的——演员们必须背对着风，要不然，演员们说什么、唱什么，你连一个字都别想听清楚。演员背对风，观众就只能迎着风，黑风有巴掌，有指甲，抽在人的脸上虎虎生威。

这哪里还是看演出，简直就是找抽。乡下人怕的不是冷，是风，一斤风等于七斤冷呐。

因为腊月二十二的演出，我们村的年三十实际上提前了。黑风平息之后，村子里万籁俱寂，这正是一个好背景。锣鼓被敲响了，说起鼓，就不能不说牛皮。牛皮真是一种十分奇妙的东西，当它长在牛身上的时候，你就是把牛屎敲出来它也发不出那样愤激的声音，可是，牛皮一旦变成鼓，它的动静雄壮了，可以排山，可以倒海，它的余音就是浩浩荡荡，仿佛涵盖了千军万马，真是“鼓”舞人心哪。在鼓声的催促和感召下，我们村的人特别想战斗，做烈士也就是想死的心都有。除了没有敌人，我们什么都准备好了。——女生小合唱上来了，男生小合唱上来了，接下来，是男女对唱、数快板、对口词、三句半。意思其实只有一个，我们不缺敌人，我们缺的是发现。所以，我们不能麻痹。我们还是要战斗。要战斗就会有牺牲，一句话，我们都不能怕死。过春节其实是有忌讳的，最大的忌讳就是死。可我们不忌讳。虽说离真正的春节还有七八天，然而，我们已经度过了一个纯洁的、革命的和敢死的春节。我们是认真的。

上了年纪的人都知道，黑风往往只是一个前奏，也是预兆。在风平浪静之后，接下来一定会降温，迎接我们的必将是肃杀而又透彻的酷寒。腊月二十三，这个本该祭灶和掸尘的日子，我们村的人发现，所有的水在一夜之间全都握起了拳头，它们结成了冰。最为壮观的要数中堡湖的湖面了，它一下子就失去了烟波浩渺和波光粼粼的妩媚，成了一块辽阔而平整的冰。经过一夜的积淀，空气清冽了，一粒纤尘都没有。天空清朗，艳阳当照。在碧蓝的晴空下面，巨大的冰块蓝幽幽的，而太阳又使它发出了坚硬刺目的光芒。一切都是死的，连太阳的反光都充满了蛮荒和史前的气息。

宣传大队的大帆船没有走。它走不了啦。它被冰卡住了，连一艘大帆船本该拥有的摇晃都没有，仿佛矗立在冰面上的木质建筑。这样的结局我们村的人没有想到，也没敢想。雨留不住人，风也留不住人，冰一留就留下了。

我们村的人振奋了，其实也被吓着了。——这样的局面意味着什么呢？意味着解冻之前我们村在春节期间天天都可以看大戏。事实上我们高兴得还是太早了，除了二十二夜的那场演出，宣传大队再也没有登过一次台。演员们的心已经散了，他们眺望着坚硬的湖面，瞳孔里全是冰的反光。因为回不了家，他们忧心忡忡，他们的面庞沮丧而又绝望。大帆船里没有动静，偶尔会传出吊嗓子的声音，也就是一两下，由于突兀、短促，听上去就不像是吊嗓子了，像吼叫，也像号丧。

午饭过后大帆船里突然走出来一个人，是一个女人。她像变戏法似的，自己把自己变出来了。大帆船昨天一早就抵达了我们村，谁也没有见过这个女人，甚至连昨天晚上的演出她都没有露过面。她是从哪里冒出来的呢？女人来到船头，立住脚，眯起眼睛，朝冰面上望了望，随后就走上了跳板。伴随着跳板的弹性，她的身体开始颠簸。因为步履缓慢，她的步调和跳板的弹性衔接上了——这哪里还是上岸，这简直就是下凡。一般说来，下凡的人通身都会洋溢着两种混合的气息，一是高贵，二是倒霉。她看上去很高贵，她看起来也倒霉。但是，无论是高贵还是倒霉，只要一露面，这个女人必定给人以高调出场的意味。旁若无人。她的手上提了一张椅子，她在岸边徐步走来。她往前每走一步身边的孩子就往后退一步。

女人就把椅子搁在了地上，笃笃定定地坐了上去。她已经晒起了太阳。为了让自己更享受一点儿，她跷起了二郎腿，附带着把军大衣的下摆盖在了膝盖上。然后，开始点烟。当她夹着香烟的时候，她的食指和中指绷得笔直，而她的手腕是那样的绵软，一翘，和胳膊就构成了九十度的关系，烟头正好对准了自己的肩膀。她这香烟抽的，飞扬了。她不看任何人，只对着冰面打量。因为眼角是眯着的，眼角就有了一些细碎的皱纹，三十出头了吧。但她的神情却和宣传大队的其他人不同，她的脸上没有沮丧，也没有绝望，无所谓的样子。她只是消受她的香烟，还有阳光。

吸了四五口，或许是过了烟瘾了，女人突然动了凡心，关注起身边的孩子来了。她把清澈的目光从远处的冰面上收了回来，开始端详孩子们的脸。她的脖子和脑袋都没有动，只是缓慢地挪动她的眼珠子。动一下，停一下，一格一格的。女人的眼睛突然在她左侧小女孩的脸上停住了，这一停就是好长的时间。小女孩叫阿花，六岁，我们村民办教师吴大眼的女儿。阿花被女人盯着，有些胆怯。女人把烟头在椅子上摁了两下，装进军大衣的口袋，伸出胳膊，一把抓住了阿花的手腕，一直拽到两条腿的中间。女人用她的两条大腿夹住阿花，把她的两只中指伸得直直的，顶在了阿花的太阳穴上，一左一右地看。最终，打定主意了。她从军大衣的口袋里掏出了几只圆圆的小盒子，还有笔，开始在阿花的脸上画，每一个手指都非常快。我们村的人不知道湖边发生了什么，但是，我们村的人有一个特点，不愿意落下任何事情。这一来围观的人多了。里三层、外三层，人们亲眼目睹了一个奇迹，——民办教师吴大眼六岁的女儿被大帆船上的陌生女人变了戏法，变漂亮了，成了另外一个女孩子。她眨眼的时候居然有声音，啪嗒啪嗒的。阿花怎么会这么漂亮的呢？她瞒过了所有的人，她的爸爸和妈妈都给她瞒过去了。

但是，女人就是不满意。她在修正，这里添一点儿，那里减一点儿。还时不时把阿花拽到自己的嘴边，用她的舌尖舔去那些不满意的部分。在阿花的脸上，女人拿自己的舌头当作了抹布。这个出格的举动让阿花很别扭，阿花极度地不自在。在围观的人堆里，阿花开始挣扎，眼眶里都有了泪光。因为挣不脱，阿花对着女人的脸庞突然吐了一口。唾沫挂在了女人的眉梢上，阿花就这么逃脱了。女人望着阿花的背影，一点也没有生气，既不惊慌，也不失措，抿着嘴，只是微笑。一边笑一边把脖子上红色的围巾取下来，很安详地在那里擦。她的模样使我们村的人相信，她早就习惯别人对着她的脸庞吐唾沫了，如果你愿意，你完全可以把她好看的脸庞当作一个微笑的痰盂。

实际上这个女人的微笑并没有持续太久，她的身上冒起了青烟。青烟越来越浓，最终蹿出了火苗。青烟其实已经冒了一阵子了，没有人往心里去罢了。真到了起火的时候，人们这才想起来，是她的烟头让她自己失火了。女人显然也意识到了这一点，这个发现让她开心，她不再是微笑，都笑得咧开嘴巴了。这一笑坏了，我们村的人看到了她的牙，她的每一颗牙齿上都布满了焦黄的烟垢。她不再是下凡的仙女。她开始灭火，她的巴掌镇定地、缓慢地拍向军大衣的口袋，仿佛掸去身上的灰尘。我们村的人知道了，即使她的整个身躯都被熊熊大火裹住了，她的手脚也不会忙乱，着了就着了呗，死得不挺暖和的？

冰冻三尺，非一日之寒。这句话也可以反过来说，冷的日子久了，冰块将会抵达令人震惊的厚度。也就是几天的工夫，中堡湖里的冰块结实了，像浮力饱满的石头。

中堡湖热闹起来。湖面不再是湖面，它成了狂欢的广场。我们村的大人和孩子差不多全都集中到了冰面上，甚至连一些上了岁数的人都凑起了热闹。在冰面上行走是一件令人愉快的事，它给人一种错觉，每个人都觉得自己是水上漂。聪明一点的人甚至产生了这样的想法——冰冻是好事，它能将世界串联起来，因为冰，世界将四通八达。的确，冰应当得到推广和普及，人类最理想的世界就是到处结满了冰。

大白天永远是平庸的。到了夜里头，中堡湖的湖面上迎来了壮丽非凡的气象。无论一九七五年的年底是多么的贫穷，家境富裕的人家毕竟还有。家境富裕有一个重要标志，那就是家里有手电筒。冰封的日子里所有的手电筒都一起出动了，不只是我们村，沿岸王家庄、张家庄、柳家庄、高家庄、徐家庄、李家庄的手电筒一起汇集在了冰面的四周，手电筒的光是白色的，冰是白色的，而夜晚却一片漆黑，这是一部活生生的黑白电影，光柱把黑夜捅烂了，到处都是白色的窟窿。我们的世界绚烂了，凄凉了；也繁华，也萧索，非常像战乱。

大勇和大智是一对孪生兄弟，他们家没有手电，他们没有资格走进黑白电影。差不多就在最后一个手电筒撤退之后，兄弟俩提着他们的马灯，悄悄出现在了中堡湖的冰面上。他们是来钓鱼的。北方的冰期长，所以，北方人很早就掌握了冰窟窿里钓鱼的技术，这样原始的技术南方人反而不知道。但大智是知道的。大智读书。书上说，冰底下缺氧，哪里有窟窿哪里就有氧气，哪里有氧气哪里就有鱼。

书上的话是不是真的，大智其实也没有把握。可大智没有选择。眼见得就是大年三十了，他们家连一块鱼鳞都还没有看到。大年三十的餐桌上可以没有猪肉，可以没有豆腐，却不能没有鱼。有鱼就是"有余"，它是好彩口，暗含着祝福与希望。无论日子有多穷，在大年三十的晚上"有余"一下，放在哪里都是一件好事情。

大勇带了一只斧头，还有一把凿子，跟在大智的屁股后头往湖中心走。离开岸才八九步，大勇胆怯了，毕竟是黑夜里的冰面上。大勇说："别走了吧，就在这里凿。"一斧头下去，大勇的手滑了，斧头贴着冰面滑向了远方。冰实在是一个美妙的东西，它发出来的声音玲珑而又悠扬，反而把大勇吓了一大跳。大勇这个人就这样，所有好看、好听、好玩的东西都能把他吓一跳，有时候连好吃的东西都会把他吓着了。他在吃豆腐的时候就有这毛病，眼睛老是发直。好在他一年也吃不了几回。如果每天都吃，每天都是春节，大勇这孩子一定会得羊角风的。

大勇凿出来的第一个窟窿足足有一口锅那么大。大智说："费那么大劲，你凿那么大做什么？一半就足够了。"大勇压低了声音说，"窟窿大，鱼就大。"

但是，问题又来了。钓鱼的绳子拴在哪里呢？大勇提起马灯照了照，冰面上居然没有一棵树。大勇苦恼了。大智把绳子放在水里蘸了蘸，随手丢在了冰面上。大勇说："得拴在什么地方。"大智说："拴上了，水把它拴在冰上呢。"

大勇一口气开了十一个窟窿，就在打算歇口气的光景，大勇不动了。大勇直起身子，拽了拽大智的胳膊。大智回过头，突然看到了一样东西，一个猩红色的亮点。似乎很近，似乎又很远，一点把握都没有。也就是闪了那么一下，猩红色的亮点却又没了。冰面上黑咕隆咚，天空中黑咕隆咚。马灯就在大勇的脚边，但是，它的灯光只够在冰面上画一个圆圈，这就是说，马灯照亮的只能是自己，而不是远方和别人，这就让人心里头没底了。兄弟俩在这个时刻多么希望自己能有一把手电，他们对视了一眼，说时迟，那时快，猩红色的亮点再一次闪光了，这一次红得格外艳。大智本想走上去看看的，被大勇一把拽住了，大勇说："还是走吧。"

饥不择食，贫不择妻。比这更严重的就是慌不择路。就因为短暂的慌张，大勇和大智在冰面上迷路了。头上是黑漆漆的天，脚下是白花花的冰，他们彻底失去了参照。亏了年轻，亏了昨晚上吃得足，他们总算没有被冻僵。天亮之后，他们依靠大帆船的桅杆找到了村庄，他们其实并没有走多远。他们自以为走遍了千山万水，其实，他们只是在家门口溜达了一夜——好在昨天夜里的垂钓有了收获，十一只鱼钩居然钓着了九条鱼，三条鳞鱼，四条鲫鱼，一条草鱼，一条鲤鱼。这是振奋人心的。等他们收好鱼，半个太阳也出来了。这是一次神奇的日出，足以让大勇目瞪口呆——半个太阳摇摇晃晃，光芒无比鲜嫩，它们涂抹在冰面上，巨大的冰面一片酡红，整个世界一片酡红。分外妖娆。

就在这样的妖娆里，大智有了意外的发现，一把椅子孤零零地摆放在中堡湖的湖面上，它的背正对着大帆船。就在平整而又光滑的酡红里，这把椅子突兀了，散发出非人间的气息。大智估算了一下，椅子离冰窟窿的距离大概也就是四五十米。大智滑过去——这是一把普通的椅子，左侧的冰面上丢了五六颗颗烟头，已经冻住了。这一看大智就全明白了，操他妈的，全是那个满嘴烟牙的女人做的鬼，她真是一个二百五，好好的大帆船她不待，神神道道地来到冰天雪地里抽什么烟！要不是她的嘴里冒出鬼火，他和大勇也不至于有这一夜。——亏了没有下雪，要不然，他们弟兄俩真的就成了冻死鬼了。

女人再一次在大伙儿面前出现的时候已经是大年初一的上午了，依照惯例，村子里响起了爆竹的爆炸声。孩子永远是最聪明的，他们来到了湖面，他们把爆竹横在了冰面上，"嘣"的一声，爆竹贴着冰面滑行而去，然后，"啪"的一声，在很远的地方炸开了。大年初一真是一个晴朗的好日子，天气晴朗得不知道怎么夸才好。只是一顿饭的工夫，湖边的冰面上就面目全非了，黑色的爆炸点、红色的纸屑散落得到处都是。这正是春节的气象，像战后。芬芳的硝烟。血色的碎纸片。喜庆。苍凉。冰的坚硬反光。

大帆船的内部突然响起了一阵锣鼓，开始还有板眼，也就是一会儿，锣、鼓、钵、镲相互间就失去了配合，成了声音与声音之间的混斗——这哪里还是敲锣打鼓呢，听上去怒气冲冲。

女人就在这片杂乱的锣鼓声里走出了船舱。我们村的人终于知道了，这个女人的活动是被严格控制的，尤其是白天。她的双脚永远有一条看不见的镣铐。她之所以看上去那样"有派头"，是因为她虽然"想改"，但她"从小练的就是这个”，实在“改不掉”。和上一次不一样，这一次出舱她倒是没有拿腔拿调，从她行走的样子来看，她仿佛是有目的的，完成什么任务一样。她的身上还是那件军大衣，右侧的口袋边却有一个洞，周边都是烧焦的痕迹。脖子上是红围巾，左手则提着一张椅子。她把椅子放下来，对着冰面上的孩子们拍了拍巴掌，示意她们立队。她的举动意义不明，没有人知道她要干什么。但是，这个女人很快就让我们村的女孩子们知道她的意思了，她已经开始给第一个女孩子化妆了。周遭的女孩子们刚一明白就围了上来，她们很自觉地在女人的椅子面前站好了队，神色庄严，表情严肃，一点也不再害羞。第一个化好妆的女孩上岸了，她其实是显摆去的。一个女孩子的显摆往往具有不可思议的辐射力，它是最有效、最直接、最深入的宣传。我们村所有的女孩子、部分大姑娘、少许已婚妇女在第一时间得到了这个震撼人心的消息，她们没有犹豫，她们就是想揭开生命里最大的秘密——我会漂亮到何等地步。她们来到女人的面前，队伍越拉越长。

——这个大年初一独特了，我们村无限地妖魅。化了妆的女孩子们以一种史无前例的妩媚穿梭在巷口与巷口之间，她们像天外的来客，千树万树梨花开。她们是她们，但她们不再是她们，只有她们自己相信，这才是真正的她们。即便洗一次脸就足以让她们的生活回到从前，但是，那又怎么样呢？镜子与水缸会记得这一切。

民办教师吴大眼的女儿阿花到底还是出现了。她在大年初一的上午穿上了新褂子，虽然裤子和鞋子都是旧的，洗得却相当干净了。她其实不敢来，但是，在她得到消息之后，她小小的心坎里萌发了阻挡不住的愿望。她想再化一次妆。这个小小的愿望是一片小绿芽，却足以掀翻头顶上的石头。她来到了中堡湖，夹在人缝里，头都没敢抬。她在等，她的心思复杂了，主要是矛盾。阿花害怕那个女人，然而，阿花又必须走近那个女人。

女人其实已经看见阿花了，却装着没有看见。她甚至都没有看阿花一眼。她在忙。一张又一张俏丽的面孔在她的面前诞生了，消失了，又诞生了，又消失了。她的手是那样的利索，在我们村的女孩子看来，她的手鬼魅莫测，不只是扭转乾坤，还可以改天换地。阿花望着她的手，紧张得都想哭。

再有两个人就该轮到阿花了。女人长叹了一口气，丢下了手里的化妆盒。她点上一支烟，随后就把她的眼睛闭上了。她就那么闭着她的眼睛，睡觉那样，一口一口吸着手里的香烟。四五口之后，她把烟掐了，睁开了眼睛。眼睛一睁开她的目光就跳过了面前的两个女孩，直接找到了阿花，她在微笑。她的巴掌伸向了阿花，四只手指并拢起来，在往上翘。

阿花没敢动。女人就探过上身，拽住了阿花的袖口。阿花知道还没有轮到自己，不肯，屁股不停地往后拱。但是她忘了，她的脚下是冰。随着女人的拉扯，阿花一点儿一点儿滑过来了，她到底被女人拉到了面前。阿花前面的两个女孩显然没有料到这样的情形，她们很失望，嘟囔说："该是我们了。"

女人没有听见。她耳中无人，她目中无人。到了这会儿我们村的人才知道，这个女人在大年初一的上午所做的一切都是假的，目的只有一个，把阿花招惹过来。女人把阿花夹紧之后就敞开了军大衣的衣襟，一下子就把阿花裹在怀里。她闭上了眼睛，上身开始摇晃。当她再一次睁开眼睛的时候，她的嘴巴对准了阿花的左耳。她的嘴唇在动。她在轻声地对耳朵说些什么。显然，她的号召没有得到阿花的响应，她就不停地重复。阿花又一次在她的怀里反抗了。阿花的反抗顿时就让女人失去了耐心，女人的嗓门突然大了，几乎就是尖叫。我们村的人都听见了，她对阿花说的是："叫！叫我妈妈！"

阿花显然被吓着了，这一次她没有吐唾沫，阿花对准女人的脖子就是一口，还好，没有出血。阿花又一次成功地逃脱了。和上一回不一样，阿花的这一口似乎让女人受到了沉重的一击，她高挑的眼角似乎掉落下来了。这个细微的变化使她的高贵只剩下百分之十，而倒霉的迹象在顷刻间就上升到了百分之九十。女人显然是不甘心的，她站了起来，一个滑步就追上阿花。她像老鹰捉鸡那样张开了翅膀，她拦在阿花的前头，终止了阿花上岸的企图。她的脸上已经恢复了笑容，很巴结的样子，露出了不该有的贱相。

但阿花坚持不让她再碰自己，她只能往湖中心的方向后退。我们村的人看着一大一小的两个女人在冰面上滑向了远处。女人终于再一次滑到了阿花的前面，她回过头来，开始给阿花做各式各样的表演。女人脱下了她的军大衣，红围巾也撂在了冰面上。她先是在冰面上打了几个滚，然后再爬起来，冲着阿花做了许许多多的鬼脸。女人终于在冰面上开始她的表演了，她跷起了一条腿，绷得笔直的，立在冰面上的那条腿同样绷得笔直的，在她张开胳膊之后，她的身体就与冰面平行了，她像一只没有来历的燕子，在飞，冰就是她辽阔的天空。

两个人的嬉戏持续了相当长的一段时间，看起来她们还说了一些什么。女人到底有她的办法，就在刀锋一样的反光里，大女人和小女人之间的隔阂似乎消融了。阿花看起来已经被大女人说动了。人们看见大女人从军大衣的口袋里摸出了小盒子，弓下腰，对着小女人伸出了她的双臂。她在等。她要让阿花亲自走进她的怀抱。阿花还是怯生生的，但是，终于往女人的身边慢慢地挪动了。女人似乎特别享受这样的过程，她没有接住阿花，为了延长这个开心的时刻，她故意避让了，在向后滑。

阿花最终并没有抵达女人的怀抱。也就是一眨眼，女人在冰面上消失了。这个女人真的会变戏法，她能把自己变出来，她也能将自己变没了。再一个眨眼，我们村的人明白过来了，女人掉进了冰窟窿。我们村的人蜂拥上去。冰是透明的，我们村的人看见女人的身体横在了水里，正在冰的下面剧烈地翻卷。湖水有它的浮力，想把她托上来，但是，在冰的底下，湖水的浮力似乎也无能为力。我们村的人只能看，无从下手。我们村的人看见女人的身体慢慢地翻了过来，她的眼睛在和阿花对视；她的嘴巴在动，迅速地一张一合。从她张嘴的幅度来看，不可能在对阿花耳语。她应该在尖叫。可是，她在说什么呢？又过了一会儿，女人的脸贴到冰面的背部了，冰把女人的眼睛放大到了惊心动魄的地步。随后，女人的头发漂浮了起来，软绵绵的，看上去却更像竖在她的头顶。

原载《文艺风赏》2011年第2期

七十年代的四季歌

迟子建

春：外祖母的灶火

外祖母说："猫儿，你去给姥姥抱块柈子！"

我撅起嘴，磨蹭着走向院子的柈子垛。

柈子就是柴火，70年代的大兴安岭，家家户户烧的都是柈子。鲜树不能做柈子，得是风干了的被狂风掘了根的倒木，或是虽然站立着，却已被雷电打死的枯树。将它们锯得一截截的，再用斧子劈成块，柈子就成了。柈子有松木的，也有白桦木和水冬瓜的。松木柈子大多有松油，烧起来火焰旺，金红色，散发出浓烈的松香气；白桦木柈子的火焰橘黄色，香气也有，不过非常淡，得觑着鼻子仔细闻；青皮的水冬瓜柈子，火焰倒是好看，能发出太阳般的白炽光焰，可它没香气，而且不扛烧，在炉膛趴上半小时吧，就灰飞烟灭了。所以外祖母一看家人拉回了水冬瓜，就会撇嘴，好像谁领来了一个病病恹恹的丫头，非要做她的儿媳似的。

柈子垛高高的，我矮矮的；柈子垛像头肥实的花母牛，而我则是它蹄子旁可怜的蚂蚁。我讨厌抱柈子，一不留神，柈子身上丛生的木刺，就会扎了我的胳膊或手。刺扎得浅，用针挑出来，忍个瞬间的疼痛就是了；若扎得深，难以拔出，皮肉就像是钻进了一条毒蛇，火烧火燎的，晚上连觉都别想睡安稳！

外祖母分派我做活的时候，是1970年，我满六岁。那年夏天，母亲将我送到漠河乡的外祖母家。由于年幼，在父母身边时，我不做活，见天的除了吃和睡，就是淘气。可是外祖母觉得像我这般大的女孩该调教了，所以母亲一把我撂下，她就教我抱柈子，倒尿罐，抹桌子扫地，洗手绢和袜子，这些小活，她认为不可小视。

我不愿意外祖母叫我"猫儿——"，我有小名的，叫迎灯。只不过因为我四五岁的时候，在托儿所与小朋友抢苹果吃，挠伤了人家的脸，就落下个"老猫"的外号。外祖母一叫我"猫儿——"，我就气鼓鼓的，感觉自己不是人，跟猪狗一样了。

外祖母是个小脚女人，又矮又瘦。她明净的瓜子脸，咕噜噜的黑眼睛，快五十的人了，看上去却一派少女的神情。她头发白得早，那发髻套里塞着的头发，就像一网银鱼！她喜欢白衣黑裤，不管太阳多么晒，她的肤色都是白皙的。她说话语速快，跟她干活一样利落。无论冬夏，她总是凌晨四五点钟就起来。

外祖母家的早饭从不对付，稀的干的都得有。干的永远是烤得外焦里嫩的火烧。稀的呢，秋冬时节是粥，小米粥或是玉米糊糊；春夏时节依仗着菜园的蔬菜，汤就登场了。菠菜、小白菜和西红柿，是汤的主角。汤的配角永远是香菜，外祖母把它们切成碎末，每种汤出锅时都要撒上一层，让它们像绿珠子一样在汤上滚动。除了这些，外祖母还得给外祖父准备酒肴，他一早一晚要喝酒的。酒肴是煎鱼，或是小葱拌豆腐。外祖父晚年在公社打更，晚出早归。他早晨交完班，大约五六点钟的样子。他一进家，外祖母就把酒菜摆上桌了。冬天的太阳出得晚，外祖父坐在圆桌旁喝酒的时候，还得掌灯。等他喝完酒，我从炕上爬起来，油灯就灭了。天边是红的，外祖父的脸膛也是红的。不过外祖父脸上的红，是酒气给熏染的。太阳出来了，外祖父倒在炕上睡去了，馋嘴的我顾不得梳洗，直奔饭桌，享用剩下的酒肴。

我和外祖母睡在东屋。东屋有一铺大炕，刷着蓝油漆，光溜溜的。光溜到什么程度呢？不仅能照人，猫在上面走，往往爪下打滑，侧歪了身子。被褥整齐地摞在炕梢，用蓝方格布苫着。为什么不能放炕头呢？因为炕头挨着火墙和灶坑，它们烧得太热的时候，被褥就成了烧饼，会被烤成焦黄色。那时候的布匹和棉花凭票供应，伤了被褥的脸皮，损失可就大了。

外祖母喜欢讲鬼神故事，晚上她钻进被窝，嘴里就会蹦出妖魔鬼怪，我听了害怕，一怕就想撒尿，可尿罐搁在门口，屋子黑漆漆的，我不敢下地。外祖母只好翻身摸出手电筒，射一束光为我壮胆。往往我撒尿后哆哆嗦嗦回到炕上，她就不说故事了，大约觉得我听怕了再去撒尿，浪费手电筒的亮儿，不划算。外祖母睡了，我却睡不着，想知道那些故事的结局，于是就用“痒痒挠”把她挠醒。外祖母的枕头下除了放着手电筒，还有一个用晒干的玉米棒子做成的痒痒挠。我挠醒她，问：“姥姥，后来怎么样了？”外祖母迷迷糊糊中嘟囔着：“怎么样了——”然后叹口气，说：“这么样了——”随便讲几句，给鬼神一个去处，把我打发了，复又睡去。她也不能不睡，不仅一家人的早饭等着她做，一个院子的牲畜和家禽，也会在醒来后，张着嘴朝她乞食。

漠河乡那时也就二百来户人家，几乎家家独门独院。房子大都是木柯楞的，房前屋后有广阔的菜园。由于与苏联交界，而中苏关系紧张，所以尽管从外祖母家到界河走一刻钟就到了，大人也不让我们小孩子独自到江边玩。

说是对岸高鼻子的老毛子坏，万一江上的巡逻艇靠过来，把我们抓过去，就会喂狼了。

那时最让我不解的是，为什么苏联那么坏，太阳却要从它们那儿升起呢？因为从东窗望出去，近处的是私家菜园，再远一点的是公社的黄豆地和麦田，而过了麦田，下一个坎儿，就是黑龙江了。黑龙江的这岸是漠河乡，对岸就是苏联的山峦。每天早晨，我是看着太阳从那儿升起来的。

外祖母家的东边，住着一个苏联老太太。她七八十岁的样子，独居。她个子高高，肤色白皙，高鼻深目。她是建国前逃过来的，嫁了个中国马夫，生了两个儿子。可是后来因为中苏关系恶化，那个男人怕受牵连，抛下她和孩子跑了。

苏联老太太的儿子我只见过一个，他那时四十多岁了吧？沉默寡言，黧黑干瘦，光棍一条。他膝下有个叫春生的十多岁的男孩，是他弟弟过继给他的。春生是个三毛子，浓眉大眼，不灵光，总干傻事。每隔一两天，他都要来给他奶奶劈柴挑水。做过乡长的外祖父，不让我去苏联老太太家玩，说她家政治上有问题。我不懂政治，只懂得愣头愣脑的春生是好玩的，春生奶奶家的蚕豆是诱人的。所以春生一来，我就从自家菜园越过栅栏，跳到她家的菜园，再溜进门去。那道木栅栏比我高不了多少，鸡都跳得过去，别说是我了。她家的狗认得我，一见我就摇尾巴。我乐意看春生干活，喜欢听他说话，更愿意进屋吃蚕豆。苏联老太太喜欢穿条宽松及膝的古铜色裙子，头上包着三角头巾。我一来，她就把我抱到一个高背椅子上，端来蚕豆给我吃。她炒的蚕豆浓香酥脆，妙不可言。我嘎嘣嘎嘣嚼蚕豆的时候，挂钟里的钟摆滴答滴答地摇摆，一副馋昏的模样。

苏联老太太基本不说话，像个哑巴。我吃蚕豆的时候，她坐在一旁专注地看。等我吃完了，她把我从椅子上抱下来，拉着我的手，带我跳舞。她跳的舞，基本就是驴拉磨似的转圈。估计我满脑子的糨糊吧，转个三五圈就迷糊了。她紧紧拉着我的手，不让我栽倒，然后放声大笑！春生一听见他奶奶笑，会撇下手中的活儿跑过来，扶着门框，探着头，跟着嘿嘿乐。

外祖父睡了一头晌，下半晌就精神了。若是冬天，他下午会提着弯把锯，将整根的木头横在人字形的锯架子上，截样子。拉锯声流水一般，清脆悦耳。偶有喑哑，那是松油捣的鬼，它们黏着锯齿了。锯末子白花花的，像雪花。锯末子不能扔掉，将它们稻谷似的扫成一堆，转年春天晾干了，可以撒在天棚顶上，做房屋的保暖层。而其他季节，外祖父下午是在菜园劳作，打垄、铲地、拔稗草、架豆角架、间苗、施肥或是打农药。外祖父在菜园干活的时候，我喜欢凑过去，缠他讲故事。他的故事跟外祖母的不一样，没有鬼神，都是人的故事。

外祖父从山东逃荒过来，吃尽苦头，早年在老沟给日本人采过金子，见多识广，所以他的故事很传奇。他说日本工头坏，动不动就使鞭子，但做饭的日本人好，和善，烤的烧饼管够吃。他说苏联人讲义气，漠河乡发大水时，他们开着快艇来救中国人。不过苏联士兵不好，帮着收复东北时，尽睡大姑娘。他还说以前这地方窑子很多，不仅是中国的，连俄国的日本的窑子娘们也来做营生，从淘金汉怀里掏钱。窑子和窑子娘们是干什么的，我懵懵懂懂，就问他的钱也被掏了吗？他很生气，伸出大巴掌要打我。我赶紧逃，一边撒丫子跑一边喊："哈酒了！"外祖父的山东腔，总是把"喝酒"说成"哈酒"。没想到我故意气他，他倒呵呵乐了。

外祖父比外祖母大了近一旬，四方大脸的。虽然他脸上皱纹不多，但因为驼背了，给人衰老的感觉。他当乡长的时候，常拿自家的东西给公家，气得外祖母拿起拴牛的绳子，威胁他要上吊。外祖母并非小气，只是觉得公私要分明。母亲对我说，闹饥荒的时候，家家吃不饱，外祖母看着邻居家断了顿，一家老小几天没吃东西，全都饿倒在炕上，便把家里仅存的一点米匀给邻居救命。自家的米少了，她就用一把米煮一大锅粥，上面撒点干萝卜缨子。挨过饿的人没有不爱惜粮食的，外祖母要是看我碗里剩了几粒米，会吆喝我吃干净了，而她喝粥，最后总会擎起碗，舌头绕碗边一圈，将粥汁舔光。

外祖母最盼春天了，一到这时节，能种地了不说，柈子也省下了。而严冬时，户外寒风刺骨，大雪纷飞，火炉和灶坑就是两个大肚汉，得不住嘴地吃柈子。外祖母每天清晨生火，得先清理炉灰，一掏就是半桶。而春夏时节，三五天掏回炉子就行。

外祖母在调理灶火上很有一套，她知道做什么饭使什么柈子。蒸馒头和炒菜要用旺火，这时候进炉膛的是松木柈子；熬粥和煎鱼要用文火，能压得住火苗的桦木柈子是首选。而家里若是来了客人，要即刻做饭，就抱来蓬松的干枝桠，火焰很快能升腾起来。外祖母站在炉灶前，善于对锅里的食物"察言观色"，若是鱼煎得泛黄了，粥咕噜咕噜冒泡了，汤泛出鲜香气了，她就把柈子往外撤一下，让火焰减弱；而炒锅包肉和煮饺子，火一定要拨得旺旺的。隆冬的夜晚，怕火断早了屋子凉，外祖母会放上一块湿柈子，压在火炭上，让它慢条斯理地燃烧。所谓湿柈子，就是鲜树。它们水分足，不像干柴那样容易起烈火。鲜的松树和桦树是不能砍伐的，违法，但柞木可以采，所以外祖母夜晚填进炉膛的湿柈子，就是柞木了。柞木满脸黑斑，看上去老气横秋的。我们睡了，柞木却寂静地燃烧着，做我们的守夜人。

由于爱灶火，外祖母爱看别人家的烟囱。她能从飘出的烟的颜色和姿态，看出人家烧的是什么柈子，还能从炊烟的浓淡上，判断人家的饭是做好了，还是正在高潮。虽然她并不与东头的苏联老太太走动，但时时记挂着她。外祖母早晨起来出了院子，总是习惯地望望她家的烟囱。看到那座房子有炊烟升起，她就放心了。

我来到漠河乡的第二年冬天，外祖母有天发现苏联老太太家的烟囱没有冒烟，觉得奇怪。挨到中午，见烟囱仍无声无息的，她慌了神，赶紧打发家人去报给春生的大爷。春生的家人得了信打开门后，发现苏联老太太已经硬了。

参加苏联老太太葬礼的人很少很少。春生不知道死是什么，企图把他奶奶从炕上扶起。待他发现他的努力无济于事时，他哭了，我也哭了，因为我再也吃不到那么好的蚕豆了。窗外的麻雀在半空中飞着，就像老天淌下的大颗大颗的泪滴。

苏联老太太死于70年代初，外祖父则活到了90年代。他过了八十就糊涂了，一张嘴全是去了阴间的人，唤人家跟他喝酒，或是给他做饭。那一辈人中，跨过新世纪的只有外祖母，她是2009年中秋节的黎明过世的。

我回乡奔丧时，特意去寻老房子。没有想到，在乡间小路竟遇见了春生！他破衣烂衫，步履蹒跚，如果不是他的灰眼珠，我很难认出那就是春生！虽然不到六十，但他看上去像是八十的人了，满面皱纹，头发和胡子都白了，牙也快掉光了。我叫了声“春生”，问他还记得我吗。他仔细打量了我一番，跟小时候一样嘿嘿乐了，指着近处我家已经下沉的老房子说：“咋不记得，你是这家的，一小可淘气了！”我问他家里还有什么人，春生告诉我，他大爷死了，他一个人过。我又问他娶没娶媳妇，他凄惶地看着我，说：“咋没找？娶了一个，跟我过了没几年，他妈的被人拐跑了。”我问他跑哪去了，春生摇着头说不知道，满面凄惶。

望着春生衰老的背影，我想起中秋节为外祖母守灵时，挂在天上的那轮圆月。那是多么圆满和光华的月亮呀。感觉那夜的月亮就是个炉子，而月华就是外祖母生起的灶火。是呀，外祖母选择月圆的日子升天，奔的就是月亮里那一炉好灶火吧。

我的耳畔仿佛又响起四十年前外祖母亲切地吆喝我的声音：“猫儿，你去给姥姥抱块柈子。”可惜我现在抱着柈子，也无法送到外祖母的怀抱了。再说了，月亮里烧的是桂树呀。

夏：祖父与飞鸟

我从漠河乡回到父母身边，是1973年的夏天，读二年级了。

我们家所在的山镇叫永安，只有小学和初中。如果上高中，就得去离家十多里地的塔河。塔河是个林业局，有几幢红砖的二层小楼，在我眼里那就是圣殿了。

我们小镇是清一色的糊着黄泥的板夹泥房子。这种房子举架底，窗户矮矮趴趴的，夏天时敞着窗，鸡和狗进屋子，往往不走门了，越窗而入。它们有时腿脚不利索，蹬翻了窗台上的花盆，那就遭殃了。母亲会捉住调皮的鸡，用剪子铰掉它翅膀和尾巴上的羽毛，让它飞不起来。对待狗，她动用的则是笤帚疙瘩，啪啪打狗头，让它长记性。狗当时是记住了，耷拉着尾巴蜷缩在墙角，呜呜哀叫，可是不出三天，它又撒欢跳窗了。其实被损伤的花盆都是泥盆，不金贵，栽植在其中的花儿，也都寻常，不过是玻璃翠、绣球、灯笼花之类。

我回到永安后，发现家里多了两个新成员，祖父和小叔，他们是从帽儿山来的。

祖父五十多岁，国字脸，剑眉，鼻梁挺直，眼睛黑亮，目光犀利，满头乌发，腰板溜直，声若洪钟，大踏步走路，一派硬朗之气。小叔十七八岁，圆头圆脑，整日舞枪弄棒，打遍邻里。他们住在生产队前面的草房，有两片大菜园。

祖父衣着洁净，爱吐痰和皱眉，好像总是气不顺。因为父亲在哈尔滨擅自报名参加大兴安岭的开发建设，断了祖父的城市梦，所以他对父亲有一股说不出的恨！据说我没回来时，祖父有回扛着斧子雄赳赳地来到我家门口，吆喝着："老大，你给我出来！"要把父亲给劈了。

父亲是长子，叫"迟泽凤"。他有两个弟弟，二叔"迟泽鸣"，小叔"迟泽岐"。祖父祖母想再添个男孩，圆了"凤鸣岐山"的美梦，可惜小叔三岁时，祖母去世了。"迟泽山"没指望了，祖父便把小叔"泽岐"的名字改成"泽福"，只留下"凤鸣"。祖母去世时，还不到四十。她的死与日本鬼子有关。祖父家在帽儿山的时候，有天祖母坐在院子洗衣，日本飞机突袭，一颗炸弹在附近落下，爆炸声吓破了她的胆儿，从此一病不起，没多少日子，丢下还在吃奶的小叔走了。所以祖父一提起日本人，目中喷火，咬牙切齿，说是中国跟哪国友好都可以，就是不能跟小日本！他见我扛着红缨枪上学，最爱说的是："杀鬼子！"红缨枪的枪头是木头的，为了使它看上去像金属的，刷了一层银粉。这样的枪头，连稻草人都扎不透，别说是血肉之躯了。

永安的房子不像漠河乡，没有独门独院的。一幢房子，少则两家，多则四家。我家住的那幢房子，就有四户人家。一般来说，把两头的人家，屋子和菜园都大，而中间的住户就窄巴了。虽然父亲做校长，但我们家住在中间，只有两间屋子，一个小灶房。弟弟和父母住大屋，我和姐姐住巴掌大的小屋，差不多是进屋就上炕。

祖父一旦不痛快了，就会找父亲撒气。他来我家闹时，小叔会提前通风报信。说："快，你爷找你爸算账来了，快插大门！"我们赶紧把大门闩上，将怒气冲天的祖父挡在门外。

祖父一来闹，我除了害怕，还觉得羞耻。因为一左一右的邻居，听到骂声，会跑来看热闹，听他历数父亲的不是，那简直就是一台戏。在祖父心中，父亲最大的不是，就是不该来这个冰雪之地，逼得他们也得跟过来，大家伙一起下火坑。

祖父嫌我们这里冬天长，两眼一望白茫茫，拉泡屎还得分两起，不然屁股就冻麻了，实在不是人呆的地方。他还嫌这里没电，没自来水，没饭馆和澡堂子，人不活泛，死气沉沉。祖父进不了门，不耽误他骂。骂够了，他总要将一口痰吐在我家大门口，最后骂一句："犟眼子！"悻悻离去。大门外的人散去了，可我们久久不敢打开家门。怕开门的一瞬，会飞来祖父的痰和斧头。

祖父无休止地与父亲作对，弄得父亲很没面子，所以一开始我讨厌祖父，觉得他就是从天而降的妖魔，专为人不痛快儿来的。在路上碰见他，我很少叫他"爷爷"，他也不正眼瞧我。有时候，我远远看见祖父的身影，赶紧开溜，不想撞他的冷脸子。

祖父很会种菜，他的两片菜园，精耕细作，勤于施肥，成为我们小镇农人最羡慕的园田。园里没有杂草，菠菜和大葱翠绿翠绿的，豆角豌豆爬满架，土豆圆滚滚，黄瓜脆生生，西红柿和茄子红红紫紫地压弯了秧。祖父除了种菜，还在边边角角种了花儿，向日葵、大烟花、扫帚梅、爬山虎等，然而这些还算不上绚丽。祖父的菜园最诱人的是什么呢？别家的园子顶多有青蛙和蝈蝈的叫声，而他的园子，鸟声阵阵。祖父喜欢捕鸟，将它们关进笼子，挂在菜园的豆角架下。笼子少则两只，多则四五只。最特别的笼子，是"叫油子"呆的"滚笼"。什么是"叫油子"呢？就是喜欢叫，而且叫声最动听的鸟儿。它独居的"滚笼"，一左一右有两个翻转的小门，上面别着谷穗。叫油子热烈叫着的时候，会引来半空中飞翔的鸟。它们看到滚笼上的谷穗，不顾一切冲下来。当它们脚踏着翻转的门时，至多啄上一口谷子，就会落入陷阱。所以叫油子在我眼里，是个不折不扣的叛徒。其他笼中的鸟儿，看着阳光好，或是看着花儿好，也会动情叫上一刻。但它们看见笼外的鸟儿被叫油子叫来，想起自己的不幸了吧，会停止歌唱，极少帮衬。

一个鸟语花香的菜园，对我的诱惑实在太大了，我情不自禁地靠近它。祖父知道他的菜园在永安是最好的，怕鸡鸭鹅狗钻进去糟蹋了菜地，只要栅栏的空隙稍大一点，他就会去河岸用镰刀砍了柳条，加密栅栏，所以溜进他菜园的，除了各色小虫子，就是如我这般小孩子的贪馋的目光了。我除了觊觎菜园的花鸟，还觊觎里面的西红柿和黄瓜。柿子只要冒红了，祖父就会把那棵秧子拴上一根绳儿，系个死扣，让你解不了。若是小孩子跳进栅栏偷了柿子，他会立即发现，从而责骂小叔没守好菜园。那时锁头还是金贵的东西，他不用于锁家门，而是锁了菜园的门，钥匙拴在他的腰上，任谁也别想进去。看着柿子一天天红透了脸，顶花带刺的黄瓜舒展着婀娜的细腰，我直流口水。有一回我眼巴巴地趴着栅栏门看柿子时，被祖父撞见，吓得我拔腿就跑。祖父喊住我，蹙着眉，先是骂我是个馋嘴巴子，没出息，然后叹息着摸出钥匙，打开菜园门，给我摘了个通红的柿子，再将拴着绳子的那个秧杈掐断。正当我窃喜找到了偷柿子的诀窍时，他警告我别打歪主意，别人掐掉秧杈儿，他一眼能看出来。

那个通红的柿子如同一场日出，融化了我和祖父之间的坚冰，此后我常去他的草房。那座草房有两间，小间在东头，放置农具和鸟笼，我叫它"鸟屋"，西头大的那间住人。我进了祖父的住屋，才明白他为什么不锁门，里面实在没什么可偷的呀。炕柜塞着两套行李，地上用木架子支起两口箱子，里面装着旧衣服。箱子上摆着两个镜框。大镜框镶着七八张黑白照片，居中的尺幅最大，七八寸，是祖父年轻时在山东老家的照片。他说那时家境好，开着油坊，雇了不少伙计。祖父穿长衫坐在中央，一副老爷的派头，而他周围，大都是穿短衫的人。我问他为什么后来变穷了？他只说"败家了"，至于怎么败的，他不肯说。其他的小照片，都是他的各路亲戚。而小镜框里只镶着一张照片，是我的祖母。她银盆大脸，梳着光亮的发髻，大耳垂，温顺而明净的大眼睛，眉毛和嘴唇弧线优美，沉静秀气，胸怀大度的模样，看不出是个短寿的人，更看不出是个能把胆儿吓破的女人。一到春节，祖父会在祖母的照片前摆上一双筷子，一只碟子。碟子里通常是三只水饺。平素，大镜框落灰了祖父不管，小镜框总是一尘不染，光可鉴人。有时我端详祖母时，我的头会映在镜框里，那种感觉就好像是被祖母给捉住了，心惊肉跳的。

我从漠河乡回来的次年，父亲被教育局发配到塔河粮库当装卸工。因为他跟进驻学校的"工宣队"吵翻了，嫌他们劳动课安排多，挤占了文化课，骂他们"狗屁不懂"。在工人阶级领导一切的年代，父亲的言行，无疑是自讨苦吃。祖父见父亲落魄了，同情起他了。那时小叔已参军，到北京当铁道兵去了。祖父没有串门子的习惯，但隔三差五的，他会到我家一左一右的邻居家坐坐，打探父亲的消息。祖父踏进人家门槛，也尴尬吧，总要大声咳嗽一番，手中还拎着东西。春夏秋是青菜、葱、小白菜或是芹菜，都是打成捆的，说是自己吃不了，让人家帮着吃；冬天呢，是用于引火的桦树皮或是松明。漫漫长冬，烧火可是个大事。邻居也明白祖父的用意，会告诉他，我父亲哪天回来高高兴兴的，哪天又骂骂咧咧的。祖父听到父亲不好的时候，会骂一句："孬种！"我在自家小院听得清清楚楚。祖父若是在西头的木匠家打探情况，还要慨叹："写粉笔字的，就是赶不上拿刨子的！"确实，小镇有了婚丧嫁娶一类的事时，木匠就神气起来了。结婚的要打箱子柜子，死去的要打棺材。木匠干活，除了得工钱，讲究的人家，还会送上烟酒糖茶或是鸡蛋细粮。所以木匠家的灶房，常有香味飘出。只要西院一响起"嚓嚓——"的刨子声，我便知道谁家要办喜事了。因为打棺材是不在他们家的，木匠会去出了丧事的人家干活。

祖父什么时候登我家门呢？除了端午、中秋和春节，就是家里有肉吃的时候。猪肉凭票供应，只要供销社来了猪肉，大人会派我们这些小孩子排队买肉。肉来得有限，卖着卖着就没了。一旦售货员扯着脖子喊肉卖不上几份了，后面的人不用排队了，规矩的队列就像被狂风吹倒的栅栏，立刻就散花了。大家蜂拥着往前挤，叫喊着，窗口前高高低低地竖起一条条攥着肉票的胳膊。我虽然个子矮，但一到这时，力气出奇地大，总能挤到窗口，将胳膊伸到最前面。母亲见我有这本事，家中买肉的活儿，几乎轮不到姐姐和弟弟了。也奇怪，春天让我拉犁杖或是冬天拉烧柴，我没精打采，腿脚发软；可一旦知道到嘴的肉要飞了，便力气倍增，奋不顾身地向前冲。买肉前，母亲总嘱咐买肥的，肥肉可以炼成荤油，补充家里豆油的不足。可是到了最后，抢到肉就是胜利，没法挑肥拣瘦了。家里炖了肉，母亲会打发我去请祖父来吃肉。祖父很难请，往往一次请不来，要去两次。他来时总要提篮青菜，或是拎一摞桦树皮，表明他不是白吃。来了板着脸，又是吐痰又是叹气的，皱着眉坐在上位，好像我家没一个让他开心的人。所以别人家吃肉一团和气，我家吃肉像吃丧饭。

只有我知道，祖父在肉上没亏着嘴。他吃的肉不用票买，是老天无偿供应的家雀肉。

祖父不是好捕鸟么，鸟儿要吃粮食的，捕多了养不起，他就把其中的家雀烧了吃。因为笼中的鸟儿，灰突突的家雀居多。祖父怎么弄死家雀呢？他来到鸟屋，打开鸟笼门，手伸进去，逮着个傻乎乎胖嘟嘟的家雀，将翅膀别住，紧紧攥住，然后运足力气，投铅球似的，"啪——"的一下，奋力摔向西屋钢铁般的墙壁。家雀瞬间头破血流，一个跟斗栽下来，呜呼哀哉了。祖父每次大约摔上两三只家雀，然后提着它们去灶房，放到金红的火炭上，手持炉钩子，小心地翻转着。也就十来分钟吧，家雀熟透了。剥开它身上被烧得黑糊糊的表皮，嫩红的肉就蓓蕾般地露出来了。将它胸腹处的内脏掏出来扔掉，在盐巴上轻轻一蘸，就可以吃了。家雀肉的香嫩，是其他肉无法比拟的！祖父说这世上最好的荤腥，一个是鸟儿，一个是鱼儿。它们一个不停地蹦跶，一个不停地摆尾，通身活肉，美味异常。小叔走了后，我常去草房，发现了祖父吃家雀的秘密。为了封我口吧，他偷着给我烧过几次家雀，嘱咐我不许声张，说是让人知道不好。祖父与我吃家雀时，总是把乳白的脑抠出来给我，说是我吃了它，脑袋就灵光了。在他眼里，我是个笨女孩吧。

祖父爱鸟，可他摔家雀时的模样，实在可怖。所以每回吃完家雀，想起鸟屋那面血迹斑斑的墙，我又会恶心起来。

祖父夏天种菜，冬天拉柈子。菜和柈子自己使不了，就去卖。菜卖到塔河，他得挑着菜筐徒步进城，而柈子卖给小镇的粮店、卫生所或是学校。我记得柈子是论"个"卖的，码起来一平方米见方的柈子算一个，才卖八九块钱。一个冬天拉着手推车进山，拼死拼活地干，也不过卖二十个柈子。祖父挣来的那点钱，没用于吃穿，都撇在路上了。他在永安呆不长，隔个三五年，就张罗回关里。仅凭他攒的那点钱，是不够上路的，母亲得给他添。家里若是钱不够，就出去借。祖父回关里的路线是，先到哈尔滨看他的四弟，然后到山东看他的三弟。他回来的时候，至多带上两斤花生米和一包地瓜干。

有回祖父千里迢迢归来，竟提回了一笼鸟！那里面有两对色彩艳丽的鸟，我们小镇人绝没见过的，于是大家都去他的草房看鸟。祖父神气得像是中了皇榜，跟人说这鸟多么金贵，花了他多少多少钱等等。母亲听说祖父把钱都撇在鸟身上了，气个半死。不过，那些鸟水土不服吧，陆续死了，最后只剩下一只娇凤。

祖父在70年代末得了脑出血，从此后腿脚不便，干不了力气活了。祖父摔家雀，它们的脑袋因他而出血，而他的脑袋最终也出血了，这是不是报应呢？从此后，我再也不敢吃烧家雀了。祖父病后，母亲做好了饭，会唤弟弟送过去。晚上，才十来岁的弟弟就陪祖父睡在草房。祖父因病腿脚发凉，弟弟把炕烧得滚烫滚烫的，他还嫌凉，灶坑也不敢断火，褥子都被烙糊了，热得弟弟直淌鼻血。祖父心疼他，说得了大孙子的济了。所以晚年的祖父，最疼的就是弟弟了。不过他对父亲还是怨气十足，说要是不把他招到气候恶劣的大兴安岭，他也得不了病。

祖父养病时，把西屋的鸟笼提到东屋，时时看着。听着鸟叫，他的神情会愉悦一些。有两只鸟深得祖父喜爱，一只是从山东家带回来的娇凤，还有一只是叫声明朗热烈的铜嘴腊子。祖父每天会蹒跚着下地，哆哆嗦嗦地抓瓜子给它们吃。

祖父第二次脑出血，被死神劫走了，那是1981年初春，我正在塔河二中加紧复习，准备高考。葬完祖父，我们把他养的鸟全部放生了，包括那只娇凤和铜嘴腊子。

然而第二年开春，父亲带着弟弟去山上给祖父烧周年时，一进墓园，便闻一阵清脆的鸟鸣。但见祖父的坟上，立着一只金黄嘴巴的鸟儿！它昂着头，像是见了久别的亲人，一声比一声叫得欢。家人凑近一看，啊呀，竟是一年前被放生了的祖父心爱的铜嘴腊子！

秋：母亲和生产队

我们小镇有正式工作的，也就三四十人。他们分布在学校、供销社、粮店、卫生所、种子站和山场的伐木点，是拿工资的。其他的人，只要年轻力壮，无论男女，都在生产队。

生产队说白了，就是劳动群众的家。大的生产队拥有几十垧地，上百人；小的生产队也就四五十亩地，二十来人。我们小镇有四个生产队，队下面又分了组。生产队有队长、副队长、会计、出纳员和记工员。那时实行工分计酬，男劳力每天挣十个工分吧，女的也就七八个工分。母亲是一队的出纳员，除了记账，她还做领工员，也就是领着社员干活的人。好的年景，她的收入，赶得上父亲一年的工资了。一到这时，母亲会把分到手的那摞钱夹在指间，打快板似的，哗啦啦甩着，在家人面前炫耀。分红大都在腊月，正是忙年的时候。生产队一分完红，小镇供销社的门槛，就快被人踏平了。男人们打酒买烟，孩子们买鞭炮糖果，女人们买花布、棉鞋、酱油、米醋、粉条、蜡烛、毛巾、肥皂、雪花膏、卫生纸等等，恨不能把货架掏空了。

母亲所在的一队是永安最大的生产队，人数多不说，它的场院，比学校的操场都大。生产队有一座狭长的板夹泥房子，社员们叫它"队屋"。队屋的东头是豆腐房，西头是牲口棚。队屋后面，还有一座小仓库。

每天天不亮，一个姓高的胖女人就来生产队套驴拉磨，给一队的社员做豆腐了。豆腐出来，太阳也出来了。豆腐无非两种，雪白的切得四四方方的水豆腐，以及像黄手帕一样干爽柔软的干豆腐。做豆腐是大人的事，换豆腐则是孩子的事。早晨起来，往往还没洗脸呢，母亲就递过一个装着黄豆的铝皮盆，打发我换豆腐。吃豆腐的人家多，豆腐做得有限，晚去就没了。

队屋最大的那间，在房子的当中，是社员们聚会的地方，光是一铺大炕就有二十多米长。队长领着社员学习，分派活，都是在炕上进行的。通常是女队长盘腿坐中央，社员们蜷腿坐四围。队长抽烟，社员也抽。所以队屋一开会，母亲回家时，一身的烟气。幽默的父亲，会划根火柴冲她比画，说要把她点着抽了。哦，母亲要真是根香烟的话，还是过滤嘴的呢，因为她常穿黄胶靴。

生产队开会大都在晚饭后，社员们吃饱了喝足了，舒舒服服坐在热炕上，打着饱嗝放着响屁听队长讲话。队长分派活儿时，大家是肃静的，一旦要念报纸学习，屋子就闹哄起来了。队长聪明，她念上几段，就说遇到生字了，把报纸撇给我母亲，母亲心领神会，跳着段落念，一篇社论被她拆得七零八落，很快就读完了。

生产队有广阔的土地，我们称为“大地”，种植着土豆、大头菜、萝卜、大葱和白菜。这些菜秋天时会被塔河镇调拨走，作为城镇居民的越冬蔬菜。队里把额定的任务完成后，余下的菜，就可自行处理了。生产队会把品质上乘的菜留着，卖个好价，以利分红。除了种菜，脑筋活泛的队长，还常承揽私活，派社员给塔河的建筑工地拉沙石，给居民区挖排水沟，给种子站栽树苗，帮林场伐木等等，捞外快。所以一队的工分，比其他生产队的值钱。也因此，二队三队的社员，总想跳到一队。但队长对社员的数量严格控制，生产队就是一个家，劳力多了，人浮于事，等于削弱队里的实力。

社员们把分红叫做“擗钱”，擗钱后若是结余多，队长就会张罗一台戏。生产队的仓库，放置的不仅是农具和各色种子，还有锣鼓及花花绿绿的戏服。一队有个叫兰英的女人，模样好，嗓子也好，是戏台的主角。生产队唱戏，队屋就是戏场，大炕就是戏台。听戏的除了社员，还有他们的家人。可是兰英的男人从来不来，尽管戏台上最出彩的是他的女人。

兰英的男人姓蓝，在塔河镇派出所上班，个子高高，一张马脸，大眼睛暴突着，腰间别把手枪，见人爱理不睬的，骑一辆大永久自行车上下班，大家叫他老蓝。因为挣得多，他归家时，自行车车把下，常吊着好吃的，麻花、糖酥饼或是猪头肉。老蓝进镇子，常引得几条狗流着涎水跟着他的自行车狂奔。老蓝进了家门，狗们才停下来，抖抖身上的毛，悻悻地各回各的主子家去。

我们小镇同住一幢房屋的邻里，处得好的，会走一个大门，家与家之间毫不设防。东家包饺子，会送给西家一碗；西家炖肉了，也给东家一碗。鸡鸭鹅狗更是不分彼此，一起玩耍，一起吃食，晚上还常去对方家的鸡笼鹅圈睡觉。老蓝和他的邻居张瓦匠，就共用一个院子。

张瓦匠不像老蓝终日阴沉着脸，他是个快乐的人。老蓝的媳妇俊俏，他就常和她逗趣。老蓝早出晚归，他白天不在家时，兰英若想搬个重物呀，磨个菜刀呀，就唤张瓦匠帮忙，张瓦匠的女人从不计较。她虽然没有兰英漂亮，但温顺文静，面皮白净，别有一番韵味！邻居们因为这，常跟张瓦匠开玩笑，说他不容易，一手托两家！这话传到老蓝耳朵里，他认为张瓦匠和自己老婆有染，怀恨在心，起了歹意。一个夏日的礼拜天，他竟开枪打死了张瓦匠夫妇和他们的儿子！

一个警察杀死一家三口人，在当时是轰动全国的灭门惨案，公安部都来了人，我们这个不为人知的小镇一下子出了名。我还记得枪声过后，老蓝家东头的邻居跑出来叫喊"老蓝杀人了"，我拔腿跑到出事地点，趴着东头人家的板障子，察看凶案现场。只见老蓝仰面躺在地上，脖子咕噜噜地冒血泡。原来他射光了子弹，自杀时用菜刀，没有砍断脖子。想必张瓦匠很久没帮他家磨刀了，菜刀太钝了。家人见我胆大包天去看这个，吆喝我快回去，说是老蓝杀红了眼，万一爬起来，会逮谁杀谁。我吓得跑回家，一连多日不敢睡觉，一想起老蓝的样子，就恶心得连饭也吃不下去。

老蓝被救活后毙了。枪毙他的地点在采石场那一带，是最爱长蘑菇的地方。从那以后，采山的人们，都不爱去那儿了。说老蓝是横死的，鬼大。

这桩凶杀案，改变了我们小镇邻里的格局。生产队纷纷召集会，提醒社员，最好不要两家用一个院子。于是那一年，竖板障子和加高围栏的人家，非常之多。邻里之间，从此隔山隔海似的，疏于往来。不过，动物们是不管这一套的，它们出了自家小院，到了大门外的公共领地，又亲密无间地聚合在一起了。

生产队的牲畜，属于集体生产资料，是不能随意宰杀和转卖的。有一年，队长见一头牛老得干不动活儿了，白搭草料，而那一段供销社好久没供应肉了，便与生产队的几个骨干合计，六人合股出资，悄悄把牛宰了分吃。知内情的除了他们，还有喂牲口的老哑巴。哑巴知道的事儿，在大家眼里跟不知道一样，所以也没介意。为了避开其他社员，杀牛是在深夜。一头牛分六份，每家连肉带骨头，挑回了半担。

第二天一早，母亲关起大门煮肉。老牛费柴火，牛骨头和牛肉在大铁锅里被慢火煎熬了三四个钟头才烂。我急嘴子，肉半生不熟时，就掀开锅，取了一块牛骨，蹲在灶台前啃，累得腮帮子酸疼。牛肉熟透了，我又是一通吃，弄得满手满嘴都是油。母亲嫌我吃相不雅，说是像我这样的女孩，将来不好找婆家。我一赌气，掀开锅盖继续吃，撑得倒仰。

宰牛的事情最终还是在小镇传开了。泄密的可能是老哑巴，也可能是狗。老哑巴虽然不能开口说话，但他会比画。他喜欢那头老牛，不舍得它死。据说杀完牛，老哑巴哭了，队长给他牛肉，他坚辞不要。狗又为什么会成为嫌疑犯呢？因为这六户人家虽然是关起门来悄悄吃肉，可是吃剩的骨头，会扔给它们。狗牙和牛骨硬碰硬，一块骨头，狗得啃好几天。它们不仅在家啃，有时还叼到大门外，过路人一看它们嘴下的骨头棒，就明白了八九分。有人写了匿名信，把队长告到塔河镇。镇上派人下来调查，确认牛虽然被杀了，但它确实太老了，不能再为生产队效力了。而六个私分牛肉的人，事先都交了钱，可以从轻处罚。最后镇里给队长警告，并让他在全体社员大会上检讨，母亲与其他几人，则被扣了工分。老蓝杀人事件之后，这个被社员称为“六大股”的杀牛事件，成为小镇人茶余饭后的又一个谈资。

在我的少年记忆中，秋天是属于生产队的季节，也是属于母亲的季节。秋收的学问很大，先收什么后收什么，完全取决于庄稼的耐寒程度。萝卜和土豆要早收，傲霜的白菜和大头菜可以后收。收好的菜，通常分三等，分堆放着。母亲是一队的秋菜调拨员，哪片菜好，该进哪个等级，她说了算。而最终留给队里的好菜，要做个伪装。也就是将好的埋藏在里面，次的覆盖在外面，这样塔河镇来拉秋菜的人，就不会打它的主意了。

深秋的早晨，一挂挂从塔河驶来的马车，碾着落叶和白霜，嘚嘚来到我们小镇的庄稼地，采购越冬蔬菜了。四个生产队的菜地相距不远，但马车停在一队的时候多。往往一队的秋菜售罄，二队三队的还堆积如山呢！母亲忙完队上的活儿，会歇上一两天，然后请瓦匠来打家里的烟道和火炕，把挂了一年的灰清除，再用石灰将墙刷得雪白，用蓝油漆将炕涂得锃亮。我记忆中的70年代幸福时光，就是秋日的午后，懒洋洋地躺在新刷了油的热炕上，一边翻小人书，一边啃青萝卜。看累了，撇下小人书的一刻，看着雪白雪白的墙壁，感觉是在云端，满心晴朗。

生产队的财富，是社员们用血汗换来的。母亲做领工员时，我不止一次听社员私下抱怨，说她领着干活太狠了！而母亲干活之所以拼命，不过是为了让大家多挣点。母亲在生产队卖力了二十多年的结果是，肩膀仄着，那是冬天在雪窝子里扛小杆、长时间受重压的缘故；而她的脊椎，骨刺丛生，常常疼得直不起腰来。

如今年届七十的母亲，一提起生产队，就一肚子火气。说是在生产队干了半辈子，没少给国家做贡献，可老了生活无保障，没有补贴，不享受医疗，只能靠子女来奉养，实在不公平！她说没有生产队，70年代的人们，就得挨饿。我一听她发牢骚，就会拿“六大股”的事挤对她。她每回都撇着嘴辩驳，不过内容不同而已。她有时说：“要不叫我，你能吃上那么香的牛肉么，体格能这么好么，哼。”有时则说：“杀了头老牛，塔河镇就派人下来调查了，说明那年代的人不腐败！现在别说杀牛了，当官的把单位吃空了，也没人管!”每次说完，她都要念叨“六大股”的结局，谁谁病死了，谁谁得了老年痴呆症不认人了，谁谁穷得现在还得卖菜换油盐，总之，晚景凄凉得多。

而我最想知道的，是喂牲口的老哑巴的下落。还记得有回我与邻居的女孩溜进马棚，坐在干草堆上互捉头发里的虱子，我起了顽皮，将捉到的虱子往马槽里扔，被老哑巴发现了。他瞪着眼睛，举起猪八戒扛着的那种九齿钉耙，将我们赶出马棚。在他眼里，所有的牲畜都是圣洁的。

有人说老哑巴去了山东，还活着；也有人说，他早就死了。我想老哑巴去了另一世，是回到故园了。因为那里，是一个无声的世界。

冬：父亲的和尚梦

我们家人忆起发生在父亲身上的有趣往事，往往是在冬天那些昼短夜长的日子里。

父亲与冬天也确实有缘。他生于正月，死于腊月。也就是说，他是披着雪花来的，裹挟着朔风去的。他的命运，与寒流也就有着不解之缘。虽然说父亲性格明朗热烈，像团火焰。

祖母去世后，祖父独自拉扯着三个未成年的儿子，艰难度日。父亲十多岁时，祖父将他送到哈尔滨读中学，指望着父亲将来出息了，将他们从帽儿山带出来。祖父的四弟，也就是我的四爷爷，那时在哈尔滨的兆麟公园看大门。父亲平时住校，周末回四爷爷家里。虽然父亲的生活费由祖父出，可有时候他入不敷出了，四爷爷就得添钱。四爷爷多子多女，生活拮据，常添也添不起。所以父亲读中学时，常因家长没能及时续上伙食费而断炊挨饿。父亲说这样的窘况总是发生在月底，他提着饭盒去食堂打饭，轮到他时，伙夫会用勺子敲打着盆沿儿，高叫着：“迟泽凤，停伙了!”他只能羞愧地离开队伍，提着空饭盒走开。

父亲上中学时功课优异，音乐天赋尤其好。他是就读的中学里，小提琴拉得最好的学生。然而，无论是祖父还是四爷爷，都不可能供他继续求学，上他梦想的音乐学院了。父亲中学毕业后参加了工作，在哈尔滨的一家小型工具厂给职工教书。可是这份工作他并不称心，1956年，大兴安岭开发上马，年仅十九岁的他没有同家人商量，毅然报了名。当四爷爷得知父亲要去大兴安岭的消息时，他即将踏上北上的旅程了。四爷爷赶到火车站，找到父亲，泪涟涟地送给他一双七毛钱买的球鞋，还把身上的中山装脱下来送给他。父亲一去三十年，直到病逝，再没回到哈尔滨。他与四爷爷在火车站的告别，竟成永诀。

父亲来到天高地阔的大兴安岭，先是与几个朋友，在漠河乡办学，接着参加了放映队，给各个林场放映电影，丰富伐木工的文化生活。据说父亲做放映员的时候，热恋上了酒。冬天的时候，户外常常零下三四十度，父亲带着放映机和拷贝坐在马爬犁上，在林海雪原穿行，怀揣酒壶，走一程就得喝几口暖身子。而各个林场，总是好酒好肉款待放映队。有时候电影还没开演呢，父亲就被灌醉了。放映员醉了，银幕上的喜怒哀乐无法上演，人们只能眼巴巴地等着父亲醒来。

结束了放映队的生活，父亲回到漠河做教师，有了终身相依的伴侣。母亲认识父亲的时候，才十七岁，是乡广播站的广播员。因为是乡长的女儿，模样俊俏，嗓音甜美，给母亲介绍对象的人很多。可她最终还是选择了贫穷的父亲。母亲说父亲英俊，开朗，有才。他的毛笔字漂亮，吹拉弹唱样样都通，爱读书。他从哈尔滨来大兴安岭时，带来的唯一家当就是书。母亲十八岁时，嫁给了父亲，婚礼由外祖母家筹办。父亲坐着马爬犁，把母亲接进了洞房。父亲最爱对我们说起母亲的一件笑料就是，新婚的第二天早晨，他刚起来，听见灶房传来母亲的哭声。过去一看，原来这个家庭主妇，因为点不着火，无法做饭，蹲在灶坑前抹眼泪呢。母亲也真是没白哭，从此以后，生火做早饭的永远是父亲。自我记事起，每个早晨，都会先听见门响，之后灶房"哗啦——"一声响（那是父亲从院子里抱来劈柴了），接着是劈柴"噼啪噼啪"燃烧的声音，再接着是父亲哼小曲的声音（他喜欢一边做早饭一边唱着），最后是父亲挨个屋子热情洋溢的叫嚷声："起来啦，起来啦！"这说明早饭妥了。

父母婚后两个月，把帽儿山的二叔接来读书。父亲辅导他，考上了齐齐哈尔医学院，成为大兴安岭最早考上中等医学专科院校的学生。我出生的次年，全家从漠河乡移居到三合站，然后又到了十八站林业局，最终定居在永安。不管换多少地方，父亲的角色始终不变，一直是教书匠。只不过到永安以后，他做了校长。"文革"开始后，父母先后倒了霉。父亲去"五七干校"，母亲因为来自中苏边境的漠河，被划定为"苏修特务"。父亲一两个月才回家一次，母亲若是被拉出去批斗，我们在家就没人管了。母亲说有一回她挨完斗回家，一进屋，发现我独自在炕上睡得正香，可枕畔却盘着一条蛇！我们家在山脚下，那是夏天，窗户敞着，蛇就是这样爬进来的。母亲说她被吓得半死，以为蛇会咬我。可是这蛇绕着我爬了一圈，像是给自己画了个句号，溜出窗户了。多年以后母亲忆及此事，还一脸惊恐。我笑着对母亲说，我属龙，蛇不好对同类下口吧。

母亲说，"文革"一开始，她和父亲就把被禁的书籍，用麻袋装着，背到松树林烧掉了。她回忆说，除了《红楼梦》等四大古典小说名著，还有巴金、老舍和张恨水的小说。

父亲在我们小镇，按时下人的说法，是个另类。他喜欢拉小提琴，喜欢念诗，喜欢在大地干农活时，采一把草甸子的野花，吊在锄头或镐头下扛回家。他被“工宣队”赶出学校后，竟然到塔河林业局找党委书记说理，人家不待见，他就坐在办公楼的台阶上控诉，说是党委决策失误，工人阶级只会毁掉学校，撤掉他是错误的，早晚有一天还得用他这样的人。

父亲去粮库后，和那儿的装卸工打成一片。他的酒喝得更甚了，而且学会了打情骂俏。我们小镇有一个叫田荣的女人，矮矮胖胖，倭瓜脸，屁股跟洗衣盆一般大，没心没肺的，整天跟鹅似的嘎嘎乐，男人见了她，都爱抱她一下取个乐子。父亲落魄后，有一次喝多了，见着田荣竟然也伸出手臂抱她，而我家的狗在一旁跟着热情洋溢地摇尾巴，路人见之，无不大笑，气得我直想剁掉父亲的手和狗的尾巴。父亲在粮库时，常揣着一兜黄豆回家，给我们炒豆子。我们说这是偷，他辩驳说粮库的人都这么干，他不拿，别人会瞧不起。而母亲参与“六大股”杀牛时，他也支持，是他深夜把牛肉担回家的，说是老牛成了废物，不能为生产队创造剩余价值了，该杀。只是杀牛时，属牛的他躲得远远的。

父亲懂得多，上自天文下至地理，别人聊什么，他都能接上茬。小镇人嫉妒他什么都能插上话吧，送他个“迟大白唬”的外号。我讨厌别人这么叫他，上初一时，有一天课间操，我去水房接水喝，一个男生在我背后叫了声“迟大白唬”，我怒火中烧，扔下茶缸，操起炉旁的一截松木杆，打算教训这个男生。他见势不妙，撒腿就跑，我一路追出水房。男生腿长跑得快，我就把松木杆当标枪一样投掷过去。虽然没命中目标，但把他吓得哇哇直叫，溜出操场，下一节课都未敢上。从此后他见着我，躲躲闪闪的，再不敢当我的面，喊父亲的绰号了。

父亲是个内心情感丰富的人。他拉小提琴，往往拉着拉着，眼睛就会湿了。他写毛笔字，也是写着写着，就要吟诵他喜欢的诗词。而他喝酒喝到兴处，会用筷子敲碗，唱起歌来。我们姊妹三个，他最喜爱的是我。每到春节，他为邻里写对子，我会帮着他把《春联集全》的书打开，裁剪红纸，铺展开来，让他挥毫。待墨迹干后，再将它们一幅幅折叠好。除了做他的“书童”，我还在他的鼓励下编春联，供他挑选。有一年我家的仓房贴的就是我创作的春联，我把父亲的小名“满仓”编了进去。父亲写完后，我点着条幅，怪声怪气地叫了声“满仓”，他才反应过来，又喜又气地举着饱蘸墨汁的毛笔朝我扑来，要给我画鬼脸。

70年代末，父亲平反，又回永安学校做校长了。几年的粮库劳动，再加上恋酒成癖，他看上去衰朽了。他端酒盅时，手抖得厉害，酒常会溢出，不得不改用大号的暖壶盖做酒盏，这样就洒不了了。他也不像从前那样爱唱歌了，他歌声的翅膀在岁月的狂风中，无知无觉地折断了。他身上唯一没变化的，是对工作的执著。除了睡觉，他就待在学校，哪怕是礼拜天。他有时会说一些奇怪的话，比如说到毛主席，他则一声长叹，说英明的他最不该娶个戏子做夫人。提到林彪，他说叛国的人没有好下场，可惜了他过人的军事才能。他还常说要是不结婚多好，光棍一条，就可以像弘一法师那样，做个出家人，青灯古刹旁，碧水青山中，远离政治运动，远离人与人之间的尔虞我诈，干干净净了此一生。李叔同的《送别歌》，是他除了曹子建的《洛神赋》之外，最喜欢的词了。父亲一唠叨他的和尚梦，母亲就抢白他，说李叔同是半路出家，他也可以像他那样抛妻弃子，遁入空门呀。父亲连说那可不行，老婆孩子没人照应，他不落忍。母亲说，就冲你恋酒的分上，这辈子也别想当和尚了！

父亲过度酗酒，年仅四十九岁就过世了。他走的那天，老天好像在开音乐会，轻灵的雪花如音符一样飞扬。怕他在那一世会冻着，我们为他穿上了厚厚的棉袄、棉裤和棉鞋，这使他看上去像个襁褓中的婴儿。他的形影不在了，可灵魂依然活跃，我们常常能从清晨起床的母亲嘴里，听到关于父亲的消息。父亲穿着中山装去城里开会了，父亲拉小提琴把鸟儿引来了，父亲找了个模样俊俏的女人给他做饭了，等等。母亲幽幽诉说着，好像这一切不是梦，而是活生生的现实。

我也常梦见父亲。有一次，我在梦中见到他坐在溪畔的石头上，身披袈裟，抚琴而歌。他的头颅因为没有一丝头发，在幽暗的森林中，就像一盏青白的灯。

原载《上海文学》2011年第1期

灰 房 子

王 璞

在我许多噩梦中，那座阴沉的灰房子是不变的背景。不知道为什么，记忆中与那座房子有关的一切都是灰的，院墙是灰的，门是灰的，邻居们的脸色是灰的，连院子上空的天色，也是灰的，阴湿湿的那种灰，雨点便是从那上面滴落下来，日复一日，月复一月，年复一年的，悄然滴落到院子里那两棵大树上，再从树上滴落到青苔衍生的院子里。我知道其中有一棵树是玉兰花树，另一棵是什么树，直到今天我也不知道。真奇怪，那么漫长的时间，其中有三年停课，八年失业，我常常整天整天地在家待着，呆望着窗外那舞台布景般一动也不动的树叶，却没想到去弄清那棵树的名目。这似乎只能用我对花草树木的冷漠来解释。也许，是现实人生需要操心忧虑的事情太多了，把我天性中本来就少得可怜的浪漫情调都挤走了。

我在那座灰房子里度过了二十年，从十一岁到三十岁，人生的花样年华，我都在那座闷得透不过气来的房子里度过了。

不知道造这座小楼的人当初是怎么想的，小楼造得精巧结实，楼梯却狭窄脆弱，人一走在上面，它就吱呀吱呀地呻吟，弱不胜力。我总是担心它会在我走到一半时垮掉，让我坠落在地。当然，这事没有发生，一直到我离开这房子，它还颤巍巍地悬靠在小院东边的角落里。

二十年的时间，该给一个人留下多少回忆呀！也真是的，当我回想灰房子岁月，无数的往事从心头漫过，心头跟那道残旧楼梯似的，在记忆的沉重脚步下颤抖。我不由得像个老是计算自己财产的吝啬鬼，计算着我的损失，想着我由于沮丧，由于绝望，由于种种俗念，大手大脚地浪费了多少大好年华。如果把它们都用于读书和写作，今天我该有多少成就了呐！不过这样的念头随着年华的老去，渐渐地就淡了下去。如今，我不再为我没有把那每一寸光阴都充分利用而痛悔，也不再为我的碌碌无为而烦恼，而只是回忆，心平气和地回忆。

“回忆便是财富。”这话是谁说的？说得真聪明。从这个角度去看，灰房子岁月便也不无意义，至少让我后来在香港遇见我那些功成名就的同代人时，没那么自惭形秽了。他们家庭和美，事业有成，在维多利亚港四周璀璨的千万盏灯火中，拥有他们自己的一盏灯，让他们可以坐在柔和的灯光下，跟家人享用自家灶火上煲出的靓汤。父亲老友宋伯伯家那位跟我同年同月同日生的女儿，长成了位美丽优雅的女子，她在加拿大拿到了建筑学博士学位，回港做了一间外资公司总裁，西装鼓鼓的丈夫，是她大学同学。我最羡慕她那满口漂亮的英文。宋伯伯第一次请我饮茶时，让他们两夫妻来作陪。席间宋伯伯客气地夸奖我："她自学了俄文和英文，还翻译了小说呢……"

我的同龄人便笑吟吟看着我，说了一大串英文，大意是表示赞叹并问我学的是美式还是英式英文。我讷讷地无法对答，因为我学的是哑巴英文，开不得口。

宋伯伯这时又来搭救我了，他说："你爸爸说你是跟一个送煤老头学的英文，是怎么一回事呀？给我们讲讲。"

那位送煤老头解放前在洋行做事，人家告诉我他懂英文。于是我便在一个天色特别黑的夜晚偷偷摸上他那四面透风的小阁楼求教，但他教了我两晚，教会我二十六个字母和韦氏音标之后，就不敢再教下去了。

"我们街道治安组长昨天找过我了，"当我再次摸上他的蜗居之地，他眼睛贼溜溜瞄着关紧的门窗道，"说不准我再腐蚀青少年。"

看到围坐在桌旁的这些香港精英被我的故事弄得目瞪口呆，我心里感到了一点安慰，"无论如何，我还有回忆。"我心里想。是的，年近不惑我一无所有地回到香港这个出生之地，我唯一拥有的，就只有回忆了。那些酸甜苦辣五味杂陈的回忆，那些曾令我心中疼痛的往事，现在变成我唯一的财富。

在这里，"财富"这个词应当从两个意义上理解。

一是百分百的精神财富，经历过那种种艰难困苦的磨炼，即使是香港的八号风球，对我这经历过洞庭湖大风大浪的麻雀，也不过是小儿科了。

二是可以转化为物质的精神财富。肚子里有那些绵绵不绝的回忆，它们点点滴滴，都是我取之不尽用之不绝的题材，信手拈来的一字一词，皆可敷衍成文，在香港这报纸杂志满天飞的地方，就算我只有一管不成气候的秃笔，也不愁文章卖不出去。

在那些放了工回到出租屋里伏案写作的长夜，灰房子闪现在我的记忆里，竟然也熠熠生光。那些在院门外的小树旁听楼下二姐三姐讲故事的酷热夏夜，那些四个人合吃两碗"白粒丸"的严冬时光，甚至那些在抄家的恐惧中熬过的日子，被岁月滤去了其中苦涩，剩下来的部分，竟也回味无穷。灰房子的隔音效果不好，便是将窗户关紧，隔壁文化宫电影院里传出来的声音，还是搅得我夜不成寐。样板戏电影的唱腔、《地道战》、《地雷战》那些"文革"经典电影的台词，我至今都可以"出口成章"地背下来。那些慷慨激昂步步高的革命电影主题曲，像挥之不去的噩梦，好多年里，都在我心里盘旋。特别让我抓狂的是副歌大合唱部分的高音部，“为什么大地春常在，英雄的生——命开——鲜——花——”从小就为失眠症所苦的我，是多么恨电影《英雄儿女》的这个收束句呀！有多少个深夜我在床上辗转反侧，等着这句歌词播完，播完了英雄王成才会倒下，电影才会散场，我才能安然入睡。恨屋及乌，我便是因此得了电影厌食症，从六十年代末至八十年代，二十多年的时间，我没看过一场电影，而且至今听不得合唱中的高音部分和男女高音独唱。

当然，被革命电影骚扰并不是我急于逃离那所灰屋子的唯一理由，也不是我后来变成搬家迷的病根所在。

如今都市里那些嚷嚷着要保留老式门院的人，我想他们自己一定没住过那种院子，或是他们比较幸运，住的是独门独院。在群力里四号大杂院住了二十年的我，对那种居住模式深恶痛绝。那单薄破败的门窗，那公用的厨房和厕所，让住户们毫无隐私可言，在自己家里说话也得交头接耳，做爱比做贼还要小心，否则便会成为第二天各家饭桌上的笑料。尤其是在我们那个年代，窥私欲跟冠冕堂皇的理由挂上了钩，造成的后果常常是悲惨的，足以致命。

群力里每个门院都发生过这种悲剧。最倒霉的是七号的那对情侣。他们原是中学同学，后来女孩考上了大学，那个清高孤傲的男孩，却因家庭出身不好没有考上，家里人反对他们的恋情。一天晚上，女孩趁家人出门，把住在后院的男孩约了来。就在他们插上门闩拉上窗帘的同时，房门被猛烈敲响了。原来住在女孩对面的不是别人，正是那群力里慈禧太后陈姨驰。她老人家早已把小情侣的一举一动看在眼里，男孩刚一溜进女孩的家，她就跑去报告了派出所。两名户籍警适时赶到，他们埋伏在女孩家门口，只等窗帘一拉，就高喊着“抓流氓”踢打房门，要冲进屋去。男孩在慌乱中钻进了衣柜。结果当然逃不过革命人民雪亮的眼睛，给揪了出来扭送派出所。他一个文弱书生，在衣柜里本来就闷得半死，然后又给捆绑游街示众，到派出所里自然是一顿拳打脚踢，虽然几天后终于放了回来，但没多久，就发作了心脏病，死了。

这事发生在1964年，假如那男孩经历过了“文革”的狂风暴雨，眼见到那么多的精英偶像被游街示众被批斗被羞辱，他就不会那么弱不禁风了。唉，感情脆弱敏感的人，是没法在我们那种地方生存的；在我们那地方活得潇洒的人物，只有泼皮牛二。

我们院子的老郭便属于这类人物。老郭本是个响当当的工人阶级，在一间大工厂当电工。不幸好色成性，自己已经有了老婆，却老是去打别的女人主意，而且他色胆包天，男女关系竟然搞到领导床上去了，终于被打成四类分子之老四——坏分子。其实老郭除了好色，人倒是挺好的，大方爽朗，助人为乐，他是电工，院子里家家的电工活被他包了。而且他一肚子的鬼故事荤笑话，夏天乘凉的晚上，只要他端张凳子往院门口一坐，立即被大小男人们包围。所以他虽然色心不改，时不时往家里带女人，大家也都睁只眼闭只眼。

可是一天清晨，我被楼下的喧哗给吵醒。跑下去一看，原来是派出所来人把老郭和一个女人堵在了屋里。去报案的人是我们楼上的丁姨，她跟老郭倒没什么，她看不惯的是老郭老婆，那女人不但没有一点四类分子家属的低三下四神气，反而动不动跟人吹嘘自己是“工人阶级”。正宗工人阶级的丁姨，早就看不惯她那嚣张劲儿了，更兼前几天因跟她争公共厨房的灶位，吵了一大架。

我下楼的时候，高潮已经过去了，奸妇早没了踪影，只见奸夫老郭坐在堂屋前的一张竹椅上，旁边围着一群看热闹的人。老郭气定神闲，手里甚至端着一杯茶，户籍坐在他对面，手里也有一杯茶，安定和谐的气氛，令我怀疑自己刚才听见的动静是不是做梦。不过这时正好上夜班的郭婶回来了，她一进门看到这场合，立即明白出了什么事，她二话不说便冲到——不是她老公，而是户籍——面前大叫：“那是我侄女！我侄女！”

户籍道：“你侄女，你还不如说是你娘老子呢！”

原来，抓到的那个女人年纪比老郭大了一大截，看上去活像他妈。而且老郭刚才已经坦承，那女人是他从街上找回来的。

“蠢猪吔！”老郭冲他老婆吼道，“讲这多屁话做什么，事情反正做下了，要何哩就何哩（长沙话：要怎么办就怎么办）！”

户籍还真为了难，为这么件事当然不能把老郭逮捕法办；戴帽吗？老郭头上已经有一顶了，总不能再加上一顶。而且老郭不是那七号男孩，把他抓去派出所显然是自找麻烦，他一副死猪不怕开水烫的神气，游街示众这类把戏完全吓不倒他，反而给他一个哗众取宠的机会。

“要何哩就何哩，”见老婆来援、户籍无奈，他越发得了意，一连声地道，“要何哩就何哩，判刑啰！枪毙啰！”

而那旁边看热闹的人众，不是央他修过电灯的，就是求他讲过故事的，住在他前房的陈婶，更是他相好之一。那女人解放前做过妓女，后来又嫁了个司机，在我们这个牛鬼蛇神巷亦算得上个无产阶级了，因而当了个居委会治安小组长，这时便在一旁作好作歹道：“老郭你态度放好一点嘛，人家户籍同志牺牲休息时间来帮助你，多不容易呀，写份检讨啰！向毛主席请个罪啰！”

老郭便心领神会地道：“我们大老粗，写得出什么检讨啰！不如当场跟毛主席请罪，还诚心些。”

旁边的人便笑道：“请罪！请罪！”

老郭二话不说，转身扑通一下，便在堂屋里那张毛主席像前跪下了，口中念念有词：“伟大的领袖伟大的导师伟大的统帅伟大的舵手毛主席您老人家在上，我老郭罪该万死，死有余辜，请您老人家给我一次重新做人的机会，我一定从此痛改前非，永远三忠于四无限……”

陈婶便笑骂：“你也配！要你这号人忠于，我们无产阶级革命江山还不早被搞垮了！”

一群人都哄笑起来，买票都看不到的好戏哦！

那早已呵欠连连的户籍，也便趁机下台，“好了好了，看你认罪态度还可以，你先回家好好反省，我回去请示了领导再来找你算账。警告你呀，你一个坏分子，只许老老实实，不许乱说乱动，再要搞出什么名堂，无产阶级专政的铁拳就不会客气了。”

“老实，老实。”老郭连连答应着，跟他老婆把户籍送出门，嬉皮笑脸地又是点头又是挥手，不知道的人，还以为是亲友间在送往迎来。

唉，我怎么会讲起老郭呢？其实老郭在灰房子里是个异数，而且他大半时间住在他那远在郊区的工厂，很少参与灰房子的日常生活。他的故事，只不过是灰房子记忆的碎片而已。

1995年，我离开群力里十四年之后，第一次走进那条小巷，灰房子已经不复存在。那是一个飘着冷雨的黑夜，我走到原先是四号的地方，一座高楼取代了原先的小院，郁暗的灯光像怪兽的眼睛，心怀叵测地在大楼里无数个窗洞里面眨动着。虽然我知道，无论它们怎样成平方地衍生，也伤害不到我了，但我还是不由自主地加快脚步飞奔而过。

没有用！不管我跑得多快逃得多远，灰房子都在我的心里，那种腐臭的阴沟气味，渗透在了我的灵魂血液里，便是在此刻，我在计算机上敲下这些文字之时，仍然依稀可闻，使我时不时从白日梦中惊起，张皇四顾，总觉得冥冥中有一双双阴森的眼睛在暗中窥视。敲打键盘的手，便不由自主停下了。

我现在还害怕什么呢？上无老人，下无稚子，无职无业，无拘无束，不怕得罪上司同事升不了职加不上工资，不怕失去居所流落街头。谈笑有朋友，往来皆好人，自由写作所需要的种种条件，应当说我都具备了。但我知道，我仍然是不自由的。也许，我一生一世都挣不脱灰房子岁月在我心里布下的枷锁了。

母亲在我写到《西尼气》那一章时遽然去世，去世的前一天，我照常在下午四点钟去看她，她一脸惊恐地看着我，叫着我的乳名道："哎呀你怎么这个时候来了？不上班？"

她患老年痴呆症好几年了，近日更加连我都认不出来，即使叫出我的名字，也弄不清我与她是什么关系，但现在，看她这神气听她这话语，我知道，她完全认出我来了，便赶紧安慰她道：

"我今天放假不用上班。"

"哦。"她疑惑地看着我，"你找到工作了。"

"当然找到了。还是教大学呢！"

"哦。"母亲点着头道，笑了。

母亲最恐惧的事，便是我们会步她的后尘，不管怎么努力，也找不到一个工作，因而无法自立于社会。在我的灰房子记忆里，一个堪称恐怖的场景，就是我和她走在一条深长的巷道里，烈日当头，我们汗流浃背地走着走着，路途漫长得没有道理。其实我们只是去位于隔邻小巷的居委会主任的家，央求她把我的档案放给那家区办搬运公司。那家公司的招工人员头天到过我家，他是受我一位朋友的拜托才肯来的，朋友将我的勤奋努力和各项特长向他作了夸张的介绍，不过当他看见了我真人，便立即摇头：

"你这么瘦，到我们公司不行的，我们那里劳动强度很大。"

"我知道，"我说，并站起身来，当即提起家中最大的一口箱子，让他看到我力气很大，"你们的工作我都能做。"

这倒不完全是假的。不久前我所在的街办工厂到了一批货，领导让大家都放下手上工作紧急帮忙卸货。完工之后，大家让领班的搬运师傅评价这班男女青工中谁力气最大，他立即指定了我："她。"

我当然不会是力气最大的，但我肯定是竭尽了全力的，因为我不想失去到手的任何一份工作。

搬运公司的招工人员在我的口头和肢体语言说服下，总算相信把我招去他们公司不会让他失望。他最后应承："那好吧，只要你们居委会主任肯把你的档案拿给我们，我们就要你。"

那已是我在家待业的第八个年头，巷子里跟我一起待业的伙伴都走得七七八八，剩下来的只有我家两姐妹和一名弱智青年。

母亲走着走着，突然停下了脚步。"我走不动了，"她说，"我们在这里坐一坐。”她说着一屁股坐到旁边的一道石阶上。

她脸色煞白，目光呆滞，她不久前还吐了一次血，我真担心她会倒地不起。天气热得让人喘不过气，我挽住她的胳膊在她身边坐下来，我说：“我们回家吧，反正去也是白去，那家伙不会理我们的。”

母亲就在这时跟我说出了她心中的恐惧：“不，我们一定要去。你已经二十四岁了，再找不到工作就没有机会了。那怎么办呐？你知道吗，我最怕的就是你像我这样一辈子做家庭妇女。”

在我的印象中母亲是个打不垮的人。在大兴安岭零下四十度的严寒中，她拖着病躯领着我们在院子里劈柴，铲煤，运大白菜，雷厉风行。从大兴安岭到长沙，三万八千里，要转三次车，体重只有七十斤的她，一手提着个箱子，一手提着个网袋，手臂上挂着妹妹，衣襟上拉着我，还不断回头招呼那拖拉着行李的姐姐。看她那健步如飞的脚步，谁也不会想到她是个正在吐血的肺结核病人。

1967年6月，父亲被关进牛棚，停发工资，接到他托人寄来的报告坏消息的字条，我们都围在母亲身边，面面相觑，不知所措。失去了生活来源还在其次，如何应付邻居们的革命警惕性才是当务之急。要是他们发现每月初邮递员不来喊母亲盖章拿汇款单了，一定会猜出父亲给打成了牛鬼蛇神。这一来，我们马上就会变成巷子里的抄家对象，在学校就会变成黑七类狗崽子，遭到红卫兵同学凌辱。老是风风火火的母亲，这时反而一脸平静，她走去拉好窗帘，用低沉而镇静的声音对我们道：

“别担心，我会有办法的。”

她果真领着我们安然度过了那次历时半年的危机。关于她如何度过危机的细节，我已经记不清了，因为母亲尽力不让我们参与，而她那副笃定的神气，也使我们相信她自个儿应付得来。

“文革”初期的大抄家风暴中，每每我从夜半的鬼哭狼嚎声中惊醒，只要看到母亲那张虽然惨白但镇定自若的面孔，我就安心了。

“你们睡你们的，”她总是这么说，“有事我会叫你们的。”

大抄家风暴乍起，她就将家中所有“四旧”物资悄悄清理。老照片撕碎了趁出去买菜扔到位于河边的垃圾总站，信件早上生火时当引火柴，几件珍藏的绸缎旗袍，她原说等我们长大了给我们改衣服的，现在扔又不好扔，烧又烧不掉，她便将它们拆开，拼成被面，椅垫。剩下的两张存款单，两个结婚戒指，一副银耳环，她把它们包在一块手帕里，一有风吹草动就塞给我，要我趁乱带上跑。

“就算他们来抄家，也再不会像1952年那样搞得我们一无所有了。”她以一副资深被抄家人士的老练劲儿这么对我说。

但是现在，当她坐在烈日下的巷道石阶上，她脸上是一副绝望的神色，她被我会步她后尘的恐怖前景吓倒了。“他们害得我一辈子没工作，现在又要害我女儿了。”她喃喃自语着。

居委会主任已经暗示过我们：像你们这种情况，不会有单位要的。每当我们上门要求她分配工作，这阿庆嫂式的女人总是将她那两只白白的肥手一拍，仰面向天：

“可怜的天呐！”她忿然叫屈，“又不是我没尽力，我把你们推了一次又一次，没有人要嘛！没人要我有什么办法！”

那时我们还不知道他们已经去我父亲单位函调过了，对他的右派身份和“复杂的”社会关系已经了若指掌。母亲只是凭直觉感到，又是父亲的问题影响我们找不到工作，就像当年影响她找不到工作一样。所以她只是呆呆地看着主任的表演，无言以对。

当年，1948年跟父亲结婚之前，母亲原是有一份好工作的。她1946年从复旦大学经济系毕业后立即找到了一份中学老师的工作，一年以后更考进上海联合国救济总署，做英文会计，1948年去香港与父亲结婚，才不得不辞去了这份高薪优职。但她从来没打算就此做个家庭妇女。1951年她之所以同意跟父亲回北京，就是因为她听说新中国建设需要大批知识分子，打算回来后等我的哺乳期一过，就去找工作。可当她安顿好家事着手找工作时，父亲便出了事。这一来，虽然她所投考的单位——其中包括中国银行外汇部、首都钢铁厂、中国妇联——全都给她发来了录取通知，她在所有的入职考试中都名列前茅，加上名校学历名机构资历，自然出类拔萃，但每次一面试就告吹。因为人家的条件是要她跟国际间谍丈夫离婚。更有甚者，中国妇联的那位人事干部，还一个劲要她写检举揭发材料，“站到党和人民的一边，帮助人民政府肃反。”母亲断然拒绝，“他不是间谍我怎么揭发？别说他是我丈夫了，就是普通朋友，我也不能诬陷他。”人事干部勃然大怒，“人民政府是绝对不会抓错人的。”她冲母亲吼道，“我们绝对不会给反革命家属工作。”

母亲果然没有得到任何工作。等到三年后查清了问题的父亲给放回来，母亲却因几年来的忧郁操劳得了肺结核。等到肺结核钙化，却又来了反右运动。父亲被流放大兴安岭。他本来是打算把一家老小留在北京独自前往的，但机关里的人事干部跟母亲做工作说，边疆建设正缺大量人手，你去了保证会有工作。可是，等母亲到了那个名叫西尼气的山沟沟，去找林业局人事科要求工作时，那名脸相身形都像石头人的女科长坐在那里，眼皮也不抬地冷冷道：“谁答应你工作的你找谁，我们这里没有适合你做的工作。”

母亲道："听说食堂缺人，我……"

科长道："食堂重地，右派分子家属怎么可以去?!"

那天母亲为了壮胆，特地带了我去，科长说这话时我就挨在母亲身边站着，我紧紧拉着她的手，感觉到她的手在颤抖，事实上她全身都在颤抖。她是个极爱面子的人，人事科长的话是在人事科大办公室里当着整科室的人说的，整个科室的人都在望着母亲，其中包括跟我们已经有了友好往来的牛叔叔、张阿姨。大家都听见了人事科长的话。母亲面红耳赤，张口结舌，她低下头拉着我仓皇逃离。石头人科长的话，对母亲的打击是致命的，她肺结核复发了。夜里，她发着烧，歇斯底里般地喃喃自语："食堂都不要我。我会破坏？我会放毒?"

"搬运公司不是食堂。"当我们在南方七月的烈日下并坐在通往居委会主任家的巷道，母亲安慰我，"搬运公司会要你的。"

居委会主任也的确比石头人科长有人情味，她打量着我们汗流浃背垂头丧气的形象，不说"没人要"那套话了：

"其实，我一直都在使劲推你出去的。"她不无怜恤之情地上下打量着我道，"可是……可是……你年纪也不小了，不如找个对象吧。我这里就有一个好伢子，还是个连长呢!"

好多年里我都因居委会主任的这句话恨她，她认定了我这辈子找不到工作，只有嫁个工农兵这一条出路了。直到第二年我看到了自己的档案，才发现我们错怪她了。她没有当场揭穿我们隐瞒家庭出身的行为，也没有直截了当叫我别去钻营什么搬运公司了，而是委婉地给我指点迷津，而且，以她那套思路掂量，对我这么个柔弱女子来说，去搬运公司拉板车与做个连长太太之间，后者当然是个较为合理的出路。

可是母亲崩溃了，对于她来说，搬运公司对我的拒绝是骆驼身上的一根草。在绝望中，她给父亲发去了一封信，大意是你害了我这一辈子不算，现在又要来害女儿了，所以你如若一年之内不摘去右派帽子的话，我们就跟你断绝关系。信写好以后，为了加重分量，她要我也写一封，"措辞越尖锐越好，这样才能给你爸施加压力，让他尽力去找领导解决摘帽问题。"她说。

父亲去世以后，我得以看到他的日记。在1973年10月9日的日记中，我看到了以下这段话：

智琳简直疯了，还有二妹，这样逼我，太让我失望了！我的压力还不够吗？这简直是把我往死路上逼。我不想摘帽吗？这顶帽子最艰难的承受者是我呀！要不是为了她们，我早就坚持不下去了。她们却这样逼我，太自私了！

我看着这段话，冷汗直冒。说老实话，我全然记不得当初的这封信了。父亲后来也从未提起过它，甚至在他患了肺癌做化疗，我在医院陪护他的日子，好几个不眠之夜，我们谈起往事，他仍然只谈开心事不谈倒霉事。看到父亲这段日记的那一刻，我蓦地想起湖南出版社我一位老同事的话，一天，当我对他模范夫妻的家庭表示羡慕时，他便告诉我：

“当然啦，我们是患难夫妻。‘文革’中每次我被批斗回到家里，我老婆总是精心做几个菜等着我，有时还弄点酒来陪着我喝；我被罚扫大街，她就拿上个扫把跟我一起扫。我是个最悲观的人，但一抬头看见她在对面微笑地望过来的脸，就什么屈辱什么痛苦都不在话下了。”

接着，他又讲起一位“文革”中自杀身亡的老作家的故事，最后得出这样的结论：

“我相信，要是他有我这样一个好老婆，准能活下来。可他在外面遭了罪回家又遭亲人的罪，当然受不了啦！”

我是多么惭愧！我是多么悔恨！在父亲最艰难的时候，我曾那样对待他。若是当时他一念之差走上绝路，这辈子我怎能逃脱良心的谴责。但扪心自问，假如事情重来一遍，我还会那样做吗？我悲哀地发现，回答并不干脆，多半，我还是会那么做的，在绝望中，在恐惧中，难保我不会再做出那种疯狂的事。我，还有母亲，我们远非冷酷无情的人，是绝望和恐惧把我们逼疯了，以致失去理智丧失亲情。我没跟母亲提起过父亲这篇日记。母亲是一直以她与父亲患难与共的五十年婚姻而骄傲的，而父亲在人前人后也一直表示着他对她的感激：“要是没有她我早完了。”他不止一次这么说。说不定，他自己也忘了这篇日记，他在冷静之后一定也会明白，母亲和我，是在绝望中才会写出那种信来。所以，他不提起它，他宁愿忘了它。

但是，我又想起了一件事。

大概就是在父亲去世前不久，有一次我跟他谈起刚看过的一本书，里面讲到上个世纪30年代发生在苏联的大审判，数以万计的共产党高级官员和红军将领在大审判中遭到了清洗。五十多年后，当时的审判材料解密了，令后人百思不解的是，怎么那些罪犯、那些曾经的钢铁战士，经历过火与血的考验，百折不挠，却都在斯大林的审判官面前彻底崩溃。怎么解释这种集体人格扭曲？那些曾经坦然面对流放、苦役、酷刑的人，那些在死神面前眼睛都不眨一眨的男子汉，怎么会那样不堪一击？“我看着他们，一望而知，”那本书的作者这样写道，“这是一些被摧毁的人，他们已彻底垮掉，站在这里的只是一些行尸走肉，所以才会放弃抗辩，对那些莫须有的指控供认不讳。”

"他们是被吓坏了。"父亲道。

"难道还有比死更可怕的东西吗?"我问。

"其实是有的,"沉默了一会儿,父亲道,呆了会儿,又前言不搭后语般地道,"我们也都经历过那样的时刻。"

他看了我一眼。那种目光,使我也不由得沉默了。也许,那只不过是随意的一瞥;也许,是我多心了,父亲从来不是一个深沉的人,他不会把他埋藏了多年的怨怼隐藏在那种目光中,但那一刻,的确有点什么东西,闪现在我们心里,阻断了我们的交流。直到多年以后,当我看到父亲的那篇日记,突然之间,我才想到了那个当时他没有说出来的词语,现在它在心头倏忽一闪,我忙把它抓住:恐惧。

恐惧。

恐惧是比死亡更加可怕的东西,人人都有所惧。种种情感和欲望都可能是恐惧之由:爱、恨、疾病、死亡、地狱、来世报应……每个人、甚至神,都有他被恐惧击中的要害部位,参孙的致命部位在头发,那些将生死置之度外的共产主义战士,致命部位在他们所追求的那些革命理想和信仰。所以当审判官告诉他们,只有认罪才能有助于伟大的革命事业时,他们崩溃了。害怕成为人民的敌人、革命的罪人之恐惧,将他们彻底击垮。

灰房子时代的我,不怕死,也不相信地狱和来世,作为一名浸淫于保尔·柯察金、牛虻和马丁·伊登这一类英雄形象中的文学青年,是前途尽失的前景把我吓坏了,让我变成了一个冷漠无情的人。在依然挣扎于灰房子阴影的黄昏岁月,自己也有了家室儿女的牵挂,我也终于明白了当时令母亲崩溃的那一种恐惧。连死亡都能勇敢面对的母亲,却无法面对断送儿女前程的现实。

好多次在噩梦里,我又回到了灰房子。我看见我在夏天的晚上穿过巷子里夹道的乘凉人众,在一片窃窃私语中,走进那张油漆剥落的大门。无数道目光从阴暗的门洞朝我射过来,但我顾不上这些,左边公用厨房小木门上倚着的那个瘦小人形吸住了我的目光,那是母亲。母亲的目光为何这么奇怪?又尖利又哀怜,又张扬又怯懦,那目光与我的目光一相遇,便像遭到迎头痛击般跌落。我看见她低下头一言不发,径自朝黑暗中的楼梯走去,忙赶上去跟着她。死一般的静寂中,响起我们沉重的脚步声,楼梯在我们脚下轧轧作响,一步一惊心。终于,我们走完了最后一级,抵达较为牢固的走廊,我松了口气,推开堂屋的玻璃门,却赫然看见对面刘外婆那张枯叶般的面孔正从她家房门口对住我。早已不良于行的她,只在她丈夫来探望她时,才拄着拐棍走出房门迎候。今天这是怎么了？她为什么也这样冷冷看着我？可我还没来得及向她发问，就有一只手把我一拉，转眼间，我便发现我已站在了自家屋子里，门在我身后紧紧关上，我又面对母亲那双伤心惨目的眼睛了：

“他们都知道了。”

我从她嘴唇蠕动的形状辨识出这句话。

知道什么了?！顿时，我曾干下的种种坏事在心头一一闪过，从在公共汽车上画假月票逃票，到帮朋友伪造介绍信让她报户口；从在人去楼空的学校寝室大楼挨门挨室搜掠图书，到跟男友一道在郊区租了间房，莫非……我的脸红了，白了，红了又白白了又红，我好不容易才发出微弱的声音：

“哦……”

“他们都知道你是在街办工厂……”母亲终于吐出这句话。

原来如此！像是一个犯下死罪却只得到三年有期徒刑的待决犯，我那颗悬着的心为之一松，我哈哈笑了：

“街办工厂怎么啦?”

“他们还知道……”对面那张脸更其苍白，好像随时会晕倒在地似的。我赶忙冲她叫道：

“可我现在已经不在街办工厂啦！”我一鼓作气道，“我调到出版社做编辑了。”

“当真……真的?”

“哈，我现在就是回来报告这个特大喜讯的。快，快收拾东西！他们还给我分了一套房子呢！我们可以搬出这鬼地方啦！”

然而，对面这张面孔，并未因我的报告而欢天喜地，而是更加惊恐地瞪大了眼睛，像是见了鬼似的，一径瞪着我的身后。我忙回头一看，天呐，不得了了，好恐怖啊！身后那面对住走廊的窗户，竟然没拉上窗帘，那一溜方形窗玻璃上，一个接一个地贴满了人脸，似曾相识却又素昧平生，不过它们的表情却是一致的，叫我立时想起两句毛泽东诗词：早已森严壁垒，更加众志成城。

身后边，母亲那熟悉的声音微弱而清晰，“我们走不了的，进了这地方的人，一辈子也走不了了。”

原载《收获》2011年第2期

我的一九九一

畀 愚

1991年底世界上发生了一件大事，苏联在一夜之间解体为十五个独立的国家，但我一点都没觉得奇怪。我只是感到高兴。我的客户从原来的一个国家，一下变成了十五个。

早在那年冬天来临前，我就是中苏边境上的常客，跟来自全国各地的生意人一样，我们聚集在一个叫黑河的地方。从地图上看，那是中国北端的一座小城，在小兴安岭与黑龙江的夹缝之间，与俄罗斯的拉格维申斯克城隔江相望。那里蓝天碧野，四季分明，却常常是夏天还没结束，冬天就已经到来。然而，没有一个生意人会畏惧严寒。生意像燎原之火一样让这座小城每天都热气腾腾的，到处是操着俄语的中国人与说中文的苏联人，还有谁也听不懂他们在说什么的蒙古人。世界从没像当时那样的混乱而有序。我们用火车、汽车、马车与人力车，把各式各样的日用品运到这里，卖给那些整天嘴里喷着酒气的苏联人，再把他们的卢布兑换成人民币。

每年的九月一过，黑龙江上就开始结起厚厚的冰层，那是老天爷在为走私者们搭桥铺路。漆黑的深夜有时也被北极光与探照灯照得雪亮，辽阔的江面成了一个天然的大通道。我们穿过冰面讨价还价，在两岸边防军睁一只眼闭一只眼之间握手成交。那时候，我已经不光是女式内衣的代理商。自从来到黑河，我把经营扩展到衣食住行的各个方面。只要江对面的苏联人用得着，这些东西过不了几天就会出现在我的货单上。我曾经用两辆拖拉机的腈纶衫与人造革大衣，外加一箱二锅头，从一个苏联人手里换了一卡车的望远镜、自行车、收音机与钢精锅，连同他那辆军用卡车，刚驶出黑龙江的省道，它们就被抢购一空。

等到那个苏联人再次开着一辆军用卡车过境时，我们已经成为朋友。这个满脸长着棕色胡子的中年人，身材粗壮、性格温和，曾经当过铁路工人、边防军与人民教师，现在是对岸布拉格维申斯克城里的黑市商人。他喜欢喝酒、唱歌与女人，可我却怎么也记不完整他的名字。他有个长得一口气都念不完的姓名，据说是把他父亲、祖父与曾祖父的名字都放在了里面。为此，我对他说，我得把你名字记在一张纸，这样才不会忘记。

你可以叫我伊万。他笑着说，朋友们都叫我伊万。

在认识娜拉塔莎之前，伊万是我见过的中文说得最好的苏联人，也是我这辈子见过的最多情的男人。自从见过我的房东，他便对这个寡居多年的中国女人一往情深，常常在夜里穿越边境，除了睡觉，更是为了让她不再忍受寂寞的煎熬。

我的房东同样是个感情充沛的女人，在她不到四十岁的生命里已经有过三任丈夫。春天以后，黑水的山野间开满了映山红，让这个女人的心也像这些盛开的花。她常常会在夜里离开屋子，去江边的花丛中等候为她偷渡而来的异国情人，然后就在花丛中野合，像那些急切的恋人们那样，再带着一身的花粉与草屑回来。不过，有时候他们也会在女人的炕上喝酒，吃她做的小鸡炖蘑菇，抽着伊万那种那种呛得要命的苏联烟。

有一次，在应邀跟他们一起喝酒时，伊万搂着那女人问我为什么从来没见我找过女人？是不是不喜欢女人？我说我是个南方人，我受不了一年只洗几次澡的女人。伊万在听明白后，发出粗野的大笑。他笑着建议我应该找一个他们苏联的姑娘。他说，我们俄罗斯的姑娘是世界上最漂亮的姑娘。

我说，那你为什么要找一个中国女人。

伊万愣了愣，扭头看着那女人，说，为了爱情。

这话一下就让我变得有点感伤，回到房里，躺在冰凉的炕上怎么也睡不着了。我在那天夜里，又一次开始想念起那些我经历过的女人。

一个男人的口袋里有多少钱，身边就会有多少的女人。这是余乐声曾经说过的一句话。这个有点神秘的小个子男人，在当了六年的业务科长后忽然辞职，自己开了一家更大的内衣厂，除了生产胸罩与三角裤，他还把产品扩大到了浴衣、袜子、手套、毛巾与毛巾被。没有人知道他哪来的这么大一笔资金。他把我们这些原先代理商全部请到广州，召开了一场规模庞大的订货会。余乐声在会上给每人发一份合同，并且说只要我们把名字签上去，就是他的代理商了，为此他愿意把返利提高两成。等到我们签好合同，他有点激动，跟我们一个个握手时，不停地说为了这一天，他已整整等了十年。

此后，每次来到广州他招待我的不光是酒菜，有时还有女人。这些女人通常是商店里的营业员，他厂里的女工，而更多的是做那种生意的。余乐声在这方面是个老手，他能站在1989年的广州大街上一眼就看出来，路过的女人中哪个是干这行的。开始时我一直以为那是吹牛，一直到一次酒后，他当场把我拉到一个公用电话亭前，等里面的女人打完电话出来，他笑着说，小姐啦，陪陪我香港来的朋友啦。

那个烫着爆炸头的女人没有看他，而是将信将疑地打量着我，用标准的普通话说，你是香港人？你付港币吗？

我相信，余乐声只是在用最简单的方式告诉我一个道理：这个世界上只要有需求，就一定会有供给。那天，他站在街头大言不惭地说，做生意嘛，管它白猫黑猫，能捉老鼠的就是好猫。

黑河就是这么一个生意人的地方，而我更喜欢江对岸拉格维申斯克城里那些俄罗斯姑娘。她们金发碧眼，长腿细腰，更难能可贵的是她们热情似火，让我每次一见她们，都会回想起以前看过的黄色录像。但我不像伊万，我决不会为了找女人睡觉去穿越边境。我过境只是为了生意，然后才抽空找她们睡一觉，虽然那时跟对岸的边防军已经相当熟悉了。为了生意，我们会隔三岔五轮流请那些士兵喝酒，送他们那种好看而不实用的小玩意儿，为此还差点送了性命，就在拉格维申斯克的一家小酒吧里。

那天喝多的是个年轻的苏军中尉，他拉住我，掏出腰里的手枪非要卖给我。我说我可以给你钱，但我不能要你的枪。年轻的中尉显然也是个生意人，收了钱后一次又一次地把手枪往我怀里塞。最后，我只能把手枪放在桌上，说，这玩意儿会让我回去坐牢的。

中尉不耐烦了，啰嗦到后来就一把抓住我，把我的脑袋摁在桌上，用那把手枪顶着，说，那我就在你坐牢前枪毙你。说完，他又对着整个酒吧里的人喊：我要让资本主义狗崽子的血溅满我的皮靴。

所有的人先是哄笑，但很快就被吓着，而我在那刻真的以为会死在这个叫拉格维申斯克的地方。

阻止中尉的人是娜拉塔莎。她起身绕过桌子，就像情人那样挽住他握着手枪的那条胳膊，在他耳边温柔而果断地说，走吧。

中尉瞪着一双醉眼看了她好一会儿，点了点头，收起枪，抓过桌上的半瓶酒，在她搀扶下摇摇晃晃地出了酒吧。

大家都松了口气，有人高举起酒杯，起哄似的说，为了友谊干杯。

娜拉塔莎很快回来，重新在我身边坐下，请我原谅那个中尉，他的心情不好，他要退伍了，他的前途一片迷茫。说完这些，娜拉塔莎长长吐出一口气，又说，现在苏联人的心情都不好。

那我们喝酒。我说着，伸手搂住她的肩膀，把一杯酒递到她唇边，看着她一口干掉后，却再也不知道说什么好。酒吧里到处弥漫着一股醉生梦死的气息。

娜拉塔莎是我每次来拉格维申斯克城都要雇用的俄语翻译，尽管我在黑河待了不到半年，就已学会了一口连说带比画的俄语。自从中苏边境开始贸易，无数会讲中文与不会讲中文的少女从莫斯科、列宁格勒、斯大林格勒、斯维尔得洛夫斯克来到这座边境小城。她们为商人们充当翻译，更多的是陪他们睡觉，但娜拉塔莎不是这样的人。她是来拉格维申斯克城寻找她的未婚夫的。就在两个人准备结婚时，她的未婚夫为了一份体面的嫁妆来到这里，从此杳无音讯。

我在客户的饭桌上第一眼见到娜拉塔莎时，把她当成了拉格维申斯克街头的姑娘。她在大衣里面穿了件黑色的紧身毛衣，隔着长条桌都能嗅她身上散发出来香水味，可当我注视她那双蓝灰色的眼睛时，发现她的脸更像那些摆在橱窗里的洋娃娃。

那天是苏联人的送冬节，是他们为了迎接春天的狂欢之日。窗外的大街上到处都是载歌载舞欢呼而过的人群，我们的宴席从傍晚持续到了深夜。

我把喷着酒气的嘴凑到客户的耳边，说，今晚我要把她带走。

我那肥胖的客户顺着我的目光看了眼娜拉塔莎，然后摇着他那颗硕大无比的脑袋，说，不行，人家是个好姑娘。

我笑着说，是好姑娘那我就娶了她。

但是，娜拉塔莎拒绝了我。就在宴席散了之后，大家高唱着俄罗斯民谣来到街上，醉醺醺地加入欢舞的人群时，我像个嫖客那样用俄语对她说，我们走吧。娜拉塔莎睁大她那双蓝灰色的大眼睛看着我，就像从没见过我这个人那样。于是，我笑着又说，如果你不收留我，今晚我会冻死在大街上。

娜拉塔莎总算笑了。她笑着指了指街边几个看热闹的女孩子，说她们才是我要找的姑娘。说完，随手拉住一个饭店出来的胖大嫂，与她一起唱着歌加入到欢舞的人群中。

我裹紧大衣，一直看到这群人与他们的歌舞远去。这是个没有风也没有下雪的喧哗之夜，路灯下，寒冷却是那么的痛彻骨髓。我不敢在街头久留，就随便去找了个女人，连价钱都没谈就跟去她家里。这是我惯用的方法，每次只要在拉格维申斯克城里过夜，我都会这样做。因为，我没有护照，也没有签证，口袋里除了钱，就剩下广州街头买来的那张假身份证，虽然上面的照片、姓名、籍贯、出生年月与家庭住址都是真实的，可这是在苏联的境内。这里的警察跟国内的警察一样，他们也会在半夜里敲开宾馆的房门，检查你的证件，但更主要的原因是睡在那些女人的床上，远比在宾馆开一间房要便宜。

第二天，我从客户那里要来娜拉塔莎的住址就找去了。那是一幢陈旧小楼里最顶层的一间，墙上挂满了原来主人家的照片，地毯似乎比这房子还要古老，已经看不出本来的颜色，好在屋里的暖气很充足，有种扑面而来的温暖感。

娜拉塔莎惊诧地看着我，一脸都是不知道怎么招呼的表情。

我笑着说，我来雇你当我的翻译。

娜拉塔莎淡淡地说，你用不着翻译。

谈生意跟聊天是两回事。我认真地说，我怕让你们苏联人骗了。

那你去找个中国人当你的翻译。

可她们都没你长得漂亮。

我只是个翻译。

我要的就是翻译。

娜拉塔莎成为我的翻译后，我待在拉格维申斯克的时候更多了，不仅是因为她，而是生意。伊万的胆子越来越大，有一天他来找我，说有一批全苏联最好的钢板。可等他带着我跟娜拉塔莎赶到拉格维申斯克北郊的一间仓库，我们看到的是一辆锈迹斑驳的苏制坦克。伊万说这是T34，是世界上最好的坦克，比美国的谢尔曼克与德国的虎式坦克都要好。

我说，可我不是军火贩子。

伊万笑着让我尽管放心，他不光有合法的手续，还有的是门路。我当然明白，我将由一个日用品商人摇身变成一个军用钢材贩子。

在离开那间仓库的车里，一直沉默不语娜拉塔莎忽然说，你们不是生意人，你们是两条蛀虫。

我跟伊万都愣了愣，你看看我，我看看你，我们都明白她说的意思。临别之际，伊万把我拉到一边，提醒我要当心这个女人。他说，别让爱情毁了生意。

但娜拉塔莎决不是他想象中的那种人，更多时候她只是个漂亮而不幸的姑娘，从小就让母亲逼着学习中文。这个疯疯癫癫的女人把女儿当成了自己，为的就是有一天要去中国，去寻找她那个从无音讯的初恋情人。

娜拉塔莎的母亲曾经是莫斯科大学航天机械系的高才生，刚毕业就被安排来到中国，给他们的援华专家充当助手。她在中国生活了三年，也把初恋留给了实验室里一位中国小伙子。1960年，当最后一批苏联专家准备撤离时，天真的姑娘勇敢地上书他们的总书记，请求永远留在中国。她在那封信中写道：尊敬的尼基塔·谢尔盖耶维奇·赫鲁晓夫同志，中国人民是友好的，苏中人民的友谊必将长存。可是，信还没寄到他们的莫斯科，两名大使馆的士兵已把她押上回国的飞机，在监狱里被关押整整十年后才得以获释。

这个痴情的女人一生没有嫁人，思念已让她在大部分时间里变得神志不清，常常会把任何一个男人当作初恋情人。因此，娜拉塔莎根本不知道她的父亲是谁。也许是莫斯科街头的醉汉，也许是哪个邮递员、出租车司机或者是送奶工。娜拉塔莎告诉我这种事在苏联并不稀奇，在她的国家里有许多母亲一生都不会有丈夫。

我问她：为什么？

你不知道吗？她说，我们国家男女的比例是四比六。

说这些话时，我们坐在布拉格维申斯克城江边的一家咖啡馆里。娜拉塔莎说完之后就开始沉默，开始长久地望着对岸黑水城的街景，那双灰蓝的眼睛地暮色中清澈而迷茫。

现在，我跟伊万除了朋友还是亲密无间的合伙人。我们把所有的钱集中在一起，共担风险也平分利益——他在布拉格维申斯克负责把那些“世界上最好的坦克”切割成钢板，再运过黑龙江，由我销往全国各地的炼钢厂。但是只要一有空，我就会越过边境去雇用娜拉塔莎，哪怕让她陪着我看电影、逛商店，给她买任何我觉得能让她高兴的东西。我们几乎逛遍了布拉格维申斯克城里的每一条街道、每一间酒吧与咖啡馆。我想，我虽然不能用金钱来占有她的身体，至少可以用来占有她的时间。

有一天，我们经过阿穆尔大街时，看着街心公园里那些金发碧眼的俄罗斯姑娘，她忽然说，你应该把时间和卢布花在她们身上。

你跟她们不一样吗？我之所以这样说，是因为她的话让我隐隐感到了刺痛，好像我对她所做的一切就是为了寻欢作乐。

娜拉塔莎看着我。她的眼神告诉我，我在她身上的时间与精力并没有白费。几天后的傍晚，我抱着一大包的咸牛肉、香肠与一瓶在黑市上都很难买到的灰雁伏特加敲开她的房门。

娜拉塔莎不说话，就像早已约定的那样，把我让进屋，拿出杯盘刀叉，打开酒倒上。我们隔着餐桌面对面坐着，跟平时在酒吧与咖啡馆里没什么两样，一会儿说中文，一会儿说俄语，但更多的是沉默。我们一直喝到夜深人静，她起身关掉吊灯，打开沙发边上的落地台灯后，就进了卧房。

我想了想，喝掉杯中最后一口酒，站起来跟了进去。

如同一对生活了多年的夫妻，我们一起洗澡，然后上床做爱，然后关掉所有的灯，静静地躺在黑暗中。但我无法入睡，很快在黑暗中又开始蠢蠢欲动。

第二天醒来时，娜拉塔莎已经煮好了咖啡，但我更愿跟她待在床上。我们连着两天都没有离开屋子，一直到吃完了屋里所有的食物，她才下床去楼下的面包店里买来两个大列巴。娜拉塔莎有着俄罗斯人性格中少有的温顺与缠绵。每个白天我们几乎都躺在床上，拉开窗帘，让春天的阳光隔着窗玻璃照在身上。我们彼此抚摸与拥抱，这不仅仅是做爱的前奏，更多时候只是为了让重新燃起的欲望慢慢平息。

男人都是一样的。这是我在黑河的房东常说的一句话。我很快变得跟伊万一样，不管有多忙，只要能找出一点空闲，哪怕是在深夜都会偷越过境。我把娜拉塔莎陈旧的房间当成了我全新的家，有很多次从她枕畔醒来，我甚至想到了有朝一日要把她带回我的家乡马家浜村。然而，事实上我们最先去的地方是莫斯科。

俄罗斯大地的夏天短暂而壮丽，当我们坐了七昼夜的火车到达莫斯科时，到处已是一片秋天的景色。这里是娜拉塔莎的出生之地，也是我所见过的最雄伟的城市。这里的马路宽阔而洁净，许多建筑的屋顶就像教堂上的尖顶高耸入云，而且上面都顶着一颗五角星。一到晚上，这些大大小小的五角星放射出红色的光芒，如同从夜空中挂下的巨大星辰。早在来的火车上，娜拉塔莎就为我描绘过这一景象，她说莫斯科是座被红五星点亮的城市。可是，一出火车站的大拱门，我们见到更多的是贴满街道的宣传海报，还有那些吵吵嚷嚷呼喊口号的莫斯科市民。苏联正在举行它第一次的全民选举。

我的这趟莫斯科之行只有一个目的，却整整筹划了两个月。伊万动用了所有合法与不合法的手段，为我办齐在苏联境内所需的一切证件，为的就是让我去跟那个给我们供货的大人物见上一面。伊万是个深谋远虑的人，他总是担心某一天因为他的原因，我们的生意会在一夜间垮掉。他说服我只要我搭上了莫斯科那条线，哪怕他去了西伯利亚，我们的钢材生意照样会存在。同时，他还是个有理想的人。他现在最大的理想就是让他们国家的军用产品变为民用商品，他坚信这个世界上再不可能发生大规模的战争。为此，他在一天晚上对我说，跟坦克与大炮比起来，今天的苏联更需要牛肉。

伊万就像个地下工作者，他把一个电话号码写在纸上，让我看完后记在心里，然后把纸烧掉，并且再三叮嘱我说要记住，一到莫斯科就打这个电话。

但我并不急着要去见那个大人物，这趟长途旅行对我来说更像是一次蜜月之行。我跟娜拉塔莎住进了迷宫般的俄罗斯宾馆。据说这里有两千个房间，跟克里姆林宫并排坐落于莫斯科河畔。这是种奇怪的感觉，一进房间我们谁也顾不上说话，更顾不上旅途疲劳，我们抱在一起就开始做爱，从浴室到床上，再到那个宽敞的窗台上。傍晚的夕阳从河面反射到天花板上，我们筋疲力尽地倒在床上沉沉睡去，可等我醒来时，娜拉塔莎已不在我怀里。

房间里一片漆黑，她裹着一条被子在坐在窗台上，就像一尊雕塑，出神地看着夜色中的莫斯科河。

我知道她是在想念她的母亲。来的一路上，她的思念就没有停止过。这个年迈的女人现在住在莫斯科郊外的一家疗养院。自从我们相爱，娜拉塔莎唯一对我的要求——就是为她每月支付那家疗养院的费用。我曾经问过她是不是为了她母亲才跟我一起？她垂下眼睛，好一会儿才看着我答非所问地说，我只想让她安静地过完一生。

我们如同一对新婚夫妻在莫斯科过完三天后，我提醒她说，你该去看看你母亲了。

娜拉塔莎摇了摇头，坐在沙发看我的眼神，就像我会忽然弃她而去那样。

我笑着又说，我还有正事要办。

她说，别忘了，我是你的翻译。

可是，当我在第四天一早打通那个电话后，我们在房间里整整等了大半个上午，才有个穿着西装的大个子男人敲开房门。

我生气地对他说，你让我干等了三个小时。

这个高大的苏联人面色严峻，只是朝我做了个请的手势。当我穿上外套走到门口时，他忽然拦住跟在我身后的娜拉塔莎。

我回头说，她是我的翻译，她必须跟着我。

高大的苏联人用中文恭敬地对我说，我就是您的翻译。

我看了看他，又看了看娜拉塔莎，忽然觉得这更像是一个圈套——如果伊万让人在莫斯科把我干掉，那我们两个人的财产就马上就成了他一个人的。

但我还是义无反顾地走出了房间，下楼，上了停在宾馆后门外的一辆黑色吉斯牌轿车。这些年的闯荡已经让我变得无所畏惧，我任凭轿车载着我穿行在莫斯科的街道。我在这座城里游玩了三天，我去过红场，去过阿尔巴特大街，我认出两边的教堂、博物馆、体育场与露天游泳池，但此时都已变样。大街的两旁停满了军车与坦克，到处是荷枪实弹的士兵，他们的枪管上有的插着鲜花。轿车被激愤的莫斯科市民堵在普希金广场时，我摇下车窗看着一名少校站在装甲车顶上，举着大喇叭对人群大声说，我们是来维持首都秩序的，不是来镇压人民的。说着，他放下喇叭，掏出手枪拉了把枪栓，又大声说，看，我的枪里没有子弹，我们的步兵战车里也没有炮弹。

我问坐在副驾驶座上的翻译：出什么事了？

翻译头也不回地说，该发生的终将会发生。

就像电影里的战乱场面，我们的车在拥挤的路上像蜗牛一样爬行了两个多小时后，翻译给了我一个黑头套让我戴着。车又行进了半个多小时后停下，翻译引着我下车，扶我上了一些台阶，又下了一些台阶，然后摘下我的头套，把我从狭窄的门洞里推进去，穿过一条堆满餐具与各种食品的过道，再沿着一排石阶往下走，一直把我带进一个酒窖一样的房间。

在堆满屋子的伏特加酒中间，我见到了那个所谓的大人物，其实只是个戴着黑框眼镜的干瘪老头。他坐在一张轮椅里，膝头还盖着一块毛毯，正用俄语飞快地对几个垂手而立的哥萨克大汉说着什么。

老头在看到我后闭嘴了，摆了摆手，等所有的人都鱼贯离开，他说，三天前你就应该来了。

我不出声，酒窖里灯光暗淡，有一种让人说不上来的阴冷之气。

我知道你俄语说得不错。老头说着，开始转动轮椅，摇到两排酒架的中间，扭头看着我又说，跟我来吧。

老头把我带进一间温暖的书房，就在酒窖的一墙之隔。这里灯光明亮，四壁除了低垂的绛色丝绒帘幔，就是那些一人多高的书架，里面排了比砖头更厚的书本。老头又看了我一眼，拉开一张大桌子后面的抽屉，取出一叠照片往桌上一放，向我一招手后，指了指那些照片，不出声，仰着脸，用他镜片后面深陷的眼睛一动不动地看着我。

我在每张照片上都看到了我跟娜拉塔莎在莫斯科尽情游玩的那三天，我们是那样的般配与甜蜜。

我把这些照片往桌上一扔，对他说，这是什么意思？

老头笑了笑，让我在他的对面坐下。他从西装的内袋里掏出一支钢笔，随手拿起一张照片，在上面画了个圈后，递给我，说，你被人跟踪了，从你一踏进莫斯科开始。

我又把所有的照片看了一遍，发现每张背景里都有这个钢笔圈着的男人。他第一天穿着格子呢西装，第二天穿着尖领夹克衫，昨天是大翻领的毛衣。老头说跟踪我的人叫科勃涅洛夫，是海关稽查队的侦察员。我说，我是个生意人，我不是走私犯。

老头微笑着说，那你跟他去说。

我盯着他看了会儿，说，你也一样让人在跟踪我，从我一下火车开始，。

我对你负有责任。老头说，确保你在莫斯科的安全，是我对伊万纳耶夫·克拉萨夫科斯伊维基兄弟的承诺。

伊万纳耶夫·克拉萨夫科斯伊维基是伊万那个长得一口气念不完的名字中的一部分。我说，我有什么不安全的？这是世界上最大的社会主义国家的首都。

也许明天就不是了。老头说着，脸上的笑容就没有了。他再次拉开抽屉，取出一把装在信封里的钥匙，让我离开这里后马上住到乌克兰饭店去。那里是外交部的国宾馆，不管莫斯科在今天将发生什么变故，那里都将是最安全的地方。

我说，莫斯科会发生什么？

老头没有回答，却把头抬得更高，看着屋顶那盏水晶吊灯，好一会儿才说，谈谈我们的生意吧。

他的意思是打算资助我，并找一个第三国在中国成立一家物资公司，趁着现在中国到处都在兴办中外合资企业的机会，让我们的钢材生意在每个环节上都合法化。他让我要放眼看到未来——未来的世界不是在合作中较量，就是在较量中合作。

我说，你不怕我卷着你的钱跑了。

金钱只是通往天堂的工具。老头笑着说，伊万纳耶夫·克拉萨夫科斯伊维基兄弟相信的人，我没有理由怀疑。

可我信不过你。我说，我连你叫什么都不知道。

老头又笑了，说他早已不记得自己姓名，但大家都叫他瓦西里。

这是个俄罗斯英雄的名字。后来，我从伊万嘴里得知，这个被人称作瓦西里的干瘪老头是苏联黑道上的传奇人物，他控制着莫斯科三分之一的黑市与军火买卖。他的父亲是苏联元帅朱可夫手下的一名将军，肃反中以反党与叛国罪被斯大林亲自下令枪毙。他本人也曾被枪毙过三次，却三次都从枪口不可思议地逃脱。伊万在当边防军时放过他一条生路，作为报答，他给伊万以最大的信任。

离开瓦西里酒窖隔壁的书房，我变得雄心勃勃，仿佛已经看到我在国内即将成立的合资公司。可是，莫斯科的大街上的骚乱更加惊心动魄，坐在回宾馆的轿车里，我亲眼看到三个男人把点燃的汽油瓶扔向路边的坦克，被士兵当场击毙。路过联邦大厦时，许多坦克从各个路口汇聚而来，履带把路面的石头碾得粉碎，轰鸣的机器声几乎掩盖了所有的声音。它们把联邦大厦团团围住，所有的炮口都对准了大楼。

翻译忽然指着前方大声说，那是叶利钦。

我看到一个穿着灰色西装的苏联人站在坦克上，这个苏联著名的政治改革派挥舞手臂，正大声地演讲，但他的声音同样被机器的轰鸣声淹没。

这天是1991年的8月19日，是苏联历史难以忘怀的一天，对我也同样如此。我的娜拉塔莎在这天消失无踪，她什么都没带走，宾馆的房间里放着她的衣服、首饰与化妆品，但她却像一片掉进莫斯科河里的落叶。

我在俄罗斯宾馆的房间等到深夜，窗外不时有枪声与爆炸声隐隐传来，电视里反复播放着莫斯科已经在执行军事化管制的通知。第二天，我再也顾不上政府的戒严令，在动荡的城市里四处寻找我的爱人。我去了她在火星街上的老家，向那里的每个居民打听；我还雇车找遍了莫斯科郊外所有的疗养院，好像这个世界上从没有娜拉塔莎存在过那样，也没有听说过她疯癫的母亲。

第三天，攻打联邦大楼的坦克部队，忽然掉转炮口，成了护卫俄联邦政府的部队。叶利钦在防弹玻璃的遮挡下，通过无线电发表讲演，呼吁他们的总统戈尔巴乔夫在国家危机时刻，出来领导国家渡过难关。莫斯科的大街上到处是他的声音，直到次日清晨，戈尔巴乔夫从黑海的休养地克里米亚乘飞机返回，这场维持了三天政变才以改革派的胜利而宣布结束。

当莫斯科到处矗立的列宁铜像被拆除时，我忽然又想到了生意，再次拨通那个电话号码，让瓦西里用车把我拉到他酒窖隔壁的书房。我对他说我希望能收购那些铜像，当然是用购买废铜烂铁的价钱。

瓦西里面色阴沉地说，苏联的历史不是废铜烂铁。

但他还是答允了这桩买卖，同时也拒绝了我要求帮助寻找娜拉塔莎的请求。我不解地看着他，问他为什么？对于你来说，在莫斯科找一个人是最简单不过的事。

瓦西里反问我知不知道克格勃？

我当然知道，它的总部就在捷尔任斯基广场上，每个了解一点这个世界的人都会知道这个组织。我吃惊地看着他，说，你说娜拉塔莎是克格勃？

那还算不上。瓦西里笑着说克格勃每年都会训练许多年轻人，再把他们散布在各个城市、每个边境小镇，他们就像无数撒进河里的诱饵，谁也不知道上钓的会是条什么鱼。

我忽然有点明白了，点了点头，说，是你。

瓦西里仍然微笑着，说，我只是让人告诉她，年轻人不应该为了眼前景色而放弃更好的未来。

我大声说，你去把她给我找回来。

瓦西里盯着我眼睛看了会儿，说，等你能活到我这把年纪，你就会感谢我为你做的这一切。

我说，你去把她给我找回来。

瓦西里摇了摇头，他在叹了口气后，扭头望着那些低垂的丝绒帘幔，忽然如同低吟般地说，还是放在记忆里吧，年轻人，爱情有时候就是块奶酪，总有它变质的那一天。

原载《红豆》2011 年第5期

编织谎言的人

刘建东

想了一夜，我们决定让沈玉霞离开她的父母。

母亲是沈玉霞的语文老师，又是她的姨妈。沈玉霞对她的话言听计从。昨天傍晚时分，已经回到家里的沈玉霞匆匆地赶到我们家，她的脸在灯光下苍白得像是抽干了血似的。1963年的沈玉霞，被恐惧和不安紧紧地包裹着。她的身体颤抖着，嘴唇青紫。她说话的腔调像是受到了极大的惊吓，她瘫坐在我们家的椅子上，开口说道："他要回来了。"

沈玉霞所说的"他"是指她的父亲，我的姨夫沈相汶。沈玉霞从来没有见过她的父亲。她的父亲，曾经是一个国民党的将领，1948年在战场上当了俘虏，在监狱里一待就是十五年。如今，被党和政府改造过的沈相汶要回家和她、她的母亲相聚了。沈玉霞说："我不喜欢他，我恨他。我从来就没把他当作我的父亲。"她的话是真的。没有人喜欢一个当过国民党高官的父亲，更何况，那个未曾谋面的父亲，那个军官，曾经和全民为敌。告诉她这个消息的是她的母亲，有关部门通知了她母亲，沈玉霞说起她母亲是满脸的不屑。她这样评价自己的母亲，那个糊涂妇女！我的姨妈林冰洁，其实看上去还很年轻，与妇女这样的称谓有一定的距离。但是在沈玉霞的心里，母亲执著而耐心地等待是不可原谅的。她不止一次地对我说过，她早就应该把他忘掉。但是令她感到失望和不解的是，不管别人如何评价她的丈夫，她既不申辩，也不解释，她只是一味地等待。她对沈玉霞说，就是到死，她也要等他回来。姨妈对女儿的解释是，她要让这个家像一个真正的家。

沈玉霞说，我不想要这个家了。她恐惧的眼睛，仿佛已经看到了一个恶魔正在逼近。毫无疑问，她对父亲毫不留情地拒绝是有理由和道理的。"已经够了。"沈玉霞说，"我早就厌倦这种生活了。"实际上，那个傍晚，即使她不来我们家，不向我们讨要主意，她的内心，也早就被绝望浇铸得死死的，没有人能动摇她坚如磐石的信念。我的母亲，我，以及后来加入了的许许多多的人，只不过是她给自己寻找到的一个个有力的借口罢了。很显然，我们都乐意充当那个借口，因为，那个夜晚，对于我们全家来说，也是一个不眠之夜，仿佛即将从监狱里回来的是我们家里的一个人，他就站在我们家的门口，敲门声仿佛一直在响，它敲击着我的心灵。黑暗中的母亲叹口气说，不幸的孩子！

我的母亲，一个坚定的共产主义者，对于自己妹妹的选择，她早就失去了信心，但是沈玉霞不同，她生在新中国，长在红旗下，她不能容忍，沈玉霞重复着妹妹的生活。母亲的忧虑甚于沈玉霞的恐惧，她说，没有人能够保证，那个战犯，不会对她产生影响。

当我们决定要帮助沈玉霞时，并没有半点的私心在作祟。我的母亲、父亲，以及他们的上辈，也没有和沈玉霞的父亲结下什么冤仇。但是，关于沈玉霞的父亲，我们在课本里，或者电影里听到过。有一幅图画让我们记忆犹新，就是沈玉霞的父亲举着双手，被我军俘虏时的情景。画上的沈相汶尖嘴猴腮，左颊上还长着一个大大的痦子。那是一本著名的连环画里的一个画面。因为我和沈玉霞是最要好的朋友，我们俩几乎无话不谈，所以有一次我偷偷地问她，她的父亲是不是真的长那个样子，是不是真的很丑，很坏人。沈玉霞鄙夷地说，我才不管他长什么样。他是他，我是我。我相信，关于她的父亲，她的印象和我们一样，也许仅仅就停留在连环画、电影和书本的层面上。在她的家里，父亲的所有痕迹都不存在了，照片被姨妈付之一炬。而所有的记忆都隐藏在姨妈的心里，这是她清楚的，也是她鄙视母亲的最重要的原因。

第二天，沈玉霞来时背着一个大大的包。她是有备而来。母亲问她，这样是不是太张扬了，有没有引起母亲的注意。沈玉霞多少有点失落地说："我妈，像是丢了魂似的。她满脑子都在想着怎么迎接她那个坏蛋老公呢。"

从那个早晨开始，当沈玉霞背着包踏进我们家的大门时，她就明明白白地失踪了。她从家里出来时，在路上碰到了很多相识的邻居或者同学。当他们问她背着包干什么去时，沈玉霞毫不隐瞒，她大张旗鼓地告诉别人，她要离家出走了。所以，当她跨进我们家，她的脸上，还挂着胜利者的微笑，朝霞仿佛仍旧在她的脸上徘徊。而也正是从那个早晨开始，我们，愉快地加入到了为沈玉霞编织谎言的队伍之中。

那是星期二的早晨，空气清新自然，阳光明媚。春天把鸟儿的鸣唱撒播到城市的各个角落。在人们的注视下，沈玉霞走进了一个公开的失踪的世界中，她的母亲，还未来得及品尝与丈夫重逢的喜悦，便掉入了另外一个漫长而痛苦的等待过程之中。将近中午时分，有人看到，一辆绿色的军用吉普车停在了姨妈家门口。军用吉普车的后风挡玻璃，铺满了灰尘，显然，那辆车经过了长途跋涉才到达的。一个穿着灰色笔挺中山装的男人在两个军人的陪伴下走进了林冰洁的家。军人告别时，出来送行的除了那个灰色中山装的男人，还有笑容可掬的姨妈林冰洁。实际上，那是人们第一次也是最后一次看到那么灿烂的笑容出现在她的脸上。那个穿灰色中山装的男人就是沈玉霞的父亲沈相汶。后来在人们的议论中，沈相汶与人们惯常印象中的形象产生了矛盾，有近距离看到沈相汶的人说，沈相汶浓眉、大眼、方脸、阔腮，与连环画和电影里的形象丝毫不相符。不过有一点是相同的，那就是左颊上的痦子。

我的母亲，才不管沈相汶长什么样。十五年后，她对沈相汶的看法没有丝毫地改变。尤其是，当她听到军管干部们说得模棱两可的回答之后。母亲在半路上截住了送沈相汶回家的吉普车。她向从吉普车里下来的军人打听沈相汶的情况，她说，我是他的姐姐，我想要知道，他是不是已经改造好了。军人挠着头，说，这很难说，有的人即使改造一辈子都还是老顽固，有的人只需要一年，或者几个月。军管干部没有正面回答母亲的提问，但是他的回答却更让母亲忧虑。

那天中午，林冰洁并没有到处去寻找没有像往常一样放学回家的沈玉霞，我们猜测，与丈夫的久别重逢，使她忽略了沈玉霞的失踪。也许她只是认为，沈玉霞不过是有什么事情耽搁了，比如学校要排演什么节目，比如在我们家吃饭。直到晚上八点多钟，林冰洁才意识到问题的严重性，她能够想到的第一个寻找的地点就是我们家，在这个城市，她能想到最亲近的人就是她的貌合神离的姐姐。

谎言就是从她走进我们家开始的。林冰洁显得很焦急，她说，中午沈玉霞就没有回家，她还以为学校有什么特殊的事情呢。“可是晚上呢?”林冰洁看着坐在桌边学习的我说：“这么晚了，学校不会有什么事?”

开始时我还是有点紧张，我看了看母亲。母亲沉着冷静，脸色十分平静，她的目光给了我鼓励。我的声音仍然有点颤抖，我说：“今天玉霞没有去上学。”

林冰洁这才慌了神，“这怎么可能呢？这怎么可能呢?”她无助地看着我母亲，沈玉霞信任的语文老师和姨妈。母亲的手里正抓着一把针线，她在给我弟弟的裤子缝一个大大的补丁。母亲说：“是的。玉霞没有来上课。”

“她去了哪里?”林冰洁惶恐的问话既是对她自己也在对我们说。

“她走了。”母亲放下针线，那团线从母亲的腿上滚下来，滚到了姨妈林冰洁的脚边。

林冰洁先是愣怔了片刻，然后便低下头去。我们没有听到想象中的惊声尖叫之类的过度反应。她抬起头来时，眼睛里是晶莹的泪水，她悲伤地说：“那是她的父亲。她还从来没有见过他，从来没有叫过他一声爸爸。”

我的母亲，向林冰洁讲述了沈玉霞出走时的情景。母亲不动声色的讲述，把我们和林冰洁都带入一个虚幻的情景，仿佛那是一个真实而可信的早晨。母亲说，沈玉霞一早就背着一个包来向我们告别，从她的表情来看，并没有看出有什么不同，甚至，还能隐隐约约看出一丝的兴奋。沈玉霞说她要暂时离开一段。特来向老师请个假，她特意告诉我母亲，她的包里装着学习的用具，她走到哪儿就学到哪儿。母亲说，她看到沈玉霞拿出了一个厚厚的本子，本子里雪白的纸张还散发着纸浆的味道。母亲特别强调，我相信，那个空白的本子，一定能够帮助她继续学习。

林冰洁急促地问："难道，她就没有说要去哪里？什么时候回来？"她没有问女儿离家的原因，那个原因，已经是一个公开的秘密了。

"没有。"母亲确切地说，"我还以为你知道她去了哪里，看她胸有成竹的样子，我以为你什么都知道。"

"那么，她就没有留下什么口信?"林冰洁几乎是哀求着说。

母亲说："没有。没有。我能提供给你的只有这些。不过，你放心。我相信玉霞很快就会回来的，她会去哪里呢，不过是一个孩子。"

林冰洁在我们家的寻找匆匆结束了，她叮嘱我的母亲和我，一有沈玉霞的信息请立即通知她。我的母亲，没有谈到沈玉霞的父亲，她也没有追问林冰洁，沈玉霞出走的原因。而林冰洁从我们家走时，脸上所透露出来的忧伤和焦躁，使我们无法和他们夫妻的团聚联系在一起。

由于众所周知的原因，沈玉霞离家出走了。她的母亲，不得不从与丈夫重逢的短暂喜悦之中抽身出来，只享受了一天的好心情，林冰洁就立即投入了寻找女儿的煎熬中。有人说，她是一个不幸的女人，但是这遭到了母亲的反对，母亲说，幸与不幸，她还有机会去选择；但是沈玉霞不能。她的不幸是天生的，是无法选择的，这才更加令人同情。不能博得我们同情的林冰洁，从寻找之初就失去了方向。因为她完全不知道，与她同室异心的女儿，会在哪里漂泊。这使她感到茫然而无措。城市的街道，学校的树丛，汽车站，火车站，百货店，都成了她毫无目的的去处。她向能够想得起来的亲戚家都发了电报。在经过数天徒劳的寻找之后，林冰洁落寞的身影已经被大家熟知，而她那个坐了十五年监狱的丈夫，也清晰地走到了人们的视线中，他从课本、电影和连环画里，活生生地来到了我们的世界中，他不苟言笑，像是个影子似的跟在林冰洁的身后。

有一次，我在放学的路上与沈相汶不期而遇，他就站在我必经之路的前方。很显然，那不是一次无目的的不期而遇，出于母亲的判断往往是可信的，母亲说，他一定在那里等了许久。他是刻意而为的。我们在谈论沈相汶时，沈玉霞就坐在我的身边，她充耳不闻，好像我们谈论的事情与她无关，我们谈论的人也与她无关。自从她失踪之后，她甘心做一个玩具似的，任凭我们把她摆放在什么地方。

我有些犹豫和胆怯。我看了一眼沈相汶，便低下头想绕过去。可是他开口叫了我一声，他的声音很洪亮，他说："你是小泉吧。"

我不得不停了下来，我仍然低着头，说到底，我和沈玉霞一样，也还是个十五岁的孩子。我听到他说："你别怕。我不会吃人。小霞天天和你在一起是吧？"我点点头。他接着问："那她平常最喜欢到什么地方去？"

我想了想，我没有说谎，我把我和沈玉霞常去的地方都告诉了他。公园，文化宫，河边的柳树林，书店，他一一地记在心里。作为回报，他给了我一把糖。那些产自上海的花花绿绿的糖十分诱人。当我回到家里时，它们已经被我攥出了汗。我想把糖送给沈玉霞，我对她说，这是她父亲的。可是平常最喜欢吃糖的沈玉霞却拒绝了我的好意。

沈玉霞并不是一味地躲藏在我们家，有时候她也会走出家门，去她想去的地方。她去百货店买铅笔时碰到了医院的王江医生。王江医生问她："小霞，去上学呀？"

沈玉霞不假思索地说："不，我不上学了，我离家出走了。"

王江医生羞愧地笑笑说："对，你离家出走了。对，对，对。"

她去书店买连环画，碰到了同学陆革新。陆革新问她为什么不去上学了。她说："我离家出走了。"

陆革新羡慕地说："真好，我要是有你那样一个爸爸，我也就离家出走不用上学了。"

后来王江在医院里接待了因病就医的林冰洁。林冰洁向他打听她的女儿，小时候，多病的沈玉霞是王江医生的常客。王江医生手里拿着针管说："好像见过。"林冰洁忘记了身体的病痛，她有点激动地抓住了王江医生的手。王江医生手上的针管抖动着。王江医生说："好像是七天前，我看见她背着个包上了一辆公交车。"七天前，正是沈玉霞失踪的日子。沈玉霞有些失望。王江医生安慰她，她早晚会回来的，离开家她就知道了生活的难处，她会生病，那时候她就来找我看病了。

总的来说，沈玉霞失踪的最初岁月，她是自由和无拘束的。但她过分的自信也是险象环生，比如，当她又一次去书店时，书店的李阿姨小声对她说："你爸爸刚刚走。他拿着你的照片，到处在找你。"李阿姨把沈玉霞拉到窗户边，从窗户望出去，有一个男人还在抬头向新华书店的楼上张望。李阿姨说，喏，那就是你爸爸。沈玉霞把脸扭向一边。李阿姨又问，你不想看看你爸爸长什么样？沈玉霞说，不想，我一辈子都不想。十五岁的沈玉霞，要知道一辈子有多长，她才不会说出那样的话。

还有一次，她几乎和母亲林冰洁擦肩而过。那是在1路公交车上。她坐在车子的最后一排，车上人很多。母亲挤上车时，并没有向后走，也没有向后看。她的目光始盯着车窗外面，一直到下车。本来，沈玉霞也要在那一站下车，她要回我们家，可是她没有，她宁肯多坐了一站，然后走了回来。她像是说惊险小说一样把公交车上的情景复述给我们。母亲听完有些忧心忡忡，她告诫沈玉霞，她这样散漫是危险的，总有一天会与他们迎头碰上。母亲说："到时候你会前功尽弃。"母亲的告诫起到了警示作用，那之后，沈玉霞提高了警惕，白天，她几乎都是躲在我家里，就是窗帘也拉得严严实实。晚上，当月明星稀，她才会偷偷地跑出去，呼吸一下新鲜空气。但即使如此，她也感到了某种压迫似的危机。因为在夜晚的河边，她还是看到了母亲林冰洁的身影，在母亲的身边，有一个高大的男人。沈玉霞，甚至听到了母亲林冰洁低低的啜泣声。那个男人没有，他在仰望夜空。沈玉霞仓皇地逃走了。

没有人问过沈玉霞离家出走的心情，在我们的注视下，她认真地配合着我们，仿佛，她并不是那个行动的主角，主角却是我们，母亲，我，父亲，王江医生，所有她认识和不认识的人。

那年春天的一个周日，我的父亲回了趟他的老家。那是决定沈玉霞命运的一次远行，父亲不像是平时那样大包小包地随身携带一大堆东西，而是轻装上路。回来时也是一样，他和母亲，在院子里密谋了很久，然后向我们宣布了一个重要的决定：把沈玉霞送到他的老家，我父亲的出生地。在那个百里之外的小县城里，我的爷爷奶奶，两个慈祥的老人，正在等待着沈玉霞。对于这样的安排，沈玉霞欣然接受，她问："在那里，我可以自由自在地散步，想去哪里就去哪里吗？"父亲点点头。母亲说："你不用再担心碰到你爸爸和妈妈。他们永远找不到你。"

在沈玉霞走之前，就她是不是应该偷偷地去看一眼自己的父母，我的父母有过小小的分歧。因为父亲知道，百里的路途不仅仅是距离上的，更是心理上的，他担心这会让一个十五岁的孩子承受不了。但是坚强的意志使母亲有着敏锐的洞察力，也造就了她的大局观。她坚决反对，她认为亲情会毁掉真理，会为一个美好的前程蒙上耻辱的灰尘。母亲的坚持得到了父亲的理解。父亲打消了那个念头，所以沈玉霞走之前，留给她印象最为深刻的并不是告别的伤心与离去的不舍，而是对美好未来的憧憬和向往，和彻底摆脱羁绊的放松。她对我说，她会定期给我写信，她都想好了要给我写什么内容。

她对我母亲说，我能够忘掉过去从头再来吗？母亲坚定地说，肯定能。

遗忘就是从告别开始的。我父亲出生的地方，山清水秀，风景宜人，很容易让人流连忘返，那个迷人的县城对于沈玉霞是最合适不过的了。果然，她很快就适应了当地的环境和氛围，而且，她的第一封信很快寄到了我的手里。信里并没有写一个字，而是画着一幅铅笔画。画上的内容是一个梳着长长的辫子的小姑娘，小姑娘的辫子飞上了天。画是画在一张白白的纸上，就是她买的那个厚厚的本子，纸是从那上面撕下来的，崭新的撕痕还清晰可见。我笑了，画上的小姑娘显然是她自己，画上的沈玉霞绽放着无拘的笑容，这说明她已经在遗忘的道路上迈出了可喜的一步。我的父母亲，也很为她的变化而自豪。母亲说，这张画，很能说明问题，应该让她的父母看到。

姨妈林冰洁看到那幅画时恍若从梦中惊醒，她使劲揉揉自己的眼睛，然后再仔细地看着上面的小姑娘，她疑惑不解地问："这是谁画的，画的是谁?"

那个雨后的夜晚，陪伴母亲同去的我，抢先说出了我心里的话，我说："那是玉霞，那是她画的。"我的神色甚至有些得意。

姨妈并没有觉察到我的表情的变化，紧张使得她的手开始抖动，那张画在她的手里几乎都要撕碎了，然后她才开口叫道："老沈，老沈，你快过来。"

那是我最近距离地看着沈玉霞的国民党父亲。我端详着他，虽然，这张脸与我看到的连环画里的不大一样，但我仍然感觉那张宽阔的脸里面隐藏着太多的阴谋与危险。而他完全没有注意我的存在，他盯着那张画，他的表现比林冰洁要冷静许多，这更加坚定了我的想法，他是一个危险的人物。他把那张画弄得平平整整的，放到桌面上。然后抬起头来，询问我和母亲，这张画是否真的出自沈玉霞的手，另外，这张画从何而来。皱纹从他的眼角偷偷地钻到了鬓角花白的头发里，说实话，沈玉霞的坏蛋父亲比她的母亲要苍老许多。听母亲说，事实也是如此，林冰洁要比沈相汶小十几岁。我本能地向母亲身后躲。林冰洁嗔怪道："老沈，你说话的语气柔和点。改造了十五年还没把你的坏脾气改掉。"沈相汶果然听话地努力使脸上的表情松弛下来，相反，他的表情更加古怪和吓人。我的母亲，不在乎沈相汶的表情，她娓娓道出了画的来历。

"这张画的确是出自玉霞，她的签名就在左下角，你们都看到了。她的画你们可以不认识，但是字是没错的。"母亲说，"这画是我在东山角下的树林里得到的。当时我正领着全班同学在那里植树，我们举着红旗，喊着口号，场面十分壮观，当然也有点混乱。就是在大家干得热火朝天又筋疲力尽之时，玉霞加入到了植树的队伍当中了，当时，她和大家一起挥汗如雨，谁也没有注意到她已经好久不和大家在一起了，大家都以为回到了从前，她还是大家中的一员，是他们的同学。谁也没有意识到，她已经离开大家有一个多月了。实际上，在人头攒动的那片低矮的树林中，我和玉霞也打过一次或者两次照面，她甚至还冲我微笑。我也还以微笑。这种场面不过是重复以前我们彼此熟悉的细节和动作。直到植树活动接近尾声，陆革新满头大汗地跑到我面前，他的手里拿着的就是这幅画。他告诉我说，这是玉霞给他的。我和同学们这才意识到了，这次植树活动有什么不同。我赶快问他玉霞在哪里。陆革新沮丧地说，她交给他这幅画就匆匆地跑走了。”

我的教师母亲，以一种平静的语气，把一段谎言说得天衣无缝，这不由他们不信以为真。我的姨妈林冰洁，目光是涣散的，她紧紧地抓着母亲的手，声音很虚弱，她说：“即使在等待老沈的漫长岁月里，我都没有绝望过，我也没有感觉到时间长是那么的难熬。可是现在，我想死。”

那是我第一次看到林冰洁落泪，我有些心酸，我几乎想冲动地把实情告诉她。但是我看到了母亲严厉的目光，我退缩了，而我的信念更强烈了。我不知道，在不断的谎言的鼓励下，我的成长是自然而然的，我学会了拒绝和无情的结合，学会了信仰与叛逆的对立。渐渐地，我感觉到了自己心肠的坚硬，它们在我的身体里像是铅水一样实在。

在回家的路上，母亲无情地批评我就像是在批评一个不上进的学生，母亲说，我们不是在为自己，而是在为沈玉霞着想，她在那样的环境里生长，她要每天面对一个战犯，一个曾经与人民为敌的父亲，你能想象她会成为什么样的人吗？

那幅画并不是凭空想象的，它确确实实就出自沈玉霞之手，所以，母亲说，不管怎么说，那幅画也算是对他们的一种安慰吧。

就像母亲所说，那幅画成了他们与失踪的沈玉霞之间联系的唯一的纽带。当林冰洁与沈相汶怀揣着那幅画，在东山角下的柳树林里寻找着沈玉霞的足迹时，沈玉霞已经在那个偏远的县城里开始了她的新生活，她成了我爷爷奶奶真正的孙女，在我的爷爷奶奶眼中，她是一个乖巧、听话的孩子。她在县城的中学重新就读，除了学习之外，她就是躲在屋子里，那年冬天来到城里的奶奶告诉我，她在画画。

奶奶带给我的画上仍然是一个天真活泼的小姑娘，辫子永远是向天空中飞扬着，只是，画面上有了季节的特点，有几粒雪花飘飘洒洒。那年冬天，我的父亲把那张画交给了沈相汶。沈相汶是一个孤独的男人，他像是妻子的影子，说话和表情都在和妻子靠近。父亲回来说，除了相貌，他们俩就像是共有一条心，他们会同时说出一样的话，做出同样的一个动作。父亲给他们提供的线索是在百里之外的安阳。那是河南最北部的一个小城市，我的父亲，开车到过许多地方，那个叫安阳的小城，不过是他经过的任意一个地方。沈玉霞在父亲的描述中混迹于一个乡村马戏班里。父亲说，他看到的沈玉霞是个在马戏班里飞来飞去的精灵，开始他就被那个精灵吸引住了，但是他不知道为什么。演出结束时，那个脸上还画着重重的油彩的小姑娘从人群中挤出来，递给他那幅画。即使如此，他仍然没有意识到什么，直到他开车离开安阳，走到半路上他才突然领悟到了他错过了什么。于是他匆匆开车返回。然而，马戏班的演出已经结束了。父亲把画交给沈相汶时，补充道："他们行踪不定，但总是在热闹的地方出现。"

那年冬天最寒冷的时候，林冰洁的家门被一把铁锁守护着。有人说，那年冬天是他们夫妻俩最繁忙的季节，他们几乎走遍了河南的每一座城市：安阳、南阳、郑州、信阳、驻马店、洛阳、开封……

两年之后我考上了本市的一所学校，成了一名护理专业的中专生。入学三天之后，我告诉我的姨妈，说我在校园里见过沈玉霞，而事实是，我回了趟父亲的出生地，沈玉霞把一幅画交给我，那幅画与以前的没有什么区别，沈玉霞，仿佛一直在临摹着一幅画，她努力地想使每一幅画更像上一幅画，所不同的只是，那些勾勒出人物形象的线条，更加熟练了。

实际上，那年的秋天，沈玉霞应该和我一样，成为一名护校的中专生。她也考上了这所学校，但是她拒绝报到。对这个城市，她充满了恐惧，甚至对于离开那个狭小的县城也充满了莫名的担忧。在入学之前，我见了她一面，两年不见，沈玉霞变得腼腆，羞涩。我们坐在屋子里，面对面，却尴尬地无话可说，两个人的表现都不像我们曾经是无话不谈亲密无间的好朋友。我建议我们到田野里去呼吸呼吸新鲜空气，但是沈玉霞一口回绝。我在县城呆了整整三天，我们两人说的话加起来也不足十句。大部分的时间都是我坐在她的身边，看着她默默地作画。分别时，沈玉霞问我，你喜欢我的画吗？我不知道该怎么回答，我只好模棱两可地说，是呀！

后来我在校园里真的碰到过林冰洁和她的丈夫沈相汶，他们一个个教室地寻找沈玉霞。就是在护校的校园里，我和他们打了个照面，他们沮丧的面孔衬托了天气的阴沉。我翻看了他们手里的一个十分精致的小夹子，夹子32开，封面是一幅毛主席的画像。在夹子里，完好地保存着通过我的手传递到他们手里的画，那些画看上去几乎都一样。不论是画上小姑娘的表情、神态、辫子飞行的轨迹，就是眼睛缝线向上翘的弧度都是一样的。但是林冰洁说，不一样，每一幅画和每一幅画都不一样，这一张是她十五岁时的，这一张是十六岁，而另一张是十七岁。这一张说明她心情很好，而另一张则代表着她的低沉。林冰洁盯着一张张的画，仿佛从画里面真的看到了快乐的沈玉霞，悲伤的沈玉霞；健康的沈玉霞，生病的沈玉霞。他们身临其境，我默默地走开时，他们的身心都还无法从画里面抽脱出来。

其实两年之后的那个冬天，她们母女俩有过最近距离的接触，只是她们俩都浑然不知。沈玉霞得了一种莫名其妙的病，一直高烧不退，小县城的医院显然已经无能为力，爷爷奶奶只好把她送到了父母的身边。在王江医生的努力下，沈玉霞终于转危为安，当她出院那天，她戴着大大的口罩，穿着厚厚的冬衣，在医院的走廊里与母亲不期而遇。仿佛是冥冥之中，林冰洁也被病痛击倒。她在丈夫的搀扶下来寻求医生的帮助。他们擦肩而过，甚至，林冰洁突然惊声尖叫了一声，她苍白的脸从沈相汶的肩头抬起来，惊慌失措地四下张望，沈相汶低声问她在看什么。她看着沈玉霞的背影从医院的走廊尽头消失，沈相汶追问了一句："怎么了？"林冰洁无力地说："没什么，也许是我眼花了，我好像看到了小霞。"但是心存幻想的林冰洁还是询问了给她看病的王江医生。王江医生毫不迟疑地说："没有，你一定是想她想得出现了幻觉。"

当沈玉霞真正地和她的母亲面对面，已经是第二年的深秋了。而那次匆匆的会面，对于两人来说，都已经失去了重逢的意义。

1966年的夏天，我经常会站在一个高高的台子之上，长长的头发已经变成了短发，一顶绿色的军帽衬托出我表情的庄严。右臂之上，一个红红的袖章增加了我挥手时的力量。我是一个坚定的红卫兵战士。一个普通的夏日午后，我带着红卫兵闯入了我自己的家。我的母亲，那时候已经是第二中学的校长，校长母亲惊愕地看着闯进来的那群人，她质问我要干什么。一切话语都是多余的，我连眉毛都没有皱一下，挥了挥手，我的母亲，就成了我们斗争的对象。我的父亲曾经在夜深人静之时，偷偷地来到学校找我，他希望我冷静，再冷静，他甚至以沈玉霞的事情来作为例子，他说，你想想看，你母亲不惜用谎言来挽救沈玉霞的成长道路，她怎么可能是你们的敌人呢？我没有被父亲的话语所打动，我还郑重地告诫他："你要开好社会主义的车，掌好社会主义的方向盘，千万不能被她的花言巧语所迷惑。"我严厉地要求父亲与母亲划清界线。那个夜晚，当父亲怒气冲冲并且是落寞地离开时，我突然觉得，谎言其实是可笑的。

我的母亲，有幸与沈相汶站到了一起，他们一起被批斗，一起去游街示众，她能够忍受我对她所做的一切，但是她不能忍受把她和沈相汶相提并论。这一次，她没有动员我的父亲来向我求情，而是自己亲自出马。经过连番的批斗，母亲的身体已经有些吃不消，她走路时身体会向左边倾斜，即使如此，她都保持着一个教师整洁的仪表，她来到红卫兵的总部，站在门外边请求见我。我想了想，感觉自己不可能被亲情打动，所以便让人把她带了进来。母亲站在那里，而我坐着。旁边的张卫东问我是不是给母亲一个椅子。我摆摆手。母亲示意要和我单独谈话，但是遭到了我的回绝。我说，你说吧，没有什么见不得人的勾当。母亲说她不能和沈相汶在一起，他们不是一类人，她说她鄙视他。我轻描淡写地说："现在你们是一个战壕的。"我不知道，我的母亲从我的办公室走出去后是不是伤心落泪了，那不是我关心的。当时，让我唯一感到有些别扭的是，正是母亲潜移默化的影响，造就了我坚强的意志。这是我要感谢她的。

林冰洁并不是我们批斗的对象，但是她自投罗网，她自愿与沈相汶肩并肩地接受人民的审判。有人反映，在批斗的现场，看到林冰洁给沈相汶擦汗，替他挂着大大的牌子。这是令所有正义的人民所不能容忍的，但是这个新动向却让我们大费周折，大动脑筋，最后还是我建议去把沈玉霞找来，我想，对于顽固的国民党反动派，这可能是最致命的一击。

沈玉霞几乎是我的红卫兵战友们绑架来的。她坐在一辆大卡车里，在红卫兵的看守下，看着县城离她越来越远，她悲伤欲绝。除了那次生病，这是她第二次被动地离开那个给她心灵抚慰的地方，那个小小的县城像是一团火在她冰凉的内心燃烧着。而当她越来越接近她的父母，那团火也在慢慢地熄灭。我们费尽心机，其实并没有达到预期的目的，沈玉霞与林冰洁和沈相汶的会面只持续了短短的几十秒。会面并没有按设想的计划进行下去，沈相汶一看到沈玉霞就因为情绪过于激动而心脏出现了问题，他的身体像是一摊水一样泄到了地上。林冰洁甚至都没有看清仍然迷惑不解的女儿，便被惊慌的人群遮挡了视线，她急忙低下头去抢救丈夫。那个混乱的局面完全被沈相汶给搅乱了，等到沈相汶被送到医院，现场平静下来之后，我突然发觉，沈玉霞不见了。我问我的红卫兵战友们，他们一个个面面相觑，在乱糟糟的环境中，没有人知道沈玉霞去了哪里。这一次，沈玉霞的失踪是真实可信的。更为惊讶的是，他们发现了一幅画，尽管场面混乱，但是从地上拾起来的那幅画上没有一个脚印，整个画面干净整洁。当然，那是沈玉霞的杰作，但我不知道，她是无意之间丢失的，还是有意识地留给谁的。若干天之后，当我把那幅画交给林冰洁时，我找不到任何的谎言去弥补这幅画背后的空虚，我只能老实地说，对不起，我也不知道她在哪儿。

事实就是如此：沈玉霞不翼而飞了。我们找遍了学校的各个角落，甚至到周边的街道，到沈玉霞的家里，她就像是一个真正的仙女那样，想飞就飞走了。我手里捏着那幅熟悉的画，感觉心里空落落的。我派战友们开着卡车回到了她生活的那个县城，他们在那里守了三天三夜，却一无所获。他们说，真是无聊，她家里只有一个老头和一个老太太，他们每天像是哑巴似的，一天说不上三句话，在那里生活简直要憋死了。

从那以后的很长时间都没有沈玉霞的消息。她的神秘失踪对我来说一直是一个谜，直到“文革”结束后，重新走上校长岗位的母亲对我说出了实情，那个时候，我的无知与无情，竟然奇迹般地得到了母亲的原谅，她说，在那个环境之下，如果换成是她也会那么做。我与母亲的和解，从很大程度上是在延续着我们的谎言。而过去的十年，谎言其实仍旧在继续着，只不过，我成了一个暂时的缺席者。

当时，敏锐的母亲一看到沈玉霞便痛恨我犯了一个无法饶恕的错误，但是她不能和我进行正常的交流了。她只好趁乱把沈玉霞偷偷地带了出去，先是藏在了陆革新家里，一个月后才把她重新送回到了爷爷奶奶那里。她叮嘱沈玉霞，不要再给我寄画。实际上，在未来的十年时间里，无法停止画画的沈玉霞同样无法遏止要把画传递到我们手里的欲望，甚至，她画画的速度更快了，更熟练了，她要向我们传递的欲望也更强烈了，按照母亲的提议，她不停地把画寄给陆革新。陆革新那时候已经成了一名供电局的电工，除了对那些贯穿于全市的密密麻麻的电网电线感兴趣之外，其他一概不闻不问，他完全生活在一个被电线包围的世界里。但是他对我的母亲，他的校长老师仍旧是言听计从，所以，每一次，当他收到沈玉霞的来信，便马不停蹄地赶到我们家里，把它慎重地交给我的母亲。在长达十年的时间里，我的母亲，仍然义无反顾地扮演着一个正义的说谎者的角色，她任劳任怨，风雨无阻。十年间，那些画都能通过我的母亲、父亲、陆革新、王江医生等人的手到达沈玉霞父母的手中。在林冰洁与沈相汶被批斗的日子里，那些画也没有停止。就是在沈玉霞被我母亲藏在陆革新家里的一个月内，她也遏止不住自己内心的冲动。据陆革新后来讲，在那一个月里，他曾经多次地试图与她谈话，可是都遭到了沈玉霞无声的抵制。陆革新说，她就像是一个哑巴，真正的哑巴，连呼吸都听不到。她把画交给陆革新时也是表情似水。而那幅画，是由王江医生偷偷地放到了还在医院里的沈相汶病室的门下面了。医院，自然而然地成了他们仔细寻找的目标，后来，他们与王江医生探讨沈玉霞奇怪的失踪时，王江医生说了一句令他们颇为费解的话，他说：“也许，她是一团自由的空气。”

十年，沈玉霞已经从十几岁的小姑娘成了一个成熟的大姑娘了。她参加了工作，在县城的幼儿园里当一名幼教老师。在所有同事的眼中，沈玉霞对待工作的态度是痴迷的，她几乎把自己当成一个孩子，当她与孩子们在一起时，她和孩子们一起唱歌，一起跳舞，一起做游戏，她是快乐的，兴奋的，甚至是疯狂的。而一旦，当她面对她的同事，面对那些成年人，她突然间就换了一副面孔，仿佛来到了另外一个世界。那个世界让她变得沉默寡言，她像是个幽灵似的出现在同事们面前，让同事们有些不寒而栗。

十年，爱情悄悄地来到了一无所知的沈玉霞身边。喜欢上她的是一个叫黄飞龙的小伙子。正是因为沈玉霞冷若冰霜的外表让小伙子痴迷不已。他费尽心思地追求沈玉霞，但是这段单相思的旅程最后仍旧以失败告终。不管小伙子多么优秀，不管他的努力多么让人感动，沈玉霞却对此无动于衷，甚至感到了恐惧。她像躲避瘟神一样躲避着热情似火的黄飞龙。黄飞龙落荒而逃，在他逃亡的路上，他甚至不敢回头去看一看美丽而冰冷的沈玉霞，据说爱情受挫的黄飞龙每天都要承受着身体内源源不断的寒冷之气，为此，他不得已告别了汽车修理的工作，调到了钢铁厂做了一个炉前工，在热滚滚的炼钢炉前，他才能保持身体内部温度的平衡。

十年，沈玉霞的生命如一朵花似的快速地开放和凋零，十年之间她像是走完了自己封闭的一生似的，衰老，这个看上去过于遥远的词早早地闯进了她的身体里。她从一个懵懂的少女，一步跨越了青年与中年，突然间莫名其妙地步入了老年人的行列。没有人怀疑她的真实的年龄，因为从外表上看，沈玉霞依旧年轻美丽，甚至是比同龄人更加地年轻一些，她的面容，始终保持着少女时的娇嫩，几乎看不到一丝一毫衰老的迹象。但是与她朝夕相处的孩子们首先发现了她的不同，她们觉得她行动迟缓了，唱歌时经常跑调，跳舞时不断地摔倒。她越来越无法承受幼儿教师的工作，只能在单位的劝导下回到了家里。我的爷爷奶奶，并没有感到有什么特别，生活对于他们来说，仍然是一如既往地平淡如水。重复地干单一的事情，是他们共同的生活模式，爷爷听收音机里的评书，奶奶给她熟悉的每一个人做棉鞋、鞋垫，而沈玉霞则认真地画着自己的画像。

还是我的母亲从收到的画像中看到了某些变化。她发现，画面上的小姑娘的面容已经露出了愁容。之所以会有这样的直观感受，是因为画像的质量出现了较大的退步，线条已经变得不连贯，时断时续，画上的小姑娘向上飞翔的辫子也模棱两可。从陆革新手里转来的画使我的母亲忧心忡忡。那时候她刚刚得到让她重回工作岗位的好消息，一个教师的责任和义务加深了她心头的忧虑，于是，她决定亲自去看一看沈玉霞。

事实证明，母亲的忧虑是正确的。她看到了完全不一样的一个沈玉霞，她目光呆滞，行动迟缓，表情木讷。她对于母亲的到来没有丝毫的反应，她仍旧一如既往地坐在桌子前画画，连母亲叫她三声都没有反应。身处爷爷奶奶和沈玉霞之中的母亲，感到了刺骨的寒冷，而那是旺盛的夏季，知了在窗外叫得正欢。

那是一次痛苦的会面，孤独的县城显得昼短夜长，那个无眠的夜晚促使母亲想得太多，她说即使在她被自己的女儿批斗的时候，即使她成了牛鬼蛇神，即使她失去了自由，失去了尊严的时候，她都在为自己的谎言而骄傲，但是那次和沈玉霞的见面，却彻底地摧毁了她内心深处牢固建立起来的自信，她哭了，哭得伤心欲绝。

母亲返回城里时，身边就多了一个拥有着年轻外表苍老内心的人，那个叫沈玉霞的二十八岁的姑娘。沈玉霞并不像以前那样，对于返城有一种天然的抵抗的情绪，她不闻不问，好像所有的事情都与她无关，即使是呼吸的声音，都显得虚弱而无力。母亲感到了深深的生命迟暮的悲凉。这更加重了母亲的绝望。

实际上，返回城里的沈玉霞对于母亲来说仍然是一个无法解决的病痛。悲伤的母亲陷入了矛盾的重围之中，一方面，快速衰老的沈玉霞需要用亲情来召唤生命的动力，另一方面母亲对于沈玉霞的父母，仍然存有深深的怀疑。把沈玉霞送回到她的父母身边，或者继续谎言的旅程，似乎都不是最好的结局。这个问题折磨着刚刚从“文革”中得到解放的母亲，她病倒了。

母亲的病很重，父亲来央求我去见母亲时，我看到父亲的眼睛红彤彤的，哀伤写在脸上，仿佛母亲就将不久于人世似的。那一刻，十年来母亲的形象那么清晰地浮现在我的脑海中，我仿佛头一次感到，那个被打倒的中学校长还是我亲生的母亲。我落下了泪水。我问父亲：“她能原谅我吗？”

父亲的一句话打消了我的顾虑，父亲说：“你妈妈，她从来没有怨恨过你。”

事实和父亲描述的基本一致。母亲的状况非常糟糕，她已经认不出我来了，躺在床上的她像是一个空空的皮囊。就是在那里，我看到了沈玉霞，我早就忘记了十年前她失踪的事情，她坐在母亲的床边，眼睛却根本没有看着母亲，而是无神地盯着床头上面的墙壁。墙壁上面，是一幅毛主席的画像。我向她打了声招呼，可是她对我不理不睬，她的眼睛就像是长在了毛主席像上了。

若干年后，与母亲的重逢并没有激起我们彼此内心的波澜。看着母亲的样子，其实我手足无措，根本没有任何的主意奉献给她，我的父亲，忧伤的表情像是巨大的影子罩在屋子里，加重了屋子里的灰暗。那次令人压抑的会面并没有振奋母亲的精神，她的病情没有得到任何的改善。我的内心涌动着愧疚与自责，我甚至不知道如何去安慰忧伤的父亲。

母亲的病其实并没有维持多久，我去的第二天她就从床上爬了起来。原因只有一个，那就是沈玉霞。沈玉霞一大早出去买早点，然后就再没有回来。时间仿佛回到了1963年的春天，情景凝固不动，而主角换成了母亲、父亲、我，以及所有编织过谎言的人。正是因为沈玉霞莫名其妙的失踪，赶走了母亲身体里的病痛，那个消息犹如一针强心剂。当她从床上爬起来时，她的眼睛炯炯有神，表情坚毅。

这一次，沈玉霞的失踪千真万确，如果说1963年只是从她的父母两个人的视线中消失的话，那么，这一次，她从容地远离了我们所有人的目光，她做得很彻底，而且没有留下任何可以供我们猜测的痕迹，哪怕是一幅画，就像她一直在努力描摹的那样一幅画，自己的肖像画。

关于沈玉霞的失踪，有着不同的版本。有人看到她在卖油条的摊位前徘徊，有人看到她在学校的操场上跑步，有人看到她在百货大楼里，有人看到她在新华书店里，不管怎么说，那些她曾经熟悉的地方是值得她徘徊和留恋的，但是最为不可信的一种说法涉及她内心的软弱，在人们的描述中，沈玉霞在曾经属于她的那个家门前站立了许久。就像是，一棵树对另一棵树的对望。

母亲还以为她会跑回到县城的奶奶家，毕竟这么多年以来，那是真正属于她的世界。但是，我年迈的爷爷和奶奶仿佛已经意识到了沈玉霞永远的告别，以前的日子固然单调乏味，他们仍然无法适应没有沈玉霞的日子，两位老人相继病倒。父亲对母亲说："他们从来都没有意识到，小霞是个年轻人。"

实际上，相对于沈玉霞若干年前的失踪，我们还不如她的父母，不管方向对错，她的父母还可以觅到寻找的线索，但是我们是一头雾水，我们像是行走在黑暗之中一样。失去了方向的母亲，决定向她的妹妹缴械投降。在她做出这个决定的前一个夜晚，她彻夜难眠，这显然是对她的信心的一次最大的否定，她陷入了深深的恐惧之中，她对父亲说，即使是在最危难的时刻，即使被批斗，被游街示众，她都没有失去生活的信心，但是现在，她突然感觉到，她来到了悬崖边，她必须要跳下去。

无论如何，谎言总有被揭穿的那一天，不管是善意的还是恶意的。她把林冰洁请到了家里，这么多年以来，我的母亲看着林冰洁时，眼神透露出了一丝的温柔，那一刻，让我想起来，她们是姐妹俩，这是多么久远的一种亲密关系呀！母亲是个直来直去的人，她不会拐弯抹角，所以她上来的第一句话就是："小霞丢了。"

令人惊奇的并不是母亲那句话，而是林冰洁的反应，在我们预先想得到的场景中，林冰洁会惊讶、疑惑、不解、震惊等等，而决不是平静，但是我们看到的林冰洁确确实实再平静不过，母亲的那句话都没有在她的心里荡起一点涟漪，更没有在她的脸上表现出一丝一毫的变化。她喝着茶，像是在听我母亲在说家常。母亲强调着："你听好了，我说的是小霞，你的女儿，沈玉霞，她真的丢了，没有人能够找到她。"

林冰洁笑了，她说："姐，你开什么玩笑，我们小霞，刚才还和我在一起。"

这一次，感到震惊的是母亲和我。我们的反应超乎寻常地激烈，以至于林冰洁都有些不以为然，她说："你们没有看到她吗，她和我一起来的，我们在你们家楼下分的手，她今天特意打扮得很漂亮，我告诉你们一个秘密，她是和陆革新去约会呢。"

这就是我的姨妈林冰洁，她以平和的语气在讲着沈玉霞，那个离开她整整十五年的女儿，仿佛，沈玉霞，从来都没有离开过自己半步，她一直生活在自己的眼皮底下。

林冰洁的话令我的母亲更加惶恐不安。把她送走之后，母亲和我急急忙忙地去找陆革新。我们心里明明知道那是不可能的事情，但是我们希望听到陆革新亲口否认，心里才得到安宁。陆革新说："她是想沈玉霞想的。"我们三个人，站在一个高压电线杆下面，陆革新全副武装，他要攀登上电线杆。我们失去了谈论丢失了的沈玉霞的信心，她最后时刻衰老的模样让我们有些不寒而栗。我们沉默了大约有十分钟才无比惆怅地分了手。在回家的路上，我的母亲紧紧地攥着我的手，我的手虽然很疼，但心里很甜蜜，在十年之后，我和母亲重新感到了亲密的力量。

很多时候，我的母亲都成了一个烦躁的倾听者。姨妈林冰洁不厌其烦地给她讲述着关于沈玉霞成长的经历，从她出生到现在，在林冰洁的叙述中，沈玉霞仿佛就在她的身边，始终就没有离开她半步，沈玉霞的成长经历居然和我一模一样，只是"文革"时期的沈玉霞没有我那样的劣迹，"文革"时期，沈玉霞从护校毕业时是个安分守己的学生，时代的动荡好像根本没有给她造成任何的影响。从护校毕业后她成了市中医院的一名护士，每天给患者打针吃药。如今，沈玉霞到了谈婚论嫁的年龄，她和中学时的同学陆革新成了一对令人羡慕的恋人。

更令母亲无法忍受的是画像，沈玉霞的画像。在我们的谎言中，画像是一个有力的工具，所以我们对此已经十分熟悉，可是当林冰洁拿出一大本沈玉霞的画像时，我们都感觉到了时空和记忆的错乱。画像中有相当一部分是经过我们传递到林冰洁的手里的，那些画即使是在梦中，我们也烂熟于心，那个静止的画面像是我们思想中固定的一个符号。但是更大的一部分却是我们不熟悉的，而正是这不熟悉的一部分，把我们彻底地击败了。画像上的沈玉霞是在变化着的，确切地说，是在成长着的，从一个中学生，中专生，护士；从一个少女，到一个成熟的姑娘。画像中的她经历着一个正常人必然的生长过程，它是自然的，是没有任何的错误的。我的母亲，小心翼翼地问她的妹妹："这些画，都是你画的吧？"

林冰洁吃惊地看看母亲，"你怎么能这样认为呢？这不是我画的，这是我的女儿，小霞，她自己画的，她生活的每一步，每一个阶段，都会用画来记录下来。这是她画的。"

当林冰洁满心欢喜地把那些画交给我们看时，我们真想大声地告诉她，那并不是真实的沈玉霞，那不过是她臆想中的女儿的形象，可是没有人把压在心底里的话说出来。那句话像是鱼刺一样卡在我们每个人的嗓子眼。

多少年之后，母亲仍然对沈相汶充满着警惕，即使是在被姨妈的谎言击败后，她也保持着足够的心理上的尊严，她只是想告诉沈相汶，他的妻子，已经被幻想冲昏了头脑。母亲说："希望你劝劝她，逝去的永远无法再回到身边了。"

沈相汶看上去比他的实际年龄要老许多，他坐在一张矮凳之上，仰视着我的母亲，他没有正面回答母亲善意的请求，而是答非所问，他目光无神，他说："我记得，十几年来，这是我们两人第二次说话。"

沈相汶的回答并没有吓倒母亲，但是她也没有从沈相汶那里得到任何的帮助，所以当她从沈家回来时，母亲感到了委屈而无助，她抓住我的手，几乎是哀求着说："我无能为力了，我真的感到累了，很累了。"母亲躺在床上，闭上眼睛。我看着她紧闭的眼睛，我以为能够看到眼泪，但是没有。

母亲和我，就是这样，一步步地重新回到了编织谎言的进程中，重新被莫名的正义和责任感染着，重新成为了朋友。而且，在经历了从"文革"的轰轰烈烈到此时的被人冷落，我失败而空荡的心灵突然间需要一个东西重新来支撑，而沈玉霞的失踪给了我又一次机会。我抖擞精神重新出发。

对我在"文革"中的表现，沈相汶和林冰洁好像忘记了他们受到了特殊的待遇，不知是有意还是无意。他们看我的眼神就像是看到了自己的女儿沈玉霞，林冰洁更是温情脉脉，她对我说："你应该祝福小霞，她快要结婚了。她要离开我们了，她要组成一个新的家庭，她要成为一个妻子，一个母亲。而不仅仅是一个女儿。”而且她强调说：“她的男人不会离开她，会自始至终都跟在她的身边，他不会去坐牢，他不会任由她一个人孤独地在世界上生活。”

在姨妈热情的提议下，我和她站在了陆革新的面前。实际上，面对陆革新，林冰洁有一丝的害羞，这和她的年龄并不相符。陆革新让我们坐下来，而她，我的姨妈，却拘束地站在那里，眼睛看着脚下，整整的半个小时，她没有说一句话。我和陆革新聊了一些无关紧要的事情，说到一个可笑的事情，我们还笑了两声。当我们从陆革新那儿离开，林冰洁重新焕发了表达的欲望，她拉着我的手，她说，你看看，小霞多幸福，她和那个小伙子很融洽，很和谐。你注意到没有，她戴着那条粉红色围巾，那是我的，那是她爸爸当初在上海给我买的，你说，漂亮吗？

我告诉她，刚才只有我们三个人，没有沈玉霞，那个年轻的姑娘是我。我的脖子上围着一条围巾。不过，我戴的那条围巾是紫色的。

我的姨妈林冰洁，笑着说，不可能，你一定是眼花了。

陆革新，其实已经成为我的未婚夫。有很多次，我和他在一起时感到了某些不适，那是从暗处飘来的眼神，是林冰洁的。她一旦发现了，便会歉意地低下头，她说：“你们谈你们的，我正好路过这里，我不会影响你们，你们聊。”她话锋一转，对我说，“小霞，记得早点回家，你爸爸炖了你最爱吃的排骨。”我大声说：“我不是小霞。我不爱吃排骨。”林冰洁不生气，她微笑着：“我不是对你说的，我是对我女儿小霞说的。是吧，小霞。”

实际上，快要发疯的不止是母亲，我和陆革新，还有医生王江。王江医生说，在感冒的多发季节，林冰洁会独自一人来到医院，她要求王江医生给她生病的女儿沈玉霞看病。

那年的冬天，我的爷爷奶奶终于无法忍受突然改变的生活节奏，他们于某一天的夜晚，在县城最偏僻的一条大街遭遇了车祸，据警察说，发生车祸的时间是凌晨两点十分。令警察不解的是，为什么凌晨时分，我年迈的爷爷奶奶不在家里睡觉，却跑到荒凉的大街上。我们都赶回了老家，我们看到，在奶奶的手里，紧紧攥着一条粉红色的围巾，母亲眼尖，她说，那是小霞的。

没有人能够给我们重现当天凌晨在大街上发生的一幕，也没有人能够为我们推断出，奶奶手里为什么要拿着一条沈玉霞的围巾。但是在爷爷奶奶的葬礼上，沈玉霞却突然出现，她分开吃惊的众人，躺在爷爷奶奶的中间，突然开口说话，她笑着说，他们离不开我。

我们把沈玉霞带回了城里。一路上，我们都沮丧万分，沈玉霞紧紧地抱着爷爷奶奶的遗像，又成了一个衰老的哑巴。母亲的目光一刻也不敢离开沈玉霞，唯恐她再次莫名地失踪，在葬礼上，母亲已经打定了主意，要把沈玉霞送回到林冰洁身边去。母亲说，一切从零开始了。

实际上，任何事情已经不可能从零开始了。那天，冬日的阳光很刺眼，我敲开了姨妈林冰洁的门。和我们预想的一样，林冰洁打开门，她用手搭在眼睛上面。母亲说："小霞回家了。"

林冰洁看着沈玉霞，警惕地问："你是谁?"

原载《花城》2011年第1期

最后的男人

阿拉提·阿斯木

阿西木和田从国外回来，只休息了一天，就来到水井巷找人了。水井巷的一个特点是树多，都是百年以上的白杨树，远远地看，一片绿色，看不见房屋。水井巷之所以出名，是因为有俄式的桑拿，是全市最好的桑拿。一块块石头烧热后，一大瓢凉水泼过去，屋子里顿时热气笼罩，非常舒服。解放前和解放后的80年代，这个桑拿是不允许男女同浴的，后来解放思想，睁眼看世界以后，男人们找不到和情妇们自由忽悠的地方，一度就来这个桑拿交媾玩水。时间长了，街巷的长老们说话了，停止了男女同浴的习惯和把戏。开始，有结婚证的人还能双双地进，可以洗洗弄弄，后来，就是开联合国的证明来，也不让了，一个小时代结束了。几年后，宾馆开放了，有了钟点房，于是桑拿就彻底地安静了，还原了它本来的面目，就干干净净地洗澡了。上了年纪的人喜欢这种洗法，出出汗，全身放松，出来喝一碗肉汤，也是一种民间健身防病的方法。

波拉提上了年纪，但他还在继续开这个桑拿。这是他爷爷留给他的唯一遗产。他不愿休息的原因，一是身体好，二是如果不开了，整天坐在家里孤独地死了。他向劝他休息的朋友们说过，一旦没事干了，他就会生病，就会瘫在家里，变成一个废人。阿西木和田是根据在阿拉木图的亲戚阿纳托利告诉他的一个秘密，才找到波拉提这根线的。波拉提友好地接待了他，阿西木和田愉快地握住了他巨大的手。是的，我的爷爷是麦特尼亚孜和田的马车夫，这没有错儿。他认真，坚定地回答着阿西木和田的问话，自信地看着他。波拉提说，我爷爷死了有四十多年了，我爸爸买买提也死了，从前的事，爸爸给我讲的多一点。在那个时代，麦特尼亚孜和田是个大商人，在伊犁、和田、喀什、阿克苏、迪化都有妻室，在莫斯科和阿拉木图，各有两个俄罗斯小妾，我爷爷是他最忠诚的仆人。据爸爸讲，19世纪初，我爷爷赶着车从阿拉木图过境，回到了新疆。他用主人给他的一笔钱，在水井巷买了两亩地，建了这个桑拿。阿西木和田高兴了，他问了波拉提一些细节。是的，我当年见过那辆槽子车，但是我没有见过你爷爷的名字，没有注意你说的那个前轴。当年，你爷爷麦特尼亚孜和田决定定居阿拉木图后，给了我爷爷一笔钱，要他回新疆后把槽子车交给他的弟弟扎克尔和田。但是，爷爷没有找到扎克尔和田，几年打听下来，才知道他去了喀什，又从那里出境去了印度，在印度娶了女人定居了。当年，我爸爸说过，那辆槽子车一直在我们院子里，后来，爸爸把车卖给了一个叫阿不力米提的商人，是做茶叶生意的人，以后的事我就不知道了。那是一辆很皮实的车，我爸爸那些年经常从皮里青煤矿拉运民用煤。和田从波拉提的嘴里了解了一些阿不力米提的情况，但是，波拉提不知道他姓什么，只知道他的外号叫面汤。阿西木和田笑了，怎么会是这样一个外号呢？是这样，据长老们说，阿不力米提是一个见了美女就发呆的人，有很多笑话，只要是漂亮女人，他都要想办法得到那么一次。当年他追一美女，是红旗食堂的开票员，那天中午他瞄过去说，美女，你们食堂里有不要粮票的饭吗？那美女绷着脸瞪了他一眼，说，有，有面汤。他的外号就是这样来的。他还有一个外号叫奶子，如果你用第一个外号找不到他，就用奶子这个外号打听，准能找到。这个外号是这样来的，当年，他们的巷子里有一老处女叫麦立凯，奶子特大，据说那奶子上面可以睡婴孩。这是一个很开放的老处女，周末的时候他们办家庭舞会，就请她，能请动她一人，别的美女们也会像云彩一样地到了。她允许那些饥饿的小子们和她跳贴身舞，也允许他们摸摸抓抓，但不准他们做大事，从不跟他们离开正厅。据说，阿不力米提下了很大的工夫，也没有见过她裤衩的颜色。麦立凯皮肤黑，别的小伙子们不感兴趣，但是阿不力米提说，你们懂什么，你们只会日爸爸给娶的现成女人，女人这个东西，是要自己找的，皮肤黑的女人，一是肉硬，二是对男人忠诚，要不然，这几年，你们早把她日得稀巴烂了。有一天，他们喝酒的时候，赌起她的乳房来了。吴拉姆说，麦立凯的乳房是假的，里面肯定垫了东西。阿不力米提说是真的，他玩过。于是他们堵了一箱酒和一只羊，办了一次舞会。子夜的时候，阿不力米提说了一下要求，于是麦立凯让他们二位看了自己的乳房，那两坨大乳房从麦立凯的花裙子里出来，闪亮地晃动了几下，又迅速回到了温暖的裙子里去了。阿不力米提赢是赢了，但是得了这么个难听的外号。不行你一开始就用这个外号打听，也许能找到他。

阿不力米提面汤奶子的家住富人街。这是这个城市最好的一个生活区，都是走路有精神，脸上有光亮的男子汉们，土著人中有钱有地位的老爷们生活在这里。他们暗地里串通一气，不准移民来的人入住，你就是再有钱，有日天的本事，只要有人知道你的底细，你就是第五六代移民，顽固的长老们是不准你买他们的宅院的，这是一个秘密。很多暴发户羡慕这片生活区，但是他们买不到院子。一种潜在的规则，秘密地歧视着那些勤奋的移民。有人出售院子要报告长老，长老们先是内部协调，生活区里没有人要了，再从外面的原著民子嗣中找买主。阿西木和田在富人区街口，看到一卖苹果的老人，停下了。他用阿不力米提的面汤外号询问他宅院的位置。老人看了一眼阿西木和田，又看了一眼他的鞋。阿西木和田最恨别人看他的鞋，他有一个说法，恨你的人才看你的脚，朋友都是亮亮地看你的脸。老人说，你找他干什么？我有一件很重要的事。那你是什么人？我是一个找人的人。你和他是什么关系？不认识，找他有重要的事。什么事？我不能说。那你是土著人吗？不像吗？不像，看你的眼睛，有点像半个世纪前的移民。对了，大叔，你好眼力，我们家第五代是移民，我们已经是土著人了。小哥们儿，小心一点，什么土著人，十代以后才能算做是土著人，没有那么容易的事。你是富有，你可以买下这个城市，但你不能在土著人的这个事上占便宜，没有捷径，你也不能用金钱来收买这个荣誉。土著人是什么？是这片土地的血脉，是这片土地的人气，而移民是什么？是一种风景，这个风景有可能是美好的春夏，但永远不可能是金色的秋天，只是一种短暂的东西，只有土著人才是永恒的风景。好，小哥们儿，那你叫什么名字？这有必要吗？难道你没有名字吗？请原谅，我可以离开你这里吗？不急，我会告诉你那个阿不力米提的家址，那么你的爸爸是谁？等一下，我好像在什么地方见过你，对了，你是生意人吗？想起来了，我在电视节目里看见过你。再见大叔，我要走了。不急，你就回答我一个问题，我告诉你阿不力米提的宅院号。你说吧。你喜欢羊肉还是牛肉？夏天喜欢牛肉，冬天喜欢羊肉。聪明，你不是一个一般的人。你问的就是那个阿不力米提面汤奶子吧？对了。好，看好，看到巷子里边的那棵大榆树了吧，过了那棵榆树，右边的第三个院门就是。好，我谢谢你了，我一辈子永远谢谢你，我从来没有见识过像你这样的人！

在一个静谧的宅院，阿西木和田见到了阿不力米提面汤奶子。你是这棵苹果树的爸爸吗？你是幸福的苹果树吗？不对，你不是，你说你是麦特尼亚孜和田的传人，你是贵人，贵人来了！有了苹果树，就有了贵人，有了贵人，才有了苹果树。和田，多么遥远的天堂啊，你丢下天堂到这里来干什么？谁在婴儿期咬坏了母亲的乳头，谁就会失去自己的天堂。多么不幸啊，乳头是嘬的东西啊，为什么要用牙齿呢？用舌头也行啊！你的爷爷虽然是大商人，但他最后的生命是不幸的，因为他的灵魂留在了异乡。和田，多么伟大的宝地啊，石头比金子还贵，全世界的人都追求金子，只有和田人追求石头，比云彩还要洁白，比精子还要纯洁的石头，会说话的石头，让人死去活来的石头。我知道你今天要来，我昨天梦见你了。我首先梦见了你爷爷当年那辆槽子车前轴上的名字，于是你来了，和我睡在一个炕上，说，要我给你讲你爷爷的故事。你应该知道，你爷爷是新疆唯一的男人，至今人们都在热说他的轶事，死了以后灵魂还能活着的人，那才是真正的儿子娃娃。他可是个日狼日虎的人，但是，我看你的眼睛，你不像你爷爷，好像你的眼睛里面还有一个眼睛，那里面有一个神秘的人。你带着不可告人的目的和一个神秘危险的人站在我面前，我好和你说话吗？那辆槽子车我当年就卖给人家了，现如今满天满地都是飞机火车，谁还要那玩意儿呢？奇怪，你要它做什么？建家族博物馆？新鲜，家族是什么？家族是十几个人吃肉几千个人几万个人喝汤的那么一群人种吗？哇噻！你有1960年的粮票吗？你有1966年的酒票吗？你有1970年的布票吗？如果你是一个靠得住的男子汉，我会告诉那辆槽子车如今在哪里。在每一个伟大的周末，我都能可怜的贪婪的无耻的梦见1966年的酒和1966年的羊肉，我的卑鄙的梦，不知羞耻地鼓舞我的未来。这不是侮辱我吗？我一个九十多岁的老贼，还有未来吗？当年我把槽子车卖给了一个叫艾孜穆的年轻人，记住他的外号，叫热瓦普琴，就是南疆人谈的那种琴，叫艾孜穆的人千千万，你不说这个外号，找不到这个人。最近他搬家了，在那个叫突然街的地方买了一亩地，建了一个新院子，记住，他是移民的后裔，如果问他的外号也找不到，你就说艾孜穆南疆热瓦普，对方一听就灵。我们土著人可以忘记一切，但是要永远分清移民的子裔，不能和这种人同流合污。好兄弟，我看你的眼睛像南非的宝石一样漂亮，老虎的孙子是老虎啊！你有情妇吗？当心，现在正在抓一批没有情妇的人呢！

阿西木和田笑着离开了阿不力米提面汤奶子的院子。他来到了突然街。他以前没有听说过这个街名，在街口他突然闻到了香辣的烤羊肉味，四处张望，在街口东边发现有一家烤肉店，信步走来，坐在长长的烤炉前，要了十串烤肉。一个上了年纪的人走过来，坐在他的身边，也要了十串烤肉。阿西木和田在心里嘀咕了几句，这个年龄了还能吃十串，有本事。他友好地和老人打了个招呼。两串烤肉下肚后，他想起了朋友泰来提镜子的话：这烤羊肉是我们维族人天然的性药，这烤羊肉为什么香？因为它半生不熟，这婊子为什么这么有吸引力？因为是偶尔来那么一次。他的朋友泰来提镜子爱打扮，兜里常有一圆镜子，经常照照头发，于是哥们儿给他赐了这么个外号。在靠墙那边的一个长凳子上，几个上了年龄的人在喝酒，阿西木和田瞄了一眼酒瓶上的商标，是六十度的地方酒，是百年前闯北疆的移民酿造的，醇香，劲大，以前是苦力们喝的酒。老人吃完一串烤肉，看一眼阿西木和田，说，兄弟，看见那个当酒保的老贼了吗？抓酒瓶的那一位，今年七十二岁了，还在喝酒，名字叫肉扎洪，外号麦斯，就是酒鬼的意思。这个肉扎洪麦斯活到现在，可以说是一堆腐烂的垃圾了，怎么说他都不过分。七十多岁的人了，仍在喝酒，活着没有规矩，不留胡子，不忏悔，不进清真寺做礼拜，整天和酒肉朋友们喝酒。我给你讲一个他四十年前的事，他有一个哥哥叫库那洪木头，那年为了盖房子想了一些办法，疏通山上的护林员，忽悠了一车原木。肉扎洪麦斯知道这情况后，把哥哥告到了派出所，派出所没收了木头，把库那洪送到了劳改所，在那里白白地劳动了三年。而肉扎洪麦斯却得到了表扬，得了一部收音机。库那洪以前的外号叫鸡蛋，从小在爸爸的帮助下，用红、蓝、黄色染蛋，煮好放进用红柳条编织的筐子里，拿到人民电影院前卖，因而得了这么个外号。他从监狱出来后，哥们儿又赐了他一个外号，从此都叫他库那洪木头了。而那个肉扎洪麦斯，从此球一天比一天硬，手里抓着收音机，放大声音，在街巷里到处乱窜，听到个什么话，添油加醋向派出所报告，搞得街区人心恐慌。后来一长老说话了，从今以后，不要搭理这小子和他的家人，过年过节不许给他家拜年，他家的红白喜事都不能参加。肉扎洪麦斯发现整个社区的人都在反对他，过年邻居们也不上他家里来，他的老婆开始闹了，说嫁错了人，把他的那大宝贝收音机砸了。第二年，肉扎洪麦斯的老爹去世了，只有家族的几十个人给他送葬，社区里也没有人来吃头七的斋饭，一大锅抓饭最后送到苦力市场，散给了各路来的外乡人。于是肉扎洪麦斯卖了院子，搬家走人了。兄弟，你要记住这个肉扎洪麦斯，甚至不能和他握手，和他说话也是一种罪过。他有性病，是一个两性人，人是最不要脸的一种动物，这种人还有脸活着。老人吃完烤肉，走了。阿西木和田送走老人，问卖烤肉的小师傅，你们这个突然巷是怎么回事？这么怪的名字是公家人起的还是民间给起的？是民间起的，公家起的名字叫桃园新村。以前这里是个巨大的桃园，后来，一夜之间，乡政府把这片桃园一亩半亩的割卖给了各路有钱人，那些人怕乡政府反悔，白天黑夜地干，把房子都盖好了。几个月下来，这里突然出现了一个生活区，人们就给这里起了这么个名字。对了，你说的那个人我认识，老了，常常在院子里弹他的热瓦普琴，是一个孤独的人，他总爱唱一首歌，叫“孤独的人死了谁流泪，孤独的人死了孤独的人流泪”。

阿西木和田在巷子的尽头找到了艾孜穆热瓦普的家。老人正在那唯一的桃树下弹他的热瓦普，那旋律低沉忧伤，像一个在黄昏迷了路的人向这个人间发出他最后的呐喊。老人说，我的故乡在喀什，是风把我吹到这里来的，又是风把我留在这片神秘可爱的土地上。但是我的精神在故乡，因为我父亲的灵魂在故乡，因而我永远歌唱故乡。阿西木和田讲明了来意。老人说，已经有好多年了吧，那时候城里已经不用这种槽子车了，但是乡村里还用，在东县河岸村，有一个叫努尔的人，把车买走了。你是问他的年龄吗？他要是活着，现在也就七十多岁了吧。

第二天，阿西木和田来到了离城里有八十公里路的东县河岸村，找到了那个当年买车的努尔。好多年了，车的四个轮子我早就卖掉了，从城里四次来了四个人，都是女人一样长头发的男人，说是要做什么装饰用，买走了。车身在大棚下扔着，没什么用。阿西木和田激动了，他来到院子西头的大棚下，果然看见那槽子车的整个架子，孤独地在大小木头下压着。阿西木开始不动声色地观察车架上的每块方木条，据阿纳托利告诉他，秘密就在那些一条条的方木条里。努尔同意了他要买这车架子的要求，你要建家族博物馆，是好事，要不是这车架子的木料都是用铁皮包着的话，你嫂子早就烧火打馕了，也说不上卖，你随便给几个钱吧。阿西木和田在心里念叨了一句：万幸啊，如果不是用铁皮包着，什么都没有了。阿西木和田付了钱，走出院子，开始找车。他来到街口，在一个卖西瓜的老板帮助下，租到了一辆小货车，车主叫艾尔西丁，说好了运费，来到了努尔的院子里。艾尔西丁把车架分成几大块儿，扛着装到了车上。在整个过程中，努尔在大门前静静地站着，没有一句话，脸色渐渐地变了，先前那种愉快的神态看不见了，前额皱了起来，眼神里有了一些困惑和紊乱，潜台词是：这个人为什么老远从城里来，花这么多钱收购这个破烂玩意儿呢？莫非，在那些铁皮包着的一个个条木里，有什么天大的秘密吗？他伸出手，开始摸车上的车架子，摸那些铁皮包着的方木。这时候，他的疑问更加强烈了，感到这个废弃的车架里一定有什么重要的秘密。但是，当他抬头看阿西木和田的时候，车已经开走了，阿西木和田招呼也没有打，飞了。努尔紧张了，大叫了几声，但他看到的东西是飞扬的尘土。当然，还有兜里的一万块钱。努尔喃喃地说，一定有鬼，那破车就是一百块钱也没有人要！

小货车已经上了公路。刚才，阿西木和田感到情况有点不妙，招呼也不打，催司机开车仓皇逃脱了。快到城里的时候，他改变了原订计划，把车停在郊区的旧货市场，让司机卸下东西，把车放走了。接着他又找了一辆车，装上散了架的车料，把东西拉到了自己的家里。晚上，他找来了几个木工，让他们把包在木条上的铁皮都剥了下来。果然，方木是用四块板木钉制而成的，木匠们拆开了方木，里面出现了一块块十公分长短的块状物，是用白布裹着的东西。阿西木和田死死地盯着木匠们手里的东西，抓到手，已经感觉到那就是他要找的宝物了。他看了一眼木匠们，用手挡着，小心地打开了一角，果然是黄货！他迅速地裹好手里的东西，叫木工们继续剥铁皮，开始把一块块的好东西往包里装。一个木工问了一句，老板，是什么好东西啊？药材，是当年从阿拉木图进口的药材。你们抓紧时间干吧，我付你们双倍的工钱。阿西木和田看到这个结果，眼睛像宝石一样亮了，额上的汗珠变成了闪亮的珍珠。木匠们干到天亮，把所有的黄货都取出来了，木匠们拿着几倍的工钱走了。阿西木和田把自己反锁在屋子里，开始盘点那诱人的金条，一共是三百二十六根金条，他激动地把金条锁进保险柜里，躺在地毯上，长长地叹了一口气，在反复盘算那些金条的现金价值过程中，不知不觉睡着了。

几天下来，阿西木和田睡不着觉，那些金条像一块块火种，焦烧着他兴奋的心。在梦里，那些金条一根根变成了他爷爷的心，变成了他爷爷的嘴，讲述着他百年前在莫斯科、阿拉木图、伊斯坦布尔、沙马尔罕、彼得堡、海参崴、上海、新疆等地的生活和经商活动，有太多心酸而激动人心的故事。他的爷爷当年把自己财富的一半藏在槽子车上的方木里，让佣人交给弟弟，让弟弟分发给亲人们，期盼家族的香火不灭。但是，他没有得到有关这些金条最后归宿的消息，躺在病床上就要咽气的时候，把这个秘密告诉了自己的俄罗斯女人安娜，安娜临死的时候，又把这个秘密告诉了自己的儿子瓦西里，瓦西里在即将离开人世前告诉了儿子阿纳托利。后来，两国开始互通贸易的时候，他几次来到新疆，和阿西木和田喝酒的时候，有过和他联手寻宝的打算，但又放弃了这个想法，因为新疆的社会情况不允许他一个外国人寻找什么秘密。后来，阿西木和田开始从阿拉木图倒腾皮棉，他在阿拉木图帮他做了很多事，特别是帮他打通了和海关的关系。当阿西木和田开始回报他的时候，他抓住这个机会，把槽子车的秘密告诉了他，条件和要求是，如果有结果，那些金子一人一半。那天，阿西木和田在心里说了一句：球！一人一半，那是屌毛吗？那是金条！他开始盘算怎样对付那个老毛子阿纳托利，想要赖，就说没有找到那个槽子车。当他心里为有这样的谋算而兴奋时，又蔫蔫地推翻了这个狗日的办法，他知道，阿纳托利不是一般的人，这会儿也可能早就知道了结果。如果独吞金条，他在阿拉木图的生意做不成不说，还会有生命危险，因为阿纳托利在阿拉木图和黑社会有染。

一个电话，阿纳托利第二天就飞到了新疆。他们在和田人的餐馆吃烤全羊，酒喝到半个耳朵发热的时候，阿西木和田窥视一眼阿纳托利，立刻装出一副严肃而虔诚的样子，说，阿纳托利，我们都是有福的人，告诉你，我吃了好多苦头，最后找到了那个槽子车，那些条木里果然藏有金子，一共是一百条金子。我们有言在先，我把五十条金子给你准备好了。阿纳托利站起来，拥抱了阿西木和田，我的好兄弟，我衷心地感谢你，愿你在能吃能日的日子里，肉灵灵的女人属于你，肉灵灵的女人属于你呀，我的好兄弟！第二天，阿西木和田在地下钱庄，帮阿纳托利把那些金条变成了美元，在飞机场最后一次拥抱了阿西木和田，他许愿他这次去阿拉木图时，要给他娶一个眼睛会说话的俄罗斯金姑娘。飞机起飞的时候，阿西木和田笑了，我操你情妇，俄罗斯姑娘我等你给我娶吗?！有钱什么东西没有？阿西木和田把手里金条的三分之一变成了人民币，在安静美丽的开发区秘密购置了一处别墅，把一把钥匙交给了情妇其曼。在地下钱庄，他又把剩下的金条变成了美元，秘密存进了银行。他坐下来，盘点自己财产的时候，突然萌生了一个想法，和老婆离婚，带着情妇到国外定居，去加拿大，那里有他的朋友。离婚的想法在几年前就有过，主要是老婆开店跑生意以后，学会了喝酒，屁股早就不干净了，再说孩子们都自立了，也该他有贼心贼胆了。

阿西木和田顺利办完了和老婆的离婚手续。直接的办法是，把老婆和野汉子偷情的相片丢在了她的前面。老婆说，你也不是个好东西，阿西木和田说，你有证据吗？再说了，这是男人世界，你想和我比高低吗？结果他把房产给了她，又给了一笔钱，连哄带骗外加威胁，说，要是不离婚，我要按古老的习俗打断你的腿，割掉你的鼻子，锁在屋里养你一辈子。阿西木的老婆认命了，在心里诅咒了几句，和他分手了。阿西木和田看到了一个崭新的世界，他们的目标是移民挪威，以旅游的名义出国，而后撕掉护照滞留，让朋友帮忙，定居异国他乡。他把美元交给了比自己小十岁的美女情妇其曼，让她办护照，自己开始处理别墅，秘密准备。十几天过去了，阿西木和田找不到美女情妇，急了，四处打听，终于从她朋友那里拿到了留给他的一封信。其曼的女友玩着眼镜卷着舌头说，其曼和她的情人米吉提出国了，她要我向你表示深深的谢意。阿西木和田的眼睛顿时全白了，手颤抖着打开了信。好男人阿西木和田，对不住了，和你一样，我也有两个情人，米吉提的优势一是年龄，他比我小十岁，而你比我大十岁。二是他在海外有自己的实业，为了今后的生活，我最终选择了他。最重要的一点是，我喜欢他，而我和你只是金钱关系。我给你一个最好的建议，你这个岁数，已经不是折腾的年龄了，和你的妻子复婚吧，这是我看在你那些美元的面子上，才真心关心你的，要是她愿意和你复婚的话。读完信，阿西木和田闭上了眼睛，心里像吃了苍蝇似的难受，身子开始发抖，而后开始说胡话，主啊，人是什么？人到底是什么……世界灿烂过以后，星星在锅里变成了天鹅肉，在鲜花盛开金山银山的大地，棉花和白云都不是什么好东西……当他恢复过来的时候，大地一片黑暗，眼睛什么也看不见了。

多年以后，人们在每个星期日里，都可以看到一个女人领着一个瞎老头在十字路口吃羊肉串的景象。那白胡子老人就是当年风光灿烂的阿西木和田，女的是他的前妻，她愿意和他复婚的理由是，她要照顾他一生，从而洗清她偷野男人的污点，让男人原谅她，给她一个在精神上净心净身的机会。当最后的灯从眼中灭了的时候，在另一个世界，做一个本分老实的女人。

原载《上海文学》2011年第11期

死神边缘

韩 松

城市中有一个影子般的人在残垣中走着。这是一个虚弱瘦小的中年男人。他衣衫褴褛，浑身肮脏。他踉踉跄跄，来到沃尔玛商场遗址的地下停车场。废墟中竖着一个牌子，上写“死神集团总部”。男人走进去。几辆汽车立即嘟嘟叫着把他围了起来。这些汽车正是死神本尊。世界发生了剧变。汽车在超级计算机大神和纳米材料大神的帮助下，获得了智能，具有了自我意识，并重构了控制系统、操作系统和微循环系统。汽车诸神与超级计算机大神及纳米材料大神一道，全面接管了人类社会，令人类做它们的肉身奴隶。在汽车诸神的组织中，前身以交管局、车管所和驾驶学校为基础合并而成的死神集团鼎鼎大名，把总部建在沃尔玛商场的地下停车场里。除了喝汽油饮柴油，集团还要以死人的新鲜血液来完成其新陈代谢。但这个男人却公然找到死神集团的总部来了。

他向汽车提出了加入它们的请求。“为什么呢？”死神觉得这很奇怪。“哦，没看到我是一具行尸走肉吗？我正是死神的盟友啊。”他真诚地说，他与心爱的女人分手了，活着也就是等死。有一天，看到死神们昂首阔步在大街上走过，才打起精神来，像是遇到知音，便不由自主尾随来这儿了。对于这份申请，死神集团一开始有点发蒙，不知道该怎么应对。它们还从没有接纳过人类。但汽车是一种十分豁达的存在，说，那就来吧。于是，男人加入了死神集团，从此游走在了死神的边缘。

死神集团是新的社会形态下的一个大型技术密集型组织，建立了高度统一的内部架构以及和谐有序的企业文化，拥有数万台各型车辆——它们是死亡的物质载体。集团以独树一帜的闪亮面貌登场，前呼后拥，威仪赫赫，只要一上公路，什么都不在话下了，什么都被它们镇住了。它们的方向盘不再被人类掌握，它们想去哪里就去哪里。这个男人就这样裹挟在了死神集体中，伴随震耳欲聋的机器歌唱，与大大小小的汽车们一同滚滚向前，踏上新的旅途，竟然如痴如醉，仿佛游入仙窟，却又怆然涕下。总之他离开人类社会后，心情就迥然不同了。

他就这样上路了，仿佛告别了过去。他坐在打头的汽车上，这是一辆本特利牌十轮大卡，公里数有四十万，是死神集团的一个中层干部。车身上画满白骨骷髅，标志着无数人已经含冤饮恨于此车轮下。

“你们排成浩浩荡荡的队伍，是要到哪里去呢?”男人跟死神说起话来。“我们也不知道要到哪里去，”死神说，“走到哪里算哪里吧。也许超级计算机大神的程序中，有一些目标设定之类，但死神的车轮是说不准方向的。人类管这叫自由？你现在知道了吧，死即自由。我们是没有车牌的。”实际上，它们是要横穿大陆，由东至西，把死亡运送到一切有市场需求的地方去。男人说：“太好了。也许这正是我所要的。我之前白活了。”

死神沿着人类鼎盛时代铺就的高速公路行驶，走走歇歇，很随意很潇洒。从前部看去，死神始终是咧开嘴哈哈大笑的一张方脸，并不冰冷死硬，只在急刹车时，才现出毛骨悚然的凉意。它们一路上用人类和动物的鲜血和肢体装饰自己，就像古印第安部落的酋长往身上插满羽毛。这种野蛮之美使男人眩晕，并自惭形秽，才明白自己以前经历的那些事儿，要死要活啊，其实都是小儿科，拿不出手来的。

他坐在车头位置，才把这一切看了个清清楚楚。一次他见到，十轮大卡忽然加速，追逐一个误入高速公路的小女孩，猫戏老鼠一样，围着她转来转去，最后才猛扑上去把她碾死；又一次他见到，大客车把上百名男女老少运来，再把他们赶鸭子般驱散在公路上，让他们集体百米赛跑，汽车就从后面冲袭上去，一个不剩地撞杀他们……这时男人才意识到，他脆弱的身躯藏在一群钢铁中，如今已是很安全的了。奇怪的是，他反倒受着死神庇护。于是男人就像主人身旁的走狗一样，爬下车去，俯身凝视那些被碾压过的蛋白质聚合体。他们血肉横飞，支离破碎，然而，不可思议的是，他看出来了，死前那一刻，他们中的一些，还在拼命手淫。他心里说，何必，何必。到头来无非如此。做人有什么意思？然后，他就帮助死神把鲜血混合在汽油里，注入燃料箱。

车队走过城市。那里还残留着巨大而陌生的建筑物，就若高企的坟墓一般。幸存的人类像老鼠一样出没街头，看到死神开过来了，就齐齐发出恐怖的呐喊，转身逃走，骤然间大街上空无一人。这时死神集团的一群推土机就呜呜冲过去，把楼房推倒，把藏在里面的人全部压死。“他们都是渣滓，除了给我们做燃料，别无用处。”死神冷冷地像在诉说一个事实。男人忽然想到，这死去的人里面，会不会有他的女人？如果汽车撞向她，他能冲上去，用自己的身体挡住车轮吗？……车队经过乡村时，他又看到，一片凄清冷寂，田荒地芜。只剩下几个老头儿老太太，一声不吭地守在破旧房子里，冬眠的蛇一样盘蜷。男人不禁想起了自己的父母……但死神并不喜欢老人这种类型，觉得他们的血液太清淡寡薄了，没有营养。

为了争夺对道路行使权的垄断，死神集团也会与其他汽车集团打仗。如同死亡一样，战争也是这个新时代的主题，否则嗜血的愿望就难以简单地从枯燥漫长的行驶中得到满足。男人见到过汽车的单兵遭遇战，也曾参加小分队伏击。但最壮观的，是大军团对垒，这使得男人的肾上腺素沸腾，仿佛回到年轻的岁月。高速公路上摆不下队伍了，成千上万的车辆便突突驶下田野。两军列开长城般的阵势，一声令下，笛声齐鸣，天昏地暗，日月无光，朝对方猛冲过去，撞它个粉身碎骨，魂飞魄散。这时，雷霆万钧，山崩地裂。而不管与哪个集团较量，总是死神集团占上风。酣畅淋漓、大开大合的鏖战之后，荒郊上总能遗下高耸如山的汽车坟茔，像是传说中的象冢。轮胎、悬架、铆钉、离合器、曲柄连杆……狰狞而绵长地堆积。这一幕，死神自己却懒得去看。它们早已经麻木了。

每至此时，男人就举起照相机，抖颤了手，圆睁着目，独自徜徉在金属残骸的海洋中，认真地把这场面拍摄下来。他从这里面仿佛吸取了人类业已丧失掉的力量。他也细致地为死神记录它们的历史。曾经，以为只有人类才有历史，但事实上并不如此。就像恐龙一样，人类的历史已告终结。新的物种正在占据进化的中心舞台。男人意识到，自己从前的眼界和胸襟真是太狭窄了。

每一次战役结束后，都会产生很多的伤员，它们瘫倒在马路边喘息呻吟。另还有一些患病车辆，也在小声哭泣。这常常是因为燃料里面混入了杂质，因为人类已经提前把这个世界污染了。传动轴损坏，微处理机发生故障，驱动桥崩溃，变速器丧失功能……这些都是常见的病状。从本质上讲，死神是物质、能量和信息的综合体，这表明它们仍有生理上的局限，无法超脱生死轮回。这时，男人便很着急。他已经把自己当作它们的一员了。他凭借自己上大学时学到的一点儿机械技艺，配合从救援集团请来的工程车辆，再利用平时积攒下来的人血，忙碌着修理死神。有一些死神因为他的帮助而伤病痊愈，重新上路。但许多确实救不活了。男人知道这便是无常，他在自己的前半生中，早已领教了。这时，他就拿起一本书来，念给垂死的死神听。他念的是莎士比亚的剧作："去死，去睡就结束了，如果睡眠能结束我们心灵的创伤和肉体所承受的千百种痛苦，那真是生存求之不得的天大的好事。去死，去睡，去睡，也许会做梦！""谢谢你，你说得连死都变得艺术了。"只剩下一口气的死神歪斜着油漆崩落的身子，像个孤苦伶仃的老人，直直地瞧着他。"这是我应该做的。""你跟死神做朋友，会得到好报的。"说完这话，死神就大头一偏，轰隆一声咽气了，那副样子，像是没有觉得死亡有丝毫的可怕。男人反倒目瞪口呆了，瞅着小山般的一大堆钢铁，觉得惊心动魄，又羡慕不已。

有一天，男人想到一件事情，好奇地问："死神的苦恼是什么呢？是像人一样也要死吗？"汽车觉得这是一个新鲜话题，便抢着回答："不，我们怎么会为死而苦恼呢？说死神怕死，那简直是亵渎。""那么，究竟有什么苦恼呢？"于是，大家七嘴八舌说了开来："偶尔，好像也苦恼过目的方面的问题。你知道我们走来走去，却没有目的。"越野车说。"但是，目的算什么啊？我们不是根本不需要那玩意儿嘛，"豪华轿车插了一句。"就是，我们也不会为了信仰而苦恼的，我们本身就是神哪。"危险化学品运输车嚷嚷。"我们也从来不仇恨谁，因此何来苦恼呢？就说那些血淋淋的战争吧，也只是日常生活中的不可或缺的娱乐活动嘛。"轻型农用车说。"那么，是爱情吗？我们倒是缺乏爱情。爱在这里意味着死！"载石料的翻斗车兴奋地吼道。"可不嘛，都知道，我们与爱神集团的关系很微妙。哪怕能获得一次爱情，也太过奢侈，得准备好多的掺血汽油去交换。所以为了爱情，我们就要气喘吁吁地到处去弄汽油和人血。但这两种资源太紧缺了。我们已经很久不知道爱是什么滋味了。"长途大巴士轻叹。"所以要不要爱也无所谓。我们不会为了爱而把自己搞得形神俱疲的。只有人类才会那样愚蠢。"十轮大卡最后总结说。

男人听了，觉得有把刀子扎在心里。他才知道自己并没有真的恢复过来。他自嘲般说："噢，我终于明白了。"死神便宽慰他："你啊，不会明白的。看得出来，你是一个情种，你其实应该加入爱神集团。很奇怪，竟然没有朋友来劝你这么做吗？"朋友？男人心想，我没有朋友。在人类还是这个世界的主人时，每个人活着，却分明像是死了，谁也不关心谁。对面走过来的，无非是一具具骷髅，还假装不知道，惟一只有那个女人，对他好，他们是soul mate呀……但这些，他无法跟死神解释清楚。"完全是我的自作主张。因为觉得爱神太容易伤人了。"男人悲戚地说，用双手捂住脸。这时，汽车们齐声喊道："嗨，别说了，我们上路吧。"

车队续行。到了傍晚，夕阳释放出恐怖的光芒，就像着火的洪水一样。死神又走了一会儿，就停下来休息。这时，黑暗已然四面笼罩。车队横卧，像一条条闪烁微光的巨鲸，从深海中浮出灰白脊背，上面沾满鲜血。月色被乌云击破，流溢出黑汁来。大地像戈矛，纵横交错，忽浅忽深，沉浮不定。有一种声音在山谷间哇哇回响，像是枭鸟鸣叫，凄凄切切，天塌地陷；哀哀惶惶，人兽俱伤。男人想起昼间与死神的对话，心中弥布吊诡的黯翳。他爬上冰凉的车顶坐着，抱住两膝，沉默无语。他回忆度过的人生，不清不白，不成不就；目标确有，道路却无。他不禁恸哭。哭累了，哭伤了，就歪倒身子睡着了。不久死神醒来，看到男人这副模样，就卸下自个儿身上的帆布，轻轻覆盖在他身上。更多的死神缓缓行驶过来，围成圆圈，用钢铁身躯帮他遮挡风寒。

一天，车队开到了一个火山口边。十轮大卡停下来，猛虎般趴伏在青草丛中，一动不动，就好像是在思考某个具有宗教性质的问题。几个时辰过去，忽然鸣响两声喇叭："哼，胆子真大，你一个人类，竟敢与死神呆在一起!""那又怎样?"这时他已与它们处得随便了。"怎样？我们决定要杀死你。"死神说罢全身震动着大笑，男人吓了一跳，心想这是开玩笑吗？哦，到底与人类不是一个种族，脾性变化无常。难道忘记了吗——死才是它们的本能。不过他很快镇定下来，不甘示弱，说："杀死我？那就来吧!"这时他竟觉得自己渴盼的那一刻终于来到了。他不是早就想死吗？他死在这里，死在轮下，尸骨尽碎，腑脏皆裂，亦不需要女人来为他上坟了。

听了男人的回答，死神晃了晃刮水器，表示认可，行驶起来，忽然一个急刹车，把他从驾驶室中甩出，抛下悬崖。但就在快坠地时，一辆吊车已把长臂飞速伸下，一把钩住他，拉了上来。死神便哈哈大笑。男人重返地面，脸都青了，大汗淋漓，又忍不住频频点头称是。死神反倒疑惑，奇怪地看着他说："你是喜欢，还是不喜欢玩这种游戏?""喜欢，太喜欢了!""那么，再来一次?""好!"这回不是高崖下坠，而是让他站在高速公路中央，然后，两辆赛车，一辆从正对着他，一辆从他身后，相向以一百五十公里的时速，直冲过来，那架势是要把他撞挤成肉饼——但是，在快要碰上之际，骤然急刹。它们比赛谁停得离他更近，而又不伤及他的毫毛。每两辆车一组，捉对比赛，这样从清晨到深夜，从深夜到清晨。男人站在那儿，如若置身宇宙深渊，看着死亡像流星一样嗖嗖飞驰而来，又纷纷划过身边。朦胧中他仿佛感觉到，一个温暖潮湿的赤裸身体，钻入他的怀中。是他的女人。她把头枕在他的胸口上低语："你可一定要娶我呀。"他紧紧抱住她，心如刀绞……他忽然惊醒，看到自己正在向扑面而来的死神张开双臂。这是男人最高兴的一天。在汽车的保险杠触碰到他腰间的破皮带时，他的脸颊上滚落下了似乎是感动的热泪。

死神与他开玩笑、做游戏。他则给它们讲述人类社会中流行过的段子。它们听着听着就哭了。这大出他意料。他才认识到，只有这些外表粗笨的汽车，才能真正理解人类创作的幽默，它们稍听一下，就洞悉了每一个笑话里面深藏的苦涩和哀恸。

"我们人类那里，已经没有你们这样的死神了。我们求生不能，求死不得，每天行尸走肉般活着。你们没有做过人，不知道人活着或者死掉都是多么难呀。人类自己的死神已经不愿意照顾我们了。甚至要向它行贿，它才会给你一条出路——生路也罢，死路也好。多少人想要自杀，因为没有过硬的关系和后台，都遭到了拒绝！这个挂羊头卖狗肉的死神啊，它每天都恶毒地讥讽那些为了爱而痛不欲生的人们，空口无凭地说他们不负责任。死已经成了人世间最没有尊严的一件事情。能死的人全都是卑俗而低贱的，可以任人在身后摆布。那些终于自杀成功的人遭到了活人的嘲笑。他们赤身裸体的照片被张贴到了互联网上，被活人用下流的语言点评。我们已经无法从死中获得快感了。死的艺术也已经被彻底唾弃了。”男人伤心地说。所有的汽车都鸣响喇叭安慰他。

车队继续着由东向西的穿越大陆之旅。一路上，男人饱览美丽风光，看到了雄浑群山，苍凉大漠，青翠绿洲，巍峨长城，俱在无际的赤焰中起伏，这使他受伤的心慢慢康复。但他又多疑地猜测这些景色是虚假的，而他滋生了一种略微讶异和惭愧的感觉——他一直纠缠在私情里，竟忘记了这儿曾有一片山河故国……是怎么回事啊！终于，死神车队走到了道路尽头，它们歇息一会儿，转身向南，一路上跨越奔腾江水，静寂湖泊，起伏丘陵，幽苑园林——自然，亦都浸没在血泊中，满是腥甜味儿；最后，到达大海边。海水也是红色的了。车队稍事休整，然后，又要出发了。

这次，它们要集体驶上滚装船，到彼方的大陆去。原来，是超级计算机大神的决定，要把它们出口海外。“我们虽然是神，但同时也是世界经济体系的一部分。”死神对男人解释。“说的就是全球化吗？”男人忽感不安，似来自对那块大陆的无知和恐惧。“姑且可以这么认为吧，”汽车异口同声应道。“那么，这次你们终于有目的了。”“不，哪里有啊。”死神满不在乎却略带迟疑地说，哗哗地抖了抖庞大如狮子的身躯，发出一阵马达的破碎而古朴的轰鸣。

男人便不说话了，像是噎住了。死神发现，他像个蜡人，伫立着在默默眺望大海的尽头，好像那儿有什么奇异的东西吸引了他的注意力——他或许从熊熊火焰般的波涛上，看到了另一个宇宙？死神打开了所有的车灯看过去，却什么也没有见到。大海太大了，难道真的有谁能跨越得过去吗？彼岸究竟是什么呢？死神们面面相觑，困惑地摇起头来。

过了好一阵，男人才像大梦初醒，收回目光，眼里闪着泪花，结果他和死神都感到滑稽。一股血腥的海风吹来，把男人刮了个跟头。他慢慢像海龟一样抬起头来，说：“但我不能再往前走了。我不能跟你们到海那边的世界去。”“为什么？”死神们惊诧地伸过防滑链来挽留他。“经过这一路旅行，终于有了全新的感悟。”“那是什么呢？”“哦，那就是，与她虽然那样了，但至死也不能离开她啊。"他指着自己的心窝说，像是徒劳地要证明什么。

这让死神厌烦或嫉妒，觉得人类终究是不可理喻的。早知道是这样，提前找到那女人，把她碾死就没这么多麻烦事了——但她或许早已不在这个世界上了吧？"不为什么。或许这就是命。因为我发现自己还是无法变成钢铁。"男人乏味而抱歉地说罢，深深鞠了个躬，算是对死神一路上给予他的照顾表示感谢，就掉转身来，徒步往回走了，那模样就像一只冒失仓皇的田鼠。大概他最终还是要试图回到自己的记忆中去吧。他已经知道了死是怎么一回事——虽然，这不过是他这一刻的自我感觉。他深吸一口带血的空气，挺起单薄中空的胸骨，心想，要以死为生，像死神那样，做一次跨越大陆、长途跋涉的尝试吧。"唉，我也不知道终点在哪里，但这次是要以一生为期限，去找到她。至于人类自己的死神，就让它在一边儿呆着好了。"他对自己说。

原载《新世纪周刊》2011年3月14日

微叙事四则

张　炜

小肉肉们，出发了

这是一个小城车站。上午八点以后。像每个同类车站一样，这会儿处于最拥挤混乱的一个时段，旅客肩扛手提塞满了窄逼的候车室和不大的车站广场。到处是果皮和空饮料瓶，汗气刺鼻。等待旅客检票的汽车旁，一个穿了交通制服的黑脸胖子掐腰站了片刻，然后穿过小广场。所有人都慌慌地给他让路。“这些狗操的玩意儿！”他一边走一边骂，总是重复同一句话。他走进候车室，从边门拐入一个不大的房间时，立刻眉开眼笑了。这里坐着十几个描眉画眼、身穿制服身背挎包的客运女服务员。他提醒她们该动身了，大声喊道：“小肉肉们，出发了！”“哎！”随着三两声清脆的回应，姑娘们先后站了起来。

原载《南方周末》2011年9月15日

爱猫人李代荣

这里属于泰山山脉东部，一片低山。秋天，一连三个黄昏，我都看见一位中年妇女手提沉沉的袋子绕着山路走来。一开始我还以为她要给谁送饭，后来才知道是为一群流浪猫而来，手里提的都是它们的吃喝。她由西往东走，走到半路，猫儿们听到声响就纷纷从树隙里探出头来：一张张小脸在夕阳的照耀下，就像晚风里摇动的一片向日葵。她叫李代荣，已经退休，多年来一直照料这些被遗弃的野猫，风雨无阻。她还和邻居一起，救起多只重伤的猫儿，到医院里为它们上药、做手术。她为这个已经花掉了自己的大半积蓄。

原载《南方周末》2011年10月6日

这回来的是老蛋

已经是下午三点多了，因为急着进城，有些心焦。小城东边的主要道路都封了，警察不少，警车来来去去。路口上的车辆行人越积越多，都在等，知道一会儿有重要车队通过。可是这次封路时间太长了，半个钟头过去还没有动静。我想绕路又想等下去。突然警车嘶鸣：最前边是两辆摩托，然后是一边闪光一边疾驰的吉普，再后边是引路车、几辆黑色轿车——最后又是警车。一定是来了要人，比如外国元首什么的。进城后，中午吃饭闲聊才得知：今天来的是东部城市的一个头儿。这人是我的初中同学，再熟悉不过了：个子不高，臀部肥大行动迟缓，当年的外号叫“老蛋”。我本来对车队通过这种事儿再习惯不过了，可因为这回来的是老蛋，心里很不高兴。

原载《南方周末》2011年10月6日

第八次操练

省部门领导要到小榆家村看敬老院，要提前一个星期准备。村里找了几个口齿流利的老人，坐在村头路口。第一次操练是乡领导，他们在村头陪同下走到路口，老人们赶紧站起。乡领导披着大衣，与老人们握手，老人们立刻争先恐后说：“全托上级的福啊！俺吃不愁穿不愁，住得亮堂堂，比在儿女家里不知好多少，过年过节还送钱……”第二天至第五天，分别来了市委市政府副科长、科长、副秘书长、秘书长、副书记，路口的老人们照旧答过。第六天市领导与路口老人问答时，才算最后验收，已经是第八次操练了——但同时接到电话：上边领导太忙，原定看敬老院的安排取消了。

原载《南方周末》2011年11月3日

微叙事一则

何立伟

父与女

生产队长是光头，矮，精瘦，力气却大，掰扁担拗手劲，无人能赢他。大汉输他不服气，他道：来，再来！很是自雄。

好笑是队长不识字，又喜拿语录小红本，常反过来拿，字是倒的，装作认得，大声念道：毛主席教导我们，今日要施肥！知青窃窃笑，又赶紧捂嘴巴。他金刚怒目：笑甚么？笑你个鸟你这小王八！又喜撕报纸滚喇叭筒烟抽，一口下去，顷刻白雾升起，天又蓝得不像话。

队长对哪个皆是凶，唯对十八岁女儿一脸慈祥。女儿在公社念完高小即不再往上念。干活，赛过后生。同父亲一样，手力亦是无穷。粗粗咧咧之中，也还是有女孩子的精致，五官好，牙齿尤白。从不刷牙，然而笑是棉花白的笑。

我头回见她是进村时沿小溪走，突然路边矮茅厕里柴扉一响，拱出一女子，一边系裤带，一边钩头朝前冲，望到我的塑料凉鞋尖，像猛可里望到五步蛇，一叫，抬头，脸刷地一红，接着就是唇红齿白的笑，跑开去。

久之，熟稔了，只管问我城里头的事。一一俱答，然后，沉默。又问，又沉默。终于喃喃道：我要到城里头去，扫马路都愿意。队长一旁听得，道：你一天到晚只晓得城里，城里有么子好？气愤，然而声音柔软，如蒿子粑粑……

庶几四十年前的事了。我离开那山村就再没回去过。队长如今怕有七十多岁了，不知还跟不跟后生崽掰扁担。他女儿呢，也应当孩子一堆了，亦不知她最终进了城没有。我想我肯定，认不出她来了。

原载《南方周末》2011年10月20日

敬　告

由于编选时间仓促、工作量大，未及与所选作者一一取得联系，请见谅。

现仍有部分作者地址不详，为及时奉上稿酬，请有关作者与责任编辑陶然联系。

地址：沈阳市和平区十一纬路25号

邮编：110003

电话：024—23284305

E-mail：tr2007tr@sina.com

辽宁人民出版社

2012.1